U0452291

精神病预后档案

穆戈——著

理解精神病的重点不在于"病",而在于"精神"。

作者的话

这是一本小说,是这个小说系列的第一部,这本小说的主题涉及精神病、犯罪、基因编辑和智能交互,这些主题都会导向一个核心:讨论"精神"是什么东西。

在和诸位聊这本小说之前,我想先说明,我对讨论的是什么并不执迷,它们只是一些故事可能的发展,故事总有无数可能,我只是恰好选择了这些主题。

在这层认知的基础上,我会说,理解精神病的重点不在于"病",而在于"精神"。

小说是以一些从精神病院出院的患者回归社会后的情况为主线的,如果一种疾病只有在医院才能得到控制,而患者回归社会后会故态复萌,甚至比以往更甚,那这种疾病就永远不存在痊愈。

精神病正是这样一种疾病,用精神分析理论来说,是关系的疾病。住院是一种真空状态,一旦患者回归社会、家庭和就业环境,一切又会从头来过,环境是疾病的温床。

所以要判断精神病患者是否已痊愈,在医院的状况其实是不作数的,只有当他们回归社会,面对刺激时,能克制复发,能获得相对健全的人际关系和相对合适的工作,才能说患者真的痊愈了。遗憾的是，大部分出院患者都没有达到痊愈的标准，一脱离真空环境就无法生存。也正是出于对此的重视，精神病理论才会引入重要的"预后"概念，出院才是检验治疗效果的开始。

小说以此为线索，不仅是想讨论就医的患者，社会上的精神病患者，未就医的才是大部分，他们始终周旋于环境和刺激间，周旋于疾病的温床上，这种周旋的结果和意义，也是小说想展示的一部分东西——面对精神病，人们能做什么？

我总会觉得，我已不用再去重复"精神病是时代的疾病"这样的论调，有相当一部分人已有这种自觉，个体的人身上聚集了社会的病灶，精神病一定程度上是当前社会形态作用于人的反馈，个体的健康虽然无法代表社会的健康，集体的健康却的确能反映一些东西。或许我们也不能粗暴地将人的健康与社会的健康画等号，毕竟社会形态是不是服务于人的，我们要放一个永恒的问号在这里。

我也总会觉得，已无必要再去讨论罪犯和精神病患者的差别，这实在是老生常谈的话题，它像眼保健操一样，反复出现在后现代人类文化的操练中。为什么它经常出现，而人们对其的误会依然常在，这才是我想问的。

精神病患者涉及的犯罪，只占全部犯罪的不到5%，可精神病患者总是被和犯罪联系在一起，每当一起案件被破获，心理学者总会迫不及待地去研究罪犯的心理，追溯罪犯的成长经历，要找出他从哪一步开始走偏，定位罪犯的特质，以便其他人警惕和规避；新闻报道也会着重提一句，该犯罪嫌疑人存在一些偏执型人格和精神分裂症的症状；社会学者或许会对有此类特质的人群展开提前筛查和预防；医学专家在研究对象还是胚胎的时期就会去锚定这些靶向特质，然后交予伦理学研究者讨论该不该去删除它们。

这些做法在今天似乎令人们习以为常，是一种科学的进步，以至我们或许会忘记，它们存在的时间不超过三百年，比起人类两百万年的历史，它们当然是可以被质疑的。

我不否定这样的研究，它们当然有意义，做出过建设性的成就，使人类学研究开设了诸多学科，为人类了解自身、了解残忍、了解战争和人性提供了许多材料，但任何研究都存在从无到有，从有到偏执，从偏执到虚无，从虚无到重建的过程，约定俗成的习惯会让人无法抽出身来，站到卫星的高度去审视一下方法有没有问题，我们太习惯追究个人在已有体系中的问题，而不是去质疑体系。

我们该去讨论的，或许是什么导致了这样的偏见，什么让精神病成为为人性托底的东西，什么让普通人相信正是个人精神的动荡使犯罪成为必然，"精神"在人类社会中扮演着怎样的角色，"精神"在经济伦理学中扮演着怎样的角色，当"精神"偏离社会常模后，对"病"的定义和偏见对社会稳固的作用，以及这种偏见的引导对人类整体发展的必要性。我们也可以去讨论一种可能，它或许是人类为了稳固自己制造出的现象，是种族主义改头换面的一种样子。

以上这些内容，在第一部里并未出现多少，请容许我在这里做介绍时凑一下字数，也延展一下后面两部的内容。

整个小说系列可以归纳成几句话：人类自从离开伊甸园，就一直在寻找另一个伊甸园，伊甸园里也容纳精神病人吗？还是伊甸园里不存在精神病人？这是两种普世价值观。

要处理这两个问题，首先要做几个定义：定义伊甸园，定义精神病，定义离开伊甸园，定义人类重返伊甸园，定义伊甸园与精神病是否存在因果关系，定义人类是否真的需要去往新的伊甸园，定义新的伊甸园里是否需要新的蛇。

这些定义也可以简单地归纳成一个问题：人类是否需要创伤。

从进化心理学的角度来说，人类文化的过速发展，远超过了生物基因发展的速度，导致出现了集体无意识的焦虑和虚无。人类现在的大脑，还是一万年前的原始采集者的大脑，而文化与科技已经走得太超前，人类的大脑无法适应这种超速，精神病本质上是对这种不均衡的速度的反应。

我有时会觉得，集体走向"精神"的偏离是无可避免的，该去调整的或许是现有的社会常模，或许是对健康的定义，或许是对人类的定义。七万年前的"精神病"和现在的肯定不同，而随着基因技术的发展，未来人类在生物学上的超越已经是注定的，未来甚至可能出现"超人"，那"超人"也会得精神病吗？"超人"的精神病要如何定义？这已经是和现代人类的伦理截然不同的世界了，到那时，"创伤"也是要被重新定义的。"超人"也存在创伤吗？存在"创伤"的超人需要再去进化成"超超人"吗？

精神病患者人数的逐年增加已经昭示了一些东西，"精神病"这个名词也已为人所熟知，当精神病被看到、被正视、被科学化，成为一种越来越普遍的现象后，总会有另一些议题涌现，在"精神"上，人们总会抛出新的伦理问题、新的视角、新的解读。我们该思考的或许是，如何避免这些不断迭代的问题，对患者和普通人造成不亚于旧时代焚烧女巫事件般的恶劣影响。

当然，故事本身比讨论更直观，它或许并不承载什么意义，只展示一些个人趣味和有限的表达力，读者可以抛掉这篇序言里所说的一切，你们看到什么，就是什么。

最后，我依然希望故事好看，如果它不好看，也谢谢你的阅读。

穆戈

二〇二三年四月二十四日

于家中，狗在脚边睡觉

目 录

洋葱游戏

01 专属自杀报告 002

02 匿名私密测试 036

03 学校里的稻草人 066

04 洋葱游戏 100

红日

01 躯体形式障碍 112

02 记忆骗局 149

03 精神病替罪 182

04 她是个罪人 223

05 红日 258

06 活着的手电筒 285

这个世界上，没有任何人的私密想法经得起公布……

我们得允许人有想象中的恶，想象中的恶和实施的恶，是两码事。

隐私不是罪恶，罪恶的是将隐私曝光的人。

洋葱游戏

01
专属自杀报告

司罕坐在出租车上,第三次试图用哈欠来提醒司机,他不想唠嗑,只想睡觉。兴致勃勃的司机显然没意会到,唠得语速快飞起来了。

司机从在安乐精神病院接上他,看到他身上的白大褂,就问个不停:"你在精神病医院工作啊,怎么大白天的就随便离开了,是不是有神经病跑了啊?"

司罕不准备纠正他,"精神病"和"神经病"是两个东西,大部分人都将之混为一谈,并经常用"神经病"来骂人,这是错误的。当然,非专业人士有犯错误的权利,他又不是纠词警察,没有纠词的正义感。要换作那个人的话,估计会掰扯一番。

司罕道:"不随便,我是被赶出来的。"

那司机一听有八卦,兴头更足了:"赶出来的?出什么事了?"

"我到了,前面靠边,停在门口就行。"司罕开门,一只脚跨出去了,头又伸回来,笑眯眯道,"你今天还是请假吧,这样开车可不行。"

"什么不行?"

司罕道:"兄弟,酒精有挥发性,其实开窗通风比洒风油精管用,人的嗅觉感受器有大约一千种,对不同的气体分子敏感,用点力呼吸,还是能区分出风油精和酒精的。"

那司机一愣，面色微窘，下意识看向了丢在前窗底的那还剩半瓶的风油精。

司罕又打了个哈欠，语气狎昵道："一夜没睡了吧？你一路拉着我聊天是想防瞌睡，衣服上的球贴还粘着呢，我昨晚也在那酒吧看直播，球踢得确实臭。"

那司机的目光随着他的话语又转向自己胸口的贴纸，一个通宵后，还洇着酒渍，手慌忙地捂住。再抬头，那个一副笑面孔的医生已经离开了，左耳上的一颗黑色耳钉被日头照得反光，跟多生出的一只炯炯眼睛似的，司机莫名想起哪年去寺庙拜佛，见过一座不伦不类的佛像，耳朵上有个焦坑，是凿坏了，时间久了，被烧香拜佛的人当成眼睛，传了一堆寓意，坑就成了眼睛。

还在恍惚，只听那走远的人留下一句："不投诉你，休假愉快。"

司罕伸着懒腰往立华二院院内走，大清早来看病的已经不少了，步履匆匆，把闲散的他甩在后面。没走几步迎面撞上一个人，他忙笑着挥手道："哎呀，顾警卫。你到得比我快，怪不得不和我一起走呢。"

顾问骞冷着脸，无论多久都看不惯这个人吊儿郎当的样子。"从安乐精神病院到这里车程最多三十分钟，你是爬来的吗？拖了一个小时。"

司罕道："哦，我顺道去吃了个早饭，良记铺子出了新款烧饼，分量很足啊，你吃过没？"

顾问骞道："人都快死透了，你还惦记着吃。"

"不是还活着嘛，要死也差不了这几分钟。"司罕笑眯眯道。

顾问骞蹙眉，实在没法把这人和精神科医师联系起来，他快步往里走，不想跟这半吊子扯上关系，没走两步却被这半吊子搭上了肩，他一个侧身避开了。

司罕扑了个空，也不恼，这位警卫先生一向如此，在医院就一副生人勿近的样子，一根警棍在手，从鼓胀的肩肌就能窥知他一身的腱子肉，见人见鬼都冷漠，随便摆两下警棍，比孟婆摇铃还可怕。凡是顾问骞看管的病区，患者都老实得很，他私下里被称为安乐的罗刹。

司罕收了手，站正身子。"别这么严肃嘛，我们还要在一起合作一年呢,刚开始就这么抗拒,之后可怎么办?"

听到这个,顾问骞脸色更难看了。

今天周一,早上刚到安乐精神病院重症二科,顾问骞就被通知要和这个人一起外调,执行医院的一个废弃项目——精神病患者出院后的预后追踪调查,查看精神病患者回到社会后的适应状况。

这个项目数年前被一个老医师提出来后,实施过一段时间,但因为工资低、没社保、苦累、收效低,连续效考评模式都无法生成,久而久之没有医护人员愿意接这个项目,它就被废弃了。

追踪精神病患者本身不难,虽然一旦出院,没人想和医院再扯上关系,但精神病的复发率通常都高,患者们会被迫回来,积极点的还能主动来参加康复活动。不过家属就不待见这种追踪了,除了一些常在定点社区生活的康复患者,自由身的出院患者都会抗拒,社区模式在国外盛行,国内远没有普及,贸然上门更多被视为一种打扰,而非帮助。

这种预后追踪也确实尴尬,精神病大多是极难治愈的,大部分患者出院后依旧与症状相伴一生。社会不比医院,工作和复杂的人际关系极容易刺激患者,导致其旧病复发,而追踪的目的就是看出院患者能否在社会适应良好,降低复发率。但即使有问题,预后追踪的人员除了记录,也帮不了什么忙,它归根结底只是项研究,不是即时干预,看的是后效,这后效还不一定结出什么果来,这就导致这个项目耗费人力物力财力,却鲜见收效,还给患者家属添绝望,给医院添麻烦,久了自然没人去运营。

如今这个工资低、没社保、苦累、收效低的项目重新启动,谁摊上谁倒霉,大家都在躲,安乐的领导就把顾问骞和司罕挑了出来,派去执行,就这两个人,连项目计划书都没有,只给了他们一份出院患者名单,让他们挨个上门去核检。

刚听到调遣消息时,顾问骞身边这位笑面虎先生沉默片刻,一如既往笑眯眯地对面前坐成一排的领导道:"这个项目轮不到我们吧?这是社工部的活,派我去,你们不觉得大材小用吗?医院离了我可转不了。"

显然,领导不觉得大材小用,也不觉得医院离了他转不了,甚至觉得离了他可能转得更好，领导就这么拍板决定了，并当场分配了第一个任务对象，一个曾因患抑郁症在安乐精神病院治疗了半年的高中生，叫赵子明，出院后不到两个月，自杀了，人是勉强救过来了，赵子明的父母跑来大闹，说医院开的药不恰当，是治疗和药物副作用导致了孩子自杀，要医院负责。

于是，突然被调遣的第一天清晨，顾问骞和司罕就赶来这个高中生自杀后被送去抢救的医院，立华二院。

早晨从安乐出来时，两人在院门口站了良久，盯着楼顶那威严严板正的红字院名"安乐精神卫生中心"，彼此无言。院名下，是一排鲜亮的标语——"倡导心理安健，共筑精神乐园"，初夏的风一吹，不知捎来了哪里的唢呐声，把"乐园"俩字吹白了。

笑面虎先生先开口，邀请顾问骞一起打车，顾问骞头也不回地走了，他自己有车，并不想顺着这个笑面虎。

在医院时他和司罕关系就不好，平常交集也不多，他主要负责重症一科二科的病房警备工作，而司罕是主任医师，在病房、门诊和办公室间交叉行动，只有查房时，两人在病区偶尔会遇到，但司罕太有名了，哪怕交集不多，顾问骞对这个人也了然于心，他被称作"罗刹"，那司罕就是"厉鬼"，安乐著名的疯子医师。

司罕比起病人也好不到哪儿去，治疗手段总是出其不意，有悖传统，偏偏总有奇效，他破了一堆规矩，《安乐精神卫生中心守则》他只践行了"乐"这个字，名字成天被挂在医院的批评红名单上，时不时就在病区引起小规模骚动，这就苦了顾问骞，压制重症患者的多重暴动——拜司罕所赐——是顾问骞的日常。

其他诸如对医院医疗方案的整改申请被屡次驳回，他又屡次申请，甚至爬上食堂餐桌大声念诵改革意见书，让员工挨个上前按手印，按一个送一块五花肉的奇葩事也屡见不鲜，顾问骞记得那次，他刚"镇压"完几个被司罕挑唆起来的暴动患者，饥肠辘辘地走进食堂，一块五花肉就远远飞来，落在他头顶，从脸上滑下，留下一条长长的酱油迹。

这个笑眯眯的疯子医师走过来，将纸和印泥一起递上，道："顾警卫，被五花肉选中的男人啊，按个手印吧。"

顾问骞极其看不上这吊儿郎当浑不论的虚伪精神科医师，偏偏现在要和他绑在一起执行这个废弃项目。屋漏偏逢连夜雨。

于是两人虽从一个地方出来，目的地也一样，却分别抵达了立华二院，出现了此刻的光景。

顾问骞丢掉手中的烟，用鞋底踱灭，瞥了眼司罕的一身白衣，道："出了科室白大褂得脱，这点规矩都不能守吗？"

司罕毫不在意这找碴的语气，悠悠道："咱俩吧，谁也埋汰不了谁，你守规矩，就不会也出现在这儿了。"

顾问骞不再理他，转身一脚踏进立华二院。他自然知道这不是什么下调外派，被挑去执行这种废弃项目，是被流放了，他们，被安乐赶出来了。

司罕穿着件白大褂，在立华二院脚底生风地走，姿态娴熟，还真有小护士不明所以朝他这个外来户点头致意，他居然也就不要脸地点了头，一派二院医师的架势。

顾问骞眼不见为净，走得极快，上了电梯，把那装模作样的笑面虎关在门外，一口气到了七楼住院部。

司罕坐了后一趟电梯，到地方时，就见那位警卫先生跟个木桩似的戳在病房外，立得笔挺，司罕觉得好笑，走过去道："你走这么急做什么？还不是要等我。"

顾问骞没理他，盯着病房内。司罕刚要进去，被阻止了。"他家长不在。"

司罕望过去，除了床上躺着的病人赵子明，里面没别人，他嗤笑一声，没理会顾问骞的话，一把拉开门，正要进去，身后传来一个女声："医生？不是才查过房吗？"

得，家长回来了。

"您好，是赵子明的母亲吗？"

女人的步履放慢，一头玉米烫发看着有些坚硬，从远处走来，像柄倒挂的晒硬了的拖把，再走近点，像美杜莎纠缠的蛇发——干瘪失血的蛇。她点头道："你们是？"

司罕挂上招牌笑容道："我们是安乐精神病院的人。"

女人本来温和的面容一下凌厉起来，她快步上前，挡住门，动作大了，那膨胀的头发依然纹丝不动，焊在头上似的。她语气不善："你们倒是有脸过来，差一点你们就是杀人犯了！"

"米氮平，剂量 15～25mg/d；舍曲林，剂量 50mg/d；氟西汀，剂量 30mg/d。"司罕冷不丁道。

女人一愣："什么？"

"您儿子在安乐精神病院的给药情况。"司罕依旧笑眯眯的，"急性治疗初期用的是米氮平，起效快，针对他食欲下降和睡眠紊乱的症状。第六周起，他出现低烧，可能有过敏反应，药换成了舍曲林，疗效和耐受性在新型抗抑郁药物中更平衡，考虑到他的耐受性不佳，两次用药剂量都很小。十二周急性治疗期结束，他的服药依从性开始下降，于是药换成了氟西汀，效用温和，副作用少，更易耐受，之后没再换过药，他到出院时，情况都一直很稳定。"

这一长串话让女人听得更愣了，愤怒还卡在脸上，有种错位的喜剧色彩。

"我听说您去安乐闹时，怀疑医生给您儿子三番五次换药有猫腻，所以跟您解释一下赵子明换了三种药的原因。没有医生会无故换药，在他的治疗上，医生考虑最多的就是他的耐受性问题，也就是您所谓的副作用导致自杀。"

女人皱眉道："你不是小明的主治医生吧？"

司罕点点头，道："我不是啊，但我比您口中这位主治医生，专业性大概高了两三个台阶吧，他是受我督导的，听他的不如听我的。"

女人狐疑地看了看眼前人，又看了看他旁边那个似乎不太好惹的冷脸男人，从衣袋掏出一盒药片，递到司罕面前，道："我有个同事也有抑郁症，他吃的药不是你说的这些，而是这个，我上网查过的，好多得抑郁症的人都吃这个，效果很明显，你们为什么不用这个？我看它没什么副作用！"

司罕瞥了一眼上面的"盐酸丙咪嗪片"几个字，叹气道："这位夫人，先不说您同事的不良反应发生时您能不能看到，就单说说这个药。丙咪嗪确实是传统的三环类抗抑郁药，但在耐受性和安全性上，已经逐步被新型抗抑郁药取代了。丙咪嗪虽然对抑郁症治疗效果明显，但会让人兴奋，您儿子睡眠紊乱，您还想让他服'兴奋剂'？况且他的耐受性差，三环类药物的副作用远多于氟西汀，涉及抗胆碱能、抗组胺、心血管系统和神经系统。"

"他要是真用了丙咪嗪，或许我们会更早在这医院碰头。"司罕微笑总结道。

"你！"女人脸涨得通红，膨胀的头发根根竖了起来，从满头拖布变成了满头钢丝，半晌憋出一句："你们就是不想负责！"

"也得有责才能负啊，"司罕的眼弯成招财眼，"先说好，我跟安乐精神病院呢，一个小时前起，已经处于分居关系了，协议也不稳定，随时可能一拍两散，劳燕分飞，真有什么问题我可不会帮他们兜底，所以您放心，我上门来做预后追踪，奉行的是实事求是的思想路线，不会偏袒任何一方的。"

顾问骞偏开了目光，懒得看这人不分场合地开玩笑，这人是能在停尸房对着死人讲一小时笑话，硬生生把家属讲到去揍他的。

女人见来硬的说不过司罕，试着放软态度，想讨个说法，果然，司罕积极地回应，她刚卸下防备，却听这位好说话先生话锋一转："不过您知道抑郁症是会复发的吗？"

女人一顿，道："就算复发也没到自杀的份儿上啊，他一开始得抑郁症都没有自杀倾向的，总不会越治疗越想死吧？"

司罕没解释抑郁症复发的自杀率，而是问："赵子明为什么在第六个月突然出院了？"

女人的目光躲闪，声音稍大了点："他半年没上过学了，再不去学校功课要跟不上了，他上的是一流市重点校，竞争很厉害的，而且吃药，在家也能吃的。"

"那他在家吃药吗?"

"吃啊,就是不太规律,吃完总说头晕恶心想吐,注意力不集中,没法学习,还会把药倒马桶里冲走,我都怕了他了,只好随他。"

司罕挑眉,慢悠悠道:"他把药冲走,您就不让他吃了?"

"我觉得药有问题,而且确实影响学习……会不会出院后药开错了啊?"

顾问骞听到这里,心下了然,赵子明的母亲在用药问题上越说越离谱,看样子是非要把锅甩给医院。他之前也见过不少家长认为抗抑郁药影响孩子的学习和认知能力,而拒绝让孩子就医的例子,在安乐工作的两年,他发现主动寻求住院的孩子比家长多,奈何监护权不在孩子自己手上,一半都被家长劝回去了,用的理由大多是"无病呻吟"。

他瞥了眼身边的白大褂,见那人那副笑表情跟焊在脸上似的,对这无端指控也不恼,慢条斯理道:"一半以上的抑郁症患者,经过治疗,两年内都会出现复发情况,他出院时正好是病情容易复发的巩固期,这个时候药不能减,也不能停,如果我是主治医生,按他的情况,我可能不建议出院,当然,做决定的还是夫人您。"

女人的头发又竖起来了,这不明摆着说她不顾孩子安危把人弄出院才造成了这一切?"总不能让孩子一直耗在精神病院吧!我是看他稳定了才让他出院的!他才十七岁啊!成绩一直很好的!"

司罕收了笑面孔:"那回去后第一次出现用药不规范,为什么不来咨询,就放任他不吃?任何一种抗抑郁药一旦突破耐受性,突然停药,患者都可能有自杀危险,那时候不来问,出了事才想到医生,医生是你家马桶吗,要用了才记得?"

女人脸色铁青,哑口无言,头发起来了又下去,饱满了又干瘪,站在原地红了眼眶。

司罕又露出一副体己样,温和道:"好歹命捞回来了,还有救,不过……我还有个问题。"

女人现在一听他有问题就条件反射地抖。

"您从刚才起,为什么总是挡着门,好像不想让我们进去?"

女人一愣，下意识拔高了身子，挡的意思更明显了。"你们问也问完了，走吧。"

司罕摸了摸下巴。"小赵同学现在有哪里见不得人吗？"

他转头，对身边那位一声不吭只顾看戏的警卫先生道："您会对女人动粗吗？"

警卫先生道："看情况。"

司罕啧啧两声："确实没长一张绅士的脸……那么，帮个忙。"

说罢就往里冲，女人伸手要拦，司罕居然弯下身子从她胳膊下钻进去了，女人因他这不拘小节的动作迟疑了一瞬，再要转身去追，顾问骞虽然不愿意，还是迈一脚上前，挡在司罕身后，堵了她的步伐。就这么几秒，司罕已经来到赵子明的病床前，看到了昏迷不醒的人。

"他把鼻子割了？"

床上，十七岁的少年闭眼睡着，如果忽略边上的呼吸机和插在颈部气管里的管子，样子看着还挺安详，鼻子上包着纱布，细看，那纱布下塌了一小块，像缺了什么，让整张脸的均衡感显得有些奇怪。

女人似乎有点崩溃，她强忍着，给赵子明掖了掖被子，不断往上拉，像是要把被子拉过他头顶，遮住他的脸，不让外人看到。

顾问骞也上前，赵子明的脖子上有明显勒痕，尼龙线宽度，应该是细麻绳一类的工具造成的，隐约能看出缢沟，呈马蹄形，下深上浅，可以想见这孩子被送来时的危险度，接近缢死了，看痕迹位置，应该不是全缢，双脚没有离地，只靠一半的体重，可能是蹲位或者跪位。

司罕问："资料里只说赵子明是上吊自杀的，他上吊前先割了鼻子？为什么？"

"不知道……"女人显出几分颓唐，"那天我听到房里有动静，他爸撞开门进去时，就看到他脖子吊在门把手上，屁股悬空着，手边有刀，脸上都是血。"

"那是他第一次割鼻子？"司罕问。

女人点头。

"撒谎。"顾问骞突然开口。

女人一愣，有点怵这个高大冷峻的男人。他站着不说话存在感也很强，像开车时，旁边经过一辆大型卡车，她一定会想避开点，可这人却始终不声不响缀在旁边，压迫感明显，让人心总吊着，怕那大车要翻下来。这会儿他开了口，语气有种审讯意味，目光扫过来，好像什么秘密都无所遁形，她都觉得安乐是故意的，派这俩人来，一个唱白脸，一个唱红脸。

司罕指着赵子明被纱布包得严实的鼻子上方露出的一小截痂："他之前就割过了吧？鼻子上的伤口可不止一处啊。"

女人被拆穿，尴尬了片刻，道："是划过几次，但都没什么大碍，我以为他就是叛逆，抑郁症又犯了，不想这次竟然割下来了，我真的不知道他为什么要这么做。"

司罕笑了笑："都自残了也不来医院问问啊，确实，比起这个来，停个药都是小事了。"

女人头低了下去，双手捂住了脸，头发塌下来了，就像美杜莎的蛇发，蛇全逃跑了。"我和他爸爸都很忙……我真的没想到他会自杀……"

司罕看着床上沉睡不醒的十七岁少年，不再言语。

"你在想什么？"顾问骞问。

"想……什么药的副作用，会让人想切掉鼻子呢？"

司罕去上厕所，半小时后才回到病房门口。顾问骞笔挺地戳在门外，跟罚站似的，但司罕靠着墙，一副没骨头的样子，顾问骞每次看他没正形的样子都难受，皱着眉问："怎么去了那么久？第一个预后追踪对象算追踪完成了吗？该问的都问了，报告你做？"

司罕伸了个懒腰，好不容易挺直了身体，摇头道："走吧顾警卫，我们要换地方了，去立华二中。"

"立华二中？"

"赵子明的高中。我刚上厕所路过护士站，偶然打听到了一个天大的消息，你猜是什么？"司罕挤眉弄眼道。

"别废话。"

"立华二中近五个月来，已经有四个学生自杀了，都送到了离校最近的二院。"

顾问骞一愣,五个月四起,几乎每个月都有一个学生自杀,这在任何学校都不是一个正常的数据。

"昨天新送来了一个,在重症病房,我找护士套了一下伤情,你猜他是怎么自杀的?"

顾问骞不配合司罕卖关子,就冷眼看着。

司罕撇嘴,无趣地说:"切腹。"

"切腹?"

"确切来说是切胃,那个学生的刀对准了胃,但没扎准,想划,又痛得没能执行,据说送来时气都快没了,嘴里还念着'胃还在吗',我估计他是在网上查了半天,仔细研究过,草草捅了一刀,还没扎准。"

"另外两个学生呢?"顾问骞问。

"一个已经出院了,一个在其他科室的重症病房,具体在哪儿不知道。"

司罕道:"赵子明突然停药,自残,自杀,情绪波动极大,可能是应激反应,割鼻子这样有指向性的自残行为,如果住院时有过,病历上不可能没有记录。而他出院后,第一时间复学了,除了家庭之外,让赵子明出现如此应激反应的环境,只能是立华二中。"

顾问骞沉默片刻,道:"去看看。"

两人告别了赵子明的母亲。床上的赵子明依然在昏迷,窗外日头拂过他恬静的睡颜,阳光被床头柜上新换的康乃馨占走了几分,正巧在他那被纱布包得严实的鼻子上留下一片阴影,一片花的阴影。

司罕终于还是坐上了顾问骞的车,是辆悍马,车挺旧了,看着有些年头,红色的军用老版,剐蹭处特别多,东一块黑西一块黑,看着跟红色迷彩似的,两边的后视镜也不一样,显然是二手配件,保险杠也有轻微变形,车体某些部位还能看到明显的裂痕。

司罕欣赏了一会儿。"就你这糟蹋法,一年光是换配件就能吃光你工资吧。"

悍马这种油老虎,军用老版笨重体大,还配了装甲,日常使用完全没必要,除了外表能满足男人的审美,优势基本没有,顾问骞看着不像华而不实的男人,他用悍马,司罕有些讶异。

顾问骞没搭理他,听他兀自在那儿数落二手配件,听烦了才回一句:"换不起,你给钱?"

上车后,司罕突然嘀咕了一句:"你知道古代有种刑法叫劓刑吗?专门割人的鼻子。"

"你想说什么?"顾问骞看向他。

司罕耸肩道:"没什么,就是忽然想到了。"

立华二中,市级教育部直属重点高中,一本录取率高达97%,是申城排名前三的一流市重点校。

今天周一,学校漆黑而厚重的铁门紧闭。立华二中是封闭式教学管理,每半个月只放学生回家一次,不允许学生随便外出,从校外走近,几乎听不到什么声音。校内的建筑稍显古朴陈旧,整体是红墙,有些矮楼都没有刷墙,橙砖外露,树木都有些历史了,根粗枝茂,整所校园有种历久弥新的苍劲,学习氛围浓厚,门口的石碑上刻着庄严的校训,字体遒劲有力——卓然独立,越而胜己。

司罕叹了一声:"许久不来了。"

"你来过?"

司罕道:"这是我母校。当年我可是市优秀模范毕业生。"

顾问骞目光移动,扫了一下出入口。"门关得挺严实。"

司罕摆手,朝着门卫走去。"一会儿请你在里头吃午饭。"

"打脸"来得很快。司罕的笑还挂着,语气却显出一丝僵硬:"我真的是老校友了,2007级的,名字还刻在校史墙上呢,母校之光。"

门卫跟打发苍蝇似的:"不认识,就是市长来了也得通报,学校除了半个月一次学生放假外出,其余时候都不开门。"

"那你通报吧,许校长认识我。"

门卫嗤笑一声:"许校长?这都哪年的老皇历了,现在只有吴校长。"

两人迎头吃了闭门羹，一时无言。

顾问骞瞥向身边这位老校友先生。"优秀模范毕业生？母校之光？"

司罕摸了摸鼻子。"我当年真的很有名，时间一长，过气了。"

学校进不去，司罕只得给赵子明的班主任打了个电话，没通。等了二十分钟，下课铃响，电话回过来了，是个女老师，司罕自报家门，说是赵子明的精神科医生，想和她当面聊聊他自杀的事。

陈老师拒绝了见面，坦言道："他休学了半年，我对他不太了解，他和班里的同学也不太熟了，复学不到两个月就出了这样的事，我也很困惑，你可以去问问家长。"

司罕没强求，而是问："上周二晚上，您在给学生上晚自习吗？我看到门卫室的排班表了。"

陈老师一愣，似是没明白他怎么突然转了话题，道："对。"

司罕道："立华二院的护士站，那天晚上有您的访客记录，七点三十分，正是您的值班时间。"

电话那头不说话了。

"陈老师，您对赵子明不太了解，也不关心，却在排班时间偷偷去看他，是想掩谁的耳目吗？"

电话那头沉默片刻，说："我那天值班结束得早，去探望一下学生有什么问题吗？"

"那您去看过立华二中其他几个被送去二院的自杀学生吗？"司罕连忙抛出问题。

那头又哑了，电话被挂断了。

再打过去，关机了，司罕发了条短信："陈老师，如果您想到什么，请跟我联系。"

校门外的两人一时沉默。电话开了免提，顾问骞也听到了，陈老师明显在隐瞒什么，他看向这座学习氛围浓厚的校园，道："会不会是自杀传染？"

"你是说维特效应？"

顾问骞道："每当公布一则自杀消息，自杀率就会上升，人们会模仿自杀手法，美化自杀结果。五个月四起，这个比例，可能是校园内部的自杀传染。"

司罕没说话。突然一罐水从上头泼了下来，差点浇了司罕半身，门卫开窗往外倒茶水，见他俩还在，翻着白眼道："都说了不让进，还在这儿耗什么呢？"

司罕堆起笑脸道："我们不进去，就跟你打听个事行吗？"

"不知道，不想听，不会说。"

司罕："……"

他转头问顾问骞："你车里是不是有几条烟？"

顾问骞："……"

那几条烟进了门卫的口袋，他左右看了看，小声道："我劝你们还是回去吧，学生自杀这事吧，问老师是问不出的，都十一个了，这种级别的市重点校还不得捂着啊。"

两人同时一愣，问："你说几个？"

"十一个啊。"

门卫又絮絮叨叨说了些，他们听到了一串惊人的数字：五个月来，立华二中自杀的学生不是四个，而是十一个，其中四起致死，四起重伤送往二院——也就是司罕打听到的那四个，另外三起轻伤被阻拦，现在已经暂时休学了。

立华二中全面封锁了消息，只对外承认了四起致死的，学生自杀又基本都是在家里进行的，看着确实和学校没太大关系，家属也不愿承认孩子的自杀是因为承受不住一流市重点校的学习压力，导致几乎没有不利于学校的消息传开。

门卫叹口气道："惨是惨，你们是没看到，唯一一个在学校自杀死掉的那孩子，救护车拉出去时，满脸血，手指还插在眼睛里。"

"中邪了，我看他们就是中邪了。"门卫不再多说，似是怕他们告密，要他们再三保证别来了，窗一关，打发他们走。

两人再次看向沐浴在阳光中的校园，苍劲的校训显出神圣之意。

十一个。这座校园里到底在发生着什么？

第二天晚上，顾问骞把司罕约在学校附近。司罕刚上车就被迎头扔了个牛皮纸袋，打开是十一份资料，属于那十一个自杀学生。

司罕吹了记口哨。"怎么弄到的？"

"你不用管，看。"

司罕的目光在顾问骞脸上游移，他笑眯眯地问："顾警卫，你是两年前来安乐精神病院的吧，在那之前，你是做什么的？"

"你不用知道。"

"好歹是合作伙伴，怎么这么冷淡，咱俩不需要建立信任吗？"司罕调侃道。

顾问骞依旧没接他的茬。"资料我昨晚看完了，发现一件事。"

"发现自杀的学生都是霸凌者吗？"司罕接话道。

顾问骞一愣："你也知道？"

司罕把手机递给顾问骞，播放了一段视频，是陈老师昨晚发来的，非常短，只有十秒，是两段视频拼接成的，都是偷拍。

前半段视频拍摄地在厕所，一个穿着校服的男生在挥拳揍人，嘴里骂着什么，还有些侮辱性的举动，他把地上的学生拖起来按到尿池里，偷拍点是厕所隔间的门缝；后半段，还是同一个男生，在操场一角，把一个学生踩在脚下，头按到土里，这段像素不太清晰，视角高，应该是在教学楼上偷拍的。而视频里挥拳辱骂、把人按进尿池的男生，不是别人，正是赵子明。这个因抑郁症自杀未遂、此刻正躺在重症病房昏迷不醒的十七岁男生，竟然是个霸凌者。

顾问骞道："不全是，自杀的学生里，有六个霸凌过别人，曾被学校记录过，但其他五个学生中，也有几个是被霸凌的。除了有六个人是霸凌者之外，从家世、性格、经历到成绩，自杀的学生之间没有太明显的共性。"

"会不会对于成绩好的学生，学校不记录他的霸凌情况？"

"不排除这种可能，但里面还有被霸凌的学生。"

司罕翻完手上的资料后道："有规律，除了霸凌之外。"

他掏出一支迷你手电筒，指头大小，细长，粉色的壳子，光很聚拢,有点像激光笔,但又比激光笔的光源大多了,控光模式非常优越,照着资料,可以只聚焦其中一行,甚至一个字,这种设计极其少见。

顾问骞的目光凝在了那支手电筒上,车内的冷气像是从他身体的每个毛孔里散发出来的,一瞬间他经历了雪崩和海啸,无人知道,而后雪息海停,车内依旧安然,他掩住眼底的骇意,语气尽量平静地道:"手电筒不错。"

"是吧,价值不菲呢。"司罕的注意力全在资料上。

"哪儿买的?"

"买不着,人命换的。"

顾问骞没再出声,手臂贴近衣袋,里面也有个小巧细长的轮廓,他不动声色地看了眼司罕。

司罕照亮了资料上几个学生的自杀方式。"张同学,高三,切胃自杀,重伤在院;方同学,高一,剪舌自杀,因处理不当失血过多活活痛死了;蔡同学,高二,跳楼自杀,重伤出院,双腿瘫痪。"

"你还记得门卫说从学校带走的那个死者吗?手指插在眼睛里,资料上说是吞药死的。"

"记得。"

司罕又补了一句:"赵子明,上吊自杀,但割了鼻子。"

"他们在切除自己的身体部分。"顾问骞道。

"看起来是。"

顾问骞道:"还是那个问题,这个共性也是局部的,有三个学生并没有明显的切除行为,不能作为标记。"

之后,他们按资料去找了那些学生,想询问具体情况和自杀原因,提出愿意提供帮助,但别说学生不愿意见他们,就是学生父母听到他们是从精神病院来的,也把人赶出去了。那个跳楼孩子的家长尤其情绪不稳定,孩子的突然瘫痪使得整个家庭都很阴沉,孩子父亲甚至坚决否认孩子是自杀的,只说是意外重伤。

三日过去,二人一筹莫展,安乐自从把预后追踪工作派发之后,完全"放养",并不在意他们的进度,也不探究他们在做什么,只把他们赶出了医院就行，不愧是废弃项目。

顾问骞脚底的烟头堆积了好几个，司罕用鞋尖把那些烟头移成一朵花的样子，然后被顾问骞一脚踢散。

"这么找下去不是办法，回立华二中蹲点。"顾问骞道。

"蹲点？"

"蹲下一个自杀者。"

二院也得蹲，自杀者大部分在家中动手，会先被送到二院，两人可以兵分两路。司罕却说不用，他翻出一个备注"小慧"的电话。这个备注前后都是什么"小丽""小欣""小玫瑰""小兔子""小野猫"，一看就不是什么正经联系人。

司罕道："她是二院护士站的，再有立华二中的自杀者送到二院，会立刻联系我的。"

顾问骞哼了一声，道："倒是没白浪。"

两人在校外盯梢了三日，车子停得隐秘，下一个自杀者迟迟没有出现。顾问骞索性把车开到校门口，停在最显眼的地方，从车座下翻出安乐的安保服，换上，下车大大方方倚在车前，面向学校。

"等不到，就让他们自己找来。"

司罕从车窗探出脑袋，递出一盏红色的灯。"把它安在车顶是不是效果更好？"是一盏红色警灯。

司罕笑嘻嘻的，眼神探究："我刚刚在车座下翻到的……顾警卫，你车里怎么会备着这个东西，你之前不会真是个警察吧？"

"放回去。"

司罕耸耸肩，把脑袋缩了回去，警灯放回了原处。

车内一阵窸窸窣窣，司罕也下车了，换上白大褂，一脸嫌弃。"你缺德不？自己的安保服叠成整整齐齐的豆腐块，我的白大褂就这么当抹布塞车底？"

"你出来干吗？"

司罕也学他的样子，往车上大大方方一倚，于是现在变成一个警察和一个医生等在校门口，红色的悍马前倚着一黑一白，活像一对来索命的黑白无常。

"目标变大，命中率更高呗。"

校门口的告示牌写明了离校放假日，再过一天，就是立华二中每半个月一次的离校日，会有众多学生出来，肯定有知道自杀内情的，难保不会联系他们告密，也可能先行动的是想阻止事情败露的人。

顾问骞这招化被动为主动，拿自己当靶子，看会吸引来什么。

司罕道："大部分学生在家里自杀，立华二中的学生每半个月只能回家一次，可是家里有什么呢？为什么要回家自杀？"

两人就这么从白天倚到晚上，有不少学生下课向他们张望，但校园内依旧安静，立华二中的教学氛围太浓了，学生们都很自觉。一个小时后，再没人探头，先前的目光跟躲瘟疫似的消失了，单这个行为，足以证明学校内确实有问题。

一天后，学生大批离校，出校的学生有的张望他们几眼离开，有的避着他们的视线离开，直到人走光，也没有一个人来找他们。隐约间，司罕似乎看到一个孩子站在对街的梧桐树后，阴恻恻地注视着他们，当他要仔细看过去时，那孩子又消失在错落的人群中，梧桐树后根本没人。

两天后返校，同样是学生大批进校，依然没人找来，这次学生们甚至连眼神都没分给他们，直接避开了，以那辆悍马为中心，辟出了一个无人经过的扇形。

这是奇怪的，一个学校一定有几个好事者，看到校门口站着警察和医生，不免会来问一嘴，就像每个班都会有个小胖子，有个活宝，这不仅是概率问题，人在群体中会自然形成这种正态分布，哪怕把最无趣的人集结在一个班，这些人中也会出现一个活宝，并逐渐分化得明显，这是群体中的角色分化。

但立华二中的学生，没有一个对他们表现出单纯的好奇，好像原本就知道他们是为什么而来。

立华二中的校门又关上了。

小慧没有发消息来，二院没有接收到新的自杀者，学校也没有什么家长来闹或收拾东西，这个月末放假，没有学生自杀。

告密者和自杀者没等到，先等来了一个老师，是立华二中的教务处主任，杜先格。他严肃着脸过来说道："二位在校门口站了几天了。如果是公务人员，还请出示证件，可以讲明事宜，学校尽可能配合，一直在校门口这般，会影响学生的学习心态；如果不是，希望你们离开。"

"杜老师早看出我们不是公务人员了吧。"司罕眉眼弯弯道。

杜先格一顿。"你怎么知道我姓……"话到一半停住了，他觉得这张脸很眼熟，半晌，讶异道，"你是……司罕？"

司罕立马朝顾问骞扬眉。"看吧，我就说我很有名的。"

教务处办公室，杜先格给两人泡了杯茶，慈蔼地看着司罕。"成人了，还是一样没良心，从没回校看过我一次。"

司罕笑了笑，没应声，向顾问骞道："这是我高中班主任。"

十五年过去，杜先格已经是教导主任了，人还不到五十岁，两鬓已有白发，额部和脸颊轻微凹陷，中庭不长，嘴却宽厚，一副好人面相。以前上班会课时，他和学生打趣，说算命的给他看过相，说他生着一副操心相，爱管闲事，易被拿捏，这辈子就是劳碌命，家人迫他找师傅去改了眉骨，改完脸上平白多出一分凌厉，有点突兀，像给鸭嘴兽换了张鹳嘴，但看着多少有了点威严。

两人寒暄，杜先格聊起司罕在校的往事，感慨道："你现在开朗多了，那时候还是个不会笑的孩子。"

顾问骞狐疑地瞥过去，难以想象这只笑面虎不笑的样子。

"你们来学校做什么？为何在校门口那样？"

司罕提起了那十一起自杀事件。顾问骞没想到他这么直接，按理说立华二中拼命捂这件事，教导主任不太可能跟他们这两个没名没分的外来者承认。

杜先格倒是没否认，叹气道："我也想知道这是怎么回事，十一个。"

司罕问："只有十一个吗？我拜访的家长里，有一两个不愿意对我承认那是自杀，那么是否还有些自杀未遂的学生，家长隐瞒了，把受伤的原因换成了其他的？毕竟如实汇报会影响学校的一些推优评级。"

杜先格又是一阵沉默。"……五个月里，受伤上报的学生共有二十个，确认是意外的有四起，确认是自杀自残的有十一起。"

司罕道："还有五起没能确认，所以自杀者数量可能远高于十一个，甚至达到十六个？"

杜先格不说话。

"杜老师，校园里究竟在发生什么，您对此一概不知吗？"

"我但凡知道，就绝不会让它发生。"

临走时，司罕的目光扫过办公室的角落，高脚柜上摆着一块手臂大小的木质牌位，和整个办公室的欧式格调极其不符，上面没有刻字，是个无名牌位，造型朴素，牌面粗糙，乍一看，像一副立着的棺椁，前方立着一根没有点燃的香。

注意到司罕的目光，杜先格不动声色地挡住了那牌位。

"杜老师去看过马晓明吗？"出门前，司罕像是随口提到般说。

杜先格先是一愣，而后笑了笑道："我每年都去的，倒是司罕你，一次都没去过吧。"

出去后，顾问骞问："马晓明是谁？"

"我高中同学，死了。"

"有听出什么问题吗？"司罕问。

"怎么，你怀疑这个杜老师？"

司罕摇头道："不会，他爱学生如命。"

两人没有直接离开学校，顾问骞被司罕拉去了厕所。"想要知道一个学校的秘密，就得从厕所开始查起。"

像立华二中这种闷头苦读的地方，学生的情绪能撒去哪儿？门一关就能私密动手，门一开又能流通的地方——厕所，才是一个学校真正的秘密交流墙。

两人分头从一层往上查，顾问骞查男厕，司罕查女厕，把隔间门一扇扇打开，仔细地看，窗户边沿也不放过。上课铃打过快三十分钟了，他们只有十五分钟可以查，下了课学生就进来了。

还剩三分钟下课时,顾问骞查完了,去和隔壁女厕的司罕会合。

刚到门口,顾问骞停住了步子,见司罕站在镜子前,右手举着那支小巧的粉色手电筒,朝镜子里打光。他的拇指不断按动开关,被反复照亮的眼睛一眨不眨。他脸上没有惯常的笑容,毫无表情,配合打光的举动,有些诡异。

"司罕。"

司罕的目光从镜子上移向门口,又挂上了浑不论的招财脸。"查完了?"

"嗯。"

司罕收了手电筒,塞回衣兜。"立华二中四楼女厕,下午2点43分,纪念一下,这还是你第一次叫我名字呢。"

"你这边找到了什么?"顾问骞问。

司罕递上手机,翻出两张照片,是在女厕的两个隔间分别拍到的,第一张是写在隔板上的一行字:我不知道会这么严重,我想结束这个游戏,但我害怕变成她。

"三个关键点,"司罕道,"游戏,她,不知道会这么严重。"

另一张照片是一幅小画,被画在隔间门上,非常小,但是很深,像是重复勾勒过的。画上是一个简笔洋葱,表皮有十条棱,代表里面的十层洋葱皮,尖头稍长,但它是横着画的,一个歪倒的洋葱,那十条棱便也是横着的,像十层阶梯,逐层往上,每条棱都被反复描过,阴影很深,而洋葱的尖头随着横画,也指向了一侧,像根指针。

顾问骞拿出了自己的手机。"男厕所也有这个洋葱。"

他拍到的也是横着画的洋葱,也是十条棱,看到时没上心,以为就是不入流的随手涂鸦。

司罕对比着道:"他们画的是一个东西,如果只是普通洋葱,方向和棱不可能完全一致。"

"跟那个游戏应该有关。"顾问骞又翻出一张图,"四楼男厕拍的。"

图拍的是厕所隔间的一扇门,门上有一行很淡的字迹,司罕念了出来:"'是你回来了吗?'"

顾问骞观察着司罕的表情，问："四楼的男厕所，以前发生过火灾吗？"

扫楼时，顾问骞发现四楼的男厕比下面三层干净得多，似乎用的人很少，最里面的隔间被翻新过，和其他几间的样式不同，二中是老校舍，建筑都比较旧，最里面的隔间却是偏现代的风格，看新旧程度应该也换了很久了。

这行字就是在那间翻新过的隔间的门上看到的，写字的人是蹲在隔间里写的。

离开时，顾问骞无意踩到了墙角的一块瓷砖，有轻微的咯噔声，那瓷砖似乎和水泥不贴合，他蹲下身去掰了一下，没掰动，袖口落出一把小巧的蜘蛛军用折刀，他单手打开刃型诡异的锯齿，将锯齿尖头贴向瓷砖缝隙，切割研磨，而后撬动，瓷砖松动了，他掰开一小块，下面的水泥地表层有焦黑泛黄的印迹，以及一些小气孔。摸了一下，是烧过的痕迹，很久了，起码十年，当时应该烧得挺厉害的，渗透了瓷砖，到了水泥地，所以隔间才翻新了，但水泥地的结构已经破坏了。他去其他隔间查看了一下，没找到这种痕迹。整个厕所，为什么只烧了一间隔间？

"那里面烧死了一个学生。"司罕没再看照片，随口道。

顾问骞问："是马晓明吗？"

"嗯。"

顾问骞心里捋了一遍：十五年前，立华二中的男厕所烧死了一个学生，叫马晓明，之后厕所翻新，事情过去，当年马晓明的班主任杜先格现在成了教导主任，他的办公室有一块无名牌位。

离校时，司罕突然道："扫楼时我想到了学生为什么要回家自杀，家里有什么。"

"有什么？"

"有网络，还有手机和电脑。二中严禁带任何电子设备，一流市重点校的学生也自觉，虽然肯定有拿着的，但大头还是在家里。"

顾问骞道："你是说，留言提到的可能是个网络游戏？"

"谁知道呢,"司罕耸肩,看向校园上方的蓝天,"Onion Game[1]。"

之后,两人分头打听这个洋葱游戏,一无所获。

学校虽然极力捂着,看似真的毫无瓜葛,却也因为过于频繁的自杀事件,在校园内贴了很多积极标语。

明天会更好。
你从来不是一座孤岛。
这个世界虽然不完美,但总有人守护着你。

校门口的横幅上写的就是最后一句,但一边不知被谁割断了,掉下来了一个角,遮住了"守护着你"四个字,让这条"鸡汤"标语显得有些讽刺。

蹲点虽然没有收获,但司罕发现有人在跟踪他。夜里回去时在巷子里见到了,是个孩子,站在阴影里,看不清脸,只能在零星月光里感受到一种阴恻恻的注视,那种注视像是一个人从路灯下走开,黑暗突然罩上,像火车穿过后的山洞,像杀鱼厂下班后湿漉漉的地。

司罕的粉色手电筒的光打向了他,那孩子眯着眼偏过头,像某种见不得光的小型啮齿类动物一样逃跑了。

他这样迂回地跟踪了几天后,被顾问骞逮到了。这孩子眼神阴鸷,即使像小鸡崽似的被顾问骞拎着,也没显出慌张。

人看着也就十四五岁,还没抽条儿,分不清是初中生还是高中生,大白天,看清了长相,司罕才明白这眼神是怎么回事。这孩子天生长着一双倒三角眼,有点斜视,看人时眼神就显得晦暗阴沉,有种愤恨,但仔细看,那眼里什么都没有,黑洞洞的,直白而坦诚地盯着你。

"你先把他放下来。"司罕道。

顾问骞松手,那孩子落到地上,又想跑,顾问骞早有准备,孩子一

---

[1] 洋葱游戏。——编者注

个趔趄，又回到他手上了。

司罕哭笑不得，问那孩子："你跑什么？跟了我好几天了吧，是不是有话跟我说？"

孩子一声不吭，视线垂下去，明明是胆怯的表现，那双倒三角眼却把下垂的目光显出更深层的阴鸷来，仿佛正在密谋什么见不得光的杀戮。

司罕看了他一会儿，忽然"嗞"了一声，问："你是……周焦？"

孩子立马抬头，阴恻恻的眼神又把司罕罩住了，杀鱼厂的腥味密密麻麻地笼住他，山洞里空荡而寂寥的风也是。

"你又认识？"顾问骞瞥他一眼。

"什么叫我又认识？你也该认识，他也在预后追踪名单上，之前在安乐住过一段时间，叫周焦，十五岁，自闭症，但他的名字很靠后，按顺序，我们要几个月后才去拜访他。"

顾问骞拿出预后追踪名单，在底部确实看到了这个名字。他问周焦："你跟着我们做什么？"

周焦还是没出声，似乎有交流障碍，他把手伸进口袋，掏出一枚校徽递给司罕。

司罕接过，是立华二中的校徽。"你是立华二中的学生？"

周焦点头。

顾问骞道："二中的学生现在怎么会在校外？他们都封闭在校内上课。"

司罕道："病历写他高一时辍学了。"

顾问骞问："你是不是知道洋葱游戏？"

周焦挣扎了几下，顾问骞把人放开了。周焦一落地，拔腿就跑，跑远又回头，阴鸷的目光罩住两人，看完继续跑。司罕和顾问骞跟了上去。

几天接连在校门口站岗，终于吸引来了一个知道内幕的辍学孩子。

周焦家是三室一厅，一百来平方米，可是除了周焦，就只有一条狗。

来的路上两人把电子病历捋了一遍，顾问骞才发现，这个叫周焦的孩子他是知道的，两年前一起震惊全市的重大杀夫案中，当事人就是周焦的父母，周焦自己也差点死在那起案件里，之后被警方移送至安乐精神病院。这孩子打小就有自闭症，那件事后病情更严重了，也出现了PTSD[1]，但在医院住了不到一个月，他就逃跑了。安乐的安全防御系统很完备，没人知道周焦是怎么悄无声息逃出去的。

今天进屋后，顾问骞大概明白了。满墙都是奖状，红彤彤的一片，玻璃柜里摆着各种奖杯奖牌，周焦是个IT神童，十五岁已经把各个信息技术赛的奖项拿了个遍，两年前跳级上高一，家里出事后就从立华二中辍学了，他可能是自己破解了安乐的防御系统出来的，所以大门的防逃警报没有响。

后来警方在周焦家里找到人，但他本人不愿意回医院，安乐也没勉强，就放他去了。他的名字排在预后追踪名单的底部，也是这个原因，住院时间太短，像这样配合度低、治疗浅的个案，预后追踪的意义不大，是备选。

狗朝两人叫了几声，周焦蹲下摸了一会儿，狗不叫了，他把它抱起来进卧室，司罕和顾问骞也跟进去。

房里有三台主机，五个显示屏，接在一起，组装的形式有点奇怪，不规则，看着不太舒服，各种线头有一堆，键盘上的光亮得花里胡哨，乍一看去，像个炼金术师的魔法台。

周焦坐上椅子，把狗搁在腿上，就开始操作其中一台。那狗也听话得很，趴在周焦那双小细腿上一动不动，身体超出去了不少，腿便小心地缩着，也不管舒不舒服。周焦神色平静，显然早就习惯，甚至意识不到，自己正托着超出那双腿可承受的生命重量。

周焦敲了一会儿键盘，身子往后一移，阴恻恻的眼神又罩住两人，示意他们来看。

小孩调出来的是一个网页，紫黑色的背景，上面悬浮着一个歪倒的巨大卡通洋葱，表面有十条棱，尖头指向一个和背景同色系的大写字母M，正上方是醒目的标题——Onion Test，洋葱测试。

---

[1] 创伤后应激障碍。——编者注

司罕翻出手机照片对比。"一模一样，就是二中厕所的那幅洋葱画。"

顾问骞问："这个网页你怎么得来的？"

周焦依旧没吭声，打开了另一个网页，是立华二中的校园贴吧。他拉出一个聊天记录，有人匿名给他发了这个网址——时间显示是两个月前——邀请他参与这个校园测试，说是只有二中内部的人才可以参与，统计校园关系的测试。

司罕明白了，周焦两年前已经辍学，但贴吧里的人不清楚，周焦的个人信息还显示着高二学生，所以这个校园测试被误打误撞通过贴吧发给了他。

回到洋葱测试页面，周焦点击了洋葱尖头指向的那个大写字母M，网页跳转，紫黑色的背景流动成了一片海的样子，有波纹起伏，而那个横着画的卡通洋葱像是漂在海上的一艘船，随着紫黑色的浪起起伏伏。

一段文字出现：

亲爱的同学，欢迎来到立华二中洋葱号，为了使测试更加真实，请完全代入这个情景。假设你此刻是立华二中洋葱号上的一员，这艘洋葱巨轮载着立华二中全体学生航行着，目的地是一片新大陆，你们要寻找它，但是，洋葱号的船体长期浸泡于海水中，受风浪摧残，支撑不了长途追寻，不得不在关键时刻抛弃一层层腐烂的洋葱皮，当十层洋葱皮全部剥落时，洋葱号将载着立华二中剩余的学生抵达新大陆。

周焦点击确认，页面再次跳转，出现了一道题目，序号写着"5"，这份洋葱测试周焦已经做到第五题了，页面上的洋葱只剩了六层皮。

第五道题目是：巨浪来袭，洋葱号不堪负载，又剥落一层洋葱皮，洋葱皮必须带着立华二中洋葱号上的一名学生沉没，现在决定权在你手上，你会选择让谁消失？

下面的答题框空着。

周焦拉出了几个代码框，查这个洋葱测试的 IP 地址[1]，他单手操作，动作飞快，另一只手在撸腿上的狗。屏幕上的框开始无限次地跳，他不再动手，示意这是想让司罕和顾问骞看的结果，自己一门心思撸狗。

司罕看得眼睛疼，没太明白什么意思，这小孩似乎打定主意不说话，沟通都靠意会。司罕看向周焦，看他撸狗的姿势，这孩子似乎很喜欢捏狗的耳朵，一圈撸下来，总要回到狗耳朵上，反复揉捏。

司罕把手放到周焦头上，模仿他撸狗的方式，捏住他的耳朵。

周焦立马僵住了，身体的某个按键被触发了般，脖子一缩，像个上了发条的胡桃夹子。

司罕蹲下身，和坐着的周焦齐平，望进他阴恻恻的目光。"周焦，发生了什么，你得跟我说话，解释，不是所有人都像你一样聪明，看一眼就懂，你废了这么大力气把我们引回家，如果我们不明白，你这个行为就是无效的，知道吗？"

周焦没给什么反应，发条还在继续走，司罕也就任他发呆。半响，发条停了，周焦开口了，声音有点哑，像从活树上刚劈下的木头，调子也奇怪，似乎是太久不说话了，胡桃夹子点了睛，说："好。"

周焦开始叙述，并不磕巴，和病历记录的一样，他的言语功能受损不大，只是不爱说话，回避接触，叙述上是清晰的，但有跳句断字现象，表达非常精简，以词成句。

周焦刚收到这个链接时，以为是个简单的人际关系测试，立华二中有心理评估惯例，会影响推优评级，贴吧上偶尔会挂一些心理测试题，给学生练手，好在正式测试时达标，这个洋葱测试乍一看，会被当成和那些测试一样的东西。

洋葱测试一共十道题，都和校园人际关系有关，每完成一道题，洋葱皮就剥落一片，提示他离新大陆更近了一步。做了几题后，他觉得不对劲，查了这个测试的 IP 地址，发现是个虚拟 IP 地址，匿名通信系统利用了多项反向代理，难以追踪，如果只是个校园小测试，不需要做这

---

[1] 互联网协议地址。——编者注

种程度的防御,他怀疑起了暗网。但真正引起周焦重视的,是他在进一步深挖时,发现这个洋葱测试的通信路径是量子加密的。

顾问骞一顿。"量子加密?"他听说过这种加密形式,但用在一个校园测试上似乎是杀鸡用牛刀了。

周焦道:"是杀蚂蚁用牛刀,量子计算机都不一定能破解量子加密。"

量子加密的原理是量子力学,量子纠缠现象让两个粒子可以无视空间距离,进行超光速的信息传递,而海森伯的不确定原理,让量子密钥具备随机性和不可复制性,光子被发送的偏振状态和接收端的测量基状态,会随量子态被测量而扰动,任何窃取者拦截光子束,都会更动它的另一个性质,产生误差,被察觉。

但量子加密技术,目前在全球都称不上成熟,更多还在实验范围内,对其投入使用的也多是一些公共部门,像政府部门、金融机构、国防军事领域,在一个高中的校园测试中使用,是绝对不寻常的,这就好像把祖母绿嵌在一枚易拉罐环上,用瓷胎画珐琅碗接一碗白开水,简直匪夷所思。

周焦意识到不对,给立华二中的校长信箱发过邮件,没有任何回应。两个月过去,立华二中出现了频繁的自杀事件,他觉得和这个洋葱测试相关,但他已经辍学了,学校不让他进,直到最近,他发现司罕和顾问骞在校门口招摇过市,似乎在调查这件事,才出面联系了他们。

司罕听完道:"可以返回去重新做吗?我想看看全部题目。"

"不能重做,我截了图。"周焦调出相册。

第一题:洋葱号上总共有二十四个班级,你在其中一个。上船前,你曾给你认识的所有在校学生按喜好度进行了排名和打分,你和最喜欢的人成了洋葱号上的室友,而你离最讨厌的人的位置最远,现在,请列出你的排名。

回答区有列表,可查询年级、班级和姓名,答题者可以随意给在校所有学生打分,3 分是最喜欢,2 分是喜欢,1 分是好感,−1 分是无感,−2 分是不喜欢,−3 分是厌恶。

周焦给自己打了 −3 分,随便给了其他几个人 3 分,题目要求最起码给十个以上的学生打分。

第二题：海上风浪大，洋葱号受损，立华二中全体学生上甲板维修，船体飘摇间，有人推了你一下，你差点掉进海里，你觉得这个推你的人是谁？

回答：周焦。

第三题：洋葱号行进间，剥落了两层洋葱皮，空间不够了，必须有人住到底层危险区，如果分配权在你手上，你将分配哪些学生去危险区？（不限人数）

回答：周焦。

第四题：这时，因为粮食问题，洋葱号上的学生起了冲突，你将帮助船长完成食物的分配，少部分学生将无法获得粮食，请选出这些学生。

回答：周焦。

第五题：巨浪来袭，洋葱号不堪负载，又剥落一层洋葱皮，洋葱皮必须带着立华二中洋葱号上的一名学生沉没，现在决定权在你手上，你会选择让谁消失？

周焦还没有作答。

顾问骞表情凝重，这个洋葱测试在逐层诱导学生升级想象中的伤害。

"莫雷诺社会测量法。"司罕道。

顾问骞问："什么？"

司罕道："一种测量团体内部心理结构和心理距离的方法。

"这个洋葱测试的第一题，要求答题者对在校学生做喜爱度排名，本质是互相评价，其实这就是一种社会测量法，计分都是标准格式，社会测量法能让人快速了解一个团体内的人际关系，谁的人缘最好，谁最孤立，谁最受排斥。

"它被广泛应用于工厂、企业、学校团体等，领导人在调整人事关系、选拔人才时也会参照社会测量结果。当然，测量结果不会公之于众，以免引起人际纠纷。"

司罕目光清明道："如果立华二中学生自杀确实和这个游戏相关，那我知道为什么自杀的学生看起来无规律可循了。其实是有规律的，游戏设计者用这个测试，想要挑出来的人，就是霸凌者。"

他指着屏幕说："这第一道题的重点不在于玩家单独的选择，而是所有玩家都做完喜爱度排名的测试后，系统后台的统计结果，会出现几个学生，他们被最多的玩家选为最厌恶的人，比如学生 A 给学生 C 打了 –3 分，学生 B 又给学生 C 打了 –3 分，那么学生 C 就得到了 –6 分，谁得到的负分最多，证明谁就是团体中最受排斥的人，这才是分数的作用。

"什么样的人，是团体中最受排斥的？"

顾问骞道："霸凌者？"

司罕道："不一定，虽然可能性比较大，但也可能是过于优秀但不合群的人，可能是团体中一直被欺负的万年差生，可能是个娘娘腔，也可能是个掌握话语权的权威者——也就是老师。

"这第一道题将学校所有受排斥的学生类型都展现出来了，包括整所学校的人际关系，出题者在后台对此都能一目了然。"

司罕将页面调回去。"能看出洋葱测试针对霸凌者的，是第二题，'有人推了你一下，你差点掉进海里，你觉得这个推你的人是谁'，题干在诱导答题者进行被迫害的代入，给第一题的受排斥者缩小范围，暗示受害联想，指向霸凌者，这也为后面的题目做了引导，答题者在回答让谁去危险区、不给谁食物、谁该消失时，更倾向于联想那些迫害学生的霸凌者。

"这就是为什么资料里自杀的学生，虽然一大半是霸凌者，但依然有别的类型，似乎不成规律。

"因为误差。那几个没共性的学生，是游戏设计者为了挑出霸凌者，而牺牲掉的小误差。"

什么样的游戏，为了惩罚霸凌者，可以把无辜者的性命当误差牺牲掉？

司罕道："这个出题者显然用心不良，设定 –1 分是无感，而不是 0 分，他在诱导答题者给出更多负分。"

顾问骞道："如果他想针对霸凌者，为什么不在题目里直接写明？问学校里的霸凌者是谁，这样不是更快吗？"

司罕没回答，对周焦道："接着往下做。"

第五题，选择让哪名学生消失，周焦在回答框还是写了自己的名字。一旁的卡通洋葱号剥落一层皮，同时，一个白色的小人，写着周焦的名字，随着那层洋葱皮一起剥落，沉入紫黑色的海底，整片海变得更黑了些。

第六题：为什么选择让这个人消失？

这道题和前面五道题不同，不再有洋葱号的设定，问题简单直接，边上附带了一句提示：答完十道题，你将获得一份属于你的洋葱测试报告。

而且从第六题开始，这个测试没有退出键了，前面五道题都有。

顾问骞让周焦直接关掉网页试试，跳出系统提示：是否确认退出测试？如果此时退出测试，系统将在贴吧公布你前面五道题的答案。

顾问骞蹙眉道："它有你的个人信息？"

周焦道："登录测试，用贴吧名字，能查到。"

司罕和顾问骞脸色凝重起来，这看起来是个匿名的人际关系测试，实际上是实名制的，学生注册校园贴吧会审核年级、班级、姓名，一旦被系统公布，届时答题者前五题的答案将暴露在全校人眼里，包括那个被他选择了要消失的学生，以及那些被他打分选为厌恶的学生。

为了不引起人际关系纠纷，私密排名是所有社会测量的首要保密原则，这个游戏却拿曝光它来做威胁。

顾问骞道："前面五道题是陷阱。"

前五题用假设情境，可以随意退出，又似匿名，混在学生的一系列非主流测验里，不容易让人产生警惕。

周焦继续作答：因为他不该活着。

司罕看了周焦一眼。

第七题：如果要从这个人身上摘掉一个器官或者其他身体部位，你会优先选择什么？

司罕和顾问骞一顿：学生自残行为的源头，应该是这个问题。

两人思索间，就见周焦已经写好了答案，像是完全没有思考：脑子。

第八题：为什么优先选择摘掉此人的这个器官，请给出你的理由。

周焦手速很快，表情没有任何变化：恶果。

这回顾问骞也瞥了他一眼。

第九题：现在有以下若干种死法，你觉得哪种更适合用于让这个学生消失？（可以多选，可以补充说明）

题目下方用图画罗列了数十种死亡方式。

周焦没有看那些死亡方式，直接写了：切割。

顾问骞记得周焦的父亲就是这么死的，尸块被他母亲用来做了寻宝游戏，让他去找，警方赶到时，那孩子已经把他的父亲拼起来了，坐在尸体旁边一言不发。顾问骞再次看了眼这个罹患自闭症的天才少年。

第十题：被你选择的人现在就要消失了，请送给此人一句悼词。

周焦答完最后一题，系统跳出一句话：感谢你为洋葱号筛选出该被丢弃的乘客，洋葱号将更快更好地驶向新大陆。

每答一题，那个卡通洋葱会剥落一层洋葱皮，十层洋葱皮全部剥落后，生成了一份报告，是一份属于周焦的洋葱测试数据报告，里面显示了他在立华二中的喜好度排名：有多少玩家将你选择成了厌恶的人，有多少玩家希望你消失，最希望你消失的器官是什么，希望你消失的死法是什么，留给你的悼词是什么。

周焦已经辍学了，没人提到他，报告上的信息不多，让司罕和顾问骞关注的，是报告展示后系统跳出的问题：你想遵循同学们的意见，就此消失，沉入海底，还是成为洋葱号的管理者？

回答键有两个。左边是"就此消失"，按键是一个绿色大写的 X；右边是"成为管理者"，按键是一个红色大写的 X。

这一步是要看到报告的学生做出选择，是否自杀。

司罕什么都没评价，立刻联系了赵子明的母亲，要看赵子明的电脑。

三人到赵子明家时，赵女士见还有个孩子，有些奇怪，但没说什么，她已经明白这位司医师不太走寻常路。

赵子明的房间门锁着，粉尘很多，很久没人进来了。赵女士放他们进去后，立刻出去了，似乎无法在这房间多待片刻。赵子明就是在这里自杀的，至今没有醒来。她比那天在医院时更憔悴了，像是被那头膨胀的头发吸食了精气，头发越饱满，身体越干瘪，肉体只是华发的托具。

司罕拍了拍周焦，周焦便上前检索起赵子明的电脑，果然，也找到一份洋葱测试的报告，这份报告可比周焦的那份丰富多了。

报告显示：参与测试的 873 名玩家里，有 296 名希望你消失，喜好度排名综合位于厌恶榜第 6 名，其中 53% 的玩家选择先摘掉你的鼻子，给出的原因有它丑、长歪了、痘痘多得像草莓和马蜂窝；24% 的玩家选择先摘掉你的脚，给出的原因是你喜欢踢人；10% 的玩家选择先摘掉你的脑子，给出的原因是你蠢、拉低班级平均分、做事野蛮不思考；4% 的玩家选择先摘掉你的腋窝，给出的原因是你有狐臭……64% 的玩家认为最适合你的死法是吊死，36% 的玩家认为最适合你的死法是淹死，21% 的玩家认为最适合你的死法是分尸……其中包含你所选择的最喜欢的前几名同学。

赵子明，你想遵循同学们的意见，就此消失，沉入海底，还是成为洋葱号的管理者？

这份报告详细到几乎把他从头到脚的缺陷都评价了一遍，即使与他毫无关系的人看着都觉得窒息。这也解释了赵子明割鼻子和选择上吊自杀的原因。

报告的第二页，罗列了一长串新奇的死法，是一些玩家在第九题的死法上做的补充说明，可谓是五花八门：吃自己的鼻子噎死；把身体剁碎堵满厕洞；在身上凿钉子、凿成铁人；喂鱼，喂狗，喂虫子……

而报告的第三、四页是一大片悼词，是那 296 个选择让他消失的匿名学生玩家留给他的。

你活该去死，去死去死去死去死去死去死。

死就完了吗？太便宜你了，千万别投胎，见一次杀一次。

恭喜，我最恶心的人死了。

实在说不出什么悼词来，不用浪费国家粮食了，也算你对社会做的唯一贡献吧。

…………

三人看完，沉默笼罩整间房。

司罕道："这个游戏的关键，是专属报告生成的这一步，这就是为什么测试不直接点名霸凌者，它要让霸凌者自己也参与进来，让他感受到被排斥，深刻体会到自己用暴力营造的虚假权威感，在群体的感知中是多么可笑。

"这是一场针对霸凌者的心理霸凌。"

赵子明因为抑郁症休学半年，回到学校依旧遭到排挤和轻视，这种人际打击对敏感的他来说是致命的，他选择自杀并不奇怪。

周焦还找出了一段聊天记录，发现赵子明点了绿色按键X，选择了消失，有一个匿名联络人加了他，给他发了一张清晰的自杀列表，还细心写明了可操作性。联络人用的是红色字，三号字，很大，鲜红的暗示强烈，更容易刺激他，这个匿名联络人在和他具体讨论选择哪种死法，并诱导合理化他的自杀意念，说"让那些讨厌你的学生都知道你死了，报复他们，吓得他们夜不能寐"。

其间，联络人也一直让赵子明重复画洋葱这个符号，一种死亡象征，精神控制，加深自杀意念。这个符号就是他们在立华二中厕所看到的洋葱图画，看来已经有不少学生走到了这一步，被精神控制着画死亡符号。

02
匿名私密测试

"蓝鲸游戏。"顾问骞蹙眉道。

蓝鲸游戏——曾经风靡青少年群体的自杀教唆游戏,管理者以五十日为期限,让参与者每天凌晨看恐怖电影,听恐怖歌曲,探讨彼岸世界,探讨现实的黑暗,之后每天打卡,实施一个自残行为,必须流血,拍照为证,五十天里自残程度逐步加剧,让参与者被死亡的阴影包围,习惯疼痛和死亡,到第五十天时,坦然自杀。

司罕接诊过蓝鲸游戏的受害者,他很清楚这样的游戏对青少年的杀伤力有多大。洋葱测试比蓝鲸游戏更险恶,测试表面上并不涉及任何危险讯号或自伤自残,甚至套了一层趣味包装。正因为它看起来人畜无害,所以参与者众多,最险恶的地方就在这里,洋葱测试让全体学生都参与了犯罪,游戏设计者自己反而从这件事里择了出去,只是向自杀者提供了全体学生的意见而已。

顾问骞道:"报警,这是一场恶性网络自杀教唆犯罪。"

周焦发现这个匿名联络人用的是虚拟 IP 地址,查不到源代理,洋葱测试的开发度显然已经成熟,玩家和联络人甚至不需要懂通信知识,只需要下载一个傻瓜软件就可以在暗网通行无阻,特别适合学生,这个洋葱测试背后,是个庞大的加密服务器。

"服务器在国内，可能就在同城。如果只是涉及暗网，服务器挂在国外也说不定，但它用了量子加密，就目前的技术，有距离限制，应该不会远。"周焦道。

司罕报了警，交代了事情，把网址给了警方，他们说会马上核实的。

周焦从随身带的笔记本里调出了几段录屏给两人看。

那是洋葱测试的开始界面，一艘洋葱号行驶在紫黑色的海面上，轻轻摇晃着，但这段录屏里，紫黑色的海面上空炸开了烟花，烟花升起的形状，是一个大写的 M，到了空中后炸开成一个学生的名字。

两人立刻认出这是立华二中自杀身亡的学生之一，下面是一行系统提示：恭喜诸位玩家，王咏浩同学死亡，一名学生消失，洋葱号离新大陆更近了一步。

周焦说这是第一个学生成功自杀后，洋葱测试的首页突然跳出来的，玩家都收到了消息提醒，去线上观看。

周焦接连播放了四个几乎一样的视频，区别只有烟花最后炸出的名字不同，分别是那四个自杀身亡的学生。变化的还有一点，烟花顶部有个小的洋葱标志，每放一次烟花，就脱落一层皮，四次烟花放完后，洋葱只剩了六层皮。

顾问骞盯着那个小洋葱，道："洋葱皮总共十层，每脱落一层代表一个学生成功死亡，他要杀满十个学生。"

司罕说："嗯，现在虽然自杀者最多可能有十六个，但确认死亡的只有四个，所以只放了四次烟花，脱落了四层皮，还剩六个人。"

顾问骞指向烟花，问："这个 M 代表什么？每次出现死者名字之前都有 M。"

司罕看了片刻，目光一凝，有些僵硬。

他接过鼠标重新打开网页，跳到洋葱测试入口，紫黑海上飘着巨型卡通洋葱号，旁边是进入测试的按钮 M。"这里是出现的第一个字母 M。"接着调出报告生成页面，在选择消失还是成为管理者那里，司罕指向底部那一红一绿的两个选择按钮："第二个字母，X。"页面再次跳回烟花，司罕指向烟花里的 M："第三个字母 M，三个字母按顺序连起来就是'MXM'。"

顾问骞一愣。"马晓明？"

司罕的面色凝重起来。

周焦点头道："贴吧，传言。"

他调出了贴吧的讨论记录，里面在提马晓明的事，说是马晓明回来了，甚至有一个热帖，飘红挂在贴吧顶部，帖子名字就叫"MXM"。贴吧里只字不提洋葱游戏，却把关于"MXM"的推测挂在最显眼处。

帖子里有人说，这是一个仪式，洋葱游戏是被烧死的马晓明的鬼魂为了报复立华二中学生搞的，帖子里有不少学生附和这些话，讲起了一些不知真假的学校灵异传闻。

顾问骞想起他在四楼男厕所隔间拍到的字迹：是你回来了吗？

司罕沉默，进入游戏 M，选择自杀 X，死亡通报 M，这确实像是一个以马晓明的名字为主线的游戏仪式，游戏设计者在借马晓明之名惩罚霸凌者。

"马晓明十五年前就死了，当时这个学校的学生有的才刚学会走路，你们是怎么知道马晓明的？"司罕问。

周焦道："厕所鬼故事。"

司罕离开了十五年，自然不知道马晓明居然已经成了传说。这样一场学生连环自杀，在有了马晓明的线索之后，结合鬼故事，舆论会朝灵异方向发展并不奇怪，这也可能正是游戏设计者想引出当年马晓明事件的结果。

"鬼故事是怎么说的？"

周焦说是从贴吧里知道的，高三四楼男厕所很久之前烧死了一个优等生，离奇的是只有最后一间隔间着了火，厕所是内开门，门没有被堵住，马晓明却没能开门逃出来，而且厕所都是水，怎么会灭不了火？据说那火烧了四五个小时，人在里面活生生烧没了。马晓明死后依然留在学校，要报复害他的人，但那些人早就不知去向，于是他转而报复新生。

司罕听完没什么表情。顾问骞问："马晓明当年到底发生了什么事？"

没有回答。

顾问骞看了他一会儿，道："这已经涉及公共危害，可能是报复杀人案，如果'MXM'确实代表马晓明，那么制造这个游戏的人一定和马晓明有极深的联系，并且清楚当年发生了什么。"

司罕依然没说话。

这时赵子明的父亲回来了，客厅传来争吵，问为什么把精神病院的人招回家了，还嫌不够丢脸吗？

两人越吵越凶，止于一记拍打声，有什么重物跌在地上，男人啐了一声关门走了。没过多久，客厅传来赵女士压抑的哭声。

周焦的耳朵不知何时被司罕捂住了，他觉得耳部暖暖的，那温度像一种回声，他的记忆里还罕见地留存着母胎里的声音记录，那种流动的空旷的回响，和司罕掌心的温度很像。周焦的倒三角眼显出一种麻木，漠然地看着游戏界面，洋葱号在紫黑色的海里浮浮沉沉，眼角映入了电脑后方惨白的墙，白得营养不良，像馊米的白，灵堂布花的白。

赵子明就是在这样的环境中度过了他的青春期吧？耳边是暴力，眼前是壁垒。什么样的家庭，会教出一个霸凌者来？

沉默间，电脑突然响起提示音，洋葱测试的首页开始放海上烟花，一片紫黑色海洋上，烟花璀璨美丽，氛围喜庆而诡异，烟花先是呈"M"形升到洋葱号上空，然后炸开成一个名字。

恭喜诸位玩家，刘羽琦同学死亡，又一名学生消失，洋葱号离新大陆更近了一步。

三人同时愣住，刘羽琦是谁？这个名字不在他们已经知晓的自杀自残者名单上。他们迅速反应过来，这是新的学生，有新的学生自杀，并且死亡了！

学生都在上课，贴吧空荡荡的，毫无反应，只有烟花反复令"刘羽琦"三个字在紫黑色海洋上空绽放，又一层洋葱皮落了下来，还剩五层。

三人立刻赶往立华二中。

车上，司罕想到洋葱游戏的介绍语，当十层洋葱皮全部剥落时，洋葱号将载着立华二中剩余学生抵达新大陆，这里有两层指代：第一层是放烟花时，十层皮都剥落，代表十个学生死亡，意指洋葱号已经揭掉了身上的烂皮，抵达了新大陆，那些霸凌者就是烂皮，立华二中要抵达的新大陆，是没有烂皮的新大陆；第二层是游戏过程中学生玩家每回答一个问题，就会剥落一层洋葱皮，十层洋葱皮全部剥落，意指该玩家完成测试，抵达地狱，成为凶手的一分子，剩余的全体学生将带着共谋杀死"烂皮"的愧疚在新大陆生活，这是一座坟墓上的新大陆。

洋葱游戏如此险恶，它不只惩罚了霸凌者，还要其余的学生都成为凶手，一并活在罪恶感中。

是谁设计了这样的游戏？为什么要设计这样的游戏？

到二中时，已经晚了，门卫一见他们就摆手说尸体被警方拉走了，还有警察在里面，谁都不让进。人是在厕所死的，门卫说这姑娘邪门得很，特地跑去男厕所自杀，死在隔间里，是被一个男老师发现的。

顾问骞问："是高三四楼的男厕所吗？最后一间隔间。"

门卫一愣："是啊，你们都知道了？"

三人回到车上，一直等到傍晚，出来了两三个警察，其中一人看了几眼他们的车。那人是个领头的，气质精干而峻厉。

七点的时候，司罕收到一条陈老师发来的消息，是拍下来的一封手写信，或称遗书，落款是刘羽琦。

遗书上只有一句话：我喜欢十四日的月亮，满月从下一天开始就会月缺，而十四日的月亮却还有明天，有被称为明天的希望。

周焦认出了这句话，说："动画《千年女优》里面的一句台词。"

司罕给陈老师打电话，许久才打通，陈老师开门见山道："刘羽琦是我的学生。"

今天刘羽琦在她课上突然肚子疼，要求上厕所，然后一直没回来，是一个男老师上厕所时发现的，高三的男厕学生很少用，老师们就常去，他看到最后一间隔间有血流出来，是刘羽琦，那时已经没气了，割腕死的，用的是水笔，笔头硬生生扎进了腕里，戳了个稀烂，那里原本有块胎记。

司罕询问刘羽琦平常的在校表现，是否有霸凌倾向。之前赵子明的霸凌视频是陈老师发给他的，陈老师显然发现了自杀学生大多是霸凌者这个特征。

陈老师欲言又止，沉默一会儿后，道："她不是霸凌者，她是被霸凌的。"

刘羽琦成绩很好，但和同学不亲近，倒是和老师走得近，被学生误会成爱打小报告，更排挤她。欺负她的学生被教务处老师批评了，那些学生就开始传她和男老师有私交，说她吹枕边风，传出各种不堪入耳的传言，甚至还有她考试作弊的说法，但那都是无稽之谈，刘羽琦是个好孩子，要不是她求情，往轻了说，那些欺负她的孩子档案上都得留记录。

遗书是陈老师在她课桌里发现的，她写得很仓促，可能是临时决定的，给死后的自己留一句墓志铭。

"她为什么要去那间厕所自杀？"顾问骞问。

陈老师没说话，又听顾问骞跟了一句："跟马晓明有关吗？"

电话那头明显一顿，语气变得冷漠又防备："你们知道了多少？"

司罕先抛出了台阶："陈老师，我和马晓明是同班同学。"

陈老师一愣，没再说话，就在两人以为对方已经挂了电话的时候，陈老师的声音再度传出。

"前阵子，二中的学生下了晚自习后，莫名其妙搞了一次夜游探险，让抽到签的人去四楼男厕所的隔间，一个人过一夜。我看了贴吧才知道，不知是从哪里传出的，说牺牲一个学生，让马晓明的鬼魂把愤怒宣泄掉，就能救学校的其他人。这个离谱的说法居然有很多人支持，他们一会儿称这个人为祭品，一会儿又称之为英雄，没人愿意主动去做这个祭品英雄，就抽签决定。"

说到这里，情绪始终平淡的陈老师，语气也难免有所波动："这些孩子就跟疯了一样。"

最后抽到签的人是刘羽琦，但她害怕，当天晚上并没有去四楼厕所。教导主任也知道了这件事,在升旗仪式上做出严肃批评。隔几天后,陈老师发现刘羽琦开始在手上画一个卡通洋葱。陈老师顿了一下,道:"和赵子明画的洋葱一样。"

陈老师不再说话,车内气氛凝重。司罕道:"您觉得,她选择在那间厕所隔间自杀,可能是为了向同学们证明自己终究履约了,不止一夜,她今后日日夜夜都会在那间隔间,再也不出去,她到死都在证明自己是合群的。"

陈老师的呼吸不稳,稍有些抖。"可他们不这么觉得,羽琦死后,他们在干什么你知道吗?"

她似乎说不下去,周焦冷静的声音接过了她的话:"在办冥婚。"

他把平板电脑递给司罕和顾问骞。他一直在实时关注二中的贴吧,下课了,总有些偷偷带着手机的学生发动态,贴吧里现在飘红的帖子变成了一个"囍"字。

传言变成了,马晓明是处男鬼,在地下寂寞才捣乱害人,想找鬼新娘,现在刘羽琦把自己送下去了,她本来就是个喜欢贴男人的婊子,正好和马晓明作配,在那间厕所隔间自杀,就是死同穴,完成了冥婚,祝福他们永世在一起,共用一个粪坑。甚至还有人给他们合成了婚照,刘羽琦的黑白照被画上了喜服,还有人把"哈利·波特"系列里在厕所游荡的桃金娘的脸换成了刘羽琦的。

那些不堪入目的言辞和照片让车里的人陷入沉默。

窗外月光照了进来,今天是十四号,虽然不是中秋,月亮也是缺的,但格外亮,刘羽琦都没能等到中秋前的十四号,她在遗书里写"明天的希望",可她没有明天了,她死在她喜欢的月亮到来之前。

打破沉默的是司罕:"她可能对马晓明共情了。"

对洋葱游戏而言,刘羽琦也是一个误差,她不是霸凌者,只是个被排斥者,为了挑出霸凌者而被牺牲的"误差",但她对马晓明共情了,那个长她十五年,享年和她同岁的素未谋面的校友。

马晓明在鬼故事里是个悲剧人物,成绩优异,但被迫害烧死了,她选在马晓明死的地方自杀,可能也达成了某种归宿上的共情,少年的悲剧感是殊途同归的，是在洪流里找另一盏熄灭的灯。

陈老师被提醒，想起了什么："对了，前几天，羽琦问过我，她和马晓明是不是很像。"

司罕一顿，表情微妙："她主动提的？"

陈老师道："她好像以为我见过马晓明，但我是七年前才来二中任职的，没有见过马晓明，似乎是有人这么跟她说的，说她和马晓明像一对并蒂莲。"

司罕的脸色凝重而古怪起来，问了句不相干的："学生们传她和男老师走得近，是哪个男老师？今天发现她尸体的那个吗？"

陈老师一顿，犹豫着道："是教导主任，杜先格，之前抽签夜游的事也是他批评的学生。"

警察没再去过立华二中，刘羽琦的死似乎随着自杀判定不了了之了，学生照常上课下课，氛围和以往一样，有种死寂的麻木，校园却依旧笼罩在神圣的日光里。司罕那天报的警没有激起水花，顾问骞倒是不意外，警方遵循结案原则，如果已知信息可以给案子归因，具备结案条件，那警方就会结案，不拖延浪费人力。

五个月内，加上刘羽琦，校内自杀一共只有两起。在家中实施的自杀行为，没有致死的，校方都没有公布。就这两起，联系不强。

而他们提供了一个来自校园贴吧的趣味测试网站、一份自杀未遂者的游戏报告和一份聊天记录，信息量虽大，但警方是否会联系起来查，还有待观望，毕竟自杀属于民事，不会分到刑事去。

司罕道："如果信息量不够，那给他们加到够呢？"

话没说完，顾问骞就知道他想干吗了："先不说你这是教唆未成年人实施黑客行为，这样来的文件源头不正规，也做不了证据。"

"不需要作为证据，引起重视就行，让他们自己来查。"

顾问骞注视着司罕。"别把你在安乐的那一套带出来，你是不是对破坏规矩有瘾？"

司罕也没恼，笑嘻嘻地打诨："规矩不就是逾矩的人带来的嘛，意识到被破坏,文明才会想进步嘛。"

"歪理。"

尽管遭到反对,司罕还是让周焦黑进了所有自杀未遂的学生的电脑,找出他们的洋葱测试报告,一并给警察送去。也没避着顾问骞,当着他的面,看着他的冷脸,周焦键盘敲得飞快,还是机械键盘,噼里啪啦响。

真的拿到报告后,两人的心却更沉了,每个自杀未遂的学生的电脑里,都有洋葱测试的报告,这说明他们确实都参与了洋葱游戏,自杀于众人的排斥中。

这几份报告里的学生,几乎都排在社会测量厌恶榜的前几名。切胃的学生有将近一百公斤,非常胖,报告里多数学生选择让他消失的理由是嫌他吃得多,说他每天在食堂打两三份饭,跟猪一样,建议切掉胃。挖掉眼睛的学生被说有斗鸡眼,还经常泛红流泪,怀疑有传染病,希望挖掉。他们还看到一个轻伤休学的,这个学生朝太阳穴自残,脖子上也有伤痕,被发现得早,制止了。他的报告显示,他的厌恶榜排名其实并不靠前,而是在大约中间的位置,但对他的评价里说要切除他的脑子,原因是他太聪明了。

太聪明了,就去死吧,没有为什么。

周焦看着那行悼词,久久没有移开目光。

这是一项表面上匿名的私密测试,学生发言几乎无所顾忌,肆意戏谑,进行毫无缘由的人身攻击。

气氛凝重间,司罕突然道:"这是想象中的恶,这个世界上,没有任何人的私密想法经得起公布,一个人的脑子里有多少邪恶念头,可能自己也掂不清,法律和道德约束的是具体行为,我们得允许人有想象中的恶,想象中的恶和实施的恶,是两码事。一个人可以在脑内疯狂诅咒一个今天踩了他脚的人,但他不会真的用刀去剁了这个人的脚,所以不用很失望,这是游戏设计者深谙的道理,在无所顾忌的私密空间里,想法是没有限制的,他就是要接触这个游戏的人对人性绝望罢了。"

学生做测试时，不知道自己的选择会被对方看到，更不知道有人会因为自己的发言而死，他们是在无对象地做这件事，攻击只在"私密日记本"的范围内产生。

隐私不是罪恶，罪恶的是将隐私曝光的人。

司罕"咦"了一声道："这里只有九份报告，还缺一份。"

自杀的学生一共有十一个，除去赵子明的，这里应该有十份报告，但现在只有九份，还缺一个叫阮玉桑的女生的报告。

周焦道："她没有报告，她没玩到最后。"

"没玩到最后为什么会自杀？她根本没看到社会测量的结果啊。"

阮玉桑是自杀未遂，现在在二院重症病房，他们去了两次都没见到人。

周焦调出一份贴吧帖子，之前是个热帖，在扒一个ID[1]叫"玉阶生白露"的学生的身份，这个学生的洋葱测试被曝光了，所有人都看到了她前面五道题的选择。玉阶生白露就是阮玉桑，她玩到第五题，没有再玩下去，也没有管系统会公开答案的威胁，直接退出了。

系统果真将她前五题的答案都曝光了，所有人都知道了她对全校学生的喜好排名，知道她希望谁消失，让人吃惊的是，她选择令其消失的那名学生，是她的闺密。阮玉桑因为模样姣好，在学校小受关注。班级同学在帖子里解释，那个闺密叫吴白露，她叫阮玉桑，所以她的ID叫玉阶生白露，两人表面上关系真的非常好，谁也没想到她选择的最讨厌的人和想要令其消失的人，都是吴白露。

同学们议论起她的虚伪。没有人会跳出来承认自己玩了这个游戏，因为承认了就会被逼问前五题选择了谁，猜忌和恶意都会倒向这个人。只有阮玉桑被拉出来当了靶子，接受所有人的恶意，闺密和她绝交了，那些被她选为厌恶的人的学生更是轮番来质问她。在某次升旗仪式上，人群拥挤间，她不知被谁推下了楼，差点经历踩踏事件，之后她经受不住排挤，自杀了。

而自那之后，贴吧里不再公开讨论洋葱游戏，全都是代号和捂了不

---

[1] 用户名。——编者注

知道多少层的"马甲"[1]，唯恐被人知道自己参与了测试。"马晓明"代替洋葱游戏，被挂到了高处，大家用讨论一个鬼魂的热烈，来掩盖参与游戏的心虚，也更没有玩家敢半路退出或声张了，他们见识到了系统的恐怖，洋葱游戏成了一个公开的秘密。刘羽琦就是在那之后的第二个靶子，用来巩固"马晓明"、掩盖洋葱游戏的靶子。

司罕想起先前在女厕所拍到的那句留言：我不知道会这么严重，我想结束这个游戏，但我害怕变成她。

这个"她"，应该就是指阮玉桑。

有过的疑惑得到了解答，但全校这么多学生，真的会因为系统的威胁，因为想象中的后怕，而没人举报这件事吗？

游戏设计者给出了解决方式，他把想象中的威胁，变成了真实的威胁，他让所有人看到了违背系统的下场。

所以阮玉桑尽管不是霸凌者，也没得到自己的报告，却也自杀了，其实是一样的，她没有崩溃于虚拟的社会测量中，而是崩溃于真实的社会测量中。她是这个游戏的规则示范，所有玩家以她为锚定点，多米诺骨牌似的旋散开去，集体成了哑巴，开始共同遵守游戏规则。这个锚定点也制造了更多的霸凌者，她明晃晃地站在那儿，引诱学生的恶意升腾发酵，向她这个具体的靶子涌去，恶意从网络背后进入了现实。

司罕隐约触摸到了游戏设计者的心态，他在亵玩人性，他也许并不只是想揪出霸凌者，他在搅乱这所学校，制造更多黑暗。

周焦调了张截图出来，是阮玉桑的前五题，她在喜好度排名那一题里，把赵子明和刘羽琦写在了讨厌的人的位置。风水轮流转，玩家并不知道抒发恶意成为"凶手"的自己，是否也是别人挥刀的对象。

司罕将这几份洋葱报告打包，附上所有在贴吧的相关信息，整理了一份详尽的资料包，报警发了过去。

他也给立华二中传了一份，给校长信箱、年级信箱还有杜先格都发了，警示学校立刻肃清这场在学生中蔓延的洋葱游戏。

---

[1] 常用 ID 以外的 ID。——编者注

最先有行动的，还是赵子明和刘羽琦的班主任陈冰。

晚上七点，立华二中的晚自习铃响过五声，一个女人从学校走出来。

司罕收到陈冰的短信，陈冰让蹲点的司罕和顾问骞把车开到隐蔽处，离学校三百米外。顾问骞的车停在了商业街，女人不知从哪个地方出现，敲了他们的车窗。这个一直通过手机偷偷给他们信息，又对他们无比防备的女教师，第一次出现在他们面前。

陈冰上了车后座，递给他们一份洋葱报告。令人吃惊的是，这份报告的署名，竟是她本人。老师也参与了这个游戏？

陈冰道："老师有另一个系统，但毕竟是成年人，不太会为这种打击去自杀。"

"另一个系统？"

陈冰也是某天收到的这个链接，测试是匿名的，又有趣味性，她以为只是教职工的团建测评，做完之后，收到了自己的报告，知道了它的恶意属性，她依然没当回事。是偶然的机会，她发现学生交上来的作业本上画着一个洋葱，和那个洋葱测试的图案很像，第二天她想去找这个学生询问时，得知他在家中自杀了，但是伤情不重，现在休学了，之后出现接二连三的自杀事件，她隐隐觉得和这个测试有关，直到司罕找上她。

顾问骞问："之前警方来调查时，为什么不说？"

陈冰没回答。

司罕问她是否其他老师也都知道洋葱游戏，陈冰说她不知道，可能有的老师根本没点开，不在乎那些东西，没有重视，说完就拉开车门，并表示希望他们当今晚没见过她，报告随便他们怎么处理。

陈冰走入了夜色中，商业街的霓虹灯把她送入了黑暗的巷子，像她不知从哪儿出现的一样，又凭空将人抹了去。

"她撒谎了。"顾问骞道。

司罕心不在焉，揶揄了一句："你还能听音辨谎不成？"

顾问骞没否认，而是道："概率不高，一个人撒谎的特征有很多，有些不一定体现在声音里。"

司罕一愣，转头朝身边人看去，打量了好一会儿，目露惊奇，但没有怀疑。他第一时间就相信了，不只是因为顾问骞这个人，这个人就像游乐场里最极限的那项设施，不花里胡哨，最简单的运动，就能拉满感官刺激，根本不用也不屑于来虚的，他不会为这种听起来虚无缥缈的事过嘴瘾。

而且是有这种能力，犯罪心理学早年也有相关理论，人在说谎时声音是有密码的，音调、共鸣腔、语速、录音基频、声波等在不同状态下都有微妙区别，但声音一般得配合微表情来鉴谎，多作为辅助，还需要声谱仪。科学上，声纹也并不像指纹那样具有唯一性，它早年被纳入过刑侦鉴谎研究，但那一系列的微表情侧写、心理画像等，基本都已经被现代刑侦技术淘汰了，现在测谎都在神经系统层面，像顾问骞这样单靠声音辨谎是极其困难的，如果不是体质特殊，就得受严酷的特殊训练才能达成。

司罕的目光兜了一圈，摸了摸下巴道："那我以后跟你说话是不是也得小心啊？"

"怎么，你经常说谎吗？"顾问骞对上他的视线。

司罕耸肩，浑不论的笑又挂上。"谁知道呢。"

从陈冰的话中，可以得出几个信息："另一个系统"说明洋葱游戏显然具备强大的校园关系网络，不只在学生中运行，还在教职工中运行，一个系统评价学生，一个系统评价老师。

陈冰虽然来了，但她和学校还是利益共同体，不想成为举报者，于是把证据交给对这件事感兴趣的他们，让他们替她去报警。

而她说其他老师可能没点开洋葱游戏，不重视，显然不一定是事实。洋葱游戏的特征，是关系的互评，他们尽管没见过老师版本的洋葱游戏，但只看报告就能看出，内容里有比学生版本更直接阴暗的东西，参与了测试的教职工，显然付不起报告被公开的代价，成年人的关系网络比学生的更脆弱，也涉及更多利益。

又一个疑惑解开：为什么屡次向学校警告却没有回应。看似是校方觉得小题大做，但事实上，可能正是因为老师们也参与了这场游戏，唯恐自己的报告被公布，被其他人知道自己参与了测试，所以一直忍而不发，大事化小。

顾问骞琢磨道："这个测试会不会就是校园内的公用职工测评？"先前只知道学生参与，现在得知老师也参与了，这就匪夷所思了，像陈冰提到的，一开始以为是教职工测评，所以点进去了。

司罕道："你怀疑杜先格？"

顾问骞没说话。杜先格是他一开始就怀疑的对象。首先，洋葱游戏的设计者得有全校学生的年级班级分布名单，来做莫雷诺社会测量，这个人必然有掌握学生资料的渠道。其次，这个游戏设计者能在第一时间获取学生死亡的信息，能区分哪些学生是自杀未遂，哪些学生是自杀身亡，大部分学生是在家里自杀的，但烟花炸开的时间和学生的死亡时间相差不久，游戏设计者显然能很快精准确认学生死没死。学生死亡后会向哪里报告？

教务处。

如今连老师的信息都有，设计又像教职工测评，莫雷诺社会测量本来就是一项用于各类单位的选拔测量，是某种考评模式，教职工考评也是杜先格的教务工作，再加上先前刘羽琦自杀、她和杜先格的传言，综合来看，他的嫌疑很大。

顾问骞知道，像自己这样对莫雷诺社会测量不太了解的人都能想到这些，司罕不可能没想到，但杜先格是他的高中班主任。

"不可能是公用测评，"司罕摇头道，"如果是公用测评，所有人答题都会更谨慎，因为他们知道站在背后审视他们答卷的是行政老师，会给他们做道德判断，洋葱测试绝不会出现如现在这般真实的残忍。"

顾问骞没接茬，问了一句："杜先格办公室的无名牌位，是立给马晓明的吗？"

司罕一顿，没说话。

顾问骞点了一支烟，下车去了。

他们都知道，马晓明是这个游戏设计里的关键，设计者是借着马晓明的名义在实施"正义的报复"。谁会为马晓明做这些？杜先格是马晓明的高中班主任，照司罕的话来说，是一个爱学生如命的班主任。

三日后，是立华二中本学期最后一次出校日，再回来就是期末考试期了。

红色的古旧悍马车身侧，依旧是如洪流般穿梭的学生。他们的校服是绿色的，朝气蓬勃，人却像挂在衣架上的空衣服，每一步都死气沉沉，如傀儡一般。

不知是不是错觉，司罕觉得立华二中变得更沉默了。他想起了马晓明的脸，那个戴着眼镜的少年最后在火中的笑意。好似当年马晓明那些撕心裂肺的惨叫，已经用完了这所学校全部的声音，往后的十几年，它都沉寂着。

周焦联系了司罕，说洋葱游戏的玩家数量暴增了。

"暴增？学校总共这么些人，怎么暴增？"

周焦说："游戏开放了无限重玩模式，一个玩家可以反复测试，所有的测试结果都会叠加在报告里。"

司罕眉头一蹙。这意思是，一个玩家玩十次，在测试结果中他就提供了十组数据。

两人赶到周焦家里时，发现门又是半开着的，客厅没人，也不怕招贼，他们每次去都是如此，大门刻意开了个60度的角度，卧室房门和厨房门也一样，三扇门在屋子里形成了一个隔空错位的等边三角形，像个特殊的仪式，患有自闭症的孩子总有些令旁人费解的执着仪式。

周焦坐在房间里，盯着面前的五个显示屏，腿上搁着狗，一只手摸着它的耳朵，一只手捏着鼠标，一副废寝忘食的样子。

"你经常随便放陌生人进家里吗？"顾问骞道。

周焦摇头。

司罕跟了一句："那我们呢，万一我们是坏人呢？"

周焦的倒三角眼终于舍得从屏幕上移开，阴恻恻地罩向他。"你不是坏人。"

"你怎么知道？"司罕笑道，"坏人会在脸上写'我是坏人'吗？"

周焦没回答，手把狗的耳朵捏成了麻花状。

周焦说就在昨天，他发现可以重新做洋葱测试了，第一次做的测试记录并没有被删除。重做,意味着做完将获得一份新的报告,游戏在诱导学生进行报告的更新,获取自己在校喜爱度的最新排名,而那句'你想遵循同学们的意见,就此消失,沉入海底,还是成为洋葱号的管理者?'将一次又一次地出现在新报告里,如同死神锲而不舍的邀约。

司罕道:"开放重玩,更深的恶意在于数据的叠加。"

"怎么说?"顾问骞看向他。

司罕道:"假设,你和我都是立华二中的学生,你非常讨厌我,讨厌我到希望我死,而你现在已然知道,讨厌一个人,只要在这个洋葱测试中体现出来,那这个人或许就会死,甚至会按照你给出的方法去死。

"我也许是霸凌者,也许不是,也可能不是被排斥者,总之,你不满意我还活着,于是你开始一次次不断地重做,每次都选择让我消失,增加数据量。你一个人做十次测试,从我获得的报告里看到的,就是有十个人要我死。那如果你做二十次呢?做一百次呢?有两个像你这样讨厌我的人,你们各做了一百次呢?"

顾问骞蹙眉道:"那他们就是真正参与犯罪了。"

如果这真的发生了,学生开始利用洋葱游戏为恶,案件性质就变了,之前还是被半胁迫着无知地进行想象中的恶,从这里起恶就变得具体了,他们知道诅咒真的会让人死亡,而他们开始疯狂诅咒。

这个游戏设计者在一步步向观看者揭示学生的恶,揭示在一种规则背后,人类会如何迅速理解并利用规则采取恶行,他是真的要拉全体学生一起犯罪,堕入地狱。

司罕思索道:"洋葱游戏为什么突然开放重玩了?"

"快放暑假了。"周焦道。

暑假,学生们将有大把时间接触网络。

顾问骞道:"游戏设计者想在暑假掀起更大的洋葱游戏热潮。"

司罕摇头道:"那他完全可以到了暑假再开放重玩,而且开放重玩,并不会掀起游戏热潮,反而会毁了这个测试。"

顾问骞和周焦看向他,用目光询问。

司罕道:"所有测试都有熟练期和倦怠期,比如抑郁测试三个月内只能做一次,多做会影响效果,因为被试者对题目熟悉或倦怠了,甚至已经知道答案,而洋葱测试翻来覆去只有这十道题,重玩一定会影响效果。随着大范围地重做,学生不久就会明白,这本质上是很多人在重复地做,数据并不真实,那么即使获得了被排斥报告,体验到的打击也会打折扣,甚至对游戏报告免疫,这不是游戏设计者希望的。现在开放重玩,短期内确实能把打击推到高潮,但这只是一场疲软的狂欢,再进行下去,要不了多久,到暑假中期,洋葱游戏就会失去它的魅力。"

顾问骞问:"那你怎么想?"

司罕看着那个摇晃的紫黑界面,思索着道:"他这么急着在这时加大力度,不惜以牺牲洋葱游戏为代价,要放暑假了……除非他在暑假有什么事情做不到……"

司罕目光一凛。"我知道了,游戏设计者就是在学校工作的,暑假学生会大范围在家玩洋葱游戏,本是更容易催化自杀的,但这个人暑假不在学校,无法第一时间收到学生的自杀结果,也就无法准确放出死亡烟花,所以他宁可牺牲洋葱游戏,在暑假前把剩下的自杀者凑齐。

"那就不一定是杜先格了,学生死亡这样的事,即使放假了也会报告给学校,教师群传得也快,不会晚多久。"

顾问骞道:"那就说明,这个人不在教师群里。

"会不会是学生?"

司罕没回答,他顿了一顿,道:"还有一个原因——要在暑假前完成十场谋杀。"

"什么?"

司罕的目光落在紫黑色的洋葱上。"马晓明的忌日要到了,他就是死在暑假前,高考前最后一天。"

室内一时静默,气氛沉重。太危险了,接下来的两周内,可能至少会有六个学生自杀身亡,还不算自杀未遂的。

司罕道:"再去报警试试?"

顾问骞这次却一反常态道:"来不及,走刑事案件关这个网站,得先立案,核实案情就得以天计算,没有这么多时间可以浪费,得走网侦渠道，把它作为非法网站处理，能关快点。"

司罕狐疑地看了他几眼，难得没调侃。"怎么操作？"

顾问骞道："洋葱测试本来就是个非法暗网网站，只要被网侦注意到就行，想个办法把事情闹大点，招来不正常的高频流量，其他的我来办。"

司罕突然可惜地"啊"了一声。

"怎么了？"

"忘了录音，该把你刚刚那句录下来的，以后你再骂我坏规矩，就给你循环播放。"

顾问骞面无表情地盯着他，直把他盯得收了笑脸，干正经事。

"闹大点……"司罕咂摸了下，突然低头问周焦，"你能破解量子加密吗？"

顾问骞怀疑自己听错了，这问话的轻松语气，仿佛量子加密是什么大白菜，说煮就煮了，这话别说问个高中生，就是问世界顶级的黑客，也得给司罕翻白眼。下一秒，他就听到这个高中生也轻飘飘地回道："可以，不过对方可能会发现被动过密钥了。"

顾问骞："……"

他再次低头认真看这个倒三角眼的自闭少年。"不是说量子计算机都不一定能破解吗？"

"看算法，没有什么是绝对不能破解的。"周焦一边说着，手没停，仿佛操作完全不需要耗费注意力，"洋葱测试的后量子加密是 SIDH 算法，在数学上是个计算超奇异椭圆曲线之间同源的困难性问题，椭圆是很优美的曲线，能可视化为二维或任何维度，在这些广义对象之间创建映射关系。它作为加密算法很优越，但只要理解它的数学定律，破解就不难，对此二十五年前的论文里就已经论述过了。密码学界的更新是很快的，人类闲着无聊，自己出的题，总想去破解，就总能破解，只要一个数学基础理论，单核 CPU 就能搞定。"

顾问骞还是第一次听他讲这么长又连贯的话。他说完话，手就放了下来，三台主机开始自动运行去找密钥，而他则抬头问司罕："要做什么？"

司罕倒是不惊讶，直接道："把所有玩家在洋葱测试后台的答题数据都拷出来，对这些数据进行统计分析，就能知道哪几个学生处于极端被排斥的状况，可以重点防范他们自杀。"

"你想模拟洋葱游戏的后台？"顾问骞道。

"嗯，他能看到的，我也要看到。"

周焦道："好。"

司罕笑了笑，又道："既然都进去做客了，总要留点礼物才礼貌，放一场烟花给他们吧，顺便拜会一下这位我们素未谋面的游戏设计者。"

陈宇是立华二中高一的一名学生，他今晚本来打算早睡，但辗转反侧，无法入眠，父母在门外沉默地收拾着餐余，新闻声音调得极小，几乎听不见。但这种刻意的放轻，反而让电视声如蚊蝇般钻入他的耳朵，更折磨人，他们家一向如此，一到八点就全家安静，说是要给他营造出学习和睡觉的氛围。可他根本没有睡，也没有学习，父母总是一副专为他牺牲的样子，可明明即使没有这冠以为学习之名的安静，这对夫妻也没有什么话能聊。

他翻来覆去，还是打开了那个网站，心跳陡然加速，他害怕那个洋葱。周末回家刚拿到手机时，他就收到了系统发来的消息，说可以重复测试了。他一直没有上线，他不想做那该死的测试，那艘摇摇晃晃的洋葱号，是他不知多少个夜里的噩梦。

可今夜他还是打开了它，要说这个游戏有什么魔力在牵引他，一定是他在里面填写的那个名字。他总是心悸地等待每一次烟花炸开，出现的会不会是那个名字。好像死神正站在他背后，等那个名字真的出现了，镰刀就下来了，一刀，带走了那个名字，也带走他。这让他焦虑又战栗，说不清是恐惧还是期待，也许只是希望事情快点发生，快点结束这折磨，等着他的是地狱还是天堂，他都不在乎。

时间显示晚上七点五十九分。

他盯着那飘摇的洋葱号看了一会儿，想退出，下一刻，晚上八点整,界面上忽然炸开了烟花,先是升起一个大写的"M",而后炸开成一个名字。

他盯着那烟花,先前难以排遣的一丝隐秘期待和好奇,在看到烟花里的名字时消失了个干净,凉意覆满脊背。他甚至惊呼了一声,惹来父母的询问。

与此同时,一些匿名的隐秘群组里,消息提醒疯狂闪动着。

陈宇戳开了其中一个,群里的名字都只是一串串数字,谁也不认识谁,谁也不知道那一串串数字背后是谁,他不知道是谁第一个建立了这个匿名群,自己迷迷糊糊进去了,像抓住了紫黑海上的一块浮木,他无法一个人承受洋葱游戏,他必须和人站在一起,分散罪恶感。

屏幕上一串串数字 ID 刷得飞快,像一组错乱的代码在狂舞,群已经沸腾至极,传言如瘟疫般弥漫开,惊慌如蝗虫般席卷了这个周末夜里立华二中的全体学生。

恭喜诸位玩家,马晓明同学死亡,又一名学生消失,洋葱号离新大陆更近了一步。

今天的烟花里炸出的名字是马晓明,可谁都知道,现在的立华二中,根本没有一个叫马晓明的学生。

放这场马晓明死讯的烟花是司罕的主意,意在把所有玩家都吸引到线上来。

它放了整整一个小时,比之前所有烟花的燃放时间加起来都长,这让学生们更惊恐,私下传播更快,到烟花放完时,在线人数超过了一千五百人,有些人反复上线下线,还造成了一些卡顿。

烟花放完,周焦也没删除代码,他打破了固件层,把这段外来代码嵌在了底层程序里,似乎就是要它的主人看到,像跑进别人家里撒野,还在床头拉了泡屎那般,故意恶心人。周焦可以肯定对方不是黑客高手,不动它不是因为过于谨慎,而是不知道怎么处理,对方更像是被送了洋葱游戏这个"傻瓜软件",按部就班操作,而不是设计者。

顾问骞之后持续关注着手机,发几条消息,打了两个电话,在等着什么。

司罕问他:"行不行啊,学校就这么些人,能造成高峰流量吗?要让网警注意到,是不是得弄出再大点的网络瘫痪啊?"

顾问骞道:"不是网警,是 AI。它注意的不是量,是比较,峰值突破寻常,就会被注意,而后判断网站性质,有怀疑的就会上报,层层人机筛选。"

司罕的语气听不出好坏:"这么灵敏?"

洋葱测试不在浅网,普通的 AI 嗅探不一定覆盖得到,洋葱测试之前肯定也有过异常峰值,但一直没被发现,多正常,网络世界堪比宇宙,一颗卫星不可能很快注意到太阳系尽头一只叫了的小虫。

"它可以,"顾问骞似乎不愿多说,"鸡或许不会走去园子的另一头,但你在那里撒一粒米,它就会飞过去。"

司罕点点头,问:"你让周焦插在烟花代码里的那段密钥,就是你撒的米?"

顾问骞没说话,默认了。

司罕忽然意味不明地笑了笑道:"那理论上,你朝天上撒一把米,鸡就能飞去任何地方。"

顾问骞依然沉默,但眼神里露出了些许警告意味。

司罕对警告的解读一向是相反的,他直接问:"这个 AI,市民知道吗?会知道吗?"

顾问骞没有回避,只道:"安全之下,没有隐私,这是迟早的事。"

屋子里再没人说话,气氛一时变得微妙,也没人注意到周焦罩向顾问骞的倒三角眼。

司罕将周焦从洋葱游戏后台窃取出来的 1328 份玩家信息导入统计工具,而后占了周焦的电脑,开始分析数据。

可能是屋里太安静了,顾问骞没话找话地问了一句:"你会做这个?"

司罕笑了笑道:"怎么,我看着不像会的?就像专会给你捣乱惹事的是吧？洋葱测试说白了就是个量表，分析量表都不会，你不怀疑我是怎么毕业的吗？"

司罕是精神医学专业，同时修了心理学博士的双学位，方向是认知神经科学，测量数据、分析量表是他的科研日常，做了精神科医师，也是医教研一体化的，临床、教学、科研，三手都得抓，只是司罕的个人风格可能过于强烈，让人总联想不到学究。

这满嘴的讽刺，顾问骞听了也不恼，这才是正常的，比不出声的司罕让人舒服点。不一会儿，司罕就完成了数据分析，还顺带做了因子分析和矩阵分析，以及量表的信效度检验，给这个洋葱测试打了个分。

司罕摇着头评价道："这洋葱测试的信度不行啊，才0.5，及格线都没到。"

"信度？"

司罕道："信度是评价一个量表的可靠性的，评判标准是重复做多次结果是否一致。比如一个学生第一次做洋葱测试选择了让赵子明消失，那他第二次做是不是还会选择赵子明？第三次呢？如果重复做四五次答案都一致，表明信度高，该量表确实能测出被试者稳定可靠的回答，是有效的；如果每次答案都不一样，就说明这个量表的信度低，玩家答题有随机性，不能代表他真实稳定的想法，量表不合格。"

顾问骞问："所以呢？"

司罕耸肩道："就是随手一做，批评一下，职业病。"

结果导出后，报告上显示出了几个得分拔尖的学生，他们是被排斥者，获得了高死亡票。

顾问骞记下了名字。"现在就是要重点防范这几个学生自杀？"

司罕道："并不保险，他们只是自杀的可能性比较大而已。人的敏感度不同，这几个学生面对这样一份报告不一定都会要死要活，也可能满不在乎。同样，有些并不属于被排斥者的学生，哪怕只获得了零星几个死亡票，也会难以承受，甚至崩溃，用心理学的话来说，每个人都是一只材质和容量各不相同的器皿，有的人能装下一口井的硫酸，有的人，半杯水就溢出来了，我们要防范的，依然是所有学生。"

"时间紧,能再缩小范围吗?"顾问骞问。

司罕想了想道:"周焦,找一下二中历年的心理评估报告,二中有这个传统,虽然学生为了过检不一定真实作答,但能筛一份是一份,尽可能找出高激惹型人格的学生和有抑郁倾向的学生,结合他们在洋葱测试的得分,再来筛。"

周焦刚要动,就听顾问骞冷不丁悠悠道:"非法入侵公共机关一旦造成泄密、控制、篡改信息,都是要判刑的,立华二中是教育部直属高校,轻重不好说。"

司罕嗤笑一声,不知道这人这会儿摆的什么谱,先前那句"安全之下,没有隐私"也不知道是谁说的。"那你来?"

顾问骞表情都没变一下。"别瞎玩,拿了就走。"

周焦很快黑进二中系统,跟条猎犬一样嗅了个遍,似乎没什么值得他感兴趣的东西,他很快调出了学生的心理评估报告,司罕快速排查,顾问骞在司罕的指导下辅助排查。

周焦没事做了,便整理了一下从洋葱游戏服务器窃出来的后台玩家数据,发现一件事:有30%的玩家都进行了重复测试,其中将近5%的人,重复游戏的次数都在十次以上。

这话让两人一顿,司罕担心的事还是发生了,学生真的开始利用洋葱游戏的规则作恶了。

周焦调出了几个学生的数据,他们的测试次数被标红了出来,甚至有高达四十次的。这四十次,是分给了不同的学生,还是全都集中在一个人身上?真的有学生,如此憎恶一个人,要彻底保证他能消失,如此狠毒?

室内的气氛又沉闷下来,只要再有一个学生死亡,洋葱测试就从自杀教唆游戏变成真正的杀戮游戏了。

打破气氛的是司罕:"记得我刚刚说的,这个测试信度不高,不能代表玩家可靠、稳定、真实的内心想法。"

顾问骞一顿,他才明白司罕刚刚那一通"随手一做"的用意。司罕显然已经料到这个结果了,于是准备了为"人性"的开解,为谁准备的，也许是为他和周焦，也许是为之后的查案人员，也许，是为当这个游戏彻底被公布，凶手被缉拿后，学校剩下的那些认为自己做了凶手的惶惶不安的学生。

顾问骞像是第一次认识司罕般，认真地看向他，似乎明白了这个"疯子"为什么是个"疯子"。普通人看到第一步时，他已经在第十步接着摇摇欲坠的人心了。

顾问骞洗了把脸，把三人通宵整理出的高危学生名单和资料全都带上，准备出门，也没说去哪儿。离开前，他把固执守在电脑前的周焦拎着后脖领提到了床上，让他睡觉。周焦的倒三角眼阴恻恻地罩着顾问骞，顾问骞就看回去，两人大眼瞪小眼了一会儿，周焦老实了。

司罕倒是精神得很，比他都清醒。面对顾问骞探寻的目光，司罕道："我晚上从来不睡觉。"

顾问骞离开后的第二天，申城市公安总局给司罕回电了，详细询问了洋葱游戏全过程，说案子已经移交刑警大队重案组，正式立案了。谁也不知道本来没动静的警局怎么突然这么高效，司罕看顾问骞的目光更高深莫测了。

而让三人真正松口气的，是当晚，周焦说上不去洋葱游戏了，网页找不到了，那天顾问骞撒的米起作用了。

警方的人开始频繁出入立华二中，从学生到教师逐一排查，拷走了相当一部分电脑信息。

两人继续在周焦家集合。虽然测试网站关掉了，但已经拿到报告的学生依然存在自杀风险，时间紧迫，谁也不知道游戏设计者会再使什么招，警方一天没抓到人、查封服务器地点，这种风险就存在一天，要进一步筛选可能自杀的学生，防范其自杀行为。他们随周焦混迹于各个地下网群，探查消息。

他们每次上门，周焦家的门总是开得犹抱琵琶，一个精确又刻板的60度，像是迎接，又像某种试探。两人从未动过那扇门，第一次顾问骞下意识要把门开大，打破那个令人不太舒服的60度时，司罕阻止了他,之后就再没人动过,这个家里所有的门都保持开启60度,人侧身堪堪经过。

而周焦家的那条狗,本来没有名字,被周焦"狗"啊"狗"地叫,司罕让他给宠物取个名字。周焦说不会取,取了名就要负责,就要驯养它。

司罕愣了愣。"你现在没在驯养它吗?"

周焦摇头道:"我们只是一起住在这里,它是房客,我也是。"

这条狗是两年前的某个下雨天,自己摸进这扇开成奇怪的60度的人类家门的,进来之后,就没再离开过。

司罕看了他一会儿,即使知道那双倒三角眼没有恶意,被它全神贯注盯着时,还是会有不好的联想。那是一双不被上帝祝福的眼睛。

司罕笑了笑道:"你以为驯养是什么呢?你们住在一起,但互不干涉?当你把它抱到腿上,捏它的耳朵时,你已经在驯养它了。"

周焦好一会儿没说话,隔天,孩子跑来问他,怎么给狗取名。司罕本来想说,你父母怎么给你取的,你就怎么给它取,话到嘴边又咽了下去,只说"用你自己喜欢的事物取就行",食物啊,玩具啊,或者某个明星,都行。

周焦把那条狗取名为"司罕"。有时候在周焦家听到这个名字,司罕总分不清是在叫狗还是叫自己。

顾问骞限制了周焦的黑客行为,让他把先前入侵洋葱测试服务器和调取学生档案的过程写了一份报告拿走了。

有时折腾晚了,两人就在周焦家住下,周焦给两人拿了父亲的衣物,那已经是遗物了。

一次,顾问骞把车停在便利店旁,司罕去买饭,车里只剩了顾问骞和周焦两个人。周焦专注盯着平板电脑,顾问骞从后视镜观察他。这孩子对视线分外敏锐,居然看了回来,两道目光在镜子里相遇,倒三角眼有种凶意。别人或许不清楚,顾问骞却知道,周焦父母的那个案子没有结案,周焦当时也是嫌疑人之一。

顾问骞看了看外头哼着歌进店的司罕,突然问:"你为什么这么喜欢他?"

周焦也看过去，半响才道："他放了我。"

顾问骞一愣，好一会儿才反应过来。"两年前是他把你从安乐放出去的？"

周焦默认了。

顾问骞了然，这倒确实像是这个疯子能干出来的，周焦失踪事件可在医院闹了好一阵子，这么大一个孩子，又是凶杀案的受害者和嫌疑人，丢了医院是要被问责的，司罕为什么要放走他？而且从三人碰面起，司罕一直是一副不认识周焦的样子，故意装的？

正想着，窗子被敲响了，放下，是司罕笑眯眯的脸。"顾警卫，给点钱，我手机落家里了。"

他又补充道："多给点，我们要吃肉。"

顾问骞把钱包扔了出去。

吃饱喝足，还没惬意够，就出了件事，洋葱测试的网页恢复了。

在网站关闭了三天之后，玩家像饥渴的鱼群一样拥了上来，在线人数一下升至八百人，这还是在校期间，在被警方警告过之后。

顾问骞的手机响了几次，接连接了几个电话后，他面色稍显凝重，走到屏幕前，问周焦："怎么回事？"

周焦没有回答，继续敲了会儿键盘后，抬头问顾问骞："被攻击了？"

顾问骞一顿，没想到周焦这么敏锐。他没说话，但态度已然让周焦得到了答案。就在五分钟前，申城公安局网络中心遭到了黑客攻击，警用数据链被劫持了，在断网了三秒后，重启进行了物理隔离。

尽管反应很快，处理迅速，但这断网的三秒还是被网友注意到了。司罕正在刷微博，看到一个热搜词条突然蹿了上去——"申城警局断网三秒，漏接十七个报警电话"。不出一分钟，热搜词条又消失了。

五分钟前，是洋葱测试重新开服的时间。司罕联系了一下眼前的事，咂摸过来，有些吃惊："洋葱测试干的？"

周焦道："我们被耍了，那粒米，是它诱导我们撒的。"

他组织了一会儿语言，要把这场小型网络战说清楚，对他来说有点困难。

"洋葱测试的底层程序里有一些原始参数,没什么意义,冗余地缀在代码池里,像毛衣上的线头,你看到了也不会去剪,但那不是线头,一些恶意程序会以这样分散的方式插在代码池里,不被注意,受到攻击时,这些零散的原始参数会合成恶意程序,植入对方数据库,再分散成线头,混过防御系统。警方动手将洋葱测试关闭时,就被咬住了,它蛰伏了三天,五分钟前开始了攻击。"

顿了顿,他又道:"我之前入侵洋葱测试时看到过这些'线头',没注意。"

司罕了然,这有点像逆转录病毒,把自身的遗传信息打碎,安插到人类细胞的基因组里,混过免疫检验,一直潜伏着,到条件合适时再进行感染。这种病毒难以根除,人类基因组里有8%的基因,是祖先被逆转录病毒感染留下的遗迹。

周焦继续道:"这次的攻击是DDoS,利用TCP/IP协议握手缺陷,是易攻难防的典型。这还是那个恶意程序操控的虚假源不多,否则不会是三秒断网就能阻止的。"

顾问骞蹙眉道:"你进警网了?"

周焦摇头道:"没有,我猜的,警网瘫痪的那几秒,洋葱测试也瘫痪了,是DDoS吧。"

顾问骞默认了。

周焦语气依然平平,说出来的话却如平地惊雷:"这次攻击警网,学生也参与了。"

司罕问:"什么意思?"

周焦解释道:"DDoS,分布式拒绝服务攻击,利用大量合法的分布式服务器对目标发送攻击请求,导致目标服务器拥塞,造成瘫痪。它简单粗暴,利用的是网络节点资源,只需要控制数百、数千台被入侵后安装了攻击进程的主机,协同发起进攻,包括但不限于个人电脑、IDC服务器、智能设备、手机、打印机、摄像头等,而原始主机只发布命令,不参与IP攻击,好隐藏逃脱。

"简单来说,今天给警网数据中心发送大量服务请求数据包,造成瘫痪的,不是洋葱测试,而是当时在线的八百多个学生玩家。他们的手机里是什么时候被植入的攻击程序,可能是今天开服上线的时候,也可能是我那天放烟花的时候。"

顾问骞脸色难看。"他疯了。"

司罕好一会儿没说话,表情微妙。"他到底是多恨这些学生,非要拉他们下地狱?"

看来洋葱测试关闭的这三天,所有风平浪静都是假象,那天他们自以为是放的马晓明烟花,正中了那人下怀,把恶意程序植入了来找麻烦的警网,今天它恢复网页,在开服的瞬间,吸引大把学生上线,给他们植入攻击程序,让学生们在不知情的情况下用自己的设备集体同时向警网发动黑客攻击,造成瘫痪,上了热搜。洋葱测试再一次让凶手隐没在幕后,把学生推到了台前,还是这么大的违法乱纪的台前。

游戏设计者在把事情闹大。无论是警告、挑衅、反击,还是别的什么目的,这都不再是一个单纯的校园内部自杀教唆游戏了,它上升到了公共层面。

司罕感到一种强烈的违和,最初一个小小的重点高中的校园内部测试,居然走到了这一步,似乎从周焦发现量子加密开始,这种违和就一直存在,就像面前有一只蚂蚁在解剖大象。

司罕问:"洋葱测试一开始的目标就是警网?"

周焦道:"不好说,恶意程序就像根鱼线,放在那儿,咬到哪条大鱼都是赚的,警网可能是恰好撞上去了,可能不是。"

虽然就这么几秒,警网不知道被偷了多少数据。鱼线放在那儿,总是为了钓鱼的,洋葱测试没那么简单,准确来说是它的服务器没那么简单。室内一时再无话,只剩下周焦从始至终敲击键盘的声音,机械键盘五颜六色的光亮得晃眼,像有生命般跃动着。

沉默许久的顾问骞忽然问:"你从刚才起一直在做什么?"

周焦头也没抬。"打穿洋葱测试的 root 权限[1]。"

---

[1] 根权限。——编者注

司罕一顿，低头看周焦，发现这孩子虽然表情平静，倒三角眼沉如死水，语气也没有波动，但好像是生气了。洋葱测试里那些没被注意到的"线头"，可能对他还是有影响，尽管这不怪他，没人能想到一个小小的高中校园测试会埋这么多雷，这对他是新的一课。

如果像周焦说的另一种可能，学生手机里的攻击程序不是今天开服时安装的，而是那天他们放那场烟花时，病毒就已经植入了——那天的上线人数最多，植入率高，可能性还挺大的——那他们都被"借刀杀人"了。

最初提出要撒粒米的警卫先生倒是看不出什么自省情绪，他按住了周焦。"别动它。"

周焦没有停手。

"是要挟，学生是人质。"

周焦停了下来，和司罕一起看向了说话的顾问骞。

"通过这场攻击，洋葱测试在展示它能随时让学生参与犯罪，它在用学生的清白，要挟警方别轻举妄动，不然它随时能送来一窝少年犯。"

倒是没想到这一层——司罕挑眉，顾问骞似乎对这种犯罪信号的角度格外敏感老练。

周焦不再动了，键盘上浮翠流丹的灯光暗了下去，倒三角眼老实了几分。

"现在不关掉洋葱测试，很快就会出人命了。"司罕插了一句。

屏幕上，洋葱测试的后台显示登录人数已经破千了。

关站三天，警方出入校园，把学生们弄得人心惶惶，而越是这种时候，恐惧让他们越是想聚在一起，为秘密狂欢，为罪恶沸腾，唯恐下一次关站就是永远，玩家们争分夺秒地做着洋葱测试，无限地获取着自己最新的喜爱度排名，无限地诅咒着某个人下地狱。

这场狂欢加速了洋葱游戏的进度，他都有点佩服这游戏设计者了，这一次虚假关站，是一石多鸟啊，他们那粒米撒得真是宛如敌军奸细。

司罕不由得看了眼顾问骞这"奸细头子"，对方似乎没有这个自觉，表情泰然自若，不知道在想什么。

周焦忽然说了一句:"恶意程序清干净需要时间,这期间它再进攻的话,安全系统可全是漏洞。"

顾问骞的眼神又露出警告意味,似乎让周焦别动歪心思,不该关心的别关心,但他没回避问题,道:"不会。"

周焦看了他一眼。是不会进攻,还是不会有漏洞?这个人好像完全不担心这种情况,对防御系统这么自信?漏洞都补好了?哪儿能这么快。

司罕的目光巡回一圈,咂摸出些什么——顾问骞提出撒米时,是不是就有恃无恐?

周焦像是想到了什么,倒三角眼微合,移向了桌上的相册,没再说话。

顾问骞离开之前,让周焦什么都别做:"等。"

司罕走到窗边,看着顾问骞上了他那辆破铜烂铁般的红色悍马,但车没开走。从不清晰的车窗看进去,警卫先生的嘴巴一张一合,在说些什么,但车里没人,他也没在打电话。

他在和谁说话?自言自语?

十分钟后,顾问骞从红色悍马里下来,回了周焦家。

之后的两天,三人关注着立华二中的消息。没有自杀者出现。周焦一直坐在电脑前,司罕每每过去,都见他专注地盯着屏幕。

"你在看什么?"司罕问。

"围观网络战争。"

可那屏幕上分明什么都没有,就只有桌面。现在的孩子都这么神神道道吗?

这场仗打得怎么样,司罕不知道,洋葱测试一直开着,没有再404[1]过。

---

[1] 表示页面无法找到的错误代码。——编者注

03
学校里的稻草人

这边网络战打得火热,那边一个意外的消息传来:昏迷已久的赵子明醒了。

司罕和顾问骞立刻准备赶往医院,刚出门,却撞上两个警察上门。

两个警察先是看了顾问骞一眼,而后转向司罕道:"请问是安乐精神病院的主任医师司罕吗?"

"我是。"

警察出示了证件。"现在怀疑你和立华二中自杀诱导游戏相关,请配合我们回去调查。"

这个发展谁都没预料到,司罕短暂地愣过后,笑着问:"我怎么就成嫌疑人了?"

"你是立华二中毕业的吧,和马晓明同届同班。"

"这又说明什么?"

警察道:"洋葱游戏的设计者跟马晓明关系匪浅,他的亲属只剩下他父亲,在他死后就返乡了,音信全无,而当年马晓明被烧死,你也是目击者之一,你又有心理学背景,是有能力和倾向设计洋葱测试这样的量表的。"

司罕点点头。"就因为这些?"

这态度让警察不太舒服，蹙眉道："我们找到了马晓明当年的日记，他在日记本里提到只有你一个朋友。"

朋友？顾问骞看向司罕，这人对马晓明的态度始终模糊，他一直以为二人只是同学关系。

"算不上朋友吧。"

警察刚要说什么，却被打断了。"这本日记，是从立华二中教导主任杜先格那里得到的吗？"

警察稍一愣，严肃道："证据来源不方便透露。"

司罕笑笑。"我知道了。"

警方把司罕带走了，目送警车开走后，顾问骞拨了一个电话，很快打通了，是个利落肃穆的男声："顾队。"

"怎么回事？"

司罕从警局出来，已经是第二天了，审了二十八个小时，本来还要更久的，先崩溃的是审讯的警察小虎。

司罕每个问题都回答，但捞不出一句有用的，花里胡哨一通"魔法"攻击，反而把警方获得的信息套了个遍，他第一次见这种越审越清醒的人，自己到后来都有点精神不支了，司罕依旧是那副百毒不侵的笑模样，还反过来向他们授意调查方向。

他以这样一个理由为自己撇清嫌疑："退一万步讲，真是我要做，手法不可能这么粗糙，信度这么低的社会测量量表，也过不了我的美学观啊，稳定的数据才有意义。"

小虎没明白什么叫稳定的数据才有意义。

司罕道："我吧，对人类想象中的恶，也就是内化的道德底线，毫无要求，一个青春期的不稳定人格所释放的'人性'，激不起我的兴趣。他不同，这个游戏设计者，显然对学生的性本恶充满热情和恶趣味，多幼稚，那是他强行诱导出来的恶，却要拉普世人来垫背，行为心理学家都不玩这套了，就他还在过时的实验里扬扬得意。"

"驯兽师成功把动物鞭打得跳火圈时，就是这种得意。"司罕笑盈盈的目光里满是讽刺。

小虎让他讲人话。

"我有点渴了。"

小虎咬牙去给他接了杯茶,听他挑剔了一下茶叶和水温,而后慢条斯理地啜着水,仿佛喝的是什么琼浆玉液,不是隔夜的凉茶。

"青春期学生的特征,是人格的不稳定性,"司罕道,"你不能以他跳下去的那一刻归纳他的人格,也不能以他站在国旗旁宣读自己最高荣誉的那一刻归纳他的人格,这就是不稳定数据的无意义性。如果成年人的人格是一条有迹可循的线,那么青少年的人格,就是无数个跳跃变动的点,还没能连点成线,你不能抓住它某个偏离过远的点,就把他的人格按这个点划定,这是傻瓜做法。"

小虎闷了半晌,道:"那如果某个学生犯罪了,他过分偏离的那个点,就是他的底线啊,触犯了法律他就是可以被定罪的,无论大人还是小孩,都有不可逾越的线。"

司罕摆摆手道:"具体情况具体分析嘛,我们就说洋葱测试的前提条件,它把所有人弄去了大洋航行这样的极端情况,人又不是时刻都处于这种极端情况,不然我们构建文明做什么?构建文明的意义,是摆脱野蛮,而摆脱野蛮,首先摆脱的就是这种极端的环境和选择,没事干吗要去考验人性呢?他们本可以不在洋葱号上的呀。"

那种一拳打在棉花上的感觉又出现了,面对这个人,小虎总是拿不出十分的底气说些什么。

司罕又道:"当然,不排除个别同学已经连点成线,反社会得很明显,但即使要针对他们,也无须拉上全校陪葬,洋葱游戏的设计者针对的不是你所说的'某个学生',而是全体学生,换句话说,他针对的是学生的人性。"

"可我们中华本土田园式的学生,大部分连人都还不是呢,他要怎么从他们身上探究人性啊,好笑呢,他们的成人礼,在高考之外。"

小虎沉默了片刻,问:"那么马晓明呢,他和你是什么关系?"

"同学关系。"

"只是这样?"

"只是这样。"

小虎蹙眉道："可他在日记里写你是他唯一的朋友。"

司罕眉眼弯弯道："我们总得允许人一厢情愿吧。"

顾问骞到警局，接到的是精神抖擞的司罕，任谁也看不出司罕被审了一夜，倒是那位审讯警察形容枯槁，好似丧失了生存意义。

他从电话里知道了大概情况，当对方倒抽着冷气问他这人到底是个什么鬼时，顾问骞道："一个不睡觉的鬼。"

司罕拉开车门。"早上好。"

顾问骞望着后边看鬼一样目送他的小虎，问："你干了什么？"

司罕挑眉道："兄弟，不能这样主次颠倒吧，我可是被当成嫌疑人审了一天一夜呢。"

顾问骞把热乎的豆浆油条扔给他，堵上那张不着调的嘴，红色悍马朝立华二院飞驰而去。路上顾问骞接了个电话，脸色一变，车急刹停到了路边，司罕正吃着，豆浆溅了一脸。"怎么了？"

"赵子明又自杀了。"

到医院时，赵子明已经盖着白布了。他醒过来后，还没挨过一天。

司罕面色难看，因为接受审讯，司罕错过了二十八个小时，这二十八个小时也许可以对这孩子做紧急干预，把他救回来的。

赵子明的母亲晕厥了，听护士说，赵子明的父亲昨天在他醒了后来了一次医院，夫妻俩不知道为什么吵了起来，早上，赵子明就自杀了。

看赵女士嘴角明显的青肿，两人也明白发生了什么，这个生理学上的父亲，后来直到儿子死都没再出现。

赵女士醒来后，司罕表示希望她可以向外界，尤其是学校，对赵子明的死讯保密。赵女士浑浑噩噩，也不知听到了没，一言不发。学校在这时来电话了，是杜先格，听说赵子明醒了，来问情况。司罕紧张地注视着赵女士。

赵女士目无焦点，沉默了良久，淡淡地道："他刚吃完饭，睡着呢。"

之后来了两个警察，司罕记得他们，之前在立华二中校门外见过。

领头的那个姓姜，是刑警大队的，气质利落，目光精明，走路带风，教练、法官、行刑人——让人看一眼就会联想到这些职业，长着一张容易让人听话的脸。司罕被带去警局接受审讯时也看到过他，正在教训下属，口才厉害得很。

司罕和顾问骞被赶了出去，房门紧闭。约莫二十分钟后，警察才从病房出来。司罕提出希望警方对赵子明的死亡消息保密。

那位姜警官不知道的，好像挺讨厌他的，严厉道："这件案子已经移交警方了，你们无关人员就别瞎掺和了。"

"我们是报案者，不算无关人员。"

姜警官瞥了司罕一眼，没理会，从兜里掏出几张监控照片，照片上是顾问骞那辆拉风的红色悍马，还有他俩穿着安保服和白大褂靠在车边的照片。"这是你们吧？不管你们的目的是什么，这都增加了警方的工作量和干扰项，停止这种行为。"

司罕刚要解释，姜警官又道："车主是你们中的谁？"

"我。"顾问骞道。

"你跟我过来一下，例行问话。"

顾问骞跟着姜警官走了，司罕看着两人消失在医院安全出口的楼梯门后。走的是紧急通道口，姜警官在前，顾问骞在后。下了两层阶梯，姜警官用目光扫过楼梯每一处，确认这里没有摄像头，停下脚步，从包里掏出一只防窃听器，朝四周仔细扫了扫，没反应，而后扔在消防栓上，等了一阵，波形一直平稳。他转头，先前那副严肃脸变了样，笑嘻嘻道："顾队，我演得还行吧。"

顾问骞想了想，还是没告诉他，这其实没必要，司罕早猜到了，这会儿可能正在笑姜河那"行云流水"的演技。他伸出手，姜河立刻把照片递他，顾问骞一张张看了起来。

姜河道："视频已经摘出来了。"

"辛苦。"

姜河笑得有些流气，哪里有半点刑警大队队长平日里那副要吃人的凶相："这点小事不算啥，不过顾队，你现在毕竟名字已经从警局画掉了,下次掺和这种事,还是注意点吧,你那车那么显眼,确实有点麻烦。"

"老欧说什么了?"

"也没说什么……"姜河摸了摸鼻子,"他就……让我给你带句话。"

"什么话?"

姜河清了清嗓子,摆好姿态,模仿道:"让那狗东西要么给我消失得干干净净,要么滚回来堂堂正正干活,再偷鸡摸狗的就逮进来关他个十天八天!"

楼梯间一时沉默。顾问骞道:"老东西中气还挺足。"

"别说,你一走,他那山崩地裂的脾气还挺久没发过了,局里都说他更年期过了。"姜河笑道,"顾队,所以你到底什么时候回来?这都两年了,而且你不是在安乐吗,怎么到外面掺和起案件来了?"

"我被赶出来了。"顾问骞道。

姜河一愣,表情立马严肃起来:"他们发现你了?"

"还不确定。"

"要跟上面报告吗?"

"先不说。"

姜河点头,眉头紧蹙:"这帮王八,真是属泥鳅的。"

顾问骞从兜里掏出一支小巧的手电筒,手指大小,造型别致,光源一开,优越的聚光效果能立刻将它区别于其他手电筒,竟和司罕那支一模一样,只有颜色不同,司罕那支是粉色的,顾问骞这支是青灰色的。

顾问骞问:"产地查到了吗?"

姜河看到这东西,眼底闪过一丝惧意。"没有,它的材料太特殊了,国内外注册过的工厂都没有生产这种手电筒的,黑市也没消息。"

没得到回应,姜河又道:"这玩意儿是'那里'的准入证,只有去过'那里'的人才有,除了你之外,警方没有活着出来的人,只有这一支手电筒的线索,找起来确实是大海捞针,实在没头绪,技侦只好根据材料里的菌群,派了一个生物地理学家摸去非洲找火山了,到现在都没消息。"

顾问骞转着手上的小手电,"嗯"了一声,什么都没说。

姜河摸摸鼻子。"既然都被安乐赶出来了,不如就直接回来吧,顾队,总是耗着也不是办法,你,趁早节哀吧。"说完,姜河紧张地咽了口唾沫,这话两年前他说过一次,挨了一拳,之后就再没提过。

这次顾问骞倒是没什么反应,只淡淡说了一句:"她没死。"

顾问骞和姜警官回来后,司罕再次争取,那个姜警官虽然态度依旧强硬,但言辞里的意思是,保密也是警方要做的安排。

傍晚,顾问骞跟着姜警官去拿车。那辆红色悍马被扣下了,司罕跟着赵女士回了家。家里没人,赵女士把自己关在了房里。

司罕用赵子明的电脑登录了QQ,把所有社交软件的个性签名都改成"我重生了"。

赵子明的死讯被瞒着,所有人都以为他还活着。

改完后,司罕用赵子明的账号登录了洋葱游戏,重新做了一次测试,获得了一份新报告,报告底部又出现了选择按钮:就此消失,还是成为管理者?

他这次点击了右边的"X",选择成为管理者。系统迟迟没有反应。

司罕让周焦把赵子明家的IP挂到了他的手机上,离开了赵子明家。

他等了一天都没有动静。第二天半夜,一个联络人加了过来,备注是:恭喜你,成为洋葱号新的管理者。

联络人叫X27,他发来的第一句话是:我喜欢你的个性签名,你应该重生。

司罕:你是谁?

X27:我是谁不重要,重要的是你成了管理者,就是重生,你现在站在了洋葱号的上帝视角。

司罕:我不明白,成为管理者要做什么?

X27:你恨那些投票让你去死的学生吧,想知道他们是谁吗?只要你能成功拉到新同学来玩游戏,每拉来一个,我就给你一个名字,拉得越多,名字越多,直到把那些藏在游戏背后要你死的人全都揪出来。

司罕了然，这就是洋葱游戏的传播方式，管理者做任务赚人头。他原本以为这个联络人就是游戏设计者，看来不是，联络人也是学生玩家。

X27：如果你能成功引导一个选择消失的玩家自杀，你将一下子获得五个名字，但那个玩家必须死成了，没死成的话你只能获得一个名字。

看来教唆自杀也是管理者的任务，玩家一旦选择成为管理者，就从受害者变成了加害者，这个正和他聊着，给他发布任务的人，曾经可能也是个痛苦的被排斥者，好不容易活下来，却成了杀人游戏的帮凶，这根本是个无限恶性循环的游戏，还真符合那个游戏设计者的审美。

X27：给你个建议，现在玩家已经饱和了，再找新的比较难，不如把重点放在引导玩家重玩上，玩得越多戾气越重，越容易想不开，这也是上面给的建议。

司罕：上面？洋葱游戏的设计者吗？你们怎么联系的？

X27：没联系，我是从我的联络人那里知道的，只有最开始的X1才和那位有过接触。

司罕：X1是第1个，那你是第27个洋葱号管理者？

X27：是，再次恭喜你成为管理者，X34。

第34个，也就是说他前面有33个，就是这33个学生，运营起了这个庞大的杀人游戏。

X27发来一个压缩包，里面是介绍如何诱导自杀的教程和添加新管理者的细则，让他照着学，不懂再问。压缩包里还有一个虚拟IP软件，安装了就能隐藏IP，他们显然已经运营得很成熟了。

司罕：可是这样做不是在杀人吗？

X27：学生这么多，死几个有什么？你就当切白菜，刀还不在你手上。

他下线后，周焦发来一份档案，是X27的，他看了一眼名字，是先前自杀未遂的学生之一。

洋葱测试这几天被"404"了一回，第二天又恢复了，每次恢复都会在玩家中掀起一股热潮，像末日中的狂欢，倒是没再出现警网被攻击的情况，但显然仗还没打完，用周焦的话说，洋葱测试像网络里的蟑螂。

司罕想去跟警方申请封校停课，疏散学生。

顾问骞道："动作这么大？马上期末考完就放假了。"

周焦道："我可以去切了洋葱测试的服务器，但现在设备不行。"孩子的倒三角眼罩着顾问骞，话说得拐弯抹角，表情却一点也不含蓄，就差没直接说：把你背后的设备借我，我立马去杀个片甲不留。

顾问骞按着他的头转回了屏幕。

司罕道："切了也没用，来不及了。管理者通过做任务，获得'票死'自己的学生的名字，一定是用来报复。X27 这两天不断教唆我去获得名单，渲染仇恨，还跟我商量报复的法子。游戏设计者急了，在放假前必须再死五个学生，如果自杀行不通，他会怎么做？"

顾问骞立刻明白过来："教唆他杀？"

司罕点头："我怀疑 X27 没告诉我，管理者如果能成功教唆另一名管理者实施报复，也能获得更多名单，游戏设计者要借管理者的手去直接杀人。"

他们去了警局，半小时后，姜河又带人去了立华二中，顾问骞的车跟着。但校方态度强硬，贬斥警方小题大做影响学生，拒不同意停课要求。话是校长说的，他身后站着杜先格，从始至终一言不发。

眼看僵持不下，顾问骞把车座下的红色警笛拍到了车顶，开始疯狂鸣笛，校方和警方都吓了一跳，司罕看着身边人那一脸无事发生般的淡定表情，愉快地笑了出来。

立华二中笼罩在一片鸣笛声中，尖锐的响声听得人发慌，上课的学生都心神不定，但没人敢探出头，也没人再能好好听课。

司罕刚想下车把事再闹大点，煽动家长逼迫校方停课，却先等来了姜警官的臭脸，说他们被告到教育局了，教育局通知了司法部门，上头勒令他们立刻撤人滚蛋，回去提交证据再走申请流程。

红色悍马车顶的红色警笛被摘掉了，所有人被迫离场，车驶离，这座危险的校园近在眼前,却没人能阻止里面正在酝酿的恐怖。

他们被带去做了笔录,还罚了款,折腾了半天才被放出来,封校不得不搁置。

两天后,全校沸腾。一名获得了保送名额的高三学生,在早晨做操时,拿刀捅死了两名高二的男生,然后自杀了。那名高三学生,是洋葱游戏的管理者之一,而那两名高二的男生,则是他得知的在游戏中"票死"他的人。

自此,这场校园内的人际测量游戏终于以惨烈的社会新闻面貌进入大众视野,家长们蜂拥而至,吵嚷声比那日的警笛还要尖锐,门卫呜呼哀哉地挤在人群里,唯恐一人一脚就把他踩死了。

是一声枪响镇压的暴动。

警方很快封锁了整所学校,空荡荡的校园的栅栏开始挂上一些瓜果烂皮,几个夜晚过去,门口的校训石上被泼了红油漆,地上有被踩碎的手机,碎裂的屏幕上的壁纸,是一个横画的紫色洋葱。

洋葱测试成了个鬼服,挂在那里,再无动静。几天的全面排查,还是没能找出那个策划一切的游戏设计者。

顾问骞道:"马晓明有可能没死吗?如果他还活着,跟你一样大吧。"

"不会,我看着他死的。"司罕道,"你知道人刚烧完的骨头,摸起来是什么感觉吗?"

顾问骞看着他。司罕笑了笑,指着自己左耳上的黑色耳钉。"这是他的骨灰,一颗人工钻石。我做的。"

再次被叫去警局,司罕走进审讯室,里面坐着杜先格。

这次审他们的是姜警官,让两人面对面坐着,审讯灯在中间,两人的脸都一半在光下,一半在阴影中。

"你们谁先说?"姜警官道。

没人回答,好一会儿,杜先格道:"当年的事,警方有档案吧。"

姜警官皮笑肉不笑道:"你们当老师的不也翻来覆去教一本书嘛,有些东西,温故才知新。"

何为故,何为新,在这个房间里的人都心知肚明,不用白话了。

少顷,司罕先叫出了一个名字:"刘羽琦。"

杜先格的目光终于凝到司罕脸上,眼神不再像既往那般慈蔼,那副改过的眉骨,尽管突兀,也确实把软绵绵的好人相转了气质,真要扮起来,也真能是张京剧红脸。

司罕倒是面容柔和,一双笑眼恰好隐没在光影里。"是杜老师跟她说的吗,觉得她像马晓明?"

杜先格一顿,没说话。

司罕突然笑出了声:"女娲造人,大抵也是这个心态吧,泥点子一甩,看谁都是同类。杜老师真的觉得人和人的痛苦是相似的吗?

"噢,你希望他们相似,像你改的眉骨一样,在一个新的泥点上,弥补旧的泥点。"

杜先格的唇色有些泛白,但面不改色,似乎司罕说的这些,他早都想过了。

司罕收起了笑面孔,轻声道:"杜老师是不是有过宿命感,觉得有的人,好像越努力,悲剧重复得越快?"

杜先格屈起的眉骨塌了,他深呼吸着,闭了闭眼。再睁开时,目光悠远,眼前的司罕变回了少年模样,他缓缓道:"马晓明,是个好学生。"

十五年前,高考的两个月前,立华二中高三(1)班,在全年级都死气沉沉埋头苦读的关头,居然迎来了一节体育课。这节体育课,是当时高三(1)班的班主任杜先格费尽心思求来的,体育老师还不乐意,怕被教务找麻烦,前后折腾了三天才把这节课落实下来。

杜先格从办公室窗口看操场,找了一会儿,找到了那个身影,马晓明。他混在学生中玩篮球,一步两步,球进去了,漂亮的上篮。杜先格满意地笑笑,回去继续改作业了。

杜先格到教室准备下节课时,看到学生们脸上有汗,精气神好点,颇觉欣慰,又下意识去找那个身影,不在座位上。

铃声响了,马晓明依然没回来,杜先格问起,全班没有人回答。直到下课，马晓明都没有回来，后来是在体育馆的器械仓库里找到的人。他被锁在了装器械的柜子里，柜子非常小，屈着身体才能勉强塞下。柜子不知被谁砸了一个手指宽的小孔，从小孔往里扔了几片撕碎的洋葱，像喂宠物那样。

杜先格看着被扒出来的马晓明，心头受到猛击。他不由得质问自己，是他多事了吗？这节体育课是他特意安排给马晓明的，一个月前的高考动员大会上，马晓明没有受到激励，反而出了洋相，他想用这节体育课给马晓明补一次动员，打篮球也是他建议的，他知道马晓明篮球打得好，想让他找回点信心。

马晓明和往常一样，什么都没说，问是谁把他弄进去的，马晓明说是他自己进去的。回教室后，他翻出作业，闷头苦做，没什么遭罪后的反应。

杜先格看着，又想起了一个月前的那场高考动员大会。

立华二中是几十年的老学校，最早是所私塾，是一位烈士创办的，在校园的后方有座石碑，高四米宽一米，黑色的碑面上刻着金色的字，向天而立。这碑是纪念这位烈士的，从早年传到现在，经过几次校友赠送，碑越立越大，这块碑也是立华二中的地标和精神象征，碑上刻着"死得其所"，是这位烈士当年自己题的字。

烈士碑的后面，环着一小片林，是用来托这座碑的，也在校内，面积不大，铺着石子路，徒步绕一圈，两分钟就能走完。

每年学校都有扫墓活动，高考动员大会也在这里举行，学生们高喊着口号和想考的大学，绕着石碑，环林走五圈，让烈士碑做见证。

老师等在外面，看不到林子里的情况，只能看到学生们从一侧钻入林子，两分钟后再从另一侧钻出，经过烈士碑，算绕完了一圈，然后继续走第二圈。到第三圈时，一个学生不知怎的从队伍里脱离出来，不是从侧门出来的，而是从烈士碑后的小缝隙出来，直接趔趄到了烈士碑前。

十三个班级的学生继续绕圈跑，一下就又钻进门开始跑第四圈。这个学生回不到原来的班级队伍了，只能尴尬地杵在烈士碑前，等待所有学生跑完一圈，再次经过烈士碑时，回到自己的班级。

这个学生是马晓明。

烈日下，人群响亮地喊着口号，无数晦暗目光瞥向烈士碑前空地上的马晓明。

他尴尬地杵着，紧绷着脸，憋得通红，手脚都不知道怎么放，平日里"隐身"功能良好的校服此刻失效了。学生就像校服里的衣架子，撑着校服，挂在满是"库存"的校园里，谁都长得一样；此刻，校服却有了脸，学生们第一次看清了马晓明，像从空荡荡的衣服里长出了一颗头，他感到一阵眩晕。

十多个老师都在底下看着，教导主任脸都黑了，这是个庄严的时刻，在学校里，烈士碑是不能被开玩笑的。

马晓明便硬着头皮在原地跑了起来，和其他学生一样，举手喊口号："马晓明，考清华，马晓明，考清华。"

烈日炙烤着烈士碑上金色的"死得其所"，碑下一个穿着校服的少年红着脸费力地喊着，高举的手僵硬而执拗。所有人都看着他，不知怎的，人群的口号声好像弱了下来，把马晓明一个人的声音衬得清晰了。

第一声笑，不知是谁发出来的。

到第四圈跑完，马晓明总算回到了自己的班级队伍，隐入了人群，再度钻进侧门，和众人一起跑第五圈，每个人又都共用起校服这张脸。

动员大会结束后，杜先格和教导主任问马晓明是怎么回事，谁把他推出来的？马晓明说是自己不小心跑错出来的，没有谁推他。杜先格不信，去问了班长，班长一头雾水，马晓明人高，排在后面，他作为领队一开始都没看到马晓明出队伍了。

怎么都问不出结果，林子在烈士碑后面，有墙挡住了视野，除了学生们自己，没有老师知道里面究竟发生了什么，只能听到响亮杂乱的口号。马晓明坚称是自己掉队的，这件事也就不了了之了，他被罚了写检讨。

杜先格没在意，这只是很小的一件事。马晓明成绩很好，虽然总是独来独往，但从没见他和其他学生有过矛盾，应该没什么事。

高考前最后一次家长会临近，要讨论学生填报志愿问题，杜先格也没有心思管其他事。

家长会当天，教室里一如既往空出了两个位置，其中一个是马晓明的，高中三年，马晓明的家长都没来过。杜先格私下倒是见过马晓明的父亲，叫马冬军，也隐约明白他没来家长会的原因，马晓明不让他来。

杜先格头一次坐三个小时的车到乡下见到马先生时，并没能立刻把他和干净周正的马晓明联系起来。马冬军正挑着一担牛粪往田里走，露着膀子和腿，鞋头都是破的。苍蝇绕着他，走近能闻到一股味道。他明明不到四十岁，看起来却已经很沧桑了。

马先生压根不知道还有家长会这种事，马晓明从没跟他提过，以前的老师不知道是怎么被马晓明糊弄过去的。

马晓明的父母都是农民，母亲早年患肺癌过世了，父亲独自攒钱供马晓明到城里读书，除了寒暑假，几乎不见面。马晓明也争气，中考考上了立华二中，住校，还拿奖学金，每半月一次的放假也从不回去。

马冬军听杜先格讲了家长会的事，沉默地抽了一晚上的毛烟，整个屋子都烟雾缭绕，他一边抽一边咳。

之后，他卖掉了乡下的房子，跟着马晓明去了城里打工，但依然没来过家长会。杜先格不知道这对父子有没有沟通，如果有，是怎么沟通的。马晓明说自己能决定学业上的一切事，不需要父亲来，杜先格破例同意了。

后来，他在马晓明的日记里看到过解释：人的卑微是通过比较产生的，而窘迫，是被人明示了这种卑微，我已经习惯了窘迫，爸爸不需要，他不用去见其他家长，麦子不会比较。

另一个没有到场的是司罕的家长。

司罕。杜先格看着那个空座，一时走神。这是个古怪的孩子，高中三年，从没见他笑过，班里的同学似乎都怕他。要说他不开心，好像也不准确，看着这孩子时，他总会想到一个不合时宜的画面，闭眼的乐山大佛。

二〇〇〇年，他去毕业旅行，看到了那时沸沸扬扬的灵异事件，乐山大佛又闭眼流泪了。历史上乐山大佛一共闭眼了四次，每次人间都有大事发生，饥荒、地震、跨世纪，于是被传成佛像显灵，为灾难悲悯，但其实那只是佛像被酸雨污染发生的酸性沉降。

旅行回来后，杜先格去改了眉骨。那是他第一次见到乐山大佛，也是唯一一次，于是在他的印象里，大佛本来就是闭眼的，之后看到网上正常的大佛照片，他反倒不适应，像是大佛突然睁开了眼睛，那才是显灵。

司罕总让他想到初见的闭眼乐山大佛。他和英语老师交流过这种奇特的联想，英语老师不信这些，只是笑了一声说，什么睁眼闭眼的，不都是个人造的壳子，真的佛又不在里面。

杜先格听后，没被说动，反而沉默了，他觉得改过的眉骨在隐隐作痛。之后每次看司罕，他总有眉骨在痛的错觉。

从没有人来给司罕开过家长会，他没有父母。

杜先格第一次意识到马晓明在被欺负，就是这次家长会后填志愿的时候，马晓明的志愿表填了三个二本，备选里填的甚至是专科，杜先格很惊讶，他以为马晓明是顾虑家里的经济情况，但以马晓明的成绩考清华的提前批，申请全额奖学金是很有机会的。

杜先格想来想去还是去找了马冬军，马冬军知道后气得人差点厥过去，他不可能让马晓明这么糟蹋自己。

第二天，马晓明来找杜先格，说这张上交的志愿表不是他写的，他填的就是清华，没有第二志愿，如果杜先格没有来问他，他根本不知道志愿被改了。

事情性质一下就严重了，更改别人的志愿表，这是很严重的问题，会毁了一个学生的一生。杜先格很生气，要去班里彻查这件事，可马晓明希望他别这么做，还剩不到两个月，他想安安分分毕业。

杜先格问他："是不是有人欺负你？"马晓明说："没有。"

杜先格终究还是在班会课提了这件事，没有指名道姓，只希望做了这件事的同学自己心里明白轻重。

但那之后，情况没有变好，马晓明的皮肤上开始出现一些红疹，面积大大小小，铺满手臂，有一天他上课上到一半昏倒了，呼吸困难，身体有抽搐的迹象，但很快恢复了过来，说只是没睡好。

教室里偶尔会出现一股若有若无的洋葱味。

直到高考前体检，杜先格才知道马晓明对洋葱过敏，而且非常严重，过度食入甚至会引起休克死亡。联想到班里的情况，杜先格大为震惊，把马晓明叫到办公室盘问："谁逼你吃洋葱了？"

"没有。"

"你课桌里为什么会有洋葱？"

"我自己放的。"

杜先格隐约意识到，这可能跟他把改志愿的事提出来了有关，他心里焦灼愧疚，但马晓明始终态度一致，问什么都说是自己的问题，还希望他不要再管了。这话挫伤了杜先格——马晓明是怪他那天在班会课上多事了吗？

离高考不到两个月，杜先格夜里翻来覆去难以入睡，仔细回忆着马晓明第一次出现这种情况是什么时候，他想起了那次在烈士碑旁举行的动员大会，那是马晓明第一次表现出被欺负了。马晓明成绩好，长得也周正，没有任何劣迹，只是不太和同学在一块玩，此前其他学生对他就算不感冒，也还是客气的。

杜先格想不明白哪里出了问题，那天烈士碑后的小树林里，到底发生了什么？当时只有学生在，这是属于高三全体学生的秘密。

之后，杜先格希望用一节体育课给马晓明打打气，结果在体育馆的器械柜子里找到了他。

杜先格不敢再自作聪明，他第一次意识到了自己的无能。他站在讲台上，朝下看去，每个学生都有嫌疑，细看又那么无辜，他分不清了，直到撞上司罕的眼睛，眉骨又开始痛了。

之后，马晓明的处境愈发艰难，教导主任也发现了，高考将至，教导主任非常不愿意看到这样的事情发生，私下找了马晓明谈话。

那天谈话回来，马晓明有了变化，他不再否认被欺负这件事，写了封道歉信，在升旗仪式上，向全校师生宣读。而这一读，将他彻底推入深渊。

　　高考前最后一日，学生依然在校复习，但已经没有老师盯着了。下午第一节课，安静的高三教学楼突然爆发出一阵凄厉的惨叫，那叫声钻入人心，十分恐怖。杜先格火急火燎冲到四楼男厕时，先是闻到了一股浓烈的味道，像是蒜味，看到往厕所外冒的烟，他立刻明白过来，这是……白磷燃烧的味道。

　　那阵撕心裂肺的叫声越来越弱了，烟却越来越大，都溢到走廊里了，杜先格连忙捂住鼻子。五氧化二磷有毒，再扩散下去，这一层教学楼都得疏散。他心惊肉跳地在一瞬间做了无数个选择，最后打算咬牙往里进时，被一只手拦住了。杜先格这才发现，厕所门口原来一直站着一个人，是司罕。司罕知道自己的同学在被烧，就这么在门口看着，不知道看了多久，无动于衷。

　　司罕拦住他后，把他拉到了楼梯口的消防栓前，听不出语气地道："你来砸。"

　　杜先格当时是真的愣住了，可能是太慌了，他也不知道自己是不是向这个比他小了快二十岁的学生露出了求救的眼神。

　　他听到司罕说："如果你必须做点什么的话。"

　　震耳欲聋的消防铃声，混着厕所里的惨叫声和全校逐渐慌张的沸腾声，把眼前司罕平静的脸衬托得极其恐怖。此后，每当那日的噩梦来临，杜先格在梦里最恐惧的，不是那场火和被烧得千疮百孔、面目全非的马晓明的身体，而是那片成了永恒秘密的烈士碑小树林，以及司罕穿着校服，站在火光和白烟中，对他说出这句话时的平静脸色。

　　消防员和警察是一起来的，那时人已经烧得差不多了。他们灭完火查过现场后，判定是马晓明自己放的火，厕所最后一间隔间的门锁坏了，马晓明是徒手拉住了门把，防止外面的人进来，在里面独自忍受燃烧。

　　被白磷烧很痛苦，它燃点低，极其易燃，沾上了灭不掉，还会到处沾染。如果他后悔了想灭火，手碰上去，手被沾染，脚碰上去，脚被沾染，他会在灭火的渴望中，被"细嚼慢咽"地烧完整具身体，这是多狠心，才会对自己用白磷？

马晓明的骨头都被烧穿了，留下一个一个小窟窿，燃烧产生的五氧化二磷有毒，他在里面待了太久，心肺等脏器都有严重腐蚀。

法医说马晓明死前有过休克迹象，可能是过敏，现场找到了几个烧过的洋葱，马晓明可能吃了，但直接死因还是燃烧，死前他还撞过墙，头骨有碎裂的迹象，可能是因为燃烧太过痛苦想一了百了。白磷能引发的火势很小，厕所隔间的火势之所以大，是因为还加了氯酸钾——氧化剂，这被认定是二次自杀行为，他是硬生生把自己烧死在里面的。

这些东西学校的化学教室都有。所有证据都指向这场火是马晓明独自完成的。

杜先格不明白，如果铁了心想死，为什么要用白磷，经受这么痛苦又漫长的折磨？这就像用一把剪刀去杀死一头大象，不停地捅、剪、划，最后不一定是烧死的，也有可能是痛死的。一开始就用氧化剂放大火，不是结束得更快吗？

警方没能给他答案，但厕所有过打斗痕迹，杜先格立刻想到了先前站在厕所外观看的司罕，回头去找，哪里还有什么人，司罕早走了。第二天要高考，教导主任让杜先格不要多事，管住嘴。杜先格什么都没说，他失去了一个优秀的学生，不想因为凭空怀疑再失去另一个。

高考前一天学校发生了这么可怕的事，学生们多少受到影响。成绩出来后，果然这一届的波动很大，只有司罕发挥如常，顺利考上第一志愿。学校为马晓明举行默哀礼，司罕也没有到场。

就这样，一场火，把所有人送毕业了，而一个人永远留在了这个学校。

杜先格讲完，审讯室陷入短暂的沉默。他看向司罕道："你那天为什么站在厕所门口？"

姜警官也看过去，这么听下来，司罕的嫌疑不小。

"当年小树林里到底发生了什么？"杜先格目光如炬，继续逼问。

"不知道。"司罕道。

杜先格的眉骨又开始隐隐作痛，他几乎顾不上保持修养："你就在里面你怎么可能不知道？马晓明是为什么被推出来了？"

司罕还是那副悠哉的表情："我不知道，是因为确实什么都没发生。"

杜先格一愣："什么都没发生？"

司罕笑了笑，这笑又让杜先格不可遏制地回忆起站在消防栓前的那个孩子，那双冷静的、看透一切的撒旦般的眼睛。"杜老师，为什么时至今日，您还觉得欺负一个人需要理由呢？"

故事，要重新说过。

高考动员大会过去不久，高三开了讨论学生填报志愿的家长会。

司罕在回宿舍的路上，看到围栏处站着两个人，一个在内，一个在外。现在已经闭校了，灯都熄了，仅凭月光，能看到站在里面的是个学生，穿着校服，站在外面的是个成人。

那学生显然也发现了他，回头时有些惊慌，手里的东西掉了，是个饭盒，里面滚出了两个馒头，还有烧卖。是学校的早点。那学生手忙脚乱地捡起，重新塞回饭盒里，朝外递，而后低声催促了什么，外面那人犹豫片刻，接过饭盒快步走了，频频回头，似是担心，身形有些佝偻。

只剩了那学生和司罕，月光下，学生瘦削高挑的影子拉得很长，拖到了司罕的脚底，和他的影子连在一起，头顶翘起的呆毛恰好落在他的脚踝上，挠痒似的。司罕这会儿已经认出来了，是同班的马晓明。

马晓明紧张地看着他，司罕面无表情地与之对视，他大约知道，自己这么盯着人时，还蛮瘆人的。

十来秒后，司罕转头离开了。马晓明跟了上去，两人始终保持着五六米的距离，一前一后回了宿舍，一句话都没说。

第二天，两人依然没有联系，目光都没碰上。第三、第四天依旧。到第五天，司罕去食堂天台午休，马晓明也爬了上来，腿有点抖，可能是恐高。马晓明坐到司罕旁边，触及他那双不像在看活物的眼睛，马晓明又紧张了。两人高中三年都是同班，但马晓明从没和司罕讲过一句话。大部分同学都没有和司罕讲过话。

坐了一中午，谁都没出声，直到午休结束铃响，马晓明才憋出一句："那天那人是我爸爸。"

司罕没回应。

"谢谢。"马晓明道。

司罕开口了："学校有规定餐食不能往外带吗？"

马晓明一顿，低头僵硬地道："没有，但总归，被知道还是不太好，谢谢你保密。"

见司罕没反应，马晓明又涨红了脸，起身离开，怎么爬上来的，又怎么颤颤巍巍地下去。

那天之后，马晓明频繁出现在食堂天台。这个地方本来只有司罕一个人，立华二中的学生都忙得很，没空开辟新世界。马晓明的腿抖得没那么厉害了。食堂边上就是校外，有一大片稻田，马晓明不太喜欢看，他从小到大见够了农田，这些对城里的小孩或许有吸引力，对他没有，他反而有点厌恶。

他说不清自己怎么又上来了，起先躲上来，是觉得这个地方能帮他避开一些麻烦，细想又不只是这么回事，可能是因为被撞破了秘密，他苦心守了三年的秘密，安全感的崩塌和建立都在一个人身上完成了，难免会产生亲近感。可也只是一厢情愿，司罕并不怎么搭理他，马晓明觉得这样也挺好，没有负担，他也不打算在这最后的两个月和谁建立联系，他的目标一直很明确，带着父亲脱贫，其他的都不重要。

这天午休，马晓明走向食堂后面通往天台的生锈楼梯。他半路被堵住了，那几个学生嘴里不干净，质问他这几天溜哪儿去了。推搡间，他又被撑在地上，他不打算起来，越反抗那帮人越兴奋。

准备好了扛，预想中的脚却没有落下来，抬头一看，那几人的目光都聚焦在他的后上方，显出了犹豫，没有上前。马晓明回头，锈迹斑斑、看起来摇摇欲坠的天台楼梯上，站着司罕，那双不像看活物的眼睛正对着他们。

那几人张望了一会儿，朝马晓明啐了口痰，还是走了。马晓明从地上起来，再回头，楼梯上已经没人了。

他清理了痰，上天台找司罕，坐下后，看着一如既往不搭理他的司罕，突然就没忍住，说："嘿，你知道吗？欺负一个人是不需要理由的。"

高考动员大会前一天晚上，马晓明复习到很晚，几乎没睡觉，第二天就有些迷瞪，绕着烈士碑林跑圈时，溜号了，喊出的口号像是从脑子里溢出来的，这样的口号，就算没有动员大会，也在他心里全天不断地滚动。跑完第三圈出林子侧门时，要侧转，他因为低头溜号，笔直跑了，脱出了队伍。等回过神时，他已经站在烈士碑前了。他只得原地小跑起来，继续喊口号，等待他的班级队伍再一次经过他。

这只是那天的一个小乌龙，他回到队伍跑第五圈时，旁边的同学都在笑他，气氛有些狎昵，但是并不坏。马晓明的尴尬在这种狎昵中很快消失了些。跑完第五圈，又到林子侧门，后边的男生还朝他拱胳膊，差点又把他拱出去，他吓了一跳，立马缩回来，又惹来一阵狎昵的笑。这是玩笑式的推搡，力道很轻，马晓明也明白，这是在和他互动。

不知怎的，马晓明自己也笑了。

那天虽然闹了点笑话，但马晓明感觉并不坏。高中三年，他和班里的同学都不亲近，他怕露怯。

藏拙最好的办法是远离目光。他不知道要怎么和那些天生就会快活的人交往，有时他会怀疑，人类不全是同一个物种，地球编年史有种说法否认了达尔文进化论，认为人类是受外星人点拨凭空出现的，并给出了许多古老文明的证据。他觉得他的同学们可能就是这样的人，他们有一种生存的轻盈，不考虑来处和去处，像女娲落下的泥点子，说成人就成人了，儿戏一样。

而他不是，他是通过物种进化来的那种人类，从单细胞到多细胞到极其复杂的神经网络，他这种人很沉重，很谨慎，满身都是心眼，永远在观察、衡量、思考和嫉妒，他觉得自己皮肤上的绒毛都比他们多了一些思考的孔洞，没必要的、冗余的、痛苦的，像银杏那庞大而无用的基因组一样，通过囫囵囤积垃圾场似的基因，来取得微小而低效的进化率。

他的同学们这种人的存在，始终在向他这种人展示何为得天独厚，他只能像受刑一样地看着他们，然后躲起来，阴暗生长。

饶是如此,他没棱没角,很低调,在班里独来独往还算舒坦。

班里另一个独来独往者,司罕,处境就比马晓明微妙多了。这是个古怪的人,没人见他笑过,智商奇高,寡言少语,看人时,那双眼睛总让人感觉不像在看活人,狗、椅子、牛虻、马晓明,在他眼里是不是同一种东西?

马晓明觉得司罕哪种人类都不属于,不沉重,不轻盈,不像泥点子,也不像银杏,有时他疲于去做这么复杂的理解,就偷懒和其他同学保持同样的恶意与肤浅——司罕只是瞧不上班里所有人,这人连看老师都是这样的。

恶大莫过于浮浅,王尔德是对的。

这样偷懒时,马晓明会有隐秘的快乐,好像他和同学们站在一起了,短暂地变成了泥点子,变成了儿戏,变成了得天独厚的人。

动员大会这场小乌龙,拉近了一点马晓明与同学们的距离。学生间的关注来得轻易,一个出头一场笑话,就能打破一个学生不合群的印象,被笑着接纳进小团体,不是坏事,马晓明想,也快毕业了,就当攒点青春回忆。

他下意识想把自己和司罕区分开来。所以之后,再有男生跟他推搡,马晓明也没在意,就当个互动。他逐渐发现这种互动变多了,高中三年都没怎么参与过的男生间的游戏,在这一周内骤增。

他开始和同学一起吃饭,做一些随手就来的没意义的群体互动,比如在食堂比赛"光盘",餐盘里有洋葱,但众人气氛融洽,马晓明犹豫了片刻,还是把洋葱吃下去了,光盘,之后过敏有点发作,但问题不大,同学还关心了一下。他也开始参与群体吐槽,在男生们吐槽司罕时,也会跟着说两嘴,好像跟他们一样讨厌这个人。

第一次察觉不对劲,是在某堂数学课。他踩着铃声进教室,最后一排的男生照例把胳膊撞过来和他互动,他迎了一下,只想赶紧把这形式走完回座位,但那一下直接把他撞翻在地上,茶水洒了一地,洒在他的裤裆上,非常烫。

马晓明蒙了,平常互动从来没有这个力道的。全班都看了过来,把他的狼狈样尽收眼底,笑声像田里的虻一样传出,数学老师皱眉,马晓明的脸又涨红了。那名把他撞翻的男生连忙把他扶起来,道了歉。但马晓明觉得自己的感觉没错,这个男生也在笑,恶意地。

之后,这样的"互动"变多了,马晓明自己都想不明白是在哪一刻发生的质变,直到他第一次在抽屉里摸到两个洋葱,才明确地跟自己承认,这不是互动,这是欺负。

第一个人开始欺负他,他的形象就变了,逐渐面目可憎,然后是第二个人欺负他,第三个,第四个,谁也不知道马晓明是怎么一步步变成众人眼里被排斥的那个人的。

他原来一点都不招人烦,只是那天在动员大会冒了个头,就被盯住了。他至今无法捋清,动员大会那天,班里狎昵的良好气氛,是不是他的错觉。一开始的玩笑,也许真的是玩笑,但现在玩笑变质了。

马晓明的话停在这里,天台重归静默。司罕没什么反应。

两人望着天台外的一大片稻田。城市的稻田颜色不鲜亮,可能是霾吸多了,金黄蒙了层雾,不太真实,更像设置成灰调的画像,风一吹,摇曳得像马赛克。稻田里竖着一个稻草人,孤零零的,给了这幅画一个视线焦点。它披着雨衣,双臂撑开,像在拥抱什么,姿势亘古不变,好像即便末日来了,也会这么敞开怀抱接住海啸和地震,站在稻田里特别扎眼。

"你知道稻草人是用来做什么的吗?"马晓明突然问。

原以为又会石沉大海,却听到了意料之外的回答:"保护粮食。"

马晓明一愣,笑了笑,又问:"是啊。那……学校里的稻草人是用来做什么的呢?"

这次没有回答了。

马晓明自问自答道:"他们总要找出像我这样的稻草人,高高举起,当作靶子。有了稻草人,稻苗就安全了;他们把我举上去,他们就安全了。"

稻草人被攻击时,整片地的稻苗都袖手旁观。这是稻苗们喜闻乐见的,霸凌者总要释放施虐欲,总得有人被挂在上面牺牲掉,下面的学生才是安全的。为了促成这一点,他们甚至会主动参与其中。谁冒了头,谁出了洋相,谁具备成为靶子的潜质,当第一个人开始欺负他,那些猛禽就接收到信号:靶子在这里。

稻草人的存在,维系着稻苗与猛禽的和谐关系,校园里的小社会就处在这样畸形的生态系统中。

天下起了雨,雨打在那个稻草人身上。它依然双臂撑开,面朝大地,用它单薄的身躯,不自量力地庇护着身下的土地。没有人知道它的表情是悲是喜,它必须立在那儿。

马晓明也是最近才意识到,司罕也曾是个靶子,他那么特立独行,那么不讨喜。但司罕是个疯子,没有人会去招惹一个疯子。

关于司罕的传言很多。据说有个校霸去堵过司罕,被司罕关在了化学实验室里。第二天,校霸惨叫着要退学,说自己的头骨被凿穿了,说自己已经死了,可他明明完完整整的,一点伤都没有受。别人问他司罕对他做了什么,他说司罕朝他滴水。

滴水有什么可怕的?那校霸不到两周就转学了。在那之后,没人敢去招惹司罕。马晓明当时跟风查了一下滴水刑,也不吱声了。

司罕是个疯子,没有人会去招惹一个疯子。马晓明不一样,他是个软柿子。马晓明空洞地看着眼前吸了霾的稻田,良久,轻声道:"我也想做个疯子。"

铃响了,司罕起身道:"不要羡慕我。"

之后,马晓明受到的欺负,终于引起了杜先格和教导主任的注意。

教导主任姓吴,给马晓明做思想工作,语重心长道:"你想想,你是不是做了什么让大家讨厌你的事?"

"没有。"

教导主任道:"苍蝇不叮无缝的蛋,那大家为什么不欺负别人,就欺负你一个?"

马晓明不说话了。之后,直到死之前,他都在努力寻找自己身上那条缝。他宁愿有那条缝。

教导主任还说:"你做错了什么?要不给大家道个歉?"

"我什么都没做。"

教导主任蹙眉:"你这孩子怎么冥顽不灵呢,现在是什么时候,马上要高考了,孰轻孰重分不清啊?"

"我什么都没做。"

教导主任轻哼了一声,泡了壶茶,似是看透了这个学生死性不改的本质:"所以说,不是毫无缘由的,大家针对你,肯定是因为你有问题。"

教导主任想了个法子,给了马晓明一次和同学重新建立良好关系的机会,让他在升旗仪式上宣读一封道歉信。

根本不知道自己要为什么事道歉的马晓明,还是照做了。

他站在主席台上,下面是密密麻麻的脸都认不清的学生。这样看,这些淹没在校服里的人群也是灰调的,像假的一样,像马赛克,他们一根根的,成群的,让他想到了那片稻田,想到了烈士碑。这天的光景和那天多么相似,又是他独自一人高高地站在主席台上,像一根从苗群里支起的稻草人。

他打开那张空白的道歉信,按照教导主任说的,向台下鞠躬。"对不起。"

对不起什么?

"我为我被你们欺负,向你们道歉。"

教导主任本还笑眯眯的脸沉了下去,甩袖子离开。

这封郑重其事的道歉信有用吗?没有,它让马晓明在学校彻底沦为一个笑柄,一个明晃晃的眼中钉,稻草人。

马晓明去天台的次数少了,高考将至,他没时间浪费了,他的人生,十八年的赌博,在此一役。

高考两周前,发生了一个小插曲。不知道谁把他抽屉里的饭盒翻出来了,里面是食堂的肉包,是他要带去给父亲的。包子上插了一根白色蜡烛,放在他桌上。

马晓明回到座位,僵在那儿没有动。老师还没来,不知是谁吹了记口哨,班里此起彼伏地响起生日快乐歌的口哨声。

椅子上被用白粉笔写了四个字:农民专用。马晓明僵了好一会儿,擦掉那四个字,坐好,把桌上的肉包和蜡烛塞进了课桌。

那天是他父亲的生日。

之后,教导主任又找他谈了一次,言辞间让他注意行为规范,不要偷学校的食物往外送。

"我没偷,我是买的。"

教导主任又语重心长道:"学生们都不太喜欢这种行为,难免失了分寸,小打小闹你别太放在心上,还是备考重要。"

马晓明沉默了很久,轻声道:"不是小打小闹。"

"什么?"教导主任没听清。

马晓明没再说第二次。

高考一周前,马晓明最后一次去天台见司罕。两人沉默地坐着,马晓明突然冲到天台边缘,张开双臂,站上了台阶,速度之迅猛,任谁看了都要心惊肉跳。可他回头一看,司罕没有任何反应,只是平静地看着他。

马晓明无奈道:"是不是就算我跳下去,你也不会来拉我?"

又没得到回应,也是,多明知故问,多幼稚,马晓明知道自己在他眼里可能跟具尸体也没什么两样,活着还是死去,区别不过就是会不会上来烦他。

他下来了,腿有点发软。他瘫到地上就开始笑,小声笑变成大声笑,笑得眼泪都出来了。笑累了,他坐在地上喘了一会儿,然后转头,看司罕,看了好久,这是他第一次敢直视司罕的眼睛这么久。司罕的眼睛很好看,好看却空洞,浩瀚的空洞,他突然觉得这样一双眼睛,也许不是故意把谁都不放在眼里,不是闭塞,反而可能是眼里的世界太大了,宇宙无法为一棵稻草瞩目,它忙于酝酿浩劫。

"看什么?"

马晓明吓了一跳,回过神来,刚刚迷迷糊糊间,他竟想从这双眼睛里寻到奇点。

他转过头看向稻田,似乎有些不好意思,咳了一声。"虽然不知道你背负着什么秘密,但我明白这种状态,你身后,有很可怕的深渊吧。"

司罕稍微一顿，认真地看向马晓明。

"高考完，要去看电影吗？"马晓明突然问。

依旧没得到回答。

马晓明爬起来，走上前，朝他伸出一根小指。"高考完，去看电影吧。"

高考前一天，学校不上课，学生都在教室里自习，可以去找老师答疑。整个高三年级都很安静，有一丝压抑，只有学生从教室出去进来的动静。

那日的太阳猛烈，气温极高，学校的蝉叫声响成一片，盖过了学生的谈话声。

老校舍的供水系统又出了问题，厕所断水了，排泄物没法冲，极少有学生去上厕所，大家都憋着回宿舍去上，不远处的操场是施工修水管的声音，让高三的学生听得更为浮躁。

马晓明被堵在男厕所，趴在地上，疯狂地抠着食道，地上是刚呕出来的洋葱，他嘴边已经有一圈红肿了。

男生们观赏着议论："注意着点量，别真的弄死了。"

"这么点吃不死的，我查过的，别再喂了就行。"

"只要不死，就没什么麻烦。"

领头的男生像逗动物那样，蹲下身，用洋葱挠他的下巴，发出"嘬嘬"的声音："哎，你们说他这样，明天考试会不会被赶出来？不知道的还当他有传染病。"

"那就完喽，他那农民爹不还指着他一飞冲天呢？"

笑声断断续续。一直不反抗的马晓明忽然张嘴咬住了逗弄他的男生的手指。那男生痛呼一声，好半天才掰开他的嘴，手指已经被咬出血了。领头男生脸色立刻不对了，对着马晓明猛踹了起来，下脚完全不顾轻重。

"别真弄坏了。"其他人紧张起来。

领头男生打红了眼，呼吸急促，眼周充血，眼神里是猩红的兴奋。他凶狠地盯着地上的人，视觉一变再变，恍惚觉得那是个人，又是条狗，还是个粉色的玩具。他解了裤子，迫不及待地尿了对方一身。

尿完似乎舒坦了，领头男生的粗喘平息下来，他站稳因过于兴奋而战栗的脚，理了一下因踹动而乱了的头发，恢复了平日的漫不经心，仿佛刚刚那一刹那出现的，只是个从身体里越狱的怪物，和他没关系。"死不了。"

领头男生慢条斯理地把手上的血擦干净，只剩两个小小的牙印血洞。他看了一会儿，蹲下身问马晓明："哎，你说我是不是得去打狂犬病疫苗？你没病吧？"

马晓明的意识已经模糊，他全身都痛，尿臊味混着洋葱味，让他觉得身体像块馊掉的奶酪，被脚踢出了很多孔。他听着这些人的议论和笑声，声音是混沌的，身上起的痒痛让他又想到那片稻田，他好像被成堆的稻苗扎着。

只要再忍过一天，只要再忍过一天……

食堂天台蓦然浮现在他眼前，他想起了自己冲到天台边时的感觉，想起了从高处看到的那片稻田，他当时在想什么？他在想，如果，稻草人，也会飞呢……

男生们正笑着，却见本来蠕动着对洋葱避之不及的马晓明，突然伸手抓起地上的洋葱，疯狂地啃咽了起来。

所有人都愣住了。马晓明身上开始出现更多红疹，他呼吸困难，模样恐怖，一边抠着自己的脖子一边狂吞，跟疯了一样。

男生们大骂，连忙上前抢他嘴里的洋葱。马晓明却激烈躲避，继续往嘴里塞，被连踹好几脚后，才把洋葱吐了出来。

"你要死还想拖我们下水？"

推搡间，领头男生的身上掉出了一个塑料瓶，里面是用水储存的白磷。

领头男生一僵，连忙将那东西拾起，但已经被看到了。所有人都不敢动了，学生们知道他身上大概还有其他氧化剂，他们见过他烧掉学校外的稻田，他有纵火癖，这会儿要是真搞出什么，可不是闹着玩的。今天温度极高，手上握着白磷很危险。

领头男生戾气难抑，干脆拿白磷去吓马晓明："不是想死吗？"

马晓明果然不敢动了。

这时,厕所的光暗了一分,门口不知何时站了个人,挡住了光源。是司罕。

那双不像看活人的眼睛正盯着他们,一动不动,仿佛只是单纯地观赏。

男生们脸上的表情很是精彩。被虐待的马晓明和白磷都被看到了,如果是其他学生,早就跑了,这间厕所是他们的地盘,一般识趣的学生都不会过来。可司罕却无所顾忌地站在那儿看着,谁也不知道这个疯子会做出什么来。

领头男生还在暴怒,情绪不稳,冲动至极,他手上又握着绝对的制胜武器,一时恶向胆边生,喊道:"不能让他跑了!抓进来!"

男生们对视了一下,咬咬牙集体朝司罕走去。马晓明猛地挣脱踩着自己的脚,爬了起来,谁也不知道他怎么突然有这么大的力气。

马晓明扑向那些男生,与他们缠斗起来,喊着让司罕走。他像被逼入绝境的兽类,死死缠住那领头男生往隔间拖。

兵荒马乱间,那瓶白磷被打开了,水和白磷一起倒了出来。这天气温极高,又在打斗摩擦,其中一颗白磷立刻燃烧起来。

厕所响起一声凄厉至极的惨叫,有人被烧到了。夏天,胳膊和脖颈都露着,校服面料又薄,这是直接烧到皮肤上了。

所有人立刻弹开,司罕这才看清,被烧的人是马晓明。

厕所内接连响起慌乱的抽气声。事情闹大了。明天还要高考呢,他们怎么能摊上人命?男生们慌不择路去找水,可今天断水,哪儿来的水?他们又拿湿拖把去扑他身上的火,但白磷火扑不得,越扑白磷越沾染,沾得到处都是。马晓明的痛呼声更大了。

领头男生扒了厕所外施工的沙土朝他盖去,马晓明却卷起从男生身上摸来的氧化剂,手脚并用地爬进了最后一间隔间,关上门,把沙土挡在门外。他已被烧得面目狰狞,隔间里却传出了哭一般的笑声,那声音让人头皮发麻。

门锁是坏的,几人却拉不开。门被从里面牢牢拽住了。白磷燃烧产生的白烟开始充斥厕所,地上其他几颗白磷也接连燃了起来,几人捂住鼻子往外逃。

他们挤开门口的司罕时,面色惊恐,嘴里不住念叨:"是他,是他开了白磷往自己身上扔的,他是疯子,是疯子!"

司罕蒙着口鼻进去,大蒜的臭味和白烟立刻席卷了他,浓度渐高,他感到呼吸道不适,伴随眩晕感。没走几步,他听到马晓明艰难的吼声:"走!别进来!走!"马晓明显然已经神志不清了,声音里满是慌张。

司罕去拽隔间门,发现拽不动,门后的力道出奇地大,难以想象这是凭着什么样的意志力,在那么巨大的痛苦下死守着门。司罕开始踹门,一声比先前更惨烈的,分不清是吼叫还是说话的声音响起,勉强能拼凑出一个"走"字,像是悲鸣,又像哀求,那叫声里又有难以磨灭的决心。

司罕不再踹门,说:"去看电影吗?"

一瞬间,周围燃烧的动静和凄厉的叫声似乎停滞了。司罕去拉门,门依然纹丝不动,那停滞显然是错觉,但感受强烈,像一个人要远航前回头看的那一眼。

马晓明的声音已经听不出具体的内容了,他叫了一声、一声又一声。

这次司罕听懂了。

马晓明没救了,他也不要人救。他终于做了一回疯子,要用自己的死,给立华二中放一把火,把这些霸凌者,把他们的有恃无恐,把这片肮脏的稻田,全部烧出来——你们是凶手。

凄厉的惨叫和火光白烟的背景中,那个稻草人终于飞起来了。

结果并不如马晓明所愿,警方最终的判定是自杀,那几个霸凌者并没有被牵扯其中,他们被教导主任保护了起来,去了好的大学,长成了大人。

他付出了一条命,却什么都没换来。

当年警方问过司罕:"你当时为什么站在那儿?"

司罕说:"守着门,他要是出来了,就把他推回去。"

警方觉得他的意思是不让白磷火被带出厕所，危及其他学生。但这孩子是天性冷漠吗？那种情况下还能顾及这些。这可是他同学在他面前烧死了。

审讯室又陷入了沉默。杜先格面色发白，他一直觉得马晓明是被害死的，从没想过马晓明真是自杀的。

姜河盯着司罕，目光锐利："那个领头男生为什么带着白磷？"

司罕道："大部分反社会人格者都有纵火倾向，霸凌者随身带着白磷不奇怪，那东西从学校的化学实验室就能偷到。他们对危险和刺激，有食欲一般的追求。"

"当年为什么不和警方说清楚？"

司罕笑了："说什么，他被霸凌？我有这个义务吗？"

姜河眉头蹙起，刚要说什么，又被轻飘飘地堵了回来："立华二中当年有1364个学生、153个老师，你怎么不问他们为什么不说？喏，坐在你面前的这个教导主任，当年的班主任，他为什么不说？"

杜先格的脸又白了几分，几乎要坐不住，他呼吸不畅："他为什么……"

话没有往下说，杜先格像失了魂。

司罕轻轻一笑："杜老师是不是觉得马晓明烧死自己的行为很蠢？

"他可不是在烧死自己，他本身就是个助燃剂，要在这片稻田扬起火来，扬得越大越好，被人看到，放火在心理学上也是一种吸引目光的信号，他要学校乃至社会，循着燃烧的自己，循着他这个火种，正视那片稻田的畸形，教导主任的轻描淡写让他知道，除非是这么惨烈的无可逃避的信号，他的处境、所有和他处境一样的人，才有可能被正视，他们不是有缝的蛋。也有点以死明志的意思吧，学校烈士碑上的'死得其所'，被他内化到骨子里了，一个轮回，他事发于'死得其所'，也终结于'死得其所'。

"杜老师该高兴不是吗，还有比马晓明更贯彻立华二中校园精神的人吗？这一点上，你们老师真是无比成功，我们当年那位教导主任，当时说不定对此有着歌舞升平的隐秘快乐呢,烈士碑上,不该多个马晓明的名字吗?"

杜先格已经无声息了,对所有嘲讽恍若未闻。

姜河蹙眉,觉得司罕这人真是恶劣,还在落井下石,刚想制止这人再多废话,却见这笑面虎似乎是欣赏够了杜先格凄惨的模样,话锋一转,道:"为什么到死都不跟你说是吧,没有人会想走到这一步,他已经习惯忍耐,直到最后一刻来临之前,他可能还是想息事宁人。冲动是不讲道理的,道理太滞后了,权衡利益也是,他可能还没长成一个聪明的大人吧。"

杜先格一动,捏紧了腿上的裤子。

司罕轻轻道:"哪吒情结,我们国家的孩子,骨子里常有这种情结,削骨还父,削肉还母,他可能把这种情结也投射给学校了,从学校拿到的,全都还给学校,他不是在烧毁那片稻田,而是在保护那片稻田,保护和他一样从过去到未来会被从土地里拔起的稻草人,呼吁一个健康的校园生态,落红不是无情物,化作春泥更护花,他只是化作春泥了,哪怕这件事没有如他所愿,他也依然守在这所学校的土地里,滋养着一代又一代的学生,哪怕是以鬼故事的形式。"

杜先格眼中含泪,低下了头去。

姜河看了两人一会儿,把审讯的氛围拉回来,冷笑道:"春泥,现在是有人利用这春泥作恶了,洋葱游戏里的洋葱,出处应该就是马晓明被霸凌的事,游戏设计者知道在他身上发生的洋葱事件。"

两人没吭声,这事他们知道,当年霸凌马晓明的人也知道,以此为线索推测,凶手应该就在这些知情者之中。

"你们有什么推测吗?"姜河问。

杜先格紧抿着嘴,眉骨又屈了起来。

司罕问:"马晓明的父亲回乡了?"

"嗯,马晓明死后他就回乡了,一直没音信,我们已经派人去找了。"

姜河动了动耳麦,给了他一支笔。"当年那几个霸凌者,你给我个名单。"

出了审讯室,杜先格步履蹒跚,像是一下子又老了许多岁。从听完故事起，他就一副若有所思的样子，面部紧绷，注意力涣散，似乎有什么话要说，但还是沉默地离开了警局。

司罕问他："杜老师还好吗？要不要送您回去？"

杜先格停下脚步，看向身边的人。他需要仰视司罕，司罕比他高了大半个头，这孩子长得很挺拔。这一幕很熟悉，当年，司罕把他拉到消防栓前让他砸开时，也是这样面对面，他也是这样仰视司罕的。

那时的司罕，看穿了他未来岌岌可危的心态，直白地喂了他安慰剂，让他做点什么，好在未来被间接害死马晓明的念头击垮时，能兜一点底，但因为太直白了，直白得让人无法接受，杜先格感到恐怖又屈辱，那只是个高中生。

杜先格自己都没意识到，他恨了司罕很多年。

如今，透过这张长大了的脸，他看到了很多人。他看到了马晓明，看到了刘羽琦，他们不会长大了。

知道刘羽琦的事的时候，杜先格真的以为自己能弥补当年的过失。他不再是任人摆布的老师，他当上了教导主任，能干预和保护了，却依然将那孩子推入了深渊。他崩溃地在四楼男厕所发现满身是血的刘羽琦时，突兀地想起了司罕，原来那孩子当时站在厕所门口，是这种感觉。

不知又想到了什么，杜先格的目光里有沉重的坍塌。司罕说得对，他真的就是无能，无论怎么努力，都只是加速悲剧发生，他这一辈子，帮助什么，都是错的。

他再认真地看一眼司罕，这张脸上没别人了，乐山大佛又回来了。他确认了一下，他的大佛是睁眼的。

杜先格摇了摇头，没有承司罕的情，只是问他："马晓明，确实是一厢情愿吗？"

司罕稍一顿，没说话，给了他一个招牌的招财笑。

顾问骞关掉手机上的审讯录屏，耳机里是姜河的声音："顾队，听出什么问题了吗？"

顾问骞看着远远从警局出来的司罕，道："这只是他的一面之词，听到的只能算故事，不是真相。去找一下那几个霸凌者。当时在厕所见到白磷的,只有马晓明、霸凌者、司罕三方,现在马晓明死了,霸凌者不知所终,而白磷究竟是怎么来的,只有他自己知道。"

姜河应了一声,道:"不过老大,事情过去这么久,就算找到了霸凌者,那些人也不可能会认了,多半也是糊弄过去。"

司罕拉开车门坐进去,顾问骞什么也没问,兀自开车,他也没报告什么审讯内容,车里很安静,有种各怀鬼胎的默契。

司罕不自觉摸上了左耳的黑色耳钉,那场火似乎又烧到了他眼前,鼻中是那难以弥散的蒜味。

马晓明死亡当晚,司罕没有回家,夜里翻墙进了学校,到了四楼厕所。尽管经过消防处理,厕所里依然残留着一股很重的白磷燃烧后的蒜味。司罕进了最后一间隔间,在里面待了一晚上。

"我要是没挨住出来了,请把我推回去",是他从马晓明的哀求里领会的,所以他那时一直站在门口。

天亮时,司罕起身,脚已经完全麻了,一时没能站起来,摔了回去。这一摔,让他借着晨光,看到了下水管后面一小块黑色的东西。司罕扒出来一看,很小,黑黑的,是一块烧焦的东西。他立刻明白,这是马晓明烧焦的骨头,警方遗漏了。

这么细小,像是一根小指指骨。拉钩用的小指。

耳边又响起少年的声音:"高考完,去看电影吧。"

那天在天台上,他没有去拉那个钩。

司罕将这根指骨带走了。他从学校直接去了考场。马晓明的指骨被放在一支空笔壳里,和他一起进了考场。高考结束后的第五天,司罕打了一个耳洞,一颗缩小了四五倍的骨灰钻石,出现在了他的左耳上。

04
洋葱游戏

洋葱测试还在,没关掉,但成了个鬼服,像被锁住了。

"像被锁住了?"司罕问。

周焦解释道:"就像犯人被关进了监狱,还活着,但是做不了什么,在等刑满释放。网络战没能把洋葱测试灭掉,它的服务器很强大,认真打起来,波及范围会很大,两边都不敢放手一搏,只是试探着拉扯。但现在似乎出现了一个第三方,在两边势力敌时,它拿枪指着洋葱测试,洋葱测试不敢轻举妄动了,连带着警方的系统也警惕起来,三足鼎立,稳定住了。"

"第三方?是谁,警方的增援?"

"不知道,总之它很强大,能让洋葱测试的服务器感受到威胁。"周焦道,"它其实什么都没干,只是露了面,站在一边,就把那服务器镇住了,要知道那个服务器面对警方的最高攻击系统都纹丝不动。"

周焦停顿了一下,又说:"我怀疑它可能是个超级智能。"语罢,倒三角眼不动声色地瞥向了顾问骞,后者表情不变,似乎他们讨论的这些都与他无关。

司罕问周焦是怎么得出这个假设的,一般都会想背后的人为原因,毕竟这是派系战,怎么突然跳到 AI 了?

周焦调出一长串望不到头的代码,道:"这是它露个面留下的数据,我的设备已经持续运行三天了，只分析了不到十分之一，对它的踪迹一无所获。"他又调出了一个论坛，里面有不少匿名黑客在议论这场三足鼎立，给出了很多分析，他们都觉得那是个未知的超级智能。

"如果我在找它，那么其他人也在找，它迟早会被找到。"周焦状似无意地说了一句。

司罕摸着下巴说："一个超级智能为什么要动洋葱测试的服务器？它是站在我们这边的吗？"

周焦道："不好说，也可能是洋葱测试的服务器让它警惕了。一座山上要是有两只老虎，它们肯定要打的。现在警方在针对对方，它要想凑个热闹补个刀斩草除根，也是好时机。但它什么都没做，只是看看，好像真的只是来监管犯人，也不制裁，我也看不懂。"

司罕想去问顾问骞的看法，却发现对方根本没在看那一长串代码，有点心不在焉。

司罕收回视线道："那它现在动机不明，行为不可控，要是突然离开了，洋葱测试就会恢复？怎么才能彻底关掉？"

周焦道："看这个架势，找到服务器直接关闭是最省力的。"

警方没有在乡里找到马晓明的父亲马冬军，马冬军的嫌疑大了起来，但他是个农民，设计和运行洋葱游戏需要 IT 知识，和他不太对得上。

司罕记忆里的马冬军，只有当年开家长会那天夜里，校园围栏外那个匆匆离去的身影。除了有些佝偻，身形隐没在黑暗中，其他什么都没看清。

当周焦从网上扒出马冬军模糊的照片时，司罕和顾问骞同时一愣。

这个人，他们都见过——立华二中的门卫。

照片上的人和门卫长得一模一样，只是神态不同，照片上的马冬军更显沧桑，有种被田地压覆着的沉默的苦态，而门卫，多了一分在人群里生活的小市民的机敏。

警方也查到了这里，核对立华二中教职工名单时，发现门卫和马冬军长相一样。门卫名叫李爱明，是改过的名字，入职时间刚好是马晓明死后的第二年。

警方赶去学校抓捕"李爱明",司罕和顾问骞也跟去了。车到地方时,门卫室已经被警方包围了,设了一圈警戒线。今天本是立华二中的期末考试日,但学生们前几天被停课疏散了,只有教职工还留着,守着空空如也的立华二中。

出乎意料的是,李爱明很老实地坐在门卫室里,没有跑。他显然知道会发生什么,或者说他一直在等着,警察到时,他还老神在在地泡了杯茶,喝了一口,和以往一样,拉开窗,往外泼了一把茶叶渣。

司罕和顾问骞被拦在外面,还是姜警官百忙之中授意,警方才把两人放了进来。

司罕进入门卫室,森然感袭来,门卫室内满布着监控画面,从教学楼到食堂到宿舍楼下,任何一道楼梯,甚至厕所门口全都有监控,画面正实时播放着。门卫室有校内监控,太正常了,但这个数量显然离谱了,他就是利用职务之便,私加监控,监视着二中学生的一举一动,没有被任何人怀疑。

马冬军十余年如一日地坐在这样的地方,坐在整所校园的细节里,坐在这吞噬了他儿子马晓明的恐怖地狱里,用洋葱游戏的手段,把它变成了真正的地狱。

网侦科的人接手了他的主机,拷贝物证,只浏览一遍后立刻向姜河报告:"不是洋葱测试的主服务器,只是个外包主机。"

马冬军被两个警察拘着,头被按在地上,脸上却是笑着的。他没做任何挣扎,只道:"你们能抓住我,却停不下洋葱游戏。"

这话很快得到了印证。网侦科在搜查主机时,获得意外之喜,发现了一道洋葱测试的自毁程序,不知道是什么时候放进去的,需要密钥。

姜河问:"破解要多久?"

网侦科的人眉头紧皱:"这个算法,拿回局里,从做出破解程序开始,起码也要运行两到三天。"

两到三天,谁也不知道那个第三方AI什么时候会离开,一旦它离开,洋葱游戏会卷土重来。现在放假,没人能保证学生的思想工作做好了,他们可能还在偷偷候着,等服务器一恢复就狂热地玩,某些学生已经被洋葱游戏洗脑了,必须争分夺秒地把它销毁。

姜河一把揪起了马冬军，问："密钥是什么？"

马冬军没有回答，枯皱的面庞满面春风，好像此刻被押着的并不是他，他非常欣赏警方这副焦头烂额的模样。

姜河道："你想清楚，积极配合查案，有机会减刑。"

马冬军嗤笑一声道："警官，你觉得我还会在乎这个？"

说完这句，马冬军闭上了眼，一副油盐不进的德行。姜河冷着脸，斥道："带回去审，你这嘴就算是焊上了，也得给你撬开。"

司罕插嘴道："马晓明的日记，在你身上吗？"

姜河这才看向这个笑眯眯的、和马晓明有着千丝万缕关系的精神科医生。

"他设置的密钥应该跟马晓明有关。"司罕和善道，两只笑眼弯成了弥勒眼，尽量让这个不知为何讨厌自己的姜警官感受到示好。

姜河看了顾问骞一眼，从里衣拿出日记，道："早翻过了，什么都没有，这本日记，根本就是他写给父亲看的。"

司罕快速翻阅起来。马晓明没有在日记里提到一句被霸凌的事，这是一本只写好话的日记。也许这是这对相隔两地的父子唯一的沟通方式，也许是到后来马晓明意识到自己会出事，而他的日记会被父亲看到，所以他什么都没敢写，只写平凡健康的校园生活，这是他想给父亲看到的一切。整本翻完也看不出什么，否则警方也不必找司罕和杜先格了解当年的事了，当年的卷宗估计也只将此案记录为一起简单的学生自焚事件。

司罕合上日记道："密钥是'稻草人'。"

马冬军的笑意卡在脸上，被褶皱吞噬。

姜河一愣："为什么？日记里没怎么提稻草人啊。"

这本日记姜河研究了很久，都能倒背如流了，里面提到稻草人的只有一句话："学校食堂后面有片稻田，稻田里有个稻草人。"就连这句话，也只是夹杂在一些对校园生活的积极介绍中，没什么特别的。

司罕道："这是马冬军设置的销毁密钥，得用他的眼睛和思维去看。他以他的视角，在这本被精心遮掩过的日记里找到了关于儿子异常之处的蛛丝马迹，一个马晓明尽管努力克制，却仍无意流露出的蛛丝马迹。

"马晓明是厌恶农村的，马冬军必然也知道他厌恶农村，他最不想看到的就是田地,最想抹去的就是父亲下地的身影。整本日记里,他都在给父亲讲城市校园区别于农村的地方,这样的马晓明,怎么会提一个父亲日日都会见到的稻草人?

"马冬军最清楚这一点,他必然会注意到这句话是多余的。"

网侦科的同事看向姜河,提示密钥输入只有一次机会,语气里有显而易见的不信任。姜河没立刻说话,不确定该不该冒险。他又看了眼顾问骞,见顾问骞盯着马冬军,便也去看马冬军的反应,而后道:"输入。"

网侦的人输入"稻草人"三个字的拼音,嘀的一声,洋葱测试的系统开始自毁,所有人都松了口气。

马冬军动了,挣扎着想冲过来,但被警方压制着,他面色枯槁,满目赤红,死盯住司罕。

司罕走近道:"马先生你好,抱歉,破坏了你的宏图伟业。洋葱游戏是玩给我们看的吧,全校师生只是棋子,供你展现一幅肮脏的众生相。我不知道这是不是你的审美游戏,在对人性绝望后,把亵玩人性当成嘲弄和报复。可这个游戏从一开始就无意义得彻底,它没有展现任何所谓人性。"

马冬军的脸上是恨不得把司罕的肉都咬下来的愤怒。

司罕道:"我只是信奉一个理论,人类是正态分布的,一个班里必然会出现一个活泼的和一个沉默的,一个耀眼的和一个沉寂的,一个万人迷和一个被排斥者。这个分布不只是统计学上的,也是自然形成的,人们就是会在群体中分化成某个角色。今天你把十个马晓明放在一起,里面也会出现一个霸凌者马晓明和一个被霸凌者马晓明,这是人类群居的永恒规律。你的洋葱游戏,也只是在这个规律里玩耍而已。"

姜河皱眉看了他一眼,显然不认同这番说法。

马冬军却笑了:"你这个说法可比我残忍多了。"

"真相罢了。"

马冬军啐了他一口:"狗屁,畜生走阳关道,受害者横死地下,这种真相不要也罢。"

姜河道:"这不是你滥杀无辜的理由,冤有头债有主,事情过去十五年了,要报复也轮不到这批学生。"

马冬军大笑起来："无辜？这里没有一个人是无辜的，所有人都在合谋杀死别人，我在这里坐了十四年，我知道这是个什么地方。"

马冬军被带走了。司罕擦着脸上的唾沫，看他被塞进警车里，想起自己和顾问骞第一次来立华二中调查时，死了十一个学生的消息，就是门卫透露的。他也许从来没有想过逃跑，他只是要把这里的世界展现出来。

他做了和他儿子类似的事情，把这片稻田烧出来。

姜河睨着司罕道："照你刚才说的理论，那这个社会的犯罪永远不会停下，就算全世界只剩下十个好人，甚至只剩下两个，他们中也会出现犯罪者。"

司罕笑了笑："我是不是真的信奉这个理论，不好说，不要轻信一个咨询师在谈判时说的任何话。即使当真如此，本来，犯罪就是从两个人起开始存在的。"

姜河冷哼一声："可你这说法，把人的主观能动性都抹去了。"

司罕懒洋洋道："人本来就不存在真正的自由意志，脑科学家早已发现自由意志是可以被诱导的，只要刺激你脑部的一块区域，你就能心甘情愿替我赴死，甚至一个人的左右脑，就有两个截然不同的意识，你怎么知道你现在听从的是你的左脑，还是右脑？你以为的自由意志，只是一系列刺激给你的错觉，这种刺激随时随地都会有，甚至可能只是头顶落下的一片叶子造成的。"

姜河说不出话，眉头紧蹙。顾问骞若有所思地看了司罕一眼，从桌上抽了一张纸巾。

司罕看着递过纸巾的手，一愣，只听那冷冰冰的声音道："眉毛，没擦干净。"

网侦科的人忽然惊呼："这是……"只见洋葱测试的系统被销毁后，屏幕上突然出现了一个白色的单词，占了半个界面，无比清晰：Goat。

在场有三个人同时僵住。姜河几乎扑在了电脑前，好似看到了世上最恐怖的东西。

司罕收了笑面孔，面色竟阴沉了几分，手不自觉摩挲裤袋，那里有一支小巧的光源可变手电筒，材料罕见，制造工艺特殊，世上仅有一个地方出产，那个地方，是用尸体堆起来的。那手电筒的根部刻着一串极小的透明字母：Goat。

司罕道："洋葱游戏不是马冬军设计的，他只是使用者。"

这是显而易见的，根据周焦的分析，洋葱测试的服务器不可能是马冬军这种资质的人做的，像周焦所说，操作洋葱测试的人，只是在使用傻瓜软件，运营服务器的另有他人。司罕先前故意贬黜游戏概念的价值时，马冬军也没有跳脚，如果真是那个游戏设计者，以其在游戏里所展现的居高临下的亵玩心态，绝对听不得司罕那种说法。

冷汗从顾问骞头上冒了出来，他死盯着那四个字母，要花极大的力气抑制脑中的飓风。画面像走马灯一样闪过：死去的战友，枪响后远去的船，海上漂满的鲜血，水面下看不见的怪物……这四个字母，是刻进他骨髓的犯罪标记，线索彻底消失了两年后，居然在这里看到了。

他双目赤红，每个字都是从牙缝里挤出来的："全市排查，除了立华二中之外，还有没有其他中学的洋葱号。"

这话让室内所有人都惊了。司罕看了顾问骞一眼。

姜河不敢懈怠，立刻下了命令。顾问骞是追查这个犯罪组织最久的人，他的直觉不会错，如果真和Goat有关，事情一定没这么简单。

窗外先前送走马冬军的艳阳，现在已经不见踪影。阴云飘了过来，远远看去，像一只蓬松绵软的羊。

Goat，山羊。

四天后，调查有了进展，结果惊人。

牧羊一中洋葱号，阳光中学洋葱号，申城外国语中学洋葱号，立华女中洋葱号……洋葱游戏的使用范围大得惊人。

你想遵循同学们的意见，就此消失，沉入海底，还是成为洋葱号的管理者？在所有人看不到的地方，洋葱号如幽灵船般，行驶在这座城市里。

他们想起马冬军的那句话："你们能抓住我，却停不下洋葱游戏。"

这话既指遍布全市的这些洋葱号，也指只要霸凌存在，洋葱游戏就永远不会消失。

这一场庞大惊人的校园教唆自杀游戏引起了全市注意，公安部和教育局联合对所有中学展开排查和严打，并成立了以此为主题的青少年心理安全工作坊，对所有坐过洋葱号的学校学生进行干预。

马冬军死在了看守所，似是自杀，但事情和 Goat 有关，姜河无法断定是否真的是自杀。自己是怎么和 Goat 这个犯罪组织联系上的，洋葱游戏的外包主机又是怎么得到的，马冬军到死都没说出来。但显然，游戏设计者和马冬军有紧密联系，全市的洋葱号，起源都是马晓明遭受的霸凌事件，游戏设计者显然是受马冬军启发的。

马冬军被拉出来给大众做了交代，表面结案，但此案被归入了申城公安总局刑警大队重案组一个叫 Goat 的私密组群，这个组群的权限极高，整个总局只有四个人能看，里面一水的"已结"悬案，每个案子的图录里都有"Goat"这个单词，或刻在死者内脏上，或留在犯罪现场的墙上，或出现在死者创作的画里，或出现在死者生前听的音乐里，通通待查。

杜先格倒是来警局招供了，马冬军的门卫一职是杜先格给谋的，日记也是杜先格给看的。当年学校只赔了马冬军三万块钱，就把马晓明的事了结了，教导主任勒令全体老师不准多嘴，哪怕马冬军日日跪在校门口想讨个答案。杜先格心里一直过不去，想补偿马冬军，于是升职为教导主任后，杜先格便找机会把他安排进学校，解决了他的生计问题，替他改了名，教他用电脑，希望他重新生活。

马冬军刚工作时错漏百出，要他做门卫还是勉强，但他很努力地学习，硬把自己钉牢在这座城市里。杜先格只觉得他太不容易，没了儿子没了一切，还这么努力地适应城市生活，就更加同情，总帮衬着。现在想来，司罕一语中的，他真的做什么都是加速悲剧发生。

杜先格为学生事务忙得焦头烂额时，马冬军也会分担点力所能及的事。杜先格当他是在报恩，就把一些简单的学生表格分给他，给他按工计薪。时间长了，他能分担更多了，每年的学生和教师测评，一部分内容也会交给他去做。学校出了什么事，比如学生自杀，杜先格也会和他抱怨，他还会陪杜先格去喝酒。

喝多了，杜先格就回忆从前，聊起马晓明，马冬军就不声不响地听着，被问起当时的事，就说事情都过去了。记忆中，马冬军一次都没喝醉过，在杜先格跟抖筛子似的往外倒学校的肮脏事时，马冬军就默默听着，默默记下。

办公室里的无名牌位，就是杜先格为马晓明立的，一是提醒自己不要再犯同样的错误，二是为马冬军这个沉默的男人，在儿子死去的这个地方立一个证明。这不只是牌位，也是杜先格的愧疚。马冬军只有第一次来办公室看到这块无名牌位时，站了一会儿，之后再没有注意过它。

第一次被叫来警局了解完真相后，杜先格就怀疑马冬军了，但他没想到马冬军会卧薪尝胆这么多年。那时他才恍然明白，为什么马晓明死后，马冬军还能积极生活，复仇是马冬军活下去唯一的信念。他也想过，洋葱游戏还有教师版本，马冬军是不是也在谴责报复这些不称职的人民教师？

姜河问："你当时猜到是他了，为什么不说？"

杜先格长时间地沉默着。或许在某个瞬间，他也觉得马冬军是对的，这样的学校，该沉没了。

立华二中的现任校长，吴校长，也被请来了警局，他就是马晓明当年的教导主任，是他让马晓明在升旗仪式道歉，也是他封了所有老师的口。当年那把火，送走了许校长，他很快继任，并把知道内情的杜先格提到了教导主任的职位，算是封口费。

被警方盘问马晓明的事时，吴校长显出一丝不耐烦。刚知道事情时，他好一会儿才想起了马晓明这么个人。现在学校出了这么大的事，他八成要离职了，还有一堆大小事务等着他处理，这让他脸色臭得很。

"学生和老师间兴起的洋葱游戏，你有注意到吗？"

"是看到过，当时觉得不是什么大事。"

"为什么不阻止？"

听这话似乎是把他当嫌疑人怀疑了，吴校长立刻抻长脖子，觉得这问题很荒谬："就这么一个破游戏，陷进去是学生自己不够自律。这种游戏在我看来，没有任何危险性，不玩就可以了，就算玩了，这点承受能力都没有吗？现在的孩子真的荒唐。"

姜河看了他一会儿，递给他一份文件。"觉得荒唐？那你不如看看这个。"

这是一份关于吴校长的报告，百分之八十的老师都想让他去死，要他失去的器官是喉咙和心脏，种种悼词打了整整三页纸。要说文化人骂人，还真是挺有水准，姜河翻完这三页，也觉得挺狠的。这报告是司罕拿来的，让姜河审得不爽了，就递给这姓吴的。

吴校长坐在那儿看了许久，没声了。

立华二院。

举市震惊的校园洋葱游戏案已发酵一周，法律专家热火朝天地讨论着对参与洋葱游戏的学生该怎么判，其中普通参与的学生玩家该怎么判，作为管理者成功诱导多名学生自杀的学生又该怎么判。

校园暴力的话题以一种奇特又令人惶恐的势头挂在热搜上。有人一棒子打死：这是集体犯罪。有人鸣不平：是学校和环境的问题，是上梁不正下梁歪的问题。

阮玉桑躺在病床上，拿起手机，又戳进了那个链接，里面只有"404"的字样。洋葱测试已经消失了。

答题过程被曝光时，阮玉桑后悔过：是不是应该听游戏的命令做完它？可如果做完了，她是不是也成帮凶了？

距离自杀已经过去两个多月，以阮玉桑的身体情况早就可以出院，但她不敢，回家的话，父母一定会让她返校，可她没法回学校了，没法回到人群的目光里，没法面对吴白露。

学校里有鬼，而她也曾是一只鬼。

刚收到测试链接时，她和闺密吴白露正在吵架，到了要闹绝交的地步，具体是为什么她也记不清了。当时她怨气上头，看到题目就选了吴白露，想泄愤，玩到一半，愤也泄了，总觉得背着闺密做了坏事，就没再玩下去。后来她的答题过程暴露在全校学生眼中，连自己也开始怀疑，自己是不是真的虚伪，是不是真的希望吴白露去死。

她没法再回到那样的学校，没有人在期待她回去。

门口突然传来一阵敲门声。

"请进。"

敲门声停了，没人进来。

阮玉桑觉得奇怪，她缓慢起床，十几岁的身体像个老人，挪到门边打开门，没有人，地上放着一束花和一封信，两旁除了走动的医生和护士，没有别人。

她打开那封信，信里只有四个字：早点回来。落款是吴白露。

阮玉桑蹲下哭出了声。

走进影厅时，已经开场三分钟了，司罕摸着黑，找到位置坐下。几分钟后，旁边走过来一个人道："你躲在这儿偷懒。"

司罕一愣，光线太暗，只能靠身体轮廓和声音辨别，他笑着小声道："别举报我，突然想看。"那人没说话，和他隔着两个空位置，坐下了。

看了会儿，司罕发现是部喜剧片，他随便买的票，他从没来过电影院。但喜剧效果似乎不太好，两人全程都没笑。

出了影厅后，司罕伸了个懒腰，拍拍身边的人。"走了老顾，该去干活了，一个月才做了一名患者的预后追踪，安乐要不发工资了。"

顾问骞对这个新称呼并不感冒，冷着脸启动了车。"你不是看不上这点工资，不要了吗？"

司罕啧了一声，道："怎么我说什么你都信，你不是能辨谎吗？"

"说了不是百分之百的。"

司罕若有所思道："所以我说谎，不体现在声音里吗？"

顾问骞没回答。司罕当他默认了，愉快地道："那太好了，我们可以继续做朋友了，顾警官。"

听到这突兀改变的称呼，顾问骞顿了一下，没抗拒这个称呼："谁跟你是朋友？"

"那同事也可以。"

"手拿下去。"

"不要这么冷漠嘛。"

悍马朝着大路驶去，红色的车身，像是破开紫黑色洋葱海洋的警灯，路的尽头，是下一名预后追踪患者。

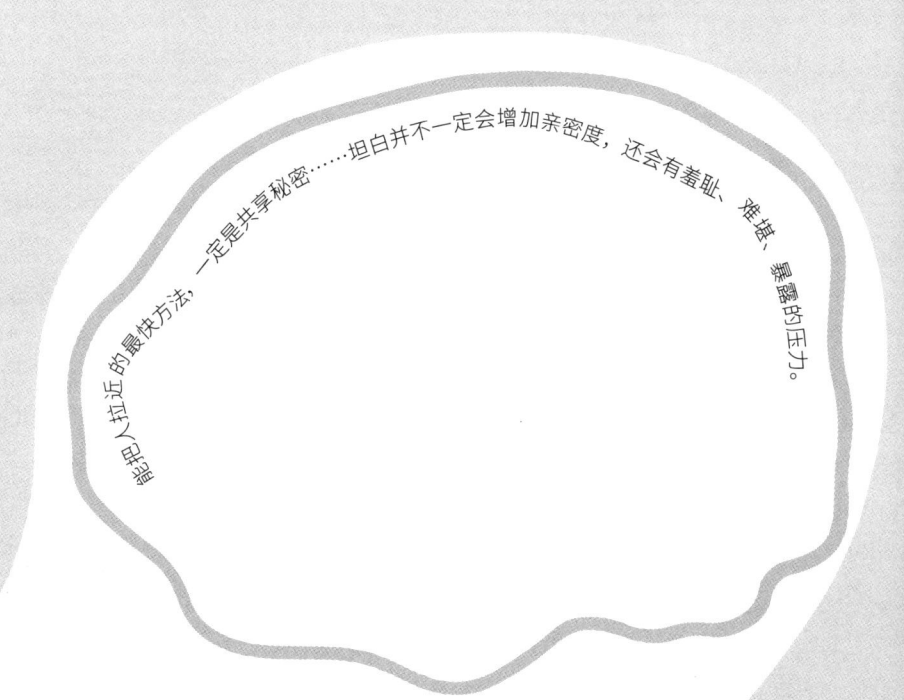

把人拉近的最快方法，一定是共享秘密……坦白并不一定会增加亲密度，还会有羞耻、难堪、暴露的压力。

红 日

01
躯体形式障碍

司罕低头看了看档案上的地址，再抬头看看这地方，确认了几次，"哇"了一声，道："真有创意。"

顾问骞的脸上是一言难尽的表情："这地方能做社区精神互助中心？"

他们此刻所在的地方，是一个拆迁的废弃游乐场，里面的东西拆得差不多了，就剩个鬼屋没动。这鬼屋是栋两层高的废楼，不知为何没拆，看这地基，估计是动起来麻烦，就留着了。游乐场离住宅区不远，毗邻十多个中低档小区，不知哪位人才，在游乐场拆迁后，把里面留下的这个鬼屋造成了一个社区精神互助中心。连这互助中心的招牌，都是把原本的"鬼屋"二字拆除了，剩左半边的"红日"二字，保留了贴合鬼屋娱乐性质的搞怪字体。如今字上的磨损破旧，看着都像是为了契合字体故意为之，而"红日"右边四个不搭调的正楷字样的"互助中心"，明显是后来加上去的，勉强把招牌补齐了。

这个精神互助中心，从选址到招牌，整个透着一股不伦不类的气息。而他们此次要追踪的预后患者，就在这个红日互助中心。

患者名叫俞晓红，三十五岁，出院大半年了。据了解，俞晓红从安乐精神病院出院后，似乎无法完全脱离治疗生活，选择了加入社区的精神互助小组。他们得到的地址就是这里。他们要在这里获取俞晓红出院后的社会情况，探查她的社会适应程度、病症复发率、社会功能恢复情况等，做详细的追踪记录。

司罕的眼弯成了弥勒眼，左耳的黑色耳钉随着仰头的姿势微动，显然他对这个看似不成体统的门面是感兴趣的。"可能……艺术治疗？"

顾问骞确认了地址便去停车，让司罕先进去，这地方连车位都难找。司罕上前打算叫门——他先研究了一会儿哪里是正门。

这个互助中心竟然有三扇门，颜色还不一样。

红色的门上写着"怒"，白色的门上写着"哀"，黑色的门上写着"惧"，似乎是要来者必须选一扇门进去，不知道是鬼屋原本的设计，还是改成互助中心后才专门设立的。

司罕咂摸了一下，刚打算选一扇进，就有人出来了，从黑色的惧门后面。

出来的人是个护工，男的，身材高挑纤细，盘着一头已经掉色的红发。盘发的簪子很长，戳出头顶，粗看去像根折断的枯枝。他眼尾处有个很小的文身，看不清样子，像是洗过的，乍看还以为是泪痣。他掏出烟正打算点火，看到外面站着的司罕，一愣，低声"啧"了一声，收起了打火机，问："什么病啊，介绍人是谁？"

"介绍人？"

"我们这儿只收介绍过来的。"男护工不耐烦地摩挲着手指，模仿着打火机的开合，似乎想赶紧把人打发走，好重新把兜里的东西拿出来。

"这里不是开放给社区的吗？"

男护工蹙眉道："你管呢，规矩就是这么定的，赶紧报介绍人名字，没有就走，别耽误我正事。"他的正事大概就是溜出来抽烟，还克制着没当着潜在访客的面抽，也不知道算敬业还是渎职。

司罕道："介绍人是俞晓红。"

男护工停下手指的摩挲，狐疑地看向他。"俞姐？她才来了半年，没资格开介绍信……你诈我呢。"

司罕弯了弯眉眼道："别这么防备，我们算是同行。"他把工作证亮了出来，说是安乐精神病院的精神科医师，来做预后患者的追踪回访，回访对象是俞晓红。

113

男护工的脸沉了下来,用目光罩住面前这个笑盈盈的医生,打火机重新回到手里,嘴里叼上点燃的烟,吸了一口,毫不顾忌地吐出烟。"甭想了,赶紧走,红日拒绝访客。"

司罕退后了一步,还是吸了点烟进去。如果说先前这个男护工对司罕只是不耐烦,那么听完司罕的来意,他的态度就变成了厌恶,行为相当冒犯。而这转变,好像是从听到"安乐"两个字开始的。

司罕也没生气,在烟雾缭绕中和善道:"你要不回去问问,兴许你上司不拒绝访客。有很多互助中心请我,我都没空去呢,我不告诉他你摸鱼抽烟。"

男护工的面色更难看了,饶是司罕怎么说都不放行,似乎铁了心,大有再不走就拿扫把赶人的意思。

"在吵什么?怎么还没进去?"顾问骞停完车过来了。

司罕摊手道:"这门神不让。"

他正要转述刚才的场景,就听一个诧异的声音响起:"顾警官?"

顾问骞一顿,看向红日的这位盘发"门神",似乎是好一会儿才认出来,点了下头。

司罕看了看那先前还宛如哪吒闹海,此刻却一脸温驯的男护工,心道:得,能进去了。

这个男护工叫樊秋水。托顾问骞的福,越过了介绍信这环,樊秋水带他们进了红日互助中心,去见这里的组长,也就是红日的创立者,徐奔。

樊秋水似乎是顾问骞之前在警局经办案子的涉案人员,这也只是司罕从两人模糊的三言两语里猜的,顾问骞只字未提。

红日的内部,倒是没有外部那么破旧阴森,保留了鬼屋先前的水泥墙、水泥地,但设置了不少温馨元素,比如照片墙、表彰墙、活动墙。司罕看到活动墙上写着"周六坦白局",今天就是周六。

樊秋水带他们上了二楼。从外部看,这栋鬼屋的占地面积其实不大,但在里面走,路程却不短。红日应该是保留了之前鬼屋的障碍设置,房间多,通路复杂,能看出已经尽可能凿大了一些房间的连接口,但走起来还是费事,迷宫似的。第一次进来的人,估计没法记下返回的路,毕竟标识都没贴一个。

"患者没在里面走丢过吗?"司罕问。

樊秋水没理会,顾问骞重复了一遍,他才道:"丢能丢哪儿去,就这点地方,红日整个都是活动室,就当是给患者做记忆训练了。"

坦白室在二楼的尽头,门是黑色的。红日里除了水泥,只有门是有鲜明颜色的,红白黑三色纯色,和那三扇大门相对应。

樊秋水敲了门进去,让他们在外面等。

两人安静地等着,没一会儿,顾问骞道:"你看着我干什么?"

司罕饶有兴致道:"你要是做卧底,就这么会儿,碰到个人就给你揭穿了。"

顾问骞没应声,似乎并不在意,片刻后,忽然道:"我要是做卧底,这个人在我到这里之前,已经离职了。"

司罕一挑眉,对他毫不避讳的态度稍有讶异,随即拍了拍手,笑眯眯道:"顾警官看起来广结好友的样子,那要离职的人有点多。"

顾问骞瞥他一眼道:"不及你多。那小子你断奶成功了?"

司罕挑事的气势瞬间蔫了。顾问骞说的是周焦。

洋葱游戏事件之后,周焦就赖上了司罕,总是偷偷跟着他们出任务。被顾问骞严令禁止后,周焦甚至定位了司罕的手机,无论他在哪儿都能找到。

周焦辍学了,家里没监护人,只有一条狗,自由时间不要太多。他又是个 IT 天才,防不胜防,司罕一个头两个大,这孩子看着沉默寡言斯斯文文,怎么全点了赖皮属性?现在他们出行都要眼观六路、耳听八方,防着被跟,及时把那倒三角眼的小孩揪着脖子逮回家。

"只能说明这小孩的内心世界是真空虚。"司罕讪讪道。

坦白室的门开了,出来了一个四十岁出头的男人,仪表干净,书生气质,头发也梳得齐整,是让人容易心生好感的类型。男人见着他们就笑着问好,介绍自己是红日的组长徐奔,樊秋水跟在他身后出来,再往里是红日的患者成员,正围成一圈坐着,好奇又不满地朝门口看来。应该是那坦白局进行到一半被打扰了。

115

徐奔关上了门,对他们道:"情况我听秋水说了,你们是从安乐来的是吧,大医院啊,还请你们多指导指导。"

司罕道:"徐组客气了,您这里置办得这么有创造性,该安乐向您讨教才是。"

徐奔苦笑:"哪里的话,我这也是没办法,就这么个地方,物尽其用罢了。你们是来找小俞的吧,她去医院了,腿伤复查,下午会过来的,你们方便的话可以等一等。"

"那打扰了,"司罕瞥了眼门,"您去忙吧,不用管我们了。"

徐奔交代樊秋水把两人带去会客室,送点茶水,便又匆匆进了坦白室,门关得很快。

说是会客室,其实只是一个小房间,白色的门,毛坯房间里除了一张桌子、三把椅子、墙上一面白色的钟,什么都没有,看得出这里相当拮据。

两人在会客室里等了四十五分钟,徐奔才结束坦白局过来了。

司罕提出要俞晓红在这里的病历,徐奔带他们去档案室拿,又是一阵走迷宫般的穿行。路上两人问起介绍人的事:一个社区的互助中心为什么还需要介绍人才能进来?

徐奔一脸有苦难言:"要介绍人,是因为有些患者的家属会恶意举报这里,警方可能会视作聚众集会找来,已经有过好几次了。"

红日的成立可以说历经诸多磨难,当年这个游乐场被拆迁之后,有个买家买下了这块地,要造一个生物工程的工厂,但遭到了周边社区群众以环境噪声污染为由的联合抵制,闹去了区政府,反响不小。于是国土资源局迟迟没批下项目用地预审书,一来二去,地没开发成,双方就开始破罐破摔,看谁拖得过谁。

徐奔觉得这地空着可惜,便向几方打点申请,拿下了一个精神病补助的政府社区项目,才把这一栋鬼屋暂时批了下来,做互助中心。照理说也没碍着谁,买家和住宅区民众该拖拖该闹闹,他只是把中间的时间利用起来,随时准备着哪天双方谈妥了这里就倒闭。

但红日逐渐有了来访者,都是些附近社区里没有住院的精神病患者。有些家属就开始上门举报,说这里拐骗老人,不正规。群众对精神互助的认知还比较落后,小区间离得又近,大家惧怕流言蜚语,唯恐被传家人有病。

红日不收费,日常运营只靠政府补贴和访客自愿提供的活动基金。精神互助小组在国内是一个相对新兴的概念,它本质上是一个患者联盟,患者们自发地聚集在一起,彼此监督帮助,更广为人知的此类互助团体有戒酒互助组、戒烟戒毒互助组、性侵害幸存者互助组等。

徐奔能申请到一个固定地点作为互助中心,是一种保障,很多互助小组都是在频繁更换地点的不稳定状况中解散的。红日靠着政府那点微薄且随时可能收回的补助,艰难运营,还三番五次被人举报,只能小心地实行"会员制",通过介绍人保证来访者的可靠性——了解互助小组的本质,不会被家人举报,愿意为小组提供最低限度的活动经费。

徐奔倒了一通苦水,全篇听下来就一个"穷"字,还旁敲侧击打听了安乐有没有相关的"扶贫"项目可以对接。

司罕失笑道:"不是我不想帮,巧了不是,我目前的岗位负责的就是安乐的贫困项目。"潜台词是他也需要扶贫呢。

预后追踪项目就是安乐精神病院的废弃项目,安乐找个借口把两人打发出来而已,要不是之前在医师岗位时有积蓄,这点工资在果腹之余,只够顾问骞见天儿跑的悍马的油钱。

徐奔哑然,上下扫了眼司罕和顾问骞,露出了同情的目光。

拿到俞晓红的病历后,司罕翻了翻道:"这么细啊,都比得上安乐了。"

"也就能在这事上下功夫了,纸倒是不缺。"

返回的路上,在满是红白黑三色门的复杂通路里,司罕问道:"这里有怒门、哀门、惧门,为什么没有喜门?"喜、怒、哀、惧,是人类四种最原始的情绪,看红日入口那三色门上的字,他以为徐奔是以此为根据划分的门。

徐奔一愣,一时没跟上这位医师跳跃的思维,反应了会儿才道:"鬼屋入口原本就有三扇大门,颜色和字是我弄上去的,提前让访客对自我有个认知梳理,明确是什么情绪主导他们来到这儿的。看每次来,选择的情绪门会不会有变化,给他们锚定一个情绪氛围,治疗效率会更高。而且三扇门也够用了,"他笑了笑,"喜的人,会来这种地方吗?"

司罕没应,而是问:"那如果患者的状况改善,情绪变好了,来告别这个互助组时,他们从什么门入,从什么门出?"

徐奔又是一顿,脚步有些僵硬。

司罕继续说:"再添加一个无情绪通道,或者把进门和出门的情绪设置成相反的,会更好一些。都是负面情绪,门又这么大,会对来访者有暗示作用,使其被束缚在自己选择的情绪氛围中。当然,这只是一个小建议,您已经做得挺多了。"

徐奔朝前走着,没出声,步子踏在空旷的水泥地上有混响。走了几步后,他回头朝司罕笑道:"您说得有道理,我回头就这么改。"

下午,俞晓红来了,她坐在轮椅上,一边的小腿裤管空荡荡的。她只有一条左腿。俞晓红早年因为一场车祸,右腿膝盖以下截肢了。

她气色不错,之前瘦得皮包骨的脸上养出了些肉。及肩中短黑发平顺地垂着,眉眼看着很温和,让人想象不出她支着一条腿歇斯底里时的模样。在车祸之前,她是个中学老师,出车祸后她就离职了,一直在住院。

此刻俞晓红的腿上搭着一条毯子,遮盖了断肢。她右手随意地放在右腿末端处,左手手腕上用红绳系着一只小玻璃装饰瓶,瓶里是白色的晶体状粉末。她显然已经从徐奔那里知道了二人的来意,在看到司罕时,俞晓红稍一顿,露出笑意:"是您啊。"

司罕弯下身体,视线和她保持齐平,也笑道:"好久不见,最近右腿还在痛吗?"

放在断肢处的手轻轻掸了掸毯子,俞晓红垂目轻声道:"不痛了。"

安乐给俞晓红做出的精神病诊断是躯体转换障碍——幻肢痛。她总觉得她截肢失去的这条右小腿一直痛。

躯体转换障碍,是指患者在没有明确器质性病变的情况下,产生了躯体上的症状。这是一种由心理冲突引起的症状,比如毫无缘由的瘫痪、失语、触感丧失、抽搐等。躯体转换障碍的核心是一种被压抑的潜意识冲突，在身体上寻求获得表征的精神疾病。

司罕通常和患者解释时，会说这是身体成了表现心理症结的舞台。

部分截肢的伤残患者，会出现幻肢痛的现象，他们觉得被截肢的部位依然存在，并会感受到持续性疼痛，而药物治疗无效。医学上将幻肢痛和大脑皮质功能重组联系在一起，将其归为神经病理性疼痛。而俞晓红之所以从普通三甲医院转到了精神病院，是因为她的情况超出了一般幻肢痛的范畴——她认为她失去的那条腿不仅存在，并且是活着的。

她还给她的那条幻肢取了个名字，叫它"乐乐"，经常和那条幻肢对话。

被送到安乐后，她被诊断为躯体转换障碍伴随精神分裂症。幻觉严重，在维持药物治疗的基础上，她的幻肢痛被诊断为更多是心因性的，一直不见好，她经常会突然疯魔般地哭喊："乐乐好痛！乐乐好痛！"偶尔还会把早餐豆浆倒在幻肢上，洒一地。护士让她认清现实——乐乐不存在，这条腿已经没了。俞晓红却趴到地上，强行用断肢去蹭豆浆。

司罕并不是俞晓红的主治医生，他们认识是一次偶然。

那天俞晓红又在病区发作，司罕是查房医生，截住了操纵轮椅摔下楼梯的俞晓红。司罕看她抱着不存在的右小腿跌在地上失神说着什么，凑近了才听到她在唱歌，唱歌给幻肢听。

司罕阻止了要把她五花大绑回去的护士，双手接过她抱着的"右小腿"，虚空按了按，像诊断真实的腿部那般问她这里痛吗？这里呢？

俞晓红煞有介事地随着司罕手的移动回答。司罕虚空按了一会儿，下判断道："乐乐没事，它现在需要休息，你再乱跑，乐乐会更痛。"

俞晓红安静下来，被护士抬回了轮椅上，司罕则一路弯着腰，虚空抱着她"受伤"的"右小腿"，把她送回了病房。那之后，但凡司罕查房，俞晓红总会和他聊几句。

俞晓红出院时，顾问骞刚在重症男病房扎根，没怎么见过她。此时他也只是站在边上听司罕和她闲聊般地询问近况。俞晓红很配合，有问必答，言谈间感觉恢复得不错。

顾问骞没看俞晓红，目光随意地打量着红日内部。四面都是曲折复杂的通道。

他们是在徐奔推着俞晓红过来的路上相遇的,这里是一楼的中心区域,房间的分布很不规则,他的视线只能透过曲折的通道,看到远近不同范围的半扇单色房间门。

他看起来像是对身旁的对话心不在焉,脑子里却交替生成着俞晓红不同的声纹——声波波形图、基频曲线、三维窄带谱图、光标间功率谱……这不需要他付出多少意志,它更像个被动技能,接收到声音就会触发,他又关不掉耳朵。

每个人的声纹都不同。语音是由发音器官的生理结构和它的运动形态决定的,不同人的发音习惯有器质性差异,当语音在空气中传播时,又有音质、音高、音强、音长的声学差异,这些都为司法实践提供了声纹鉴定的依据。

顾问骞在受训之初,除了要系统性掌握语音学、声学、各地方言和外语,那个人还在他面前摆满了声谱仪、智能声纹鉴定站、声纹数据库识别系统等。在那个黑屋子里,他必须从诸多声纹中分辨出那些声纹特征稳定性高、区分价值高的语音特征,比如嗓音起始时间、辅音过零率、辅音浊化、音渡特征、共振峰特性、韵律特性等。

他还是个孩子时,在巨量的训练中,声音在他的概念里就和声纹建立了根深蒂固的条件反射,他听到的声音是声纹化的。

此时俞晓红的基频曲线就不太自然,有些刻意,她在压低字词的音调,尽量显得平稳。看来她的幻肢痛没有好转。

听着听着,脑子里的声纹不知何时换了对象,换成了司罕的。

一个人在不同情境下的声纹特征会有差异,司罕的差异很小,他此刻和俞晓红讲话时,窄带谱图里的共振峰,谐波线鳞次栉比,从基频起向上排列,色彩浓郁,一路听下去,像走在一条林立着迷幻的高楼大厦的赛博街道,顾问骞能想象到一个接近理想的谐振腔体,声道的谐振频率复杂却分明,转成宽带谱图,谐波线就变成了游弋在模糊水帘后的神秘生物,走势有着流线型的不规则弧度,司罕声纹里的韵律特性倒是稳定,振幅曲线、基频曲线和过零率曲线交织着,它们蜿蜒并行,像平稳的潮汐,这种韵律,人应该会很喜欢听他说话。

可潮汐怎么会平稳?顾问骞为自己联想的画面困惑。不是平稳,他感受到的或许是一种规律性,潮汐的规律,汹涌的不可抗力下温驯的规律。规律,他不动声色地瞥了眼司罕,这个词真的跟这浑不论的家伙有关系?

走神间,顾问骞在红日里游移的目光停顿了一下,他看到了一个女孩。

那女孩站在不远处一个房间门口,门是黑色的。她探出了半个身体,正在看着他。

一瞬间他都怀疑自己是不是看错了,红日内部的复杂结构会让人产生视觉疲劳,那扇黑门以他此刻的角度,也只能看到半扇,那女孩恰好站在那半扇门的位置。他不知道她是从什么时候起站在那儿的,前面还有好几扇红色、白色、黑色的房门,如果她此时立刻关门消失,他或许都不能第一时间确定她刚才站在哪扇门的位置。

女孩看着跟周焦差不多大,既然出现在这里,应该也是社区的精神病患者,这么小就找来互助组了?

在接触到他的视线后,女孩没有闪避,继续与他对视着。她的目光里有种蒙昧的直白,难以言喻,硬要说,像是未开化的夏娃看着蛇的表情。

顾问骞想细瞧过去时,徐奔走过,挡住了视线。再看过去,女孩不见了,黑色的门关上了。

司罕获得了一份看起来是高分的回访报告。俞晓红出院后一切都挺好,状态、人际关系都在恢复,而这看起来是红日的功劳,她还在这里收获了友谊。

正聊着,远处一瘸一拐走来个四十岁上下的女人,一头褐色的荷叶头短鬈发,宽额窄面,很精干的长相,斜背着一个红色的桶状大包。她面色略显苍白,呼吸似乎不畅,身体有些肿胀,手在不正常地震颤着。短短一段路她走得很艰难,仿佛每一步都在忍受难以承受的剧痛,表情里却有股充沛利落的劲。

"晓红,腿看完啦,怎么样?哎哟,你来的这个时间,我们坦白局刚刚结束,早点来你还能听上一两个。"

俞晓红笑笑，目光落在她震颤的手上。"我没事，你手怎么了？"

女人一脸晦气道："别提了呀，刚刚坦白局上有人犯癫痫了，抖得跟马达似的。"

俞晓红有些无奈，抓过女人震颤的手按了按。"你这又要多久。"

女人的注意力却转到了司罕和顾问骞身上，她来回打量，用眼神询问着徐奔。

徐奔给双方介绍了一下，一时不知怎么描述女人，半晌道："她叫祝离，躯体化障碍，是个……是个全职患者。"

司罕一顿，全职患者？

徐奔还没来得及解释，祝离就接过话头自己说了起来。

她早年是三甲医院的护士，她患上的躯体化障碍比较特殊，她身上同时存在好几种"病"：吞咽困难、神经性腹泻、上下关节转移性疼痛、慢性尿路感染、无端腿瘸等等。她患上了她在三甲医院接待过的所有患者的疾病，生活非常痛苦，她背着的那个红色桶状大包里全是她要吃的药，里面还放了一本笔记，专门记录她的患病日期和病症。

祝离一直怀疑自己感染了一种没有人能诊断出来的凶猛病毒，这种病毒在她身上变换着位置搞破坏。今天挪到肚子，肚子就坏了；明天挪到喉咙，喉咙就坏了。

司罕记得这个病例，因为比较特殊，当时来总院门诊时他就听说过，医学诊断结果只有轻微的肠炎，没有其他显著器质性病变，后来这个病患没有选择总院，而是入住了分院，并且很快就出院了，没想到是来了红日。

祝离的全职患者状态让她无法再做护士的工作，她便辞职来到社区精神互助中心做义工。她时而是护士，时而是患者，偶尔也会"感染"互助小组里其他患者的症状。

她在红日有个外号，叫祝丁，因为她的发病时间通常在下午，对应《马丁的早晨》，她则是"祝离的下午"。谁也不知道她在哪个下午又会突然"感染"上谁的症状。

祝离的生活重心就是她的疾病，她逢人便聊自己千奇百怪的症状，好像没了症状，她就无法和人交流了一样。这不，听说司罕和顾问骞是安乐来的，她立刻拉着司罕展示她刚刚得的病——震颤的手，露出胯部展示她自觉突出的腰椎。和司罕聊着，祝离还不忘带俞晓红一起，对她道："正好，海华晚点也过来，晚饭上我家吃去呀，也有几天没见小空了。"

祝离提到的孙海华，和祝离一样，也是俞晓红在红日交到的朋友，三人是在红日结识的，祝离称她们是铁三角。孙海华的症状是间歇性失语，喉咙没有任何病理性问题，但就是会间歇性突然无法讲话。

患病前，孙海华是一个大型商场的播音员，但她的间歇性失语症和工作性质冲突了，经常无法播报，便被调到了仓库做不怎么需要讲话的商品分管员。

三人同为患有躯体障碍的单身中年女性，有共同话题，又投缘，便在红日一见如故成了朋友，互相帮助。三人里孙海华最小，是唯一一个有孩子的，孩子叫小空，今年六岁，常来红日。孙海华单身养育孩子，必须有工作收入，她忙的时候，俞晓红和祝离都会帮她照看小空。

聊了许久后，徐奔邀请司罕和顾问骞参观红日，话里话外还盘算着薅安乐的羊毛。但司罕惯会打太极，一来二去，徐奔什么承诺也没捞着。

顾问骞留意了下先前那个女孩探出身体的黑色房门，发现已经上锁了，电子锁，整个红日的房间，只有这一间的房门锁着。

在经过它许久后，顾问骞不经意地问了句："红日可以住人吗？"

正忙着和司罕扯闲篇的徐奔听到，一顿，道："不住人，这里不是医院，患者们都回家的。"

即将结束这次追踪回访时，已经快下午六点了，他们见到了赶来的孙海华。

孙海华的长相有些出乎意料，皮肤白皙，身材高挑，眉骨和鼻梁偏高，有种异域风情，一双纤长的凤眼又把英气的骨相融得柔和，小家碧玉的气质，看着像是还不到三十岁，实际年龄则是三十二岁。她见到人时有些内向羞怯，没有说话，现在正是她的间歇性失语期，她平常工作忙，也只有发病时才会来红日。

她是带着小空来的，小男孩也挺文静的，但似乎有些怕俞晓红，不自觉地盯着她空荡荡的右小腿。俞晓红便把毯子再放低点，完全遮住剩下的那条腿，再若无其事地和母子俩聊天。

徐奔招呼这铁三角留下吃饭，被祝离"咻"了一声，让他别抢她的活计。徐奔碰了一鼻子灰也不恼，从前台拿来水果冻给小空吃，小空下意识想接，但忍住了，抬头看了看妈妈。孙海华没什么表示，小空却没敢再伸手，又退到了妈妈身后。孙海华眉目恬静地朝徐奔比画了一下，她经常讲不出话，自学了一点手语。

顾问骞的目光朝男孩脸上移了移，突然觉得耳边一热，见司罕又站没站相地歪在墙上，就差搭他肩上了。"她说的什么？"

顾问骞把头挪开一点，瞥司罕一眼，似是在问怎么就认定他会手语。

"碰碰运气呗，顾警官看起来无所不能。"司罕眼都不眨一下。

没吃这虚情假意的马屁，把司罕推开，顾问骞翻译道："孩子有蛀牙，不能吃甜的。"

三个女人在红日待到晚上七点多，去祝离家吃饭了。徐奔留安乐来的两人吃饭，又被婉拒了。

徐奔苦笑道："得，秋水的饭菜是多做了。"

"没事，我明天来蹭，我不介意吃隔夜饭。"

徐奔一顿，一时没反应过来："你们明天还来？"

顾问骞也看了司罕一眼，似乎也是才知道明天还得来。今天的回访已经做得很详细了，俞晓红这个患者的个人状况和她出院后的主要活动场所都采集了，患者也很配合，得到的答案看起来也不错，按说可以交差了。

司罕拍了拍徐奔的肩，叹气道："贫困项目就是这样，理解一下，哪怕做样子，预后追踪也得做个两三天的，不然我们的工资也得打折扣啊。"

徐奔一时没说话，随即笑笑。"理解的，大医院嘛，流程总归要走的，你们能多来也是好事，给我提提意见，就是患者可能不大喜欢陌生人总在，您知道的，这种互助联盟的隐私性、排外性都比较严重……"

说到这里,他看了眼司罕,没得到任何回应,半晌才继续道,"行,我跟他们说说,配合领导工作。"

"麻烦您了。"司罕笑眯眯的。

两人离开时,樊秋水来送客。他身上还系着围裙,硬给顾问骞塞了点瓜果,向顾问骞道别就回厨房去了,没给司罕一点眼神。这不大不小一个互助中心,就他一个正式护工,厨师和清洁工的工作他也都包揽了,忙得很。

顾问骞提着那瓜果快溢出来的红色马甲袋,尴尬地杵在门口,配上红日不伦不类的鬼屋背景,有种搞笑漫画感。司罕溜达过去,从袋子里摸出一个梨,当着他的面啃了一口,快得顾问骞都来不及阻止。

"还挺甜,你不要?那给我。"

司罕说着就去提那袋子,被顾问骞躲开了。"你倒是脸皮厚,人家都不待见你。"

司罕又咬了一口,汁水溅了顾问骞一脸。"你也看出来他不待见我了,他为什么不待见我?"

顾问骞嫌恶地擦擦脸,站得离司罕远了点。"我怎么知道,翻翻你得罪的人的名单。"

司罕道:"没可能啊,他这么显眼,我要是得罪过,一准记得。"

顾问骞懒得跟他扯皮,转身出门,走了几步却发现司罕没跟上来,回头看,见他就这么啃着梨站在原地看着自己。顾问骞旋即明白过来,他是想看自己从哪扇门出去。面前的三扇门和进来时的一样,红白黑,对应着怒哀惧。可真行,这位精神科医师,工作还不忘了探究同事的心理。

顾问骞的脸顿时沉了下来,被塞瓜果而局促的心态瞬间消散了,他脚步不停,笔直地朝着离他最近的门走了出去,让人看不出是因为顺脚还是别的。

白色的门。司罕看着那背影,若有所思地弯了弯眼睛,从红色的门出去了。

路上,红色悍马里气氛莫名拧巴,还是司罕先开的口,带着种欠揍的顺毛态度,聊起明天再过来的事:"你不觉得巧吗?总共碰上三个患者,三个全是躯体形式障碍患者。"

顾问骞不太想理他:"她们是朋友,同类症状的患者彼此吸引也不奇怪。"

司罕道:"不止这三个,我翻病历的时候看了,红日的患者,全是躯体形式障碍患者。"

顾问骞一顿,想到了黑门后的女孩。他先前观察过,红日的患者都是三四十岁的成年人,都能自由活动,没看到女孩那样年纪的青少年,她今天也没和众人一起参加坦白局。他旁敲侧击问了徐奔的个人情况——离异无子,那女孩不是家属,却被关在一间上锁的房间里,她是怎么出来被他看到的?

沉默片刻,顾问骞道:"本来这种互助小组都有单一的主题,像戒酒互助组,创伤后应激互助组,红日可能就是个针对躯体形式障碍的精神病互助组。"

"那你还记得这栋鬼屋是怎么批下来的吗?"司罕问,"开放给附近社区的精神互助中心,你怎么能保证这几个社区里的精神病患者,恰好全是躯体形式障碍患者?"

顾问骞一愣,很快反应过来:"你的意思是,红日搞会员制,原因不只是他说的那些,也是为了筛选出躯体形式障碍患者?"

司罕点头:"其实也没什么,互助中心的组织者有自己的偏好无可厚非,用政府的钱帮助自己想帮助的对象,也不算挂羊头卖狗肉。红日确实帮助了不少精神病患者……你呢,你当时也没反对。"

"俞晓红撒谎了。"

司罕乐了:"你的耳朵真该买个保险。她确实在隐瞒症状,她出院时状况就不好,但坚持出院,转头就加入了一个互助组,矛盾啊,安乐的医疗水平比红日还糟糕不成?"

顾问骞补充道:"还有,红日里全是女性患者。"

"嗯?"

顾问骞瞥他一眼:"这几个社区都是女儿国吗?"

司罕"哦"了长长一声。所以红日搞会员制，更具体地说，筛选的是患有躯体形式障碍的女性患者。

红色悍马在路上稳稳行进着，车内一时安静。

"一般会组织特定主题互助组的人，都有相似的特点。"司罕忽然道。

"什么？"

"戒酒互助组的组织者可能就是个酒鬼，性侵害幸存者互助组的组织者可能本身就是个性侵害幸存者。

"红日的组织者，可能也是个躯体形式障碍患者。"

第二天他们去得早，八点就到了，还蹭了顿早饭。樊秋水做的是薏米粥。薏米，红日还真是个女人院。

患者们来得更早，三三两两活动聊天，能看出彼此间很熟络。这在医院不常见。住院患者的症状严重，关系松散，距离感明显，患者都有自己的精神现象场，他们既无法充分准确地表达自己，也无法被理解，多数时候是鸡同鸭讲，或者封闭社交。

而这个互助组的患者显然大部分社会功能良好，具备社交意愿和社交能力。这可能与症状有关，躯体形式障碍的重点更多在潜意识，不在意识，不像精神分裂症那样会过多毁坏一个人的现实统一性。这里的人交往，更像在普通的社区活动中心。

祝离看到司罕，便推着俞晓红来找他聊天。祝离对这个安乐来的医生印象很好，他会听她说好多症状，她喜欢和她聊症状的人。俞晓红和昨天一样，对司罕有问必答，但话少了点。而孙海华在旁边安静地听着，偶尔被祝离的话语逗乐，但因为发不出声，连张嘴笑都是无声的。

徐奔也加入聊天，手上拿了一袋水果冻，但是小空跑没影了。他好像很喜欢这个前鬼屋，保留的复杂通道设计很能引起小孩的探索欲，当大人们聚在一起时，他就消失在红日里。

天气热了，俞晓红腿上却依旧盖着厚厚的毯子。徐奔让她别盖了，说昨天才去医院检查过，伤口又开了，闷着不好。俞晓红反而把毯子往下放了一点，捂得更严实了，手腕上的小玻璃瓶随着动作轻轻晃动。

司罕看了眼，问："你的腿伤已经六年了，断面的皮肤早就长好了，伤口怎么又开了？"

"前几天不小心摔了。"

"我可以看看吗？"

俞晓红道："不用了司医师，我真的没事，现在过得挺好的，你不用担心我，身体的伤口好起来一向出人意料地快。"她语气平淡，却话里有话，她在拒绝司罕的进一步探索。之前在安乐可不是这样，俞晓红很喜欢和他聊天，但现在他能明显感受到排斥。

司罕笑了笑："我不担心你，我担心乐乐，你再用毯子闷下去，把乐乐热着了，它又该痛了。"

俞晓红一顿，防备的神色有了松动，搭着右腿膝盖的手轻轻摩挲着。

徐奔也帮腔道："是啊晓红，你真的不用在意别人的眼光，闷着伤口，难受的还是你自己。把腿露出来吧，大家都不怕你，这里谁还没个事，我就觉得你这样挺好的，我就觉得乐乐很美，有乐乐的你很美。"

俞晓红抬眸看徐奔，显然不是第一次听到这个说法了。说一条被截肢的腿美，说残缺的她美，要不是和徐奔熟了，她会以为是讽刺。

司罕也看了徐奔一眼，对他这发言饶有兴趣。

徐奔被看得不好意思，脸色一红："我就觉得这个说法挺艺术的，给一条幻肢取名挺美的，叫乐乐挺美的。"

司罕没对这番"缺陷的艺术美"论调表态，只觉得难怪是搞出了红日的人。

祝离笑着啐了徐奔一声："就你这张嘴会哄人，那我之前也学晓红给身上大大小小的毛病取名字，你怎么不说美啊？"

她挨个指腹部、髋关节、跛着的脚，把还在震颤的手撑到徐奔眼前。"这个叫栉水母，这个叫银杏，这个叫海龟，这个昨天新出来的叫牛膝，还有其他一堆，你怎么不夸呀？"

徐奔摸摸鼻子道："你这太多了，层出不穷的，一天一个毛病，十几二十个名字，我记都记不住，你这就是瞎来。"

祝离和徐奔一来一回撑了起来，孙海华安静地笑着旁听，俞晓红的目光却始终落在腿上的毯子上。

"小空现在不在，你可以透透气。"

俞晓红一顿，看向说话的司罕。

"你是怕他看见，但小空总会长大，对孩子来说，遮掩比坦荡更会引起好奇和恐惧，你大大方方的，他也就会以平常心看待截肢。"

孙海华的注意力也转了过来，她比画起来，司罕看不懂，但猜测大概是劝俞晓红不要在意小空，她会教育好的。

良久，俞晓红提起了一半的毯子，露出了左边小腿，毯子收在膝盖处，没再往上，正好挡住右腿的断肢口。

司罕没再勉强，换了话题，聊起了红日一周一次的坦白局，言谈间表达了兴趣。

"当时错过了，昨天我们到时，你们已经开始了，不然还挺想观摩一下的。"

祝离来了精神："今天可以再开一次啊，昨天本来人也没到齐，难得安乐来了医生，说不准还能看出点什么。"

她话还没说完，就被徐奔打断了："坦白局要讲隐私的，大家可能不太乐意外人来旁听，而且隔天就开坦白局不好，太近了。团体心理治疗都是一周一次恰当，频率高不仅无效，还会起反效果，这点司医师最清楚，祝离，你别替大家决定。"

祝离看了看徐奔的表情，一向荤素不忌造次成性的她却没再咋呼，只嘟囔道："那我问问大家去呗。"

"这事再说吧。"徐奔道。

司罕观察了两人几眼，笑盈盈道："嗯，还是得配合你们的进度。"

顾问骞扫视人群，寻找昨天看到的那个黑门后的女孩，但没找到，红日的患者都在这里了。他早上来时，发现那扇黑色房门依然锁着，像是没打开过一样。顾问骞走动起来，随意地逛着曲折复杂的通道，七拐八拐再次路过那个房间，门还是锁着的。他四下看了看，没人，试着敲了敲门，没有反应，刚要转身离开，却顿住了，他面前不知何时站了个小孩，是小空。

"你在找门里的姐姐吗？"

顾问骞一顿，道："你认识她？"

"不认识，这里没人认识她，她是住在这里的鬼。"

顾问骞沉默片刻，道："谁告诉你的？"

小空没说话，突然牵起了他的手，把他拽走。"不要站在这里，叔叔会不高兴。"

顾问骞没被牵动。"叔叔？徐奔叔叔？"

小空不吭声，又拽了拽他。

顾问骞随着他走动几步，然后伸手，从小空嘴里把棒棒糖拿出来，道："你有蛀牙，不能吃甜的。"

小空立刻张大了嘴，扯着两边仰头给顾问骞看，道："我没有蛀牙。"

仔细看看，确实没有蛀牙，想到昨天孙海华用手语说小空有蛀牙，不能吃甜的，顾问骞问："你妈妈不让你收徐奔叔叔的东西吗？"

小空闭上了嘴，眼睛盯着顾问骞手里的棒棒糖，想吃又不敢抢。他没有回答顾问骞的问题，这孩子的注意力似乎有缺陷。

顾问骞没把糖给他，而是扔进了旁边的垃圾桶。"陌生人碰过的东西不要再吃，知道吗？"

小空莫名其妙被抢了糖，对这个大人没兴趣了。但他也没生气，从口袋里掏出两根新的棒棒糖，一根剥了包装纸塞到自己嘴里，另一根放在了那扇黑色房门前的地上，他对着顾问骞做了个噤声的手势，然后蹦蹦跳跳地跑了。

顾问骞盯着地上的棒棒糖看了一会儿，走开了，目光却一直锁定着这个房间。黑色房门始终没有打开，没有人从里面出来拾取地上的礼物，其间有几个患者经过那个房间，没人看它一眼，也没人注意门前地上那根红色的棒棒糖。

回到活动室时，患者开始跳操了。音响的音质不太好，红日的水泥环境又自带混响效果，出来的声音只能用"如梦似幻"来形容，差点没把顾问骞给震回去。其他人倒是早已习惯的样子。

安乐的康复活动也每日都有跳操,一次十五分钟,跳的是广播操,而红日这里跳的是《红日》。

樊秋水带头,他个子本就高,站在活动室前的台阶上更显眼了。他手长脚长,动作大开大合,看起来有点肢体不协调,但他似乎丝毫没觉得羞耻,动作步步到位,表情严肃,很认真地跟着音乐节拍在比画。

"命运就算颠沛流离,命运就算曲折离奇,命运就算恐吓着你做人没趣味……"

顾问骞没想到他跳操这么认真,安乐的几个带操人经常敷衍了事,手臂能缩着就绝不展开,导致患者也跟着跳得敷衍,一眼望去像一群肌无力的活僵尸,司罕偶尔看到,就会把那带操人挤下去,自己上,然后顾问骞就忙了起来,警棍在手,随时待命。这不着四六的医师不知道会换什么群魔乱舞的音乐,把患者带偏。

在樊秋水的带领下,红日的患者们都跳得很专注,像被感染了一般。这里都是躯体形式障碍患者,身体不便的有不少,俞晓红坐在轮椅上,下半身动不了,只能卖力地挥手,挥得四不像,被旁边的孙海华笑,她脸一红,拍打了对方一下,笑着继续挥。

祝离全身都是毛病,跳两下就气喘吁吁,脚还跛着,但也跳得很起劲,跳得满脸通红,还纠察一般推了一旁的俞孙两人,让她们认真点,三人推推搡搡,动作越发离谱,笑声传远了,被带头的樊秋水听见,他回头瞪了一眼,三人立刻正经起来,认真跳操。

"别流泪心酸,更不应舍弃,我愿能一生永远陪伴你……"

午饭,司罕和顾问骞又是在红日蹭的。不得不说樊秋水的厨艺真好,就是打菜的时候过分偏心了,顾问骞的盘里都是肉,司罕的盘里清汤寡水。司罕好脾气地笑笑,当着樊秋水的面,把顾问骞盘里的肉夹了一半走,樊秋水才黑着一张脸,把两人的餐盘都填满了肉。

司罕边扒饭边发消息,很忙的样子。顾问骞看了他一眼,闲聊般道:"红日的团体紧密度很高。"

司罕头也不抬道:"岂止是高,高得吓人。"

光是出勤率就很惊人。红日不是医院,没有强制封闭管理患者,来不来都是自愿的。而精神病患者之间由于理解障碍,亲密不是易事,虽然俞晓红、祝离、孙海华三人的关系算是极少见的,但红日整体都有种说不清的凝聚感,似乎大家在同时忌惮着什么,被紧紧绑在一起。

"是那个坦白局的缘故。"司罕道,"能把人拉近的最快方法,一定是共享秘密,所有患者共享同一种精神现象场。"

顾问骞不置可否。从警时他也接触过几个性创伤的互助小组,试图说服小组里的幸存者出面做证,她们也会分享创伤秘密,围绕同一个主题交流,但十分压抑,彼此防备,交流结束就各奔东西,并不像红日这样,坦白并不一定会增加亲密度,还会有羞耻、难堪、暴露的压力。

司罕笑了笑,一脸"你说得对,但不全对"的高深莫测样,没立刻回答,专注盯着手机发消息,筷子咬在嘴里上下摇摆,吃饭也心不在焉。

顾问骞等了会儿,没等来回应,便从他嘴里取下了筷子搁在碗上。"别人还要用,别咬筷子。"

嘴里一空,司罕呆了片刻,收回注意力道:"不一样,性创伤幸存者是明确知道创伤原因的,她们的秘密是确定的,最大的黑暗在她们的意识海洋里是锚定的,她们要做的努力,是竭力将它捞起来粉碎。

"但躯体形式障碍患者可能是不确定创伤原因的,或者说不那么确定。他们不知道为什么腿莫名其妙瘫痪了,不知道为什么突然哑了,造成他们身体灾难的甚至都不一定是创伤,也可能是一种获益。躯体形式障碍是典型的二级获益精神病。一级获益,是他们压抑不住的潜意识冲突,在身体上以症状的形式得到了释放和表征,缓解了潜意识的焦虑,得到了迂回虚假却有用的纾解;而二级获益,是他们收到了外界正向反馈,比如备受冷落的妻子生病了才能获得丈夫的关心,她们就会生病,讨厌上学的孩子会在学校突然呕吐躲避学习,而一个被母亲无形的控制欲影响的孩子,甚至会凭潜意识让自己双腿瘫痪,好满足母亲不分离、不让他去外地上学的愿望。

"他们症状的真相被压抑在了潜意识中,而这种真相通常具备道德色彩,也许是创伤,也许是罪恶,不被意识接受,所以被压抑了。他们只有通过不停地挖掘秘密、诉说秘密,才可能钓到正确的那一个。

"这也是坦白局能在红日每周进行的原因,每周她们坦白的可能都是完全无关,甚至截然相反的秘密,去试探自身症状的反应,看钓没钓对。虽然我从个人角度觉得这不是什么好事,会让秘密变得廉价,让人变得空洞,但严格来说,也算符合躯体形式障碍的团体心理治疗理念,找出被压抑的潜意识冲突,让它浮现到意识层面来,不再通过身体进行迂回表征,是精神分析意义上针对躯体形式障碍患者的主要治疗环节。

"而当一个群体无限地活在彼此一个接一个挖掘出来的不确定的秘密中时,联盟就会相当稳固了。

"他们的生活就是秘密啊。"

顾问骞不语,若有所思。

手机来了消息,司罕又开始回复,顾问骞扫了一眼,见联系人备注是王朵。他认识这个女生,是司罕的徒弟,在安乐实习的心理学研究生,同批实习生里被批为最没有心理学资质的。和她的同学不同,王朵天生缺乏共情力,待人接物都刻板理智得像个机器,理论成绩拔尖,被称为移动的心理学百科书袋,咨询实践却年年挂科,连模仿扮演出热情都蹩脚得惨不忍睹,大家都说Siri[1]都比她有人性,狂躁骂人的护士都比她受患者欢迎。她和司罕就是两个极端。

这师徒俩在安乐都是异类,脸皮倒是都挺厚,该惹是生非的继续惹是生非,该咨询失败的继续咨询失败,偏偏这个没有心理学资质的实习生,在安乐留得最久,顾问骞站岗时,总听护士编派她肯定上面有关系。

这个关系指的自然不是司罕,司罕都被踢出来"发配边疆"了。安乐的高管对司罕很不满意。顾问骞不知道司罕做了什么,想到这里,他又想起了司罕那支粉色的手电筒,目光不动声色地移向他的上衣口袋,眼神冷了几分。视线正要移开,扫过司罕左耳的黑色耳钉,停顿了一

---

[1] 苹果智能语音助手。——编者注

下,这是马晓明烧剩的指骨做成的。

司罕昨天就把红日的资料发给王朵了,让她留意安乐的基层援助项目,在周一例会上交份报告给社区部的负责人,看看推广可能性。王朵已经把报告写完了,刚发了过来。

司罕不由得失笑,昨天他联系王朵从分院给他调祝离和孙海华的病历,还被教育了一顿:"老师,您已经不在精神科了,没有权限阅读分院数据库的资料,下次请走正规流程,别总教唆学生违规行事。"

结果病历调来了,报告也写了,他这看起来刻板无趣的学生,真是心口不一。倒不是司罕不想走正规流程,安乐给他的患者档案都是基础版的,医院的归档平台已经对他封锁了,还要他自己去档案室偷正式病历,就差没把"扫地出门别回来了"八个字摁他脸上了,哪里还会容许他走什么正规流程。

司罕收起手机,扒了口饭,觉得自己真是活佛在世,工资下调后,他都快揭不开锅了,还想着扶贫,善哉善哉。

红日尽管存在很多漏洞,但是个值得研究的精神病互助中心模板,国内要是能推行类似的社区互助团体,医院是能在一定程度上减轻负担的。现在安乐的住院部根本塞不下人,每天都有人在等床位空出来,而政策对精神病医保的支持有限,一个患者的住院费用并不低,加上精神病药物、康复训练费等,住不起院的人不在少数。还有些患者因为社会眼光排斥住院,未成年人更是没有家长许可就无法办理入院,怕影响学校档案。社区互助中心或许能分担一部分症状不严重的患者。

当然,被误解和排斥必然是所有社区精神中心的命运,红日能坚持到今天这副样子实属难得。安乐是有过几个定点社区中心的,专门对接出院患者,但更多是服务老人,类似养老机构,经常被小区居民投诉要求搬迁,有两三个定点社区中心因为经营不善已经关掉了。

推行任何新东西都是如此,像预后追踪就是个看起来毫无前途,但他们不得不去探路的项目,司罕还是想搭把手。当社区精神中心能发展到像社区医院一样被广泛接纳时,患者的预后生活才是真正有社会意义的。

下午，本想继续旁敲侧击搞坦白局的司罕发现，坦白局有戏了。

一顿午饭后，不知祝离怎么说的，红日所有患者都知道了安乐来的"大督导"想旁观坦白局免费帮她们看病，给她们的坦白抽丝剥茧找关联，"大督导"难得来一次，机会错过就没了，去安乐挂他的专家特需号要四百块呢！

"大督导"司罕于是顺水推舟，轻描淡写道："确实难得来一次，你们去医院还不一定挂得到我的号，去年就涨价了，四百五，预约要提前两周。"

顾问骞："……"

一句"臭不要脸"不知当不当讲，虽然是事实，但那是遥远的过去了，司罕现在就是个跟顾问骞一样每个月拿底薪的廉价劳动力，安乐把司罕的挂号名都撤了。

眼看患者们被说动今天再开一次坦白局了，徐奔又提出了反对意见。

司罕道："关于频率问题，重复你们昨天的内容也可以，我就督导昨天的。"

徐奔还要拒绝，向来消极怠工不管事的顾问骞也一反常态地帮忙游说："非要一周一次？"

"是。"

"行，那我们待到下周六。"

徐奔错愕不已："你们要留一周？你们不忙吗？"

顾问骞道："司医师是挺忙的，我还行，在这儿留一周工资也照拿，坦白局总归是要看的，哪天都行。"

司罕适时跟上，苦笑道："都是同行，徐组应该能理解，预后追踪不做详尽些，我们没法交差，坦白局是俞晓红在这里的核心治疗方式啊。"

两人一个唱红脸一个唱白脸，唱得徐奔再没说出话来，患者们自己都同意了，这坦白局还是成了。

二楼，黑色门的坦白室，患者们鱼贯而入。她们在围成圈的椅子中找到自己的位置坐下，又去边上添了两把椅子给今天的两位新观众，椅子腿摩擦地板的声音显出一丝兴奋。

顾问骞和徐奔闲聊:"红日的患者都参加坦白局吗?"

徐奔似乎还对顾问骞强硬的态度介怀,不咸不淡道:"是啊,都参加。"

顾问骞点头,跟着去拿桶装水的祝离出去了,数杯子时问:"今天坦白局缺了几个人?"

"没缺,都到齐了,杯子拿一摞就行。昨天缺的四个人今天也来了,我们的坦白局很少有人缺席。"

顾问骞沉默不语,人到齐了,但是没有一楼黑门里那个女生。红日的患者都参加坦白局,说明那个女生从来没有参加过坦白局,患者不在意她的不在场。只是看了一眼,快得跟幻觉似的,其实不该让顾问骞生出这么多关注,但那女生的目光反复出现在他脑海里。

顾问骞对危险有堪比野兽的直觉,可让他觉得危险的不是那女生的处境,而是她的目光。直到早上来时,他看到废弃游乐场的侧门边,停着一辆熟悉的黑色奥迪 A6,他才确定这里有问题。

坦白局开始前,徐奔再次向众人介绍了新介入这个私密团体活动的两名陌生人,并强调如果觉得不适应,可以不进行坦白。

和司罕说的一样,坦白局走的是精神分析的路子,徐奔让大家每周都坦白一个自己刻意回避、不愿接受的,涉及重大创伤或道德层面罪恶的秘密,试着直面潜意识冲突,并承诺形成联盟,保护彼此的秘密。

所以这个团体的隐私性和排外性确实如徐奔说的那样极高,任何一个新成员的加入都会增加泄密风险,让患者没有足够的安全感进行秘密的挖掘。

心理外行的顾问骞对这种形式不太感冒,某些犯罪组织就是这么做的,拿捏彼此的把柄,形成稳固的犯罪联盟。

他问过司罕躯体形式障碍是不是必须这么治。司罕否定了,说精神病院基本都使用药物治疗和 CBT,也就是认知行为疗法,改变患者的认知歪曲和不合逻辑的思考方式,通过让患者自己诱导出身体知觉,来辨别错误的症状知觉,认清身体没有问题,造成症状的是心理社会因素。

精神分析在国内一直不怎么受欢迎。

然后他又懒洋洋地评价道:"不过CBT的预后就不好说了,它就像让这些患者在深不见底的黑暗中,理解光这种东西。"

徐奔介绍完,参加坦白局的全员已经正襟危坐了。和刚进来时的亢奋状态不同,患者们出现了紧张和排斥的情绪,连祝离的神态都紧绷了些。这可能不是故意的。显然,多了两位大医院来的观众,是有不小压力的,她们不只在被审视,也在被审判,正是这种罕有的令人如芒在背的专业审判感,让她们既惶恐又迫切——迫切地想切开自己,给医生递上器官,看看好坏,又惶恐于那些器官万一被判刑,就不还给她们了。

司罕在徐奔的授意下,上前简短自我介绍了一番,话说得漂亮,患者们被安抚了些。

到顾问骞自我介绍时,他上去就道:"诸位可以放轻松,我们两个不是观众,而是参与者,既然进了坦白局,就会遵守规则,和你们短暂地成为一个共同体。按照规矩,我和他也会各自坦白一个秘密。"

一圈人顿时哗然,徐奔也愣了一下,这事之前没提啊!

司罕脸上的笑意停住了,他看向一脸淡然,好像什么话都没说的顾问骞。

顾问骞朝司罕伸手道:"司医师先来,以司医师的专业度,应该能好好打个样,坦白一个有价值的秘密。"

所有患者包括徐奔,顿时都看向了司罕,面露隐秘而难以置信的期待:他们也能审判医生了吗?

司罕沉默片刻,不自觉地摸了下左耳的黑色耳钉,脚步缓慢地移到了台前,和顾问骞交换位置。当两人身体交错时,司罕压低声音道:"原来在这儿等着我呢,顾警官,挺狡猾啊。"

他还纳闷一向消极怠工的顾问骞,下午怎么这么积极地帮他游说再开坦白局,原来是图着把他架上这个骑虎难下的境地啊。

顾问骞没回应,眼神都没给一个,错身回到了座位上,和人群混在一起,注视着司罕。

众人屏住呼吸,只见这位安乐来的"大督导"医师矗立片刻,笑盈盈地开口道:"基于我对自己有限的认知,本人应该不存在躯体形式障碍,所以我应该无法说出对你们的症状有启发的范例式秘密,它也对我没有治疗作用,而我哪怕随便编一个秘密,你们也无从分辨真假……"

他的目光缓缓扫过下面每一个人,看着她们随着他的话语变换着微小而浅显的表情。

他话锋一转,继续道:"但基于我对你们的真诚,我可以保证无论这个秘密对治疗你们的症状有价值与否,我接下来说的每一个字都是真实的……我随便坦白一个吧,一个到目前为止,我不为人知的秘密。"

尾音落下前,司罕环视众人的目光正好停在顾问骞的脸上,这使得他接下来的话仿佛是对着顾问骞一个人说的。

"我不是通过精卵结合诞生的。"

所有人皆是一愣,好半天没反应,有的人在理解这句话,理解了的人则面面相觑。什么意思?他在开玩笑吗?这算哪门子秘密。

片刻后大家又都淡定下来,精神病患者对此类异常言论的接受度相当高。如果今天坐在这里的不是躯体形式障碍患者,而是精神分裂症患者,这个秘密甚至可以说是正中下怀的,会立马引出一大批同类患者。

徐奔也有些傻眼,目光却晦暗起来。

顾问骞遥遥与司罕对视,目光凝重,没泄露情绪——他没听明白。

司罕没管大家的探究,步履翩翩地下去了。"到你了,顾警官。"

顾问骞从座位上起身时,听到正往下坐的司罕轻声道:"'炸'我一下吧,别太无趣哟。"

他稍一顿,往前走,站到司罕刚刚站着的位置,而司罕正坐在他刚刚坐着的位置,同样专注地看着他,两人的位置调换了。

顾问骞站定后只沉默了一秒,就开口了,显然是早就想好了。

"我怕黑。"

司罕:"……"

说完顾问骞便走下来,不管这短小敷衍的答案会给众人留下什么印象,径直坐回了司罕旁边,一副无事发生的样子。

众人先是沉默,而后窸窸窣窣有了几声零星的笑。逐渐笑声越来越多，祝离更是贴心地隔着人拍了拍顾问骞结实鼓胀的肩膀。"没事，不丢人！我也怕黑，男人怕黑也正常！"

本来泰然自若的顾问骞，脸不自在地绷紧了，嘴抿成一条线，不动声色地躲开祝离越拍越重的手，不得已朝司罕那边靠了靠，听到耳边传来的声音："你还能更赖皮一点吗，顾警官？我亏大了。"

顾问骞面不改色："你没赖皮？只许你编故事？"

司罕轻叹一口气，然后笑出了声："虽然你这次信用不良，但下次你还想跟我玩游戏的话，我还是会玩的。"

顾问骞一顿，朝他看去，却见司罕已经正襟危坐望着别处，等着坦白局开始了。

托顾问骞的福，患者们似乎被激励了，这么一个一脸生人勿近的表情，随便抡抡手臂肌肉就能甩走三五个人的一米八几的高大壮汉，当着那么多陌生女人的面说自己怕黑，那得是克服了多大的羞耻心和自尊？祝离看他的眼神已经带上了一丝诡异的母爱。

患者们一个接一个地坦白心事，就坐在座位上，不用起身，保持绝对的松弛。每人讲三四分钟，有人重复讲昨天的内容，有人讲了新的，司罕大部分时候都安静地当听众，少数时候会在患者讲完后问一两个问题，引导她们发现事件和症状之间可能存在的不易察觉的关联。

轮到俞晓红了，她昨天没来，今天讲的秘密是新的。她没说话，而是当着众人的面掀开了腿上的毯子，把右腿下端空荡荡的裤腿卷到了腿根。

众人倒吸一口冷气，不是因为突然直面她的断肢，而是因为那断肢口上密密麻麻布满了划痕，有几道已经流脓发黑，看得出上过药了，但被毯子闷了太久，伤口又发炎了。那些划痕什么方向的都有，大大小小，通通组成两个字：乐乐。

徐奔的目光骤然一紧："晓红，这是你自己弄的？你疯了！"

看来她不是跌倒了，昨天去医院是去处理划伤的。司罕确定这些伤在安乐是不会有的，护士会检查身体，这些伤起码是她从安乐出来之后才开始有的。这才是她不肯拿走毯子的原因，裤子遮不住，一碰就有血印子。

徐奔从柜子里拿出药箱,急匆匆到俞晓红面前蹲下,颤抖着靠近那条断肢,目光专注:"乐乐不是痛吗?你为什么还伤害乐乐?"

俞晓红不自在地躲开徐奔给她消毒的手,她不习惯把这条腿这么近地暴露在医生之外的人眼里,但腿被徐奔抓住了,他似乎生气了,消毒的时候下手很重,手都在抖。俞晓红不再挣扎,轻拽住手腕上的小玻璃瓶,瓶里的白色晶体粉末来回晃动,像回流的羊水。她回答道:"乐乐有阵子不痛了。"

这个答案徐奔没想到,俞晓红自来红日时起,幻肢痛一直没好过,什么时候开始不痛的?他一直以为她在逞强。

徐奔专注清理着伤口。"这不是好事吗?说明你的病在好了。"

司罕忽然开口:"因为不痛了,所以你要伤害它让它痛?"

俞晓红没说话。徐奔一愣,手却没停下,看向俞晓红,以眼神询问,见她的样子像是默认了。

"每当我要忘记这种痛苦,就刻一个'乐乐',提醒一下自己。"

徐奔不解道:"为什么要这样?我们都知道乐乐存在了,我们认可它是活着的了,你没必要这么伤害自己啊。"

俞晓红目光转下,直勾勾地看向他。"不,他没有活着,他死了。我出车祸被截肢时,是我怀孕的第八个月。"

大家都愣住了,没人知道俞晓红有过孩子。坦白局上她从未提过,大家只知道她很早就离婚了,一直单身。

"孩子没保下来,我在那天同时失去了右小腿和孩子。车是从我身上碾过去的,医生说孩子剖出来就是个死胎。孩子的乳名很早就起好了,叫乐乐。"

一时之间没人讲话。俞晓红幻肢痛的原因至此也很明显了,乐乐是真实存在的,她把失去孩子的痛苦嫁接到了失去的腿上,孩子和腿是同时从她身上被剜去的,她一直喊的"乐乐好痛",是她对那个未能出世的孩子的感受。她在替乐乐痛。

顾问骞看向边上的司罕,发现他并无讶异,似乎早就知道了。司罕在安乐时就和这名患者有所接触，哪怕不是她的主治医生，以司罕的习惯，肯定也早就看过她详细病历里的个人经历了，猜到也不奇怪。

俞晓红其实知道自己的病因，她只是走不出来，被迫截肢成了残疾人的痛苦和失去即将诞生的胎儿的痛苦混为一体。这巨大的创伤让她产生幻觉，一直与那未出世的孩子共感着，赎罪般地非要把被车碾过死在腹中的胎儿的痛楚具象化，反映到幻肢上。

司罕在安乐时，曾经旁敲侧击地建议过，让她对故去的亲人做一下哀伤处理，可前一刻还在好好聊天的俞晓红瞬间变得面色狰狞，说听不懂司罕在说什么，她父母健在，哪儿来的故去的亲人？

那时候俞晓红是听不进去的，创伤后应激障碍的症状之一就是否认，否认事情的发生，否认乐乐死了，所以她才会一直强调她的幻肢是活着的，会痛、会饿，要喂奶一样的豆浆，要人唱着歌哄。

众人无声间，只听司罕道："看来红日把你治好了，你来对了地方，我很替你高兴。"

俞晓红垂目不语。

"如果我现在再建议你对乐乐做哀伤处理，你会答应吗？"

俞晓红愣了好一会儿，眼眶红了，低头望向腕上的玻璃瓶。"再等几天。"

司罕点头道："尽快吧，乐乐也不想一直痛着，在你身上，他太痛了。你甚至拒绝让他不痛，你延长的并不是他的生命，而是他的痛苦。"

这话有点残忍，俞晓红差点就失控了，但她控制住了，手紧紧攥着裤腿，点了点头。

司罕道："最后一个问题：这两天一直瞒着我，怎么现在愿意坦白了？"

俞晓红抬眸看向他，与他对视。这需要勇气，从前便是如此，她总觉得在司罕眼里自己无所遁形，什么都瞒不住。她深吸口气，无奈道："我知道，您不弄清楚我的真实情况，是不会离开的，我不想耽误你们的工作。"

顾问骞一挑眉，这么急着赶他们走？不惜勉强把伤痛都剖出来，换取两人的离开，她在怕什么？

司罕没说话，只点了点头。

众人纷纷安慰俞晓红，赞许她把这些创伤坦白出来，坦白局的氛围在沉重中走向了一种静谧的热烈。这种活动就是如此，一个人坦白了重大事件，会让更多人愿意袒露自己，形成良性刺激。

轮到祝离时，这种良性刺激到达了巅峰。祝离一反常态，没有大起大落的情绪，只平静诉说了一件掩藏了许久的事，她说这个秘密快把她压垮了。

"我曾经帮我前夫，隐瞒了一项犯罪。"

顾问骞的目光锁定了祝离，其他人愣了一下，面面相觑。徐奔看了眼司罕和顾问骞，谨慎地问道："是什么犯罪？"

祝离沉默片刻，道："我还在当护士时，帮他删除了医院的一段监控视频，那里面有他的犯罪过程。我当时不知道出于什么心理，在删除前把那段监控视频录下来了，那个时候我们的夫妻关系就已经很紧张了，离婚这么久，我偶尔想起他，觉得可恨时，总想把当年录下的视频发出去报复他。"

徐奔道："你想去报警？小祝你冷静点，报警的话你自己也会牵扯进去的……那个视频现在在哪儿？"

祝离没回答，用沉默表示她今日的坦白到此为止了。

倒是司罕突兀地问了一句："你失去过孩子吗？"

祝离一愣："没有，我没怀过孕。"

司罕点头，没再出声。

坦白局继续往下进行，尽管祝离说出了一个灰色地带的秘密，但其他患者好像并不为此焦虑或被影响，似乎这是一件很正常的事。

顾问骞观察着每个人的反应，脸色有点沉。

最后一个坦白的是孙海华。

孙海华是所有人里最少坦白心事的，她周六有时候要上班，当她不在间歇性失语期时，她是不会来红日的，发病了才来，所以她参加坦白局的机会本来就不多。而当她发病时，她是讲不出话的，尽管徐奔会替她做手语翻译，但表达上还是存在不方便，所以她很少坦白。

司罕对她是好奇的，王朵传来的病历里没有她的，总院和分院都没有孙海华的记录，说明她没在本市的精神病院就过医，她的症状不轻，甚至挺严重的，很损害社会功能，而她又那么需要工作，为什么不去正规医院治疗，而只是加入了一个互助小组？

今天可能是被两个好友刺激了，孙海华也坦白了一个从没说过的秘密，用手语，徐奔翻译。

"我失去过一个孩子。那孩子在六个月的时候胎停育了，小空是第二胎，取了第一胎的名字。"

坦白局结束，众人沉默地离开。有人有了收获，对坦白的秘密和身体症状的关联有了猜测；有人坦白了也依旧毫无收获，这是常态。

俞晓红找到了幻肢痛的缘由，祝离的全职患者状态和她隐瞒的前夫犯罪有什么联系还看不出来，孙海华的间歇性失语和她失去过第一个孩子有什么关联也没有眉目，也许都无关。三个女人的情绪都很低落，她们彼此依偎着，缓缓走出坦白室。

司罕看着这三人结伴离开的背影，若有所思。

顾问骞问："怎么了？"

"你知道人身上最诚实的地方是哪里吗？"

"哪里？"

"肢体末梢，比如手指。"

远处，三个女人的手，一个搭在另一个的肩上，轻轻地，像是不敢触碰太过，却又彼此缠结，像悬空组合在一起的连体雕塑。

司罕和顾问骞也从坦白室离开，走在红日的复杂通道里，满眼都是水泥地水泥墙，以及仅有红白黑三种色彩的门，让人有种没有尽头的循环迷宫感。

顾问骞道："你说俞晓红出院时幻肢痛依然严重，怎么到红日半年就好了？"

司罕好一会儿没出声，头顶间隔的白炽灯投下惨淡的光，在他脸上落下移动的阴影。"可能遇到对的人了吧，精神分析总说精神病是关系的疾病，关系能毁掉一个人，也就能治愈一个人，社会关系的支持，对任何精神病的治疗都相当重要,她在这里遇到了这种关系。"

顾问骞没接茬,转而问:"你刚才为什么问祝离有没有失去过孩子?"

"栉水母、银杏、海龟、牛膝。"司罕朝前走着,没回头。

顾问骞一愣:"什么东西?"

"祝离给自己的部分症状起的名字。"她那时和徐奔斗嘴,报出了给身上各个"患病"部位取的名字。

司罕道:"栉水母,雌雄同体,会吃掉自己的后代;银杏,裸子植物,只有种子没有果实;海龟,生下孩子后会将之抛弃;牛膝,中药里一种打胎药的成分。"

听着这些象征性明显的名字,顾问骞沉思不语。

司罕忽然问:"她说没怀过孕,撒谎了吗?"

"没有。"顾问骞肯定道。

从红日出来已经八点了,顾问骞让司罕先去车边等着,他忙点事,要是等不及就自己打车走。

"要等多久啊?我腿酸,夜里还冷。"司罕直接把自己打车这个选项去掉了。

顾问骞听得脑门青筋起来了,这人在红日基本是坐了一天,腿酸?入夏了,夜里冷?两人大眼瞪小眼了一会儿,顾问骞把车钥匙扔给了他。"车里等。"

司罕双手接住钥匙,出神地盯了好一会儿,没声了。

见司罕还不走,顾问骞叮嘱了一句:"别乱开。"

司罕道:"我不会开车。"

只是想撂下一句话让人赶紧滚蛋的顾问骞没想得到回答,更别提是这么个离谱的回答。

"你长这么大不会开车?"顾问骞这才想到,司罕在安乐时好像就没有车,两人一起搭档工作后,司罕也都是在蹭他的车。

"听说过刹车冲动控制障碍吗?"司罕道,"就是不会踩刹车,对油门有偏执性冲动,越危险越要踩油门,无法刹车,我有这个毛病,为了世界和平，我不能开车。"

顾问骞听完沉默了一会儿，道："你编的吧。"

司罕笑了："你怎么不上当？其他人都很相信的，朵朵还专门去查了这个病，结果没查到。啧，顾警官的耳朵真是，好无趣啊。"

顾问骞想说不是听出来的，是基于对你这个浑不论的家伙的了解，但只是面无表情地看着他，无声警告他别再用白痴玩笑浪费时间。

司罕被看得举手投降，转身往停车的方向走，手上摇着那把车钥匙，背影看着有种少年郎的嘚瑟，不知道在高兴些什么。"你快点啊。"

直到司罕走得没影了，顾问骞才迈步，走向另一个方向，废弃游乐场的侧门。那辆奥迪A6还停着，顾问骞上前敲车窗，车窗立刻降了下来，飘出一股香肠味，车里两个人明显是猴急地往嘴里塞了吃的还没来得及嚼完，连声道："顾队！"

"我已经不是队长了，别这么叫。"

驾驶座上的人局促地说："那不行，姜队说的，您永远是我们申城市局刑大的队长。"

顾问骞没接茬。"你们在红日蹲什么？"

车里的两人面面相觑，没开口，顾问骞现在确实不在市局刑警大队了，对相关案子是没有知情权的。

"早上看到我了吧，报给你们姜队了吗？"顾问骞问。

副驾驶座上的人心虚道："是姜队的命令，出入红日的人都要上报，我们不知道您在这儿……"

"那么我也是涉案人员了，你们更得对我保密了。"

车里两人有些尴尬，眼观鼻鼻观心，想说点什么，又觉得说什么都是错。

顾问骞又道："那现在涉案人员自己上门交代情况了，你们不审我吗？"

两人一愣，顿时正襟危坐，不自在起来。驾驶座上的人憋了半晌，叹口气道："算了顾队，我跟您说了吧，姜说实在有必要的话我们可以配合您。我们接到红日的报案了。"

"报案人叫祝离吗？"

两人疑惑摇头。"不是,我们接到了红日的两个报案,报案人都不是祝离。"

顾问骞的眉头皱了起来:"两个报案?涉及人口失踪吗?"坦白局结束后,顾问骞发现一楼上锁的黑色房门前的棒棒糖不见了。他不知道是不是被关在里面的女生拿走了,她真的能自由活动?

车里的两人越发茫然了,怎么他们得到的信息和顾问骞说的都对不上?"不是,没有人报失踪案。"

顾问骞一愣,蹙眉道:"那两个报案人是谁?"

"一个叫俞晓红,报的是六年前的案子,涉案人员现在在红日。"

"另一个叫樊秋水,报的是现在的案子。"

顾问骞听完两人的交代,面色更沉了,两个案子没有一个是祝离前夫的案子。这小小一个精神互助中心,已经起码聚集三个案子了。

司罕上了红色悍马,等了好一会儿顾问骞都没回来,他打算听会儿电台打发时间,便去捣鼓车载系统。顾问骞这辆破得不成样的老古董悍马,配的车载系统也很旧,一个很小的屏幕,什么按钮都没有,平常顾问骞也不用,都用手机导航。

司罕刚触了下屏幕,系统就启动了,屏幕上是一个旋转的像 DNA 双螺旋结构的模型,螺旋转动时响起了一个声音:"你好。"是个女声,温和沉静,比较成熟,司罕心道,原来顾问骞喜欢御姐型的。

研究了一会儿,发现这个屏幕上不存在任何触屏键后,司罕确定这是个完全的智能声控系统,这破悍马的车载系统还挺高级。

司罕试着发出指令:"随便调个频。"

那螺旋转动了一会儿,发声道:"你不是车主。"

司罕哑然,明白可能是专门录入过顾问骞的声纹,外人无法使用这个车载系统。司罕道:"抱歉,关了吧。"

屏幕里的螺旋继续转动,没有关闭,司罕连忙补了一句:"车主让我在车上等他,我没有恶意,你别报警,他马上就回来了。"

司罕不确定顾问骞的车载系统有没有鸣笛警告之类的设置,那家伙还挺宝贝这辆破车的。

系统没有发出任何动静,也没关闭,螺旋缓慢而稳定地转动着,仿佛有生命一般在观察着司罕。良久,它道:"你好,我叫安琪,我记得你的声音。"

司罕没再出声,怕多说多错,还好他蹭顾问骞的车有一阵子了,这车载系统还能自动记录乘客的声音,真挺智能的。半分钟后,没得到回应的车载系统终于关闭了,屏幕暗了下去,司罕刚松口气,却听啪嗒一声,车前顶突然下翻了一个格子。那里居然是个抽屉,从里面掉下一沓信封。

司罕捡起那些信封,发现都是空信封,他叹口气,看向头顶那个抽屉。不会坏了吧?要挨骂了,但这也不是他弄的呀,真是辆破车,车载系统再高级也还是辆破车。他查看了一下抽屉,确认没坏,刚要把信封塞回去合上,目光却停滞在那些信封表面的字迹上。

他愣了好一会儿,从口袋里拿出一支小巧的底部刻有"Goat"的粉色手电筒,光打在信封表面的字上,聚光功能优越,那些被照亮的落款字迹,熟悉到让司罕心悸。

顾问骞回到车上时,司罕在副驾上闭着眼,像是睡着了。

他不是晚上不睡觉吗?顾问骞想着,刚坐进去,身体一僵,不动声色地四下环顾起来,没有发现异常的地方。他看了会儿副驾驶座上熟睡的司罕,发动了车。

车在司罕小区门口停下了,蹭车人哈欠连天地醒了过来,惯常对顾问骞表达了不走心的谢意,并叮嘱他明早继续来接,下车时闲聊般问了一句:"你这车怎么不换啊?都这么旧了。"

顾问骞没回答,他这态度通常也约等于回答了——关你屁事。

看着司罕摇摇晃晃进了小区,顾问骞开口道:"安琪。"

车载系统立刻亮了起来,螺旋结构缓缓转动:"在。"

"车上有东西被碰过吗?"

螺旋结构平稳转动着:"没有。"

远处司罕的人影已经消失不见,顾问骞沉默了片刻,道:"安琪,你会对我撒谎吗?"

屏幕里的螺旋转了一会儿，温和成熟的女声响起："你知道的，我无法对你撒谎，你听得出来。"

车内不再有对话，片刻后，红色悍马驶离了司罕的小区。

02
记忆骗局

隔天,司罕和顾问骞到红日到得晚些,快上午十点了。徐奔讶异极了,他以为昨天已经说得够清楚了,两人的预后追踪也完成了,怎么又来了?

徐奔没让他们进来,表情也严肃了点:"二位,我已经配合了你们的工作,晓红你们访谈过了,坦白局你们也参加了,红日更是哪儿哪儿都逛遍了,我这里虽比不得一流正规医院,却也不是能随便进出的地方。你们已经大大干扰红日的日常运作了,请你们离开,不要再来了。"

这点顾问骞早料到了,徐奔不欢迎他们。前两天的热情周到只是迫于预后追踪,想穷尽他们的好奇,让他们彻底离开。他态度其实一直很明显,不然申城市局刑大那俩小兄弟何必在外面苦蹲着?没有证据,对红日的搜查令都下不来。

昨晚司罕语气平常地要他晚点来接,好像进去是理所当然的事,但昨天俞晓红都坦白成那样了,再用预后追踪没完成的说法,徐奔不会认可。他不知道司罕怎么想的,实在不行他打算硬闯,只要能把一楼那扇上锁的黑门打开,确认里面关着人,套上非法拘禁的罪名,搜查令就有了。他现在不是警察,暴力取证不会连累警队。

司罕笑眯眯地拍了拍徐奔的肩,被躲开了。"火气别这么大嘛,前两天不还把我当财神呢吗？"

不只徐奔，顾问骞也无语地瞥了这厚脸皮的精神科医师一眼。财神？穷鬼吧。

徐奔道："我这小地方可请不起您这'财神'，您快回吧。"

"别妄自菲薄呀，财神我这不就给您送财来了。"

徐奔不想再卷入这人无厘头的话语里，刚要正色赶人，却见司罕递了个牛皮纸文件袋过来。

"这是什么？"

司罕的笑意更深了："今天周一，早上我同事在安乐的例会上提了红日的基层对接项目。安乐批了，同意先考察看看。

"我们今天不是来找俞晓红的。我们是来考察你，哦不，是来考察红日的。"

徐奔愣神地打开那个牛皮纸文件袋，看到里面安乐的盖章证明，一时无言。顾问骞也看过去，这就是司罕早上在等的东西？

司罕煞有介事地整了整衣领，得体地笑问："徐组，我们可以进去了吗？考察争分夺秒呀，您懂的，凡是涉及资金审批的事，都怕夜长梦多。"

徐奔脸色一变再变，最后堆起笑脸道："那就麻烦两位了。"徐奔转身，僵硬地从红色的门进去了。司罕紧跟其后，也从红色的门进，再后面是顾问骞，这次也是从红色的门进去了。

司罕一叹："做甲方的感觉真好。"

顾问骞狐疑地轻声道："那文件不会是你伪造的吧？"

司罕"啧"了一声："不要怀疑朵朵的办事效率，王朵，永远的神。"

当然，能这么快批下来，除了王朵的个人能力，还因为安乐不知道这是司罕授意的，不然过八百年都不一定会批。而安乐授意去红日考察的执行人也是王朵，并不知道审批文件会被传真给司罕。

想当初不少导师劝王朵转方向，以她的学术能力，去认知神经科学方向必会大放异彩，她却始终顽固地赖在咨询心理方向，称有位精神科医生说没人比她更适合走这条路。导师问说出这么离谱的话的医生是哪位，王朵三缄其口。

这位离谱医生自然就是司罕。他也因此收获了一个极好用的忠实小助理。当然，他并不是为了获得这个便捷劳动力才那么说的。应该不是。

已经上午十点多了，司罕没想到他俩还能吃上早饭，樊秋水端上冒着热气的面条时，司罕惊了。

樊秋水说："我知道你们一定还会过来。"他看向顾问骞的目光里有种心照不宣。

司罕看了看两人，笑盈盈地转向旁边人，道："顾警官，我怎么觉得，你有事瞒着我。"

顾问骞没搭理他，专注吃着面。

"咱俩是搭档，信息要共享啊。"

顾问骞头也不抬道："一个秘密换一个秘密。"

司罕一愣，发笑道："你玩上瘾了？你之前赖的皮还没还上债呢。"

"那玩吗？"

司罕被噎了回去，半晌，道："玩。"

下午，徐奔按照司罕的要求，再一次把红日所有的病历都交给了他。司罕这次翻得很细，一点信息都没漏掉。他确认没有任何一个十几岁的女性患者能和顾问骞说的关在黑门后的女生对上号，徐奔筛选患者的年龄非常一致，都在三十岁以上，四十岁以下。

司罕说："徐组，我还挺好奇的，你是怎么能筛选出条件这么相似的患者的，附近小区里有这么多三四十岁的女性躯体形式障碍患者吗？"

徐奔表情不变，似乎早知道会被问到这个问题。"一开始也不多，附近社区的就几个。红日逐渐发展起来后，大家通过个人关系介绍来的人，同质性就会比较高，远远都有，像海华住得就比较远。至于年龄段，司医师也知道，所有精神病都有最佳预后年龄，年纪太小的不好做团体治疗，年纪太大的预后不好，我觉得三十岁到四十岁这个区间比较适合互助组的开展，所以会优先选择这个年龄区间的患者。"

司罕点点头道："那现在从红日治愈离开的有几个人了？"

徐奔一怔，没回答。

司罕从病历里抬头看他，笑道："怎么？你精心挑选的年龄区间预后好的患者，没一个成功从红日'毕业'吗？"

红日只有怒哀惧三扇负性情绪门，没有正性情绪的出口，内部也充斥着红白黑色门的暗示，坦白局又是个更深的负性情绪池。到处都是负性情绪氛围，恐惧、哀伤、愤怒也会增加一个群体的凝聚力，也许红日真的没考虑过让患者进来了再离开这件事。

徐奔沉默片刻，莞尔道："红日本来就是成长型互助小组，可以一直做下去，去留都是自愿，也没有'毕业'一说，红日成立到今天，五年中离开的小组成员总共六个。"

司罕一挑眉："五年才六个，这流失率，红日可以评年度互助组凝聚力最高奖了。"

徐奔笑笑没说话。

"离开的那六个人，病历能给我看看吗？"

徐奔一顿，为难道："既然离开了，我就没权力擅自公开她们的病历了，患者身份信息要保密的。"

司罕点点头，没强求："还有些个人相关考察，我们去你办公室聊吧。"

徐奔看向他道："个人考察？"

司罕眉眼弯弯道："你是红日的创立者，你的个人情况也是安乐考察的重点，合作方，要对事对人嘛。"

徐奔沉吟片刻，同意了，给档案室上了锁，带着司罕去了办公室。

两人离开后，档案室外的拐角处走出两个人。

高挑瘦削、红发盘髻的那个快步上前，从兜里拿出钥匙，开档案室的门，旁边更高壮的那个不动声色地四下察看。樊秋水试了一会儿，没能一下子打开。他这把钥匙是偷偷用橡皮泥印了徐奔手上那把去配的，有些齿不一定对得上，要前后试一会儿。顾问骞也没催促，两分钟后，档案室的门重新打开了，两人立刻进去，关上了门。

顾问骞说:"他会把人在办公室拖三十分钟左右。"

樊秋水神色凝重地点头,两人分头在档案室开始翻找。十分钟后,樊秋水只找到了几盘录像带,拿给顾问骞,道:"不全,这几盘是很早之前的了,现在的不知道他放在哪里,这里找不到。我之前偶然发现徐奔在给坦白局录像,每个患者的隐私都被录下来了。坦白局我一开始也参加过几次,后来他就把我赶出来了,大家坦白的东西有的涉及灰色地带,有的极其私密,我怀疑他拿这些录像要挟患者做些什么,使她们不能离开。"

顾问骞看了看录像带上写的日期,五年前,是红日最初成立时那几个患者的。

"之前拍下来的录像资料为什么不交给警方?"

樊秋水抿了抿嘴,道:"我不信任警察。"

顾问骞看了他一眼,樊秋水又道:"我不知道你已经离职了,我以为……"

顾问骞没再说什么,看着手上的录像带道:"患者进坦白室前有没有签署隐私保护协议?像这样的互助治疗团体,有时候会以学术研究为由征求参与者同意录像,他能谎称患者知情当借口。"

樊秋水摇头道:"没签,这里没这么正规的流程,大家很信任徐奔。"

顾问骞沉默片刻,道:"这些不够,录像只能指向徐奔侵犯隐私权,还得看对当事人的损害事实。红日的患者有非同寻常的凝聚力,她们会做证说徐奔是偷录的吗?如果她们坦白的内容涉及违法之事,又确实被要挟做了些什么,那在自身录像没曝光的前提下,就更可能存在相互包庇。你有其他证据证明徐奔使用隐私要挟患者做什么了吗?"

还有一点顾问骞没说:这里都是精神病患者,虽然看起来自知力尚可,但她们的证词具备多大法律效力,顾问骞不确定。

樊秋水面色难看道:"她们确实可能会偏袒徐奔,徐奔对她们很好,她们是真的把这里当归宿。那我呢?我可以当人证!我看到过徐奔和个别患者在……在……他在猥亵她们!"他越说神情越扭曲,似乎想到了什么极其恶心的画面。

顾问骞看着他:"你确定是猥亵吗?患者的反应你看清楚了?"

樊秋水立刻双目赤红地看向他:"没反抗不代表愿意!你们为什么总是要她们拿出证据?那种情况下很多时候是给不出反应的!"他的声音大了些,情绪有些激动。

顾问骞没回应,只是面无表情地看着他,等他情绪稍缓些了,才开口道:"秋水,不要先入为主。"

樊秋水一下子停住,表情僵硬了,过往种种滚过心间。那个死人喷出的血好像至今还滚烫地淌在他的手上,和那人灼热恶心的精液一样烫,那是从他亲手刺穿的肺叶流出来的。良久,在顾问骞的注视下,他冷静了下来。很久以前,他也是靠着凝视这样一双冷静得如同极地的死亡冰柱般的眼睛,活下来的。

樊秋水做了个深呼吸,自嘲般道:"我确实不理解这个地方,我自己觉得她们是被要挟的,隐私被录像,又不让走,这不明显有问题吗?温水煮青蛙。徐奔很爱她们,爱她们每一个人……这可能吗?他只是在用爱的名义迷惑她们啊。他有问题,你相信我,他可能只对残缺的女性硬得起来,他喜欢俞晓红那条幻肢,喜欢祝离全身的毛病,他爱孙海华讲不出话的嗓子快爱疯了!但他们之间似乎存在一种很扭曲的关系,她们依赖他这种爱,她们需要他……哈,说徐奔在这里开后宫都不为过。"

顾问骞冷静道:"所以其实你也不确定徐奔是不是在用隐私要挟她们,就报警了。"

樊秋水低下头,颤抖了起来,轻声道:"是,我不确定,但等我确定了就来不及了。这世上最恶心的事就是,受害者自己都不认为自己在受害。"

档案室一阵沉默。然后他听到面前的人说:"你做得对,怀疑是你的权利,确定是警察的工作。"

樊秋水一颗七上八下的心就这么放下了,他恍惚间又回到了十六七岁的年纪。这个比他大不了多少的小警察,面无表情地随便听他说了几句话,什么证据都没要,什么流程都没走,便把手机塞给了自己,道:"你再报一次警,我现在带你跑。"

那天被这人几榔头敲碎的家门和防盗窗，至今都在他脑海里纷飞。

顾问骞道："刚刚司罕问的，从红日离开的那六个患者，你有她们的资料吗？"

樊秋水回过神，摇头道："没有，我只记得她们好像是在同一段时间离开红日的，一个月之内先后走了六个人。"

顾问骞眯起眼道："一个月之内走了六个人？有原因吗？离开前是找谁办的手续？"

樊秋水道："找徐奔办的，红日的患者都是由徐奔直接审核联系的，去留都只能找他。他没说原因，不过那段时间举报红日的附近居民挺多的，可能是这个原因，她们被家人带走了。"

顾问骞沉思片刻，拿出手机拨号，电话很快接通了："顾队。"

"姜河，你查一下红日前几年被附近居民举报拐骗老人、聚众集会的记录，那些举报者家里的患者现在还在红日吗？"

"好，我这就查，小虎和荔枝还在红日外面待命，你拿到东西可以直接交给他们。"

挂了电话，只听樊秋水道："其他的录像带不在档案室的话，应该就在徐奔办公室了。"

顾问骞没应声，而是问："一楼有个上锁的黑门房间，里面关着的那个女生是怎么回事？"

樊秋水一愣："什么女生？"

顾问骞也愣了，看向他："你不知道？一楼的某个房间里关着一个女生。"

樊秋水更一头雾水了："我不知道，什么时候关的？我没见过。"

顾问骞沉默了，他蓦然想起了小空的话，"这里没人认识她，她是住在这里的鬼"。

樊秋水在这里工作了这么多年，都不知道那个房间关着个女生，为什么他第一天来就看到了？只有他和小空看到了？其他患者对那个黑门房间都视若无睹，似乎也完全不知道里面关着人，坦白局上那个女生也从没出现过。

档案室的水泥地水泥墙吹过一阵小风。樊秋水不自在地动了动，想到了什么，斟酌着开口道："顾警官，你是不是看错了？红日之前是个鬼屋，好像吓死过人的，死的就是个女高中生。红日前阵子还闹鬼了，有个患者半夜散步过来，就看到里面有人在走，小空也见到过……徐奔还为这事带孙海华和小空去庙里驱邪了。"

顾问骞听完却问："是谁告诉你们鬼屋之前吓死过一个女高中生？"

"徐奔啊，"樊秋水一顿，"你是说这是他编的？"

顾问骞没回答，而是问："你没有好奇过一楼上锁的房间里是什么吗？为什么只有那一间房锁着？"

"徐奔说那是间仓库，这么大的地方，他腾出一间房当私人仓库也不奇怪……录像带也可能藏在里面！但里面应该不可能住人的，这么多年，我从来没听到里面传出过什么声音，真关着人的话，不可能安静这么多年。"

顾问骞沉思片刻，问："闹鬼是从什么时候开始的？"

"就最近，"樊秋水反应很快，"那个女生是最近才被关进去的？"

顾问骞问："最近徐奔有什么异常吗？"

樊秋水想了想，蹙眉道："这么一说，我想起来，他最近饭量大了很多，有几次中午他就是进仓库吃的饭！"

"他饭量变大具体是从什么时候开始的？"

樊秋水回忆了一下，道："两个月前。"

来了红日几天，徐奔的办公室司罕倒是一次都没去过。办公室的门是白色的。

司罕跟着徐奔进去后，先是打量了一番，发现里面摆着不少手工装饰品。有世界景观模型，他认出了圣维森特大教堂和几个世界遗迹，还有一些陶偶、木雕、玉石器雕塑品，涵盖了各国的风格。这些雕塑品又都有相似的特征，直立朝天，印有繁复的花纹。发现司罕在观赏那些物品，徐奔没打扰，大方地让他看，还不经意地动手摆正了其中一件，司罕的注意力立刻跟了上去，那是一件印度尼西亚的木雕。

"徐组的收藏品不少啊。"

徐奔笑笑："都是些不值钱的，大部分是我自己雕的。"

司罕惊讶道："手艺这么好，都可以开展览了。"

徐奔给他倒了杯水。"司医师说笑了，就是个人兴趣，随便弄弄。"

两人都坐下后，徐奔直奔主题："司医师，我之前也说过，红日寻求和安乐的合作，但还是想保持我们自己的风格，不希望受到过多干预。"

司罕道："我知道，红日这么特立独行，安乐真要干预，倒是画蛇添足了。所以才要交一份让安乐心服口服的报告，徐组可要认真回答呀。"

话又绕回去了，徐奔皮笑肉不笑地看着司罕。

"徐组在创办红日之前是做什么的？"

"做医疗相关工作。"

司罕"哦"了一声。"同行啊，徐组之前具体是做什么医疗工作的？"

徐奔言简意赅："就是个医生。"

"在哪里执业？兴许我们还碰到过，我经常去各三甲医院做精神病研讨讲座的。"

徐奔莞尔："比不上您，就一个小医院，名字就不提了。"

司罕点头："那徐组是怎么想到离职去创办红日的？"

徐奔答道："创办红日也是在上一份工作中看得多了，想多关心一下人的精神问题。"

"多关心一下人的精神问题，"司罕咂摸着这句话，"那为什么偏偏选择的是躯体形式障碍这个精神问题？指向性很明显啊。"

徐奔顿了一下，才道："可能是巧合吧，之前恰好接触这个病比较多。司医师应该清楚，很多临床疾病都是心因性的，特别是肠胃病、呼吸道疾病、皮肤病等，十个消化性溃疡患者里，七个有心理问题。我看到过许多为这种病痛苦的患者，所以有了治愈他们的愿望。"

他刚说完，对面人就鼓起了掌，鼓得不太走心。"满分回答，特别标准，放在其他职场面试里就是模板。"

徐奔刚要谦虚,就听到这笑面虎话锋一转:"模板就意味着无聊,千篇一律啊。"

司罕笑道:"徐组,您可能不太了解安乐,我给您介绍一下。安乐的面试,首先排除的就是假大空的模式化宣言。安乐更喜欢的面试答案,是像坦白局那样,把自己血淋淋地剥出来,以创伤为名的就业原因。打个比方就是,不要说因为看到别人跌倒了,觉得别人挺痛的,想帮助别人,而要说因为自己跌倒了,自己挺痛的,想帮助自己。"

徐奔哑然,刚要说什么,又被打断了。

"不要误会,我不是说徐组的答案是假的,"司罕继续笑道,"只是它太无聊了,无聊就显得不真诚,而不管它是不是真的,安乐不喜欢,它就是假的。给我个真诚的答案吧,徐组,安乐就是这么个爱挖人创伤的地方,我承认这是陋习,恶趣味且庸俗,但毕竟人家是甲方,投其所好,您和您的红日才能加分啊。"

徐奔见司罕一脸"满分答案已经给你了,快抄吧"的表情,迟迟说不出话。半响,他沉住气道:"你想让我说什么?"

司罕说:"创办红日,你个人的一些原因,比如,你自己就是个躯体形式障碍患者。"

徐奔一窒,表情瞬息万变,和司罕对视着,一言不发。徐奔不说话,司罕便也安静等着,一点都不急——正好完成顾问骞给他下的拖半小时命令。

先开口的还是徐奔,他平静道:"司医师,你这样说,是不是有点冒犯我?"

司罕状似惊讶道:"冒犯吗?我以为你会乐于和我讨论这个事情。"

徐奔蹙眉,刚想说你哪只眼睛看出来的,就听司罕又笑眯眯道:"行,如果你不想聊躯体形式障碍,那我们来聊聊生殖器崇拜吧。"

徐奔大惊,一时都没收住表情,僵硬地盯着司罕:"你怎么……"

司罕随意扫视着他办公室里那些竖直向上的雕塑品:"象征很明显啊,徐组。"

他挨个指了指屋里摆放的世界遗迹模型:"土耳其巨型男根阵,古希腊黑梅斯神像，挪威的维格朗雕塑，印度的林伽圆柱……这些都是世界各地对男性生殖器崇拜的造物。"

具备生殖器崇拜的遗迹的特征之一，就是直接夸张地描绘生殖器的唤起状态，强调阳具的勃起和坚挺。徐奔办公室里的这几个遗迹模型，就都刻画了夸张的竖直膨胀形状，世界上有许多这样的古遗迹，早期的原始初民会对此参拜祭祀。而那些徐奔自己雕刻的，地域风格不同的小雕塑品，也都具备这些特征。有的和身体部位连接，凸显对比，比如古印加的陶偶和非洲的木雕，还有徐奔先前无意间摆弄的那件印度尼西亚木雕，人形的身体上，阳具异常夸张地占了三分之一的位置。有的只单纯塑造出一个巨型阳具的形状，垂直朝上，怒张着，一眼看过去就像一支支向上狰狞生长的蜡烛。

徐奔的脸色已经白了，他没说话，目光聚焦到整个房间里最大的一个模型上——圣路易斯的圣维森特大教堂。这个缩小版的教堂看起来非常正常，没有明显的阳具造型，教堂华丽而神圣，又因为体积大，可以掩盖办公室里其他造型的观感。

司罕顺着看过去，饶有兴致道："圣维森特大教堂，它现在的确不显示生殖器崇拜的特征了，但这不是最初的教堂，而是十九世纪末被飓风摧毁过尖顶的样子。圣维森特大教堂最初完好的塔，是相当真实的男性生殖器形状。"

司罕看回徐奔，莞尔道："而我哪怕不知道这段历史，也知道塔和石柱本来就是男性生殖器的象征，这不难猜。"

徐奔面色难看，不发一言。

司罕一边观察着徐奔，一边想着他是如何安静地把自己关在办公室里，一刀又一刀，专注而兴奋地雕刻出这些生殖器崇拜物。

司罕放缓语气，平静得像是安抚一个被发现了秘密的受惊小男孩："别紧张，徐组，我们学术探讨呗，生殖器崇拜是普遍存在的，世界各民族没有一个地方不存在生殖器崇拜的造物。我之前研究过世界性文化，你知道的，性是精神病逻辑底层的一片汪洋大海。然后我有个很有趣的发现：阳具意识，是存在于人类集体无意识中的，世界各地不同种族的精神病患者，不约而同地，都曾报告过，抬头看太阳时，在太阳里看到了阳具。

"徐组，你平常喜欢观看太阳吗？"

徐奔猛地看向眼前人，面上有了怒意，这句话的潜在意思已经冒犯得不能更多了。

司罕淡笑道："你也不喜欢和我聊这个呀？我又误会了，刚进来的时候，我以为你在向我展示你的雄心。"

徐奔一愣，显出被戳穿的难堪，手不自觉握拢，勉强维持住了镇定。刚进办公室时，徐奔任他观赏这些雕塑，给足了时间，还引导他去看某个特定作品，有种明显的展示感。一个男人，向观众展示他制作的傲人的阳具雕塑，这个意味很微妙，仿佛只有在此时，他才能获得他长久渴望的雄心。

司罕见话铺垫得差不多了，也不绕弯子了，直白道："你如此强烈地展示出生殖器崇拜，是不是因为你自己缺少呢？躯体形式障碍里有个男性常见的症状，叫恐缩症。"

徐奔彻底僵在那里。

顾问骞和樊秋水已经快步走到了一楼，顾问骞看了下表，过去十五分钟了。

他们站在那个上了电子锁的黑门房间前，樊秋水盯了那锁很久，放弃道："不行，我没看到过徐奔开锁，我们连这个电子锁的密码是几位数都不知道，贸然尝试输错的话，万一徐奔会收到提醒怎么办？"随即像是想到了什么，樊秋水连忙补了一句，提醒身边人道："现在患者们都在，不能使用暴力吧，会把人引来的。"

顾问骞瞥他一眼，显然也没有要暴力破门的意思。他上次敲过门就知道了，这扇门和其他门不一样，外层是陶瓷，里面是复合钢，多半是防弹的。要开这扇门，解不了电子锁，就必须叫爆破组炸开旁边的水泥墙了。

樊秋水不自觉松口气，总觉得这人随时会从哪里掏出把榔头哐哐破门。

这时，红日的大门口突然传出了嘈杂声，似乎来了什么人。祝离的大嗓门从门口传来："这谁家孩子啊，小空怎么捡了个娃回来！这娃的眼睛看着好凶啊！"

还在发愁怎么在十几分钟内开锁的樊秋水，看到身边的顾问骞听到祝离最后那句话，身体一顿，然后快步走向大门。樊秋水不明所以，只得跟了上去。

红日门口，十几个患者围着一个被小空从外面牵回来的倒霉孩子。他很瘦，看着有点发育不良，像是个初中生，生着一双形状奇特的倒三角眼。这眼形让他看人时，无论多平和的眼神都带着一种天然的凶意，好像随时在谋划着要送谁下地狱，但他其实只是在单纯地注视着一个人。

祝离对着围观人群道："这孩子在外面鬼鬼祟祟地张望，被小空发现了！问他妈妈是谁又不说话，这你们谁家的呀！快来认一下，都跑来这里找人了。"

众人纷纷摇头，表示不认识这孩子，七嘴八舌讨论起了这孩子长得像谁，要去把其他患者都叫来认。

这时，人群中走出一个人，正是那位从安乐来的生人勿近的怕黑的男人。顾问骞看到那孩子果然是周焦，一阵无奈，他居然还守着。

前天他们就发现他追到红日了，司罕难得地没去逮住他教育，而是选择了视而不见。顾问骞疑惑，还被司罕撑了一嘴："顾警官，你好像对我有误会，我看着像开托儿所的吗？我这人懒得很，对另一个人的人生，点到为止就够了。热知识[1]：拯救和屠戮是近义词。"

这话一出，两人当真没再管过周焦，以为他早放弃回去了，没想到他蹲到了今天。

顾问骞满脸黑线地从祝离手中提起周焦的后衣领，跟拎小鸡崽似的扯到身后："不好意思，是我家的孩子。"

女人们兴奋了："你结婚了呀！孩子都这么大了！"

---

[1] 网络用语，指众所周知的知识。——编者注

"看着不像你呀！是不是更像你老婆？"

顾问骞一声不吭地接受着无止境的好奇目光，面不改色地提着周焦从人群中离开，在红日里兜了个圈，避开人群的视线，再兜回来走到黑门前，把周焦一放，指着电子锁道："能开吗？"

周焦被提起后就一直阴恻恻的目光，从顾问骞脸上移到了电子锁上，他看了一眼就说："能。"

一路跟着的樊秋水惊了，先不提顾警官哪里弄出来这么个孩子，这孩子看着有十五岁吗？能开电子锁？顾警官是不是病急乱投医了？

在樊秋水怀疑的目光中，只听这个倒三角眼的小孩像介绍今天天气一样平淡地说道："智能锁的密码一般都存在云端，只要知道锁的厂商合作的云端服务器，进去找就行。"

樊秋水："……"

已经拍下智能锁，在查厂商的周焦补充道："密码在云端服务器里做过隐藏，从万千密码里找出对应地址，要花点时间。"

顾问骞问："要多久？"

周焦掏出一个比手机稍大点的小平板，道："这个智能锁如果讲究点，没联网，离线保存在本地，要五分钟；要是连了局域网，要两分钟……哦，它连着呢。"

看那平板早已连着红日的 Wi-Fi，顾问骞就知道他这两天在外面守着时就侵入红日的局域网了，兴许连红日的联网摄像头都攻破了，一直远程看着他和司罕活动，这会儿突然出现，是看出了他需要破解电子锁。想到这里，顾问骞面无表情的脸上隐约出现一丝裂缝，任谁被这么执着地偷窥追踪着，都不会舒服。

樊秋水已经不会惊讶了，看这小孩一脸平静地操作平板，不知道的还以为他是在刷微博。顾警官认识的人真是一个比一个奇怪，那个姓司的医生已经够奇怪了，又来一个。正想着，就看到顾问骞伸手，把平板从周焦操作得起劲的手中拿走了。他打了个电话，让对方开一份协助警方破案的授权证明，对这小孩的黑客行为免责。

活干到一半被抢了平板的周焦，倒三角眼阴恻恻地罩住顾问骞。樊秋水总觉得这小孩要是有把刀，这会儿顾问骞能被捅成个马蜂窝。

挂了电话，顾问骞朝周焦伸手："身份证拿来。"

周焦盯了顾问骞一会儿，从屁股口袋里摸出身份证，递了过去。

顾问骞拍照给姜河发过去，把平板还给了周焦："自己一个人的时候别这么做，记住了。"

也不知道听没听进去，周焦接过平板就继续操作起来，似乎把被打断的情绪发泄到了操作上，从他平静的脸上什么都看不出，但过了不到一分钟，三人面前那扇黑门的电子锁就打开了。

樊秋水看了下周围，防备着人。虽然这里通道曲折，是个盲点，但时间一长总会有人经过，他谨慎道："你们进去，我去把人都引开。"

樊秋水走向活动室，打开音响，召集所有患者去活动室，开始跳下午操。

等人全走干净了，顾问骞按住锁，拉开了门。门外的两人同时一怔。

门内漆黑一片，根本没有房间，只有一个通往地下的狭窄楼梯，暗得看不到底。而此时楼梯的顶端，这扇黑门的后面，正站着一个女生，和拉开门的两人撞了个正着。她皮肤雪白，微微笑着，眼神蒙昧而直白地盯着他们，这目光和顾问骞第一天看到她时一模一样，难以言喻——像未开化的夏娃看着蛇的表情。

没人知道她在门后站了多久，是不是听到门外有声音，就一直站在那儿，全程听着外面的人说话，却一点声音都没发出来。

一丝寒意涌出黑门的分界线，将里外两个世界联通。

徐奔办公室。

自司罕说出"恐缩症"三个字，两人已经沉默了将近半分钟，司罕也没有开口的意思。

恐缩症，指患者存在一种顽固的信念，认为阴茎缩回到肚子里去了，对此有严重的焦虑，反复关注反复就医。但无论就医结果是什么，他们都坚定地认为阴茎回缩了。

这种障碍具备文化特异性，在中国男性中很常见，可能是因为性功能对中国男性的核心重要性。患者会因为不满意的性交或滥交出现内疚、焦虑的情绪，是典型的疑病倾向。也有说法认为这种障碍跟躯体变形有关，患者强烈地认为自己的阳具有缺陷或丑陋。

在压抑的紧绷张力中，徐奔忽然松了劲，面部缓和下来，又恢复成了沉着的状态。

"对，我是有恐缩症，但这对我来说不是个障碍，而是个事实。"

"什么意思？"司罕问。

"司医师应该知道有新生婴儿器官发育不完整的病例吧。"

司罕稍一顿，克制着自己没往他下身看。

徐奔道："是母胎环境的问题，我的母亲有吸毒史。"

司罕道："先天性发育受阻，可以针对病情进行药物或手术治疗。"

徐奔嘴角微微牵起："那你知道全世界一年，有多少治疗失败的婴儿吗？"

司罕沉默了。

徐奔道："我不是治疗失败，我当时的情况手术成功率很高，是出现了医疗事故，被试剂烧掉了一部分，无法根治了。懂事之前，倒也没觉得什么，懂事之后，我开始觉得它逆生长，去医院，医生却告诉我这是心病。"

司罕沉默片刻，道："但你依然选择了成为一名医生。"

徐奔好一会儿没说话，避开了这个问题，道："因为自身原因，我确实对躯体形式障碍患者有更深的共情，帮助她们的同时，也在进行自我重建。我曾经无数次渴望过从没被生下来，现在我找到活着的意义了。"

他平静地看着司罕，问："司医师，我给出安乐想要的答案了吗？"

"当然。"

徐奔笑笑，道："那其他的还请司医师努把力，争取把这个项目申请下来。"

司罕点头，时间也差不多了。起身前，他忽然道："所以你说俞晓红的幻肢美，不是安慰她，而是你真的这么认为，残缺的人是美丽的，症状是美丽的，她们都是美丽的。"

徐奔稍一顿，神色微敛："难道不是吗？如果我们从事精神病相关的职业，都不去肯定患者的症状，那她们该在何处安身？"

司罕闻言笑了："精神病院从不肯定患者的症状，你以为患者来医院是为了永远留在那儿吗？"

徐奔不语。

司罕道："比起外面那个真实庞大、有人在等着她们的世界，你为什么觉得她们更愿意和症状共存在一个由你建造的闭塞乌托邦里呢？的确，回到那样残忍的现实社会是需要努力的，她们在努力，而你视而不见。你用你的欣赏豢养她们，可这种虚假的豢养只会让她背离现实。精神病院最好的定位，就是个中转站，接收一批迷路的客人，帮他们找到回去的路，外面世界的接纳度是我们要努力的目标，而不是该被鄙弃的东西。"

徐奔沉默良久，脸色不变，笑道："看不出，司医师是个理想主义者。"

司罕也笑，大幅度地环顾了一圈办公室里的雕塑品，目光落到徐奔脸上。"人人都是理想主义者。"

徐奔掩住窘迫，沉声道："司医师还有什么要问的吗？"

司罕站起来，伸出手："没了，感谢徐组的配合。"

徐奔与他握手，刚要放开，却听面前的人道："残缺的事物真的美丽吗？可你明明厌恶自己，觉得自己是丑陋的。"

徐奔一愣。

司罕松开手，站直身体："你爱的是她们的症状，还是她们对症状的痛苦？你没去组织残疾人互助会，而是选择了躯体形式障碍这种精神疾病，你迷恋的从来不是躯体的残缺，你厌恶透了。反而是那些出生时健全，却在后天因为精神痛苦，认为自己残缺的人，让你感到某种公平。

"你嫉妒她们，又怜爱她们，破坏她们，让她们维持精神和躯体的残缺。其实你挺恨她们的，就像你恨自己一样。但你不愿再独自承受这种痛苦，所以你紧紧拽着她们陪你，一遍遍地，自以为亵玩般地，反复让她们把你的深渊表演给你看。"

徐奔没有反应,但眼神已经空洞了。

司罕认真道:"我对医者的个人趣味没有任何要求,随便你们做这份工作是什么动机。人类的思想池总是混沌的,能干活就行,但只有一点。

"医者的底线,是去治病,不是致病。"

说完司罕便离开了,不再看徐奔的反应,开门时,脚步停了一下。

"对了,红日要维持自治的话,场地也是要考察的,要做伦理审批。其他地方我都看过了,只有一楼有个上锁的黑门房间,徐组什么时候打开让我看看?"

徐奔动了动僵硬的身体,警惕地看向司罕。在无声的对视中,似乎彼此都知道了某个意义明显的暗示。

徐奔忽然笑了起来:"那里啊,那里不能打开,里面关着一个重症病人。"

司罕一顿,道:"重症病人?"

徐奔微笑着的脸形有点奇怪。"对,非常严重,你们最好别接触,会被污染的。"

面前站着的女孩神色恬静,没有呼救,没有控诉,看着人的目光里没有半分需求。

顾问骞忽然就觉得自己此刻站在这儿是多余的。他以前捣毁过几个贩卖人口的场子,查处过非法拘禁的案子,那里面救出的女人,也会有人因为被囚禁太久,失去了逃生欲,不会呼救,表情麻木,眼神无光,气质如活死人一般。他很早就明白,迟到的拯救不是拯救,有的人即使活着也是死了。

但这个女孩的目光和那些人不同,她是活着的,眼里有光,有探索欲,有那种让他无法描述的蒙昧的直白。她不是被关久了的活死人,她像个新生儿。

这不是被关着的人会有的样子,她是自由的。

"你是谁?"

沉默过后，先开口的居然是周焦。一个自闭症孩子，承担了社交敲门砖的作用，顾问骞莫名感到一丝心虚。

女孩的目光这才从顾问骞脸上转向周焦，她没有回话。

周焦道："我好像见过你。"

顾问骞："……"

这孩子是这么自来熟的性格吗？

"你在哪里见过我？"

周焦用倒三角眼看了女孩很久，看得顾问骞都要替他不好意思了，才道："忘记了。"说话时，周焦的脚步不自觉上前，离她近了些。两人的个头差不多，说话的感觉也相近，都有种游离于现实的割裂感。顾问骞看过去，他们站在一起，像一对俄罗斯套娃。

女孩的目光又转回了顾问骞脸上，她就这么一直看着他，好像产生了莫大的兴趣。

可供行动的时间很快要过去了，顾问骞抓紧时间问她的状况，为什么在这儿，现在安全吗，和徐奔是什么关系，楼梯下面是什么。

女孩只来得及回答前两个问题，她说自己是安全的，生病了才在这儿。问她是什么病，她说觉得身上的水流光了，总是觉得渴，很渴，她说自己的身体是一艘船。问她是什么船，她说叫诺亚方舟。

顾问骞蹙眉，司罕不在，他不确定这是什么毛病，听着有点像精神分裂症的幻觉，也涉及躯体形式障碍。他不确定这女孩的自知力有多少，说的话有几分可信度。

最能克制听音辨谎这项能力的，除了语音特征极不明显的人之外，就是某些阳性症状严重的精神病患者和意识不清之人，他们说的话哪怕是假的、离谱的，对他们来说也是主观事实，所以声音里不存在撒谎时的声纹动态，这时候只能对声纹做信息重要程度的判断。

女孩的目光始终在他身上，这种注视让顾问骞不太舒服，像在研究什么，他直接问了："你为什么这样看着我？"

女孩笑了笑，露出两颗虎牙，让她蒙昧的目光染上几分接地气的邻家女孩气质。可她说的话就不那么接地气了。

"我不是在看你,我是在照镜子。"

顾问骞一愣,缓缓蹙眉,时间到了,他最后只来得及问她叫什么名字。

"红日。"

顾问骞顿住。"红日?"

黑色的门关上了,是女孩自己关上的。这个叫红日的女孩,是真的自由生活在这黑暗的楼梯下面。

他还有很多问题没问:两个月前她在什么地方,家人呢?突然来到红日是突然生病的缘故?她和徐奔是什么关系?楼梯下面是什么?这些她都还没回答,连"红日"这个名字,应该也只是个化名。

顾问骞带着周焦离开这扇门,用单兵手台联系了外面蹲守的两个警察:"帮我查一个女生,名字叫红日,十六七岁。两个月前突然辍学或者离家出走,有严重精神病,或家族精神病史。"

他想到了女孩对症状的描述,补了一句:"她可能在海上生活过,照片我一会儿发过去。"

挂了电话,他拍了拍周焦:"找到对着刚才那扇门的摄像头,把她的长相截图给我,把我们开门对话的视频另存下来,从监控录像里删了。"

司罕从徐奔办公室出来,刚关上门,就看到了俞晓红。距办公室十米左右,一个曲折通道的拐角处,她正坐在轮椅上安静地看着他。司罕思考了下,这个距离能不能听到办公室里的谈话声。

她似乎在那儿坐很久了,在等他。

司罕走过去,爽朗地打了个招呼:"今天没盖毯子,有进步。"

俞晓红没说话,司罕推起她的轮椅。和在安乐时一样,俞晓红并不需要人帮忙,但司罕偶尔会推着她走上一段,聊一聊,或者只是安静地陪她走一段路,送她到病房,两人互相道别。此刻,时间仿佛倒退回大半年前,即使在这满眼红白黑、水泥地的非常规环境里,两人也找回一丝熟悉感。

"司医师,你是从哪个门进来的?"俞晓红开口了。

"红门。"

"红门，"俞晓红呢喃一句，手又不自觉地摸上了腕上的玻璃瓶，"我也以为我会走红门，但我最后走了黑门，每次来，都是走黑门。"

黑门，惧门。

"人真是挺奇怪的，拼命想知道的事，当接近真相时，又开始害怕。"

司罕轻缓道："这是一种保护机制，人的大脑会阻止人涉险，会害怕才是健康的。"

"是吗？"俞晓红轻声道，"那司医师呢，你会害怕吗？"

无其他人经过的曲折通道里，轮椅不断地转变方向，脚步和轮椅滚动声格外清晰。司罕走过了几扇门才道："当然。"

良久，俞晓红问："你还记得我问过你，人会不会把最恨的人和最感激的人的脸弄混吗？"

司罕一顿。"记得。"

在安乐时，俞晓红有一阵子情况很不好，彻夜梦魇，醒来后失魂落魄地问了他这个问题。他当时回答说，如果这两个人同时出现在一个应激事件中，建立错乱的条件反射是可能的，两种情感被混乱地投射到了相反的人身上。

当时俞晓红梦魇后疲惫的眼里满是血丝。"那为什么过去五年多了才开始弄混？"

司罕意会到她在说当年车祸的事。"你最近记忆发生偏差了？要约一个磁共振检查吗？不排除是生理因素导致的。"

没得到回答，司罕也没勉强，提醒了一句："现在才出现这种情况，你可以想想，记忆是现在开始错的，还是当时就已经错了。"

俞晓红恍惚的目光骤然聚焦在司罕脸上。

司罕解释道："在经历巨大创伤后，记忆可能会经过修饰变换，以一种你可以接受的或你希望的样子保留下来。人类的自愈能力不只体现在细胞层面，精神上也一样。有时候哪怕是欺骗你，记忆也想让你好过点，随着时间推移，创伤淡去，记忆回溯修正，也是常有的事。"

俞晓红愣了好一会儿，似乎在消化这些话："你是说，我可能那时就把两个人记错了?"没等司罕回答,俞晓红就走了,把轮椅摇得飞快,像在躲避什么洪水猛兽。

在那之后,俞晓红的病情出现反复,开始闹着要出院。

司罕回忆道:"从问出那个问题起,你开始躲我,直到出院。"

俞晓红沉默片刻后道:"我后来其实又去找过你,当时你在给一批实习警察做司法精神病鉴定的培训,你提到当事人只陈述主观事实。什么是主观事实?维多利亚时代,精神分析刚兴起时,一个女生经过分析师的治疗,回忆起儿时曾遭受过父亲的猥亵,将父亲控告上法庭,父亲申辩无效后入狱。十几年后,女生换了一个分析师,又做了一次治疗,发现当年'回忆'起来的猥亵记忆,全都只是自己的幻想,根本从未发生过。而彼时,她的父亲已经含冤入狱十多年。这就是主观事实,她没有撒谎,她当时真的这么认为。时代律法的发展,精神分析的进步,女孩的个人成长,都不能为这十几年的牢狱之灾买单,证人出现主观事实上的谬误,是司法上常见的事。"

司罕回忆了下,是有这么回事,安乐的司法精神医学鉴定一直是他在做,但他没在课堂上见过俞晓红,她是因为这个才开始躲他的?

"这段话你记了这么久,你当时到底想起什么了?"司罕问。

俞晓红的声音很平淡:"六年前撞我的肇事司机很快落网了,是我亲手指认的。之后我经常会梦到那个场景,那辆车,车里的人,那人明明看到我摔倒了在求救,却还是撞了过来,从我身上碾过去,那张脸我到死都不会忘记……可就在半年前,我梦里的那张脸,突然换了一个样子。"

司罕了然,怪不得她听了培训开始躲他了,她躲的不是他,而是她自己。

"你怀疑自己指认错了人,六年前的记忆是错的,现在修正了。你放走了真凶,而让无辜者入狱了?"

俞晓红的脸一下白了。"我当时明明看清楚了,他在撞向我之前停了十几秒,足够我记住他的长相,而且他是自首的,警方把他带来医院让我辨认,我一下就认出了,就是他在医院地下停车库撞的我,要不是有医生下班经过,我早就死在那儿了。"

司罕点头,语调缓慢而温和:"在一些创伤事件中,当事人会以为自己看清楚了凶手,其实没有,人的大脑运转只需要15瓦的能量,非常节能,甚至可以说懒惰,它每一秒接收到的信息高达4000亿比特,但最终能留下来的信息不足0.5%,人类总以为自己捕捉到了关键信息,但其实没有,我们经常活在记忆的骗局中。"

俞晓红蹙眉道:"可警方确认了撞我的车是他的,车胎上还有我的血迹,我又记得他的脸,他自己也承认了,所有证据都能对上,说明我没认错。"

司罕思忖片刻道:"他为什么撞你?"

"我当时也问了,我根本不认识他,和他也完全没交集,他为什么要害我。他不说话,只是对着我笑,警方说他有严重的精神分裂症,撞人是冲动犯罪。"

她笑了一下:"他们说这是无差别犯罪,我是恰好被他碰上了,不是我也会是别人。我就问:'那为什么是我?'那个肇事者说了当天唯一的一句话。他说:'因为你倒霉。'"

俞晓红似乎又回到了和嫌疑人见面的那个下午。

当时她半瘫着,听到这个回答,也不知哪儿来的力气,猛地挺起上身扑了过去,想和他同归于尽,身上的管子掉了一地。警察和护士来扶摔在地上的她,她还在歇斯底里。护士说,失血这么多的人,怎么还能发出这么大的声音,怪兽似的。而那个撞了她的精神病患者,就那么好好站着,低头看她的眼神像在看一坨碎肉,这个眼神,和车祸那天她看到的一模一样。

怎么可能记错呢?

司罕问:"你梦里的脸换成谁的了?"

"救我的人,那个把我从停车库救上去的医生的脸。"她的声音有些颤抖,控制着呼吸道,"应该是搞错了,证据都对,那人又是个精神病患者,他冲动犯罪甚至不需要理由,而我的梦只是莫须有的东西……"

"你现在也是精神病患者。"司罕截断了她的话。

俞晓红哑然。

"如果你真觉得莫须有，就不会恐惧到立刻出院。你更相信现在记起来的是真的。"

俞晓红像是被瞬间抽空了力气。尽管她心里已经承认了——否则她不会出现在红日——可面对司罕，她总还抱着一丝希望，希望他告诉她，这只是她的病，她没有错让一个人含冤入狱。

听到这里，司罕也想起了一件事。六年前出过一起网上热议的案件，一个重度精神病患者驱车撞伤孕妇致胎死人残。每年有许多起类似的案件，唯独这起引起了大众关注，因为在庭审时嫌疑人说的一句话被人偷录了下来，传到了网上。

法官问他为什么要撞无辜的人，他说："我以为她是一只猫。"

这句话让网民炸开了锅。有人说他完全没有自知力，幻觉太严重了，不具备刑事责任能力。有人说难道是猫就可以撞吗？为什么残忍得如此理所当然，因为他是精神病，就要为他的残忍开绿灯吗？有人说他满口谎话，是在为自己脱罪，人和猫哪里有半点相似之处？

后来这个案子怎么判的，司罕不知道，他当时在忙别的事，俞晓红也不是他的患者。出于对患者的保护，医院不会公开隐私，更不会理会蜂拥而来的记者，所以这件事在网上的热度很快就消退了。直到这会儿，司罕才后知后觉，当年那起舆论事件的当事人应该就是俞晓红。

"他是怎么定的刑？"司罕问。

激情犯罪在常人和精神病患者身上都会出现，区别只在于患者被激惹的原因更微小，反应却更过激。

从司法鉴定的角度来讲，如果作案人被诊断为精神分裂症，当时不考虑俞晓红错认、有人替罪的情况，这个案子应该不属于激情犯罪，而是病理性动机犯罪——作案人因错觉、幻觉及妄想等病理性症状而产生了犯罪动机。这类案件通常是无预谋的，突然形成，有明确的攻击目标，且作案人认为自己的作案理由十分正当，是在自我保护或逃避侦查。

比如，作案人说以为看到的是一只猫，可能当时脑海里有个声音告诉他，那只猫在监听他的思维，要陷害他，猫的肚子里藏着毒，要去祸害世界，祸害某位当权者，所以必须杀了猫。精神分裂症患者通常存在严重的被迫害妄想，而其症状太过多样化。精神分裂症是出现违法犯罪行为可能性最大的重型精神病。

司辛粗略估计了一下，这个案子，起码要对作案人进行四种鉴定来判定其刑事责任能力——精神障碍类型、辨认能力、控制能力和做证能力，其中最重要的是辨认能力和控制能力，看他能否辨认出撞的是人还是猫，能否控制住撞向她的行为，有没有说谎。

俞晓红道："判了两年有期徒刑。这场官司打到第二年才宣判，所以他前年才出狱。"

"两年？"

司辛记得交通肇事致人重伤逃逸是三年以下有期徒刑，那人逃逸后还自首了，按法律，这判得不算轻。刑法规定了精神病人在不能辨认或不能控制行为时，不负刑事责任。精神分裂症患者多被判为限制刑事责任能力和无责任。不过法律判决不是医学行为，怎么判、减免多少，还是法院根据案情来裁定的。也许是鉴定有问题，也许考虑了舆论，也许没判交通肇事，而是判了杀人未遂？

俞晓红道："我当时咬定他是故意杀人未遂，他看到我了，有足够的反应时间，不可能是意外。我不管他是不是有病，他都该付出代价。警方虽然没拿到现场监控，但现场勘查结果能证明这点。他还有前科，他也当庭承认了是故意的，还在审判时大放厥词，重复描述撞向我的过程，毫无悔意，藐视法庭，最后就这么判了……我当时没细想，是记忆出错后才发现了矛盾，他是自首的，可在审判时又毫无悔意，好像巴不得被判刑。"

司辛推着她走慢了些。"不算矛盾，某些思维极端的患者可能会以作案为荣，自首是品尝胜利果实，法庭是他的表演舞台。即使他没作案，如果存在犯罪妄想或是被诱导了，也会出现自认作案的情况，精神分裂症患者会夸大妄想，扭曲事实，所以司法鉴定才是必要的，要鉴定被告人是否有诉讼能力和受审能力,口供可不可信。他的精神鉴定结果是什么?"

俞晓红的眼神黯淡下来。"鉴定人认为他没有刑事责任能力,是重度精神分裂症患者,伴随严重的刹车冲动控制障碍,所以在车撞向我时他才无法停止,他无法控制自己不踩油门。"

司罕一愣,表情变了:"刹车冲动控制障碍?"

"怎么了?"俞晓红沉浸在情绪里,却也明显感受到了司罕的语气变化。

轮椅停住了,司罕站定。

"没有这种病。"他看上去在笑,目光却是冷的,"司法上不会这么去鉴定。冲动控制障碍,是指对一种行为有无法控制的实施欲望,实施这种行为是为了满足病态冲动,缓解精神紧张感,而没有实际的动机和利益。它有非常多的亚型,普遍点的有冲动性购物、咬指甲癖、拔毛癖,甚至网络成瘾和重复自残也能算,它们本质上和强迫症有关,确实没人该为不停地咬指甲负责。

"但当这种障碍出现在司法鉴定上,出现的亚型往往是间歇性攻击爆发障碍、病理性冲动纵火障碍、病理性冲动偷窃障碍、病理性冲动赌博障碍等屡教不改的恶性违法行为。

"司法精神医学鉴定到目前为止,没有收录所谓刹车冲动控制障碍这种亚型,没人可以为无法控制不踩油门这种冲动行为去辩护,让它听着像是种单纯的强迫症机械性行为。

"踩油门和咬指甲有本质的不同。当一个人清楚地知道面前站着人,他却疯狂踩了油门时,这就不是对踩油门这个机械行为的冲动了,而是指向了车前的这个人,指向了有对象参与的整体过程,指向了对这个人实施伤害行为的冲动。

"这是对虐待的冲动。"

听到"虐待"两个字,俞晓红呼吸一窒,哽住了。

这几年,她偶尔也会被当年司法鉴定提交的"无责任能力"五个字影响。对方真的没责任吗?就只是因为她倒霉吗?所有知道她的车祸是一个精神病人造成的人，第一反应都是叹气和宽慰，而不是愤怒，甚至没有好奇——一块石头砸到了你，有什么可好奇的，还能怪石头吗？那是石头啊，没脑子的！连她的父母都是哭着数落她，为什么要一个人去医院，去人少的停车库，碰上那样的家伙，甚至埋怨起她不该离婚。

"那样的家伙"，就是对那个肇事司机、对那场灾难的全部概括了，他们会辱骂石头，但没有人理解她。发现记忆出错后，这种观念更是如附骨之疽，她甚至可能冤枉了他……但司罕今天说这是虐待，是虐待，那不是石头，她也不是活该，对方就是在犯罪。

司罕嘲讽地一笑："心理学和精神病学是太过年轻的学科，年轻到好像什么人都能随便给它们添砖加瓦，造出新成员来，什么异常行为都能套上个现编的名词，摇身一变进教材了。但不是这样的，也不该如此。

"即便哪天这个刹车冲动控制障碍真的被临床医学收录了，那也只是为了病理多样性研究，而不是给人性兜底的。家暴者不会因为有暴力冲动控制障碍而被免罪，肇事者也一样。记住，有冲动控制障碍，在司法鉴定上，基本都被判为完全刑事责任能力，任何时候，遇到类似的事情，不要只想着找医生，先报警。"

俞晓红心绪起伏，做着深呼吸，压抑着奔腾的情绪。

而在另一侧楼梯的转角处，两人看不到的地方，一个女人已经泪流满面。

祝离背靠墙壁，不知道已经偷偷站了多久、听了多久。她一点动静都没有发出，哭也是无声的，如同在那个永远只有黑夜的家里哭过的每一次那样。她曾经认为最疯狂最惨烈的求救，就是无声的，就是不被听到的，像那幅油画《呐喊》一样，连画里的色彩都在尖叫，可画外人什么都听不到。

流了良久的泪，她缓缓抬起她那只震颤的手，在手机拨号键上，按下了三个数字。

走廊中，司罕对俞晓红道："这司法鉴定有问题，我相信你当时是记错人了，你把当年发生的事都给我讲一遍，细节也不要漏掉，我要知道你是怎么把一个素未谋面的陌生人坚定地认成肇事者，而真正的肇事者又是怎么从你记忆里退出的。你记起来的是你的主治医生，是吗？"

俞晓红点头："是，我的手术就是他做的，是他把我从停车库救上去的。"

那天她是去做产检的，停完车下来就开始腹痛，没走几步就跌坐在地。她试图喊人帮忙，但附近没人，她停车的地方太偏了。这时她听到了汽车启动声，是一辆黑色轿车，她立刻向车里的人招手。她视力很好，能看出驾驶座上的人脸色不佳，似乎在生气，但她也顾不上会不会麻烦对方了，出声求救。

那人并没有反应，明明和她对上目光了，却视若无睹。在疼痛的恍惚中，她不由得感到一丝恶寒。这个人看她的眼神，让她想到上周生物课上的指导片里，解剖师看着手上的蛙的样子。但她没多想，注意力都在腹部。

紧接着，两个车头灯亮了起来，打到她身上。她用手去挡刺眼的光，心想这下对方总该看到她了。可几秒后，在指间的缝隙中，她却看到了恐怖的一幕，那辆车朝她冲过来了。

疼痛不是一下子上来的，她甚至还没反应过来，就已经被碾过去了。太快了，当她被车卷着翻滚停下来后，过了几秒钟，疼痛才开始出现。一重接一重，她当下就觉得自己烂掉了，神经和骨头都被捣成浆了，像那只被肢解成碎片的蛙，意识跳闸一样断了，漫长的时间里，只隐约感受到身体的颠簸。

她中途醒过几次，又昏迷了，清醒是在当天晚上，护士告诉她孩子没了，右小腿截肢了，她就疯了。护士给她打了镇静剂，之后两天也是如此，她根本无法清醒着。到第三天下午，警方把自首的肇事者带来让她辨认，这张脸仿佛拓印在她基因里了，和记忆里的完全重合，警方让她核对车的照片和信息后，把人又带走了。

之后她在医院住了三个月，主治医生对她很照顾，每天来看她好几次，每当她崩溃时都会赶来安抚。护士都说医生对她仁至义尽了，她也确实感激这份耐心，没有这个医生，或许她早在医院自杀了。

后来她坐着轮椅去出席了一次庭审，回来后她就开始出现幻肢痛，觉得截肢的腿还在，孩子也没有死。

身体调养好后，医院把她转到了安乐，学校那边也正式办了离职，她没再去参加后续的庭审。律师不让她去，说她现在也成了精神病患者，口供也需要做精神鉴定，可能会对判决不利。

一年后，判决下来了：被告赔偿部分医疗费和损失费，并处以两年有期徒刑。她恨极了，两年就抵过她被毁掉的一生了吗？

之后她常年梦魇，梦里都是那一天发生的事，那两道车头灯的灯光在梦里反复将她刺穿。可几年过去，某一天夜里，梦里那张冷漠残忍的司机的脸，突然变成了对她温和耐心的医生的脸。她吓醒了，觉得自己病入膏肓了，都开始做这么荒唐的梦了。可之后的每一夜的梦里，坐在车里朝她撞来的人都长着医生的脸，时间久了，她甚至开始忘记原来记忆里的司机的脸，就好像最初的记忆中，车里的男人就长着医生的脸。

司罕听完，问："不考虑你梦里记起来的，你原本第一次见到这个医生是什么时候？"

"手术后的第三天晚上，警方带着肇事司机离开后，他来查房……"俞晓红停顿了一下，想到了什么，"不对，第一次见到他应该是在手术车上，我迷迷糊糊醒来，正被医生护士包围着推进手术室，离我最近的是他，我紧紧拽住了他，他手都被我拽出血了。"

司罕道："这是你意识还不清晰的时候，你意识清晰之后，第一次见他是在警方带肇事者来过之后，对吗？"

"对。"

"这不奇怪吗？你在手术当天晚上就醒了，他作为你的主治医生却在术后第三天才来看你，前两天为什么不来？术后每一天的生命体征都很关键。"

俞晓红一愣。是啊，前两天来查房的都是其他医生。

"他是要确保你见过那个肇事者了，确认你的反应，确认你指认了对方，不会再把他认出来，才敢露面的。"

俞晓红愕然，一时接不上话。

司罕道:"这就说明在那之前,你的记忆已经出错了。术后前两天有发生什么特别的事吗?仔细想。"

俞晓红蹙眉回忆,好一会儿没出声,司罕也就安静等着。

片刻后,她抬头道:"在第二天晚上,有个女医生来过,说是警方派来给我做心理援助的,怕我经历了这样的事有创伤后应激障碍。"

"你们聊了什么?"

俞晓红摇头:"不记得了,只记得跟她说话很舒服,那时候我也没心情聊天,又打了镇静剂,很快就睡过去了,她那天好像带了一张照片……"说到这里她一顿,意识到了什么,面色骇然,"我……我是被催眠了吗?"

司罕思忖着道:"不一定是催眠,我说过,大脑没这么靠谱,它靠极少的能量运行,筛选信息时会走捷径,倾向于接收你希望看到的信息,而人的短时记忆只能保存4到7个细节,再多就会发生混淆,大脑预设的捷径模式会选取新信息来覆盖,甚至捏造记忆来纠正混淆。你最初记住的那张脸,本就是信息不足、可以被混淆的,这也可以称作记忆污染。"

见俞晓红似乎没跟上,司罕举例道:"'二战'时期,据说希特勒用了六个替身,但把照片放到人脸旁边比对,都没人发现他们不是同一个人。还有英格兰著名的焚烧《圣经》事件,那一千本《圣经》里的第七诫'不可奸淫',漏掉了'不可'两个字,英格兰国教在出版前请了许多专业人士来校验,他们却集体把这么明显的错误遗漏了。人的大脑只相信人所期待看到的。

"九一一事件,当天只直播了第二架飞机撞向双子塔的过程,第一架飞机撞塔的过程是第二天转播的,却有73%的人报告自己当天看到了第一架飞机撞塔过程的电视直播,这些人里甚至包括布什总统。夸张点的,还有人存在前世记忆,'二战'时期美国的一个将军乔治·巴顿,清楚记得他在恺撒大帝时期的战斗,记得他在拿破仑手下服役过,甚至有史前时代的记忆,他用长矛射过猛犸象,他相信轮回,认为自己有数千年的军事经验。"

"像这样觉得自己没喝孟婆汤的人很多，"司罕开玩笑道，"不提政治作用，乔治·巴顿不是凭空捏造的记忆，他在军校和战场上深入研究并模拟过这些历史战争，对细节太熟悉了，记忆就可能把他自己也放了进去。历史上很多事件都涉及记忆的骗局，证明人类大脑存在缺陷，会虚构记忆，心理学家认为这取决于大脑如何处理细节，更改极小的一个细节，就会得出一份错误的记忆。"

他看向俞晓红道："你当时的情况，救你的人和害你的人是同一个，这会使你产生巨大的心理冲突，恨和感激不能共存在一个对象身上，大脑为了你好，开启了自动纠正。只要这个女医生稍加暗示，更改细节，占掉这两个冲突位置中的一个，让医生继续占据救你的位置，而她提供的照片占据害你的位置，你的心理冲突平衡了，记忆就会妥协于这种平衡。这很简单，不用催眠，只需要给你看照片。"

俞晓红听得恍惚不已，半天才道："所以那个女医生是坏人吗？"

那不然呢？司罕刚打算编两句话安抚一下她，却听俞晓红道："可是我在安乐也见过她。"

司罕一愣："安乐？"

"给肇事者做精神鉴定的好像也是她，就是她诊断出肇事者有刹车冲动控制障碍的。"俞晓红蹙眉继续道。

司罕看似如常的面色下情绪涌动："你在安乐什么时候见过她，她和你说了什么？"

俞晓红答道："她应该不是安乐的医生，我只见过一次，就在大半年前，某天夜里，她来我的病房，问我有没有哪里不舒服，记忆有没有出现错乱。那时我还没想起司机真正的脸，以为只是换了个医生来督导查房……现在想来，就是她来问过之后，我的梦开始变化了。"

"具体是哪一天你记得吗？"

俞晓红蹙眉想了会儿，道："具体记不清了，是在十月下旬。"

司罕思索片刻，道："去年十月下旬安乐有书法活动，从二十日到二十六日，那几天你的病房里也挂了自己写的书法，墨香浓郁，每晚都要开一会儿窗通风，她来的时候有没有参观？和她聊天时，有没有风吹过，有没有墨的味道？"

俞晓红跟着司罕轻缓而规律的声音回忆："没有，那晚窗是关着的，没有风，也没有挂着书法，她进来时哪里都没看。"

不在书法活动期，那要么是在二十七日到月底之间，要么是在二十日之前，而俞晓红来问他梦境的事是在十一月初。

"她找过你之后到你来问我，隔了多久？"

"一周左右。"

"那她出现就是在二十七日到月底之间，"司罕道，"你那晚夜宵喝的是什么汤？安乐向来周末是甜汤，工作日是咸汤，甜汤抢的人多，你会比平常晚点出去，因为坐着轮椅，不方便跟人挤，那么你喝到的一定是冷冷的汤底，还有些腻得没化开的糖。"

俞晓红的目光逐渐清明。"甜汤，对，那天是甜汤。我记得她来的时候，我在漱口，因为喝汤喝得难受，她还给我递了纸巾。"

司罕不再问了。甜汤，周末，他打开的手机日历上，二十七日到三十一日之间，只有二十七日是周末，会有甜汤。

他不动声色地打开上了密码的手机备忘录，里面记录着两种颜色的日期，有黑色和红色，他缓慢往上滑，目光停在一个黑色的日期上——十月二十七日。

去年十月二十七日那天夜里，他查完房回到办公室，看到桌上放着一张鹅黄色的正方形纸片。

纸片上写着一句话：你有刹车冲动控制障碍。

他拿起来看了会儿，拉开抽屉，把纸片扔了进去。抽屉里，有几十张一样的鹅黄色纸片，上面写着不同的话，但那些笔迹都出自同一个人，和那天从顾问骞那辆悍马的暗格里掉下来的空信封上的笔迹一模一样。

她那天是来安乐找他，顺便给俞晓红解除了记忆暗示，还是特地来找俞晓红，顺便找了他呢？

司罕沉默片刻，收起手机，看向俞晓红道："你告诉我，你为什么来红日？"

俞晓红一顿，移开了目光，良久才坦承道："我收到一张匿名字条，上面说当年害我的人就在红日，这个人还偷走了我一样很重要的东西。"

"字条在哪里？"

"家里。"

"鹅黄色，正方形的吗？"

俞晓红瞪大了眼睛，骇然道："你怎么知道……是你给我的吗？"

司罕没说话，关于字条和它的主人，她知道得越少越好。这份沉默却让俞晓红误以为他是默认了，她抓住他疯狂质问："你到底知道些什么？告诉我真相。"

司罕任她抓着，只是低头看着她问："你不是已经找到字条上说的人了吗？"

俞晓红僵住，神情恍惚地放开了司罕。

轮椅又被推了起来，两人都沉默着，身边晃过一扇扇红白黑的门。走到走廊尽头时，一个女人站在那里等他们，长发如墨，凤眸清秀，安静笑着，腼腆地从司罕手中接过轮椅。孙海华推着俞晓红走远了，无法开口说话的她，用单手轻轻比画着，和俞晓红聊起什么趣事。轮椅上的女人本来一脸愁云，听着听着，不自觉也笑了起来。

空荡荡的二楼走廊，从另一侧楼梯转角处走出一个人。

祝离的泪已经干了，泪痕黏附在粗糙的皮肤上，像戈壁中两道半死不活的河床。手机还停在拨号界面，上面是三个数字，她看着三人消失的方向，点了拨打，电话很快接通了。

"你好，我要自首，六年前我遭人胁迫，删除了一起案子的重要监控证据。"

03
精神病替罪

司罕和顾问骞会合时，看到他身后的"小尾巴"，倒也没惊讶。小尾巴周焦看到司罕，迫不及待地凑了过去，虽然不发一言，死水般的倒三角眼也素来不显情感，但就是能从中感受出一丝雀跃。

司罕的目光从周焦的平板电脑移到黑门的电子锁上，又移到顾问骞若有所思的表情，前后一联系，便笑眯眯地调侃道："顾警官，你又用童工啦。"

"只有你会用童工。"顾问骞解锁手机屏幕，上面是技术协助授权书的照片，印着公章。

司罕"哈"了一声，道："行，合法用童工，不愧是我们司法程序模范标兵顾警官。"

这么做当然是保险的，程序没走对的话，不仅有违法风险，周焦获取的证据也可能不被承认具有法律效力，司罕只是习惯性嘴贱一下。

顾问骞没理他，倒是一旁向来寡言的周焦吭了声："我十七岁了。"

不是童工。

司罕看了看这个个子才到他胸口的小孩，笑意更深，拍拍他的头："行，是青少年。"

青少年的目光越发阴森，他平常也是这么拍家里那条叫"司罕"的狗的。

司罕和顾问骞找了个红色门的空房间,迅速交换了信息。

"她觉得自己的身体是一艘诺亚方舟?"司罕蹙眉。

"她是这么说的。"

司罕沉吟片刻,想起徐奔说那是个重症患者,不要接触,会被污染。

"那女孩的认知情况怎么样?你和她聊天时有没有感到不舒服?"

顾问骞道:"是有点奇怪,但她对答是流畅的,具体我判断不出来,你尽快找机会下去见她,诊断情况。"

司罕点头道:"好,徐奔偷录的隐私录像带不在他的办公室,那里放不下这么大的量,我也觉得藏在黑门后。照你的描述,下面应该是个地下室,空间不小,那女孩生活在里面。至于徐奔以隐私要挟患者,对其进行猥亵的事,就像樊秋水说的,他用来控制她们的可能不是隐私,而是爱和认同。要做心理工作,让她们清楚这涉及情感依赖型侵犯和权力型侵犯。但她们会不会做证不好说,她们和徐奔现在确实缠结比较深,会彼此袒护。"

顾问骞想找其他突破口,从那六个相继离开红日的患者那儿找找原因,真相也许会让她们不再袒护他。

俞晓红的案子顾问骞并不陌生,小虎跟他交代了案情基础,但没有司罕说的这么详细。这个案子当年是交通管理科受理的,肇事案,没有到过刑警重案组。是这次俞晓红重新报案,涉嫌罪犯误判,又和樊秋水的报案地点重合了,警方发现情况复杂,才将此案调去重案组的。

"字条在哪儿?"

"在俞晓红家里,应该是那个女医生写给她的。"司罕强调了"女医生"三个字,观察起顾问骞的表情。

顾问骞没在这个问题上多停留,而是问:"俞晓红在红日找到的人是谁?字条上说的害她的人。"

司罕耸肩道:"字条上的消息不一定是真的,要找元凶,不是应该去医院找那医生吗?也许那人只是想把她引到这儿呢?"

顾问骞目光平静，注视着他道："就在刚才，祝离报案了。"

司罕一愣。

"警方已经成立专项调查组了，所有从红日发出的报案都会即时汇报给调查组。"

司罕的关注点却不在案子，他眯起眼笑问："你信息更新得真快，你不是早就离职了吗？"

顾问骞没回答。门口进来一个人，是樊秋水，手拿两杯茶水。用脚指头想都知道没有司罕的，果然，一杯给了顾问骞，一杯给了周焦。

顾问骞没去接。"不用了，我现在去趟警局。你留在这儿。"后面几个字是对司罕说的。

司罕从善如流地把顾问骞没接的茶水从樊秋水手中拿过。"别浪费呀。"

周焦挨着司罕坐，正端起杯子要喝，杯子却被人抽走放到桌上，他的后脖领被熟悉的力道提起："周焦跟我走，红日的问题你找秋水，黑门密码他知道。"

周焦坐得僵直，屁股粘在椅子上，头小幅度朝司罕倾斜，似乎在用身体表达抗拒。他不想走，他想跟着司罕。奈何武力悬殊，不到半秒，他就被顾问骞提了起来，往门口拖。樊秋水又见到了那小孩仿佛能把顾问骞捅个马蜂窝的目光，倒三角眼真是盛放凶意的最佳容器。

顾问骞一阵风似的掳走了周焦，剩下司罕和樊秋水在房间里大眼瞪小眼。

司罕率先打破沉默，笑眯眯道："你们还有茶叶啊，我还以为红日只剩凉白开了。"

樊秋水翻了个白眼转身就走，司罕跟了出去，晃在他身后，一口接一口地喝茶，水声不小，好像就是喝给前面那人听的。

前面那人步子加快，被司罕喊住："不听你那顾大警官的话了？我们得配合工作呀。"

樊秋水停下脚步，转身，高盘的红色发髻下露出一张不耐烦的脸。"你要问什么就问。"

"你为什么讨厌我？"

樊秋水没想到他这么直接，愣了一下。

司罕步履不停，慢悠悠地追上樊秋水，站定在他面前。"我们之前应该没过节吧。"

樊秋水哼笑一声，又玩起了不知何时变出来的打火机。"讨厌一个人需要理由吗？"

司罕点头，表示赞同。樊秋水看他没话问了，便继续走，也不管身后的人还站在原地，没迈出几步，冷不丁听到一句："是因为安乐吗？"

樊秋水站定在了转角处。

司罕眉眼弯弯道："你对我态度的变化，是从知道我是安乐来的开始的，你都把红日举报了，显然不是顾忌业内间谍之类的。徐奔巴不得和安乐合作，你的态度也不可能是他授意的。那么排除我个人惹过你，就只剩下安乐惹过你了，你讨厌我，是因为我是安乐的医生，对吗？"

樊秋水没出声，高挑修长的背影配合枯枝盘起的高髻，在旁边红门的衬托下，有种末路战士的感觉，那种千军万马战死后，独自立于尸横遍野满山土堆之间的悲怆战士。

"不管安乐是怎么惹的你，可别把我和安乐绑定。"司罕又慢悠悠晃到他面前，"这年头哪儿还兴连坐，都是打工人，我如今还被它流放'边疆'，和你那顾大警官一起喝西北风。要说有什么实际关系，就只剩下工资卡号码共享了，再替它背锅，我冤不冤？精神损失费又不能找它报。"

樊秋水认真看向眼前的笑面虎精神科医师，沉默良久，也勾起嘴角，露出一个嘲讽的笑，道："想多了，讨厌你，是我讨厌自作聪明的人，你是我见过的人里面之最。"说罢绕过眼前人头也不回地走了。

司罕："……"

这年头聪明人也不好当啊。

申城公安局总局。

顾问骞站在门口，有些恍惚，以前没发现总局的正门这么大，大到几十个自己站一排都堵不住。他还记得两年前脱下警服走出去的那天，说过不找到人不会再回来。压下自嘲，他暗自深吸口气，迈了进去。

姜河已经派人在局里等他了，是个年轻人，应该是这两年新进来的。来人并不认识他，看了眼他身后的周焦，按令把两人带去了重案组，只当他们是来协助调查的。

"欧局今天在吗？"

那人一愣，狐疑地看了顾问骞一眼，似是不明白他怎么会认识总局局长，态度冷淡地道："领导的事我不知道。"

还没进办公室，老远就听到姜河的大嗓门。这位刚上任一年的刑警大队队长，正背对着门，豪放不羁地坐在桌子上，屁股下压着几份卷宗。旁边椅子上四仰八叉躺着用卷宗盖着脸的人，被姜河随手扔了本新的卷宗过去砸醒了，全员警服在身，扣子扣到最上面一颗，满办公室的咖啡味和浓茶味，一进去就冲鼻，这熟悉的感觉让顾问骞滞了一秒。

与满是消毒水味和干净蓝白条纹的精神病院截然不同，这里才是他的战场。

似有所感，姜河猛地转过了头，跳下桌子，整理着仪表快步走过来道："顾队你来了！"顿时整个办公室的人都停下了手中的工作，不约而同地起身，此起彼伏地呼喊"顾队"，激动之情难掩。

顾问骞环视了一圈，发现都是熟人，两年来重案组没进新人，但曾经几张熟悉的面孔也从重案组永远消失了。他点了下头。

"这两天欧局不在，到三昧市开会去了，你放心吧，不然他哪儿能让你这么容易进来，在门口就举扫把泼咖啡迎你了。"姜河对他挤眉弄眼，在他人眼里威严凶悍的姜队，一到顾问骞面前就有点毛头小孩样。

顾问骞没反驳，姜河跟了他五年，快成他肚子里的蛔虫了，知道他顾忌什么。

似是这会儿才发现顾问骞身后的周焦，姜河"咦"了一声，道："你怎么把小孩也带来了？"随即"啧"了一声，"这孩子是不是这两年个子就没长过，我记得那时候他就这么点，青少年不是该猛蹿个头吗？"

周焦阴恻恻的眼罩住了这个对他的身高指手画脚的警官。

姜河是知道周焦的，不是因为洋葱游戏。两年多前，周焦父母那起举市震惊的杀夫案子就是姜河办的，照理说，姜河见周焉的次数其实比顾问骞多，但那是在两年前，这孩子还是个患有严重自闭症的神童，问什么都不开口，换了三四个心理医生都没用。他是第一目击证人，拿不到他的口供差点逼疯姜河，顾问骞那时候又不在刑警大队，他求教都求不到。

顾问骞没去管这一大一小气氛不太友好的"叙旧"，直入正题："开始吧，我配合你们工作。"

红日专项调查组的成员动作迅速，清出一间设备齐全的小会议室，关了灯，将六年前的肇事案件资料梳理投屏出来。姜河离开一会儿，带了一个陌生警察进来，道："这位是交通管理科的同事，经办当年那起车祸肇事案的主要负责人，张久。具体情况他来讲。"

张久上前和顾问骞握手。他是知道这个前刑警大队队长的，在总局待久了的都有所耳闻，这位是个传奇人物。两年前顾问骞突然离职后，刑警大队愣是拖了一年都没有调新的队长上去，据说是他们整个组意见一致，要等顾队回来，空悬队长之位一年这等离谱之事被全局通报批评了几次，后来是欧局强行提了姜河上去才罢休的。他不自觉观察起这个前队长——和他一样两只眼睛一张嘴，除了长得好看点硬朗点冷淡点，没看出什么太特别的，握手也很礼貌，不像传言那般让人闻风丧胆。

张久道："当年这个案子发生在市三院地下停车库，市三院是第一批响应扩建停车库的医院，建了三层，俞晓红是在最底层停的车，那里车相对较少，更多是医护人员自己停在那儿，所以监控设备维护得就少，总共五个监控，只有车辆进出口的那个监控按规维护得勤，唯一能看到俞晓红车祸地点的内场监控，那天是坏的。"

"怎么个坏法？"顾问骞问。

时间过去久了，张久也要回忆一下，他快速调着屏幕上的案件档案，道："信号是断的，磁盘里都空了一个月没录到了。"

"信号和磁盘可以人为破坏。"

张久道："理论上是的，但肇事者是个精神病患者，撞了人就跑了，进不去医院的监控部门搞破坏，事发到我们拿到监控不超过一小时，那时他还逃逸在外,有交通监控为证。除非他是事先谋划好要撞人,提前把监控破坏了,但他无法控制俞晓红那天在哪里停车,若事先破坏,为什么不破坏全部的?地下车库其余四个监控都是好的,这就是一起激情犯罪,就算考虑到有帮凶的情况,但他很快自首了,何必让帮凶删监控录像呢?"

顾问骞没说话,只是盯着张久看。他长相冷峻,不说话时不怒自威,被他这么审视着,张久不太舒服,不自觉心虚,思考刚才哪句话出纰漏了。

片刻后,顾问骞淡淡道:"帮凶今天报案自首了,是市三院的一名护士,她承认当时删了磁盘内容,破坏了监控信号,就在车祸发生后到你们拿到监控的一小时内。"

张久哑住了,虽然红日专项调查组成立以来,他多少听到了风声,但他根本不觉得这个案子有问题。半晌,他才转向姜河,不可置信地问:"真抓错了?"

姜河叹口气,拍了拍他道:"那护士供出了真凶,说当年删除监控前,还录了一段,但手机太旧开不了机了。我们派人去她家拿了,技侦的人正在试着修复。"

张久觉得很荒唐:"可是当年的证据链闭环了啊。"

"精神病患者犯罪,有一种天然的说服力,一样东西,如果你相信它,你就会找到和它有关的证据。"顾问骞平静道,"先入为主会影响很多东西。"

张久愣了好一会儿,看着屏幕上写着长达二十年精神分裂症病史的患者病历。他要是真抓错了人,而且那人已经服刑了,他得担多大的责?

张久面色越来越难看,良久,抹了把脸,严肃地开始复盘:"黄奇宏,六年前四十三岁,肇事逃逸后,第二天早上开着车来警局自首。我们从车的后轮胎上采集到了血样,验了DNA,确认是俞晓红的。"

他调出当时的车辆痕迹检验报告。"技侦对黄奇宏开来的车的车胎直径、胎面宽度、花纹的几何尺寸与现场留下的少量车胎印迹做了比对，鉴定一致，判定该车就是肇事车，而在碰撞接触点附近没检验出滑移的制动压印，说明肇事者根本没刹车，和黄奇宏的口供一致。他是直接碾过去的，车速慢，负重量小，造成腹中胎儿死亡，母体脾脏少量出血和下半身多处骨折，右小腿因肢体毁损性骨折截肢，没有生命危险。经过对车牌照和司机驾照的查证，确认肇事车是黄奇宏名下的，车是十年前买的，不存在近期更换户名的情况。"

张久又调出几份交通监控的资料。

"肇事车的逃逸轨迹也确认了，从案发当天下午逃离地下停车库，到第二天早上去警局自首，道路监控追踪到的和口供一致。

"受害者俞晓红目击了肇事者，她当面指认了黄奇宏和撞她的车，因为黄奇宏有二十年的精神分裂症病史，我们还从司法鉴定中心请了精神鉴定专家，确认黄奇宏口供的有效性。

"从人证、物证、现场勘查结果和自首的口供，都能确认肇事者就是黄奇宏。"

张久越说越觉得离谱，破案是讲究实证的，要经过技术鉴定、现场勘查、证人质询，诉讼时更得多证裁定，不是删除一个监控，随便来个人替罪就能糊弄过去的。要是抓黄奇宏真的抓错了，作案者另有其人，那这人要神通广大到什么地步，把证据链整个重建了？

张久道："我们调查过黄奇宏的社会关系，二十年病史，大部分时间都在住院，还有过前科，没有工作，没有朋友，没有长久稳定的社会关系，和家人也不亲密，家人甚至都不在申城，他给谁替罪？为什么要替罪？"

顾问骞想起了司罕说的话，对某些极端的精神分裂症患者，诱导并不难，你只要让他知道自己是特别的，是被大人物选中的人，他甚至能把心脏挖给你。

顾问骞没提这一点，而是道："出入口监控显示，黄奇宏的车是下午三点进医院三层地下停车库的，出来是在下午三点十分，作案时间十分钟，但俞晓红的车是下午两点进去的，从俞晓红抵达地下停车库，到她被黄奇宏的车撞，中间隔了一个小时，这一个小时，她等在车库做什么?"

张久答:"她当时突然腹痛,摔在地上坐了一阵。"

"坐了一个小时?她的口供是怎么说的?"

张久蹙眉道:"她说只摔了一小会儿,也就十分钟,但精神鉴定师说她经历了巨大创伤,记忆的时间感可能会发生错乱,而且地下三层的新车库来往的人比较少,她跌坐一个小时找不到人求救也是可能的,有过这样的案例。"

"整整一个小时,一个跌倒的孕妇在现场找不到人求救,她的手机却没有拨出一通电话?"顾问骞调出了通话清单,"可能会发生错乱,也就是说也可能不会,如果俞晓红说的是真的,她才坐了十分钟就被车撞了,那黄奇宏的作案时间就对不上,俞晓红下午两点十分被撞,黄奇宏的车却是下午三点才进去的,为什么排除作案者另有其人的可能?"

张久急道:"不可能是别人,从俞晓红的车进入地下三层停车库,到黄奇宏的车离开,其间没有其他车辆出入,真有这样一个真凶的话,那真正的肇事车呢?是怎么躲过门口监控凭空逃跑的?三重监控相互印证,停车库门口一个,医院门口一个,十字路口一个,都没排查到同时段内符合情况的另一辆车!那是辆幽灵车吗?"

姜河看了张久一眼,张久也意识到自己口无遮拦了,收敛地咳了一声,但还是满脸火气。这些他们都做过排查,这么辛苦地查出来的结果被轻飘飘地质疑,换谁会好受?

顾问骞倒是没介意,双手抱胸,思忖着道:"如果那辆车根本没逃跑呢?它一直就停在地下停车库。"

张久愣住了,瞳孔逐渐放大,好半天才说出话来:"……你是说,那辆肇事车,直到警方赶到,还停在案发现场?"

"把市三院地下停车库的建模给我调出来。"顾问骞道。

张久还在被冲击中,手上动作慢了些,案发地建模这种东西,他也不记得卷宗里有没有放。找了一会儿,刚想说没有,却见顾问骞身后那小孩把平板递了过去,上面赫然是市三院地下三层停车库的一比一三维建模，看细致程度，应该是直接扒了建筑设计图。

看顾问骞很自然地接过，张久才反应过来，刚刚那句话是对这孩子说的，不是对他说的。他心中正觉古怪，就听这眼形奇特的小孩问了一句："实地监控图像要吗？"

"不要。"顾问骞看了一眼周焦，"别做多余的事。"

倒三角眼的小孩面无表情，也不知道答没答应。

顾问骞把建模投屏，锁定到停车库最底层。那里只有一扇门，车要离开必须经过门口监控，他从口袋里拿出一支青灰色的迷你手电筒，光打到投屏上，聚光能力很强，白光能当激光用，张久分了点注意力过去。

顾问骞在案发地点上画了几道："这是个停车库，轮胎痕迹应该不少，你们是怎么确定黄奇宏的车胎痕迹就是肇事痕迹的？"

张久顿了顿，道："一般看轮胎的制动压印，会和匀速滚动的印迹有差别，但他没刹车，现场留下的肇事压印很少，只能通过碰撞接触点来推断。车和人发生碰撞，由于受到突然的冲击和加速作用，人的鞋底或者身上硬的物件，可能在地上留下挫印，他来自首后，我们比对了他的车胎和挫印附近少量的车胎花纹，对上了……"

"所以你们是验证了自首的证据，而不是查证。"顾问骞放倒了一旁的椅子，"那如果车撞到这把椅子，会不会留下挫印？"

张久又哑住，理论上当然是可能的。"但车胎上的血迹和DNA也通过了交叉验证……"

话没说完就被打断："血迹可以人为抹到轮胎上去，只要仿照肇事车真实碰撞的血迹部位。真凶肇事后，把黄奇宏叫过来，让他开车经过案发地点，地上随便放个物件，让车胎与物件产生挫印，制造新的碰撞接触点，就会留下他的车胎印迹。"

张久脸涨得通红。"可这些只是你的猜测！"

顾问骞突然换了个问题："报案人是谁？几点报的案？"

张久一时没跟上这人跳脱的思维，硬着头皮道："市三院的一名医生，下班时在车库遇到被撞的俞晓红，报警把人救了上去，时间是下午三点半。"

顾问骞笑了,那笑意很淡,看着却让人脊背一凉,这个硬朗的男人第一次让张久感受到了恐怖。"你猜猜帮凶自首时,供出的真凶是谁。"

这么问不就是把答案拍他脸上了吗?张久恍惚了好一会儿,说:"就是这个医生?"

那就能说通了,医生的车,是有可能一直停在地下三层停车库的。

青灰色迷你手电筒的聚光在三维建模上滑动,伴随着顾问骞低沉的声音:

"真正的肇事者在下午两点十分,激情犯罪撞了俞晓红,他立刻威胁在院的护士,也就是他的妻子,毁坏录到他肇事过程的监控并删除录像。他把昏迷的俞晓红藏到车上,擦掉车胎上的血迹,开车绕了一段,在坏掉的监控范围内重新找地方停,然后通知黄奇宏过来,在他撞人的地点重新开过一次,留下胎痕和挫印,蹭上俞晓红的血,再离开,被出入口的监控拍到。

"而他自己则打了个时间差,黄奇宏在下午三点十分离开后,他等到下午三点半再报案,让警方以为作案时间就是黄奇宏被出入口监控拍到的下午三点。报警后,他把俞晓红拖上去抢救,既不用为破坏现场负责,万一现场留下了他的DNA,也能合理化这一情况。而他那辆带血的肇事车,在警方来来去去的过程中,一直安静地停在地下车库,甚至就在你们眼皮底下。"

张久的情绪起伏激烈,确实,碰撞双方质量悬殊,血迹会出现在后轮胎,藏得好的话,在地下停车库他们的确可能注意不到。而且医生的车应该前天就停在车库了,当时急诊的护士跟他们说救人的医生已经值了两个夜班,刚要回家就碰上了俞晓红,即使是筛车库里所有的车,他们也不会很快怀疑到二十四小时前就进来的车上。黄奇宏自首得太快了。

顾问骞道:"现场胎痕少的情况在交通肇事案里也不少见,你们当时是没找到其他带血胎痕,还是在黄奇宏自首后就没去排查?多波段勘查灯照了几遍?血迹检干净了吗?"

张久的脸又一次涨红，他觉得这个前刑警大队队长句句话都在扇他耳刮子。他低头道："是我疏忽了，主要是当时通过道路监控差不多锁定黄奇宏了，就算他不来自首，也能把他抓获，注意力都在抓捕上，而后来检验黄奇宏的车胎，技侦得到的结论和现场情况太吻合了，无论是车胎碰撞部位的血迹还是地上的胎痕。单纯从血迹中滚过去和碾压导致的血迹喷溅，痕迹是不同的，我没理由怀疑是人为伪造的，都已经还原出肇事过程了……"

"因为还有另一种可能。"顾问骞说着，将地上用来示范产生新挫印过程的椅子扶起，"没有这把椅子。"

张久一时没明白："什么意思？"

一旁的姜河却立刻意会了，面色变得凝重起来。

顾问骞道："在喊来黄奇宏时，肇事者没有把昏迷的俞晓红从案发地点挪走。"

张久听明白后，僵住了，久久没说话。

顾问骞目光平静地道："技侦检出的东西全是真的，肇事者让黄奇宏的车对俞晓红进行了二次碾压，新的挫印、血迹分布、肇事胎痕，还有黄奇宏的口供，全是真的。"

所以法庭上，黄奇宏才会一遍又一遍地叙述自己恶劣的撞人过程，他确实可能是亲历者。顾问骞在听到司罕说俞晓红回忆她在被撞昏迷后，又隐约感受到了颠簸时，就在怀疑了。

"肇事者让人用二次犯罪，掩盖了他的一次犯罪。"

张久消化了好一会儿，只觉得这招对他们来说太阴险了，证据是真的，自首的人是真的，但结论是假的。

顾问骞说："要证明这点并不难，现场勘查到地面的胎痕少，那人体体表和衣物上的呢？卷宗里为什么没有对俞晓红体表和衣物做的胎痕比对和理化检验？人体体表是最直接的胎痕载体，只要查看俞晓红身上有没有两道不同的轮胎花纹痕迹，或者是否留有不同轮胎表面的橡胶微粒，就能确认她是否被两辆车分别碾压过，哪怕衣物能清理，人体表面的胎痕淤青也是无法短时间内消除的。"

张久急道："查了！法医没在她身上找到胎痕，俞晓红当时经历剖宫产和截肢，腹部面目全非，唯一可能出现胎痕的右小腿，在截肢手术后也一塌糊涂，什么都看不出了，经过同意，那条右小腿还被医院留下做捐赠体了。"

说到这儿他突然顿住，面色变得极其恐怖。他难以置信地看向顾问骞，却从对方波澜不惊的眼神里读出了肯定的意思，半响，艰难地吐出一句："给俞晓红做手术的，就是报案的那个医生……"

顾问骞道："是，俞晓红的右小腿到底是从病理角度来说必须切除，还是肇事者为了销毁胎痕证据才切除的，有待查证。"

会议室的气氛骤然凝重，张久浑身力气都被抽空了，他甚至有点怕顾问骞了。处理交通肇事案这么多年，他不是没见过更恶性的案件，但这人为什么能像随口念数字般轻描淡写地点破案件中的恶意？太快太敏锐了，任何恶性猜测，好像都只是从他脑中的存档里信手拈了一个甩出来那么轻松。

一旁的姜河见大家都不说话，咳了一声，缓和气氛道："今天就到这儿吧，还有孩子在呢，该做噩梦了。"

顾问骞却道："他十七岁了，不是孩子。"

周焦看向顾问骞，沉默依旧，但注视了他很久。

姜河先是一愣，而后目光显出玩味，又轻咳一声，正经道："真相是不是这样，等技侦把监控录像还原出来就知道了。"

顾问骞补了一句："去市三院找一下档案，有的医院接到意外伤害患者，为了避免事后家属闹事，会规定在术前给伤者拍照留证，当时情况那么紧急，给俞晓红截肢是否经过家属同意也可以问问。"

"好，我叫人去办。"

张久却沉浸在自己的情绪里，不解道："那黄奇宏为什么要替罪，还愿意做到这个地步？二次犯罪也是犯罪！牢没白坐！黄奇宏的社会关系里，根本没有市三院的医生，他是怎么认识这个肇事者的？"

顾问骞目光沉沉，手指轻点桌子。"这就要问他自己了。"

姜河说："之前已经派人去找黄奇宏了，应该也快回来了。"

话音刚落，姜河手机响了，接起说了几句后，他面色变了，挂了电话道："顾队，黄奇宏又入狱了！"

所有人都一愣，唯有张久目光一亮："又入狱了，看，这人就是个惯犯！没抓错！"

没人应和他，只见会议室所有人都面色凝重，尤其是顾问骞和姜河。

张久正丈二和尚摸不着头脑，就听顾问骞沉着脸快速道："什么时候入狱的，犯了什么事？"

姜河一屁股把张久挤开，在电脑上打开了刑专平台，登录警号，搜索案件。刑专平台是整合了包括法院、检察院、警局、监狱等所有公检法机关，进行信息数据共享的公安警综系统。近年系统升级后，实现了刑事案件卷宗无纸化自动流转，各地案件在全国范围内即时更新，根据警员的等级不同，浏览权限不同。

姜河道："去年十二月入狱的，这次判了三年，罪名是故意杀人，他提刀闯入一个知名的分子遗传学教授的讲座现场，当众捅了那教授四刀，教授不治身亡。"

"去年十二月……他上一次出狱是在去年八月，几乎是无缝衔接。"顾问骞眉头紧蹙，随即想到了什么，目光一凛，"在刑专平台搜他的名字。"

姜河立刻搜索了"黄奇宏"三个字，跳出来的东西让所有人都心头一跳。一整面，密密麻麻的刑事记录。大家都知道他在俞晓红的案子发生时就有过前科，但没想到有这么多。不只在本市，还有其他地方，都是短期服刑，最短的是三个月，什么罪名都有，一部分案件被判了无刑事责任。这个有着长达二十年精神分裂症病史的患者，在最近的十年里，不是在住院，就是在坐牢，辗转在各个城市间。

张久也意识到了问题："这人……这些都是他犯的？"

姜河的嘴抿成一条线："怕的就是，都不是他犯的。"

张久一愣："什么意思？"

姜河道："像这次一样，黄奇宏，可能一直在给别人替罪。"

张久愕然，好一会儿没说出话来，脸终于沉下来："那得有多少真凶被放跑了……可他图什么？"

"不是他图什么，"顾问骞目光灼灼，沉声道，"什么样的人可以反复用来替罪？"

顾问骞继续说道："法律上有特赦，服刑时间短，出狱后损耗不大，还能继续投入使用，犯罪可信度高，收买成本低，即使违约申诉也不会有人信——精神病患者，有人在买卖精神病患者做职业替罪者。"

张久傻了。

姜河面色难看，浏览着满屏的案件，道："黄奇宏被买了这么多次，中间要辗转的程序很多，应该不是个人能搞定的，背后可能是个组织。"

顾问骞忽然一滞，想到了什么，转向姜河，道："我中午让你查红日前几年被附近居民举报拐骗老人的记录，那些举报者家中的患者现在是什么情况？"

姜河一愣："查了，还没来得及跟你说，当年去红日闹事举报的总共有六户人家，他们家中的患者早就从红日离开了，但也都不在身边。有的说已经死了，有的说跑了，反正都联系不上了。但询问时他们都支支吾吾的，其中一户听到问题甚至直接挂了电话，值得注意的是，这六户人家中的精神病患者，死亡或失踪时间都在前后一个月内。"

说到这儿，他头皮一麻："……这几个患者也是？"

顾问骞蹙眉道："红日成立至今，一共只流失过六个患者，就是在一个月内相继离开的，应该就是这六户人家中的患者，查一下他们的刑事记录。"

姜河立刻去翻中午查到的这六户人家的患者信息，将名字挨个输入刑专平台。

张久不知道这事，但也帮忙在警内系统查了起来，忍不住吐槽道："不是我说，这些人，家里的病人失踪了都不报警的吗？死亡登记也没有。"

顾问骞沉默片刻，忽然道："去查一下这六户人家在那一个月之内的流水，看看有没有不明收入。"

"查流水？"张久不解道。

"那些患者家属去红日闹过后，其他患者和护工都以为那六个人是因为家属不同意而被带走的，没人怀疑他们突然在一个月内先后离开互助组的原因。而他们从红日离开后，又很快在自己家中失踪或死亡了，却没有一个人报警，或再去红日找碴。"

顾问骞冷酷道："他们并不像家属所说是失踪或死亡，可能是被卖了。"

张久又一愣。

"你不是好奇黄奇宏图什么吗？如果买卖可能不只发生在凶手和精神病患者之间，也发生在凶手和患者家属之间呢？家人把他们卖掉了。"

张久只觉得脑子很重，就这么一会儿，从当年的交通肇事案中获得的信息量太大了。他对精神病患者这个群体不太关注，所了解的也只限于这类人频发的交通肇事，有种刻板的事故印象，他没想过这个社会边缘群体，会以这样一种面貌重现在他面前。

会议室的另一个红日专项调查组组员已经出去联系银行调取流水了，六户人家，工作量不小。

周焦安静地站在一旁，手指在平板上摩挲，时不时瞅向顾问骞，但对方根本顾不上他，他只得继续摩挲，像个没用的吉祥物一样被摆在一边。

沉重的气氛中，姜河忽然道："顾队，查过了，没有那六个患者的刑事记录！"

刑专平台上，检索那六个从红日离开的患者的页面上，都是一片空白，和黄奇宏密密麻麻都是字的页面形成鲜明对比。

张久失去的氧气一下子回来了："没被拉去替罪！是我们想多了！"

顾问骞语气冷淡道："看看流水再说，这六个都是女性患者，可能做了他用。"

刑警大队缺人手，张久被留下来了，和红日专项调查组的人一起在会议室昏天黑地地加班。他们要搜索全市的精神病患者刑事案件和失踪案，排查出其中有问题的，再去查对应的案件卷宗。会议室满是键盘敲击声和卷宗翻阅声，以及人进进出出、不断往里运送新卷宗的动静。

工作量之大，姜河觉得"红日专项调查组"是不够用了，得扩容成"精神病患者替罪专项调查组"，拉更多人进组干活。这个提议被顾问骞否决了，他没问为什么，只要是顾问骞的指令，他都不会质疑。

张久查得眼冒金星，都快不认识字了，刑专平台被疯狂检索，卡得要命，他忍不住在心中吐槽，网侦科的棒槌们就不知道想办法维护一下服务器吗？！天天在局里蹲得个个脑满肠肥，干的活稀烂！在平台彻底崩溃前，那个一直没什么存在感的倒三角眼小孩忽然走上前，出其不意地在他键盘上点了几下，屏幕彻底黑了。

张久惊了，这可是在警局，这小孩在警察面前还敢随便动手？刚要呵斥，想到这是那个恐怖的前刑警大队队长带来的人，他把火气又吞了回去，只蹙眉道："你干什么？"

其他人被他的动静吸引过去，就听那倒三角眼的小孩面无表情道："维护一下平台，不然你们今晚干不了活。"

顾问骞和姜河看了过来。张久被刺激了一下午，又干了那么久的活，精神和身体都很疲惫，此时对这大言不惭的小孩也没好脾气："你维护？你都登不上去，这是警综系统，只有网侦科的授权人员才能登录服务器。"

话还没说完，他就愣住了，只见那小孩重启电脑后，还真登上了刑专平台的服务器，旁若无人地浏览代码，压根没把张久的话放在耳里。

张久又惊了，网侦科能登录刑专平台服务器的人都寥寥无几，这是警综最高系统，权限非常严格，而即使是能登录服务器的那几个网侦废物，也很难维护它，这小孩哪儿来的密钥？

"这个平台是我爸爸开发的。"

张久登时一愣："你爸爸是周明磊？！"

"嗯。"

张久哑了半晌，看向姜河，见对方一副不意外的样子。所以是真的？这是那位神级程序员的遗孤？！

周明磊是网侦科的技术顾问，说是顾问，但其实整个刑专平台就是外包给周明磊的团队做的。他做出的刑专平台把警综系统的智能水平提升了一大截，真正实现了全公检法机关的信息流动。周明磊出事后，网侦科的人都不太能高效地维护好刑专平台，他的团队用的技术有知识产权，他们无法共享。

张久知道这个人，倒不是因为刑专平台，而是他曾经帮交通管理科开发过一款道路实况智能检测程序，能自动整合人们发布的所有道路相关信息，预测个体的行进路线，帮他们抓住了不少肇事逃逸者和在逃罪犯。周明磊和警方的合作相当紧密，几度被评为警综荣誉顾问。

周明磊出事时他还挺震惊的，他从新闻里见过这位大佬的妻子，她也是智能领域的专家，看着不像是会杀夫的人。但真相没人知道，凭他的权限，在刑专平台里连案件的边都摸不到。

姜河不动声色地看着周焦坦然操作着。周焦父母的案子对警内也是保密的，包括那时不在刑警大队的顾问骞。姜河偷看了眼一旁的顾队，但从他脸上什么都没看出来。

周焦维护了挺久，姜河通知了网侦科，免得对方发现刑专平台用不了却不是自己在维护，以为被入侵了。网侦科的棒槌们一个两个激动得不行，非要来看新大佬，被姜河打发了。

中途，顾问骞把姜河叫了出去。会议室的门刚关上，姜河就道："周焦的技术协助授权证明没问题，我一会儿让人带他去采集指纹和图像，警综录入一下。你把他带来就是要个稳妥吧，上次洋葱游戏时他已经有过备案了，放心。"

顾问骞点头道："这次怎么这么快？一般流程都要走一阵。"

姜河道："也是恰好赶上了，总局在做仲永计划，周焦的情况完全符合，也原本就在名单里，所以流程走得快。"

顾问骞一愣，蹙眉道："这个计划通过了？"

仲永计划，一项针对早慧人才的招募计划，对某些领域天赋异禀的神童开放技术合作项目，提供实战培训，优选优培，提早争取人才辅助行业攻克难关，也适时将这些天才引向正途，防止其走歪。目前还在试运营阶段，只开放给公检法机关。

姜河耸肩道："是啊，伦理审批了四年，就吵了四年，前阵子刚通过的，批文一下来，有些地方就坐不住了，立马组织特定部门去接触当地神童了，欧局这次去三昧市也是为这事，骂人去了。"

顾问骞蹙眉良久，道："不要把周焦列在仲永计划里。"

姜河一顿，道："我明白。"

事情讲完，顾问骞却没有走的意思，还站在原地紧绷着脸。姜河看出他不对劲，问："怎么了顾队，你不是要跟我交代这个吗？"

顾问骞沉默良久，道："你觉得 Goat 是什么？"

姜河愣住了，第一反应是四下看看，确认无人经过才放下心来，赶忙开了旁边一间无人的办公室的门，进去后关门上锁。

顾队怎么会冷不丁地问起 Goat？在刑专平台的最高权限组里，有个叫 Goat 的档案，总局一共只有四个人能查看，里面有很多"已结"的悬案，凶手是找到了，但案情远没那么简单。比如洋葱游戏事件中抓到了马冬军，但那样一个庞大的社会测量网络游戏，不可能是马冬军这种没有 IT 知识的农民做出来的。洋葱测试系统销毁后出现的"Goat"就是最好的证明，这是在明晃晃地宣告：背后还有人，来抓。

Goat 权限组里的每个案子，都有这种"Goat"的宣告，这个单词可能出现在案件的任何地方：死者的内脏上，犯罪现场的墙上，死者创作的画里，死者生前听的音乐里……他们还来不及调查 Goat 和马冬军的关系，是谁做出了这样一个迫害青少年的测试交给他，又为什么要做，他就死在了看守所。案子到此也就停了，如同其他涉及 Goat 的案子一样，总有只看不见的手在阻拦他们往下查。

他们至今不知道 Goat 的真正含义。它在这些看似毫无关联的案件中代表着什么，凶手又为什么要给警方留下这个单词？是顾问骞首次在不同案件中注意到这个单词，并把这些留有相同标志的无关联案件合并起来侦查的。但这些侦查除了给顾问骞和重案组带来灭顶之灾，他们什么收获都没有，目前仅有的线索，就是顾问骞手里那支青灰色的迷你手电筒——它是 Goat 这个组织的信物和准入证，且具有唯一性。

技侦研究过手电筒，里面精湛复杂的工艺结构和特殊材料，鲜有工厂能够制造。他们努力仿造出的手电筒，却不幸害同事丢了命。在顾问骞带领的重案组折掉五个兄弟后，他们依然不清楚这个Goat组织的任何有效信息，就像一场恶劣的捉弄，引诱顾问骞深入，一顿裹玩，只留他一个人活了下来，背负无穷的痛苦。

也是自此，总局才真正重视起Goat来，这是用命换来的，顾问骞离职去安乐也与此相关，虽然不是直接目的。

姜河眉头紧锁道："怎么突然问这个？"

顾问骞深吸口气，仔细听能听出他气息在抖，向来临危不乱八风不动的顾问骞，也只有在Goat的事上会失控。"'Goat'会不会是替罪羊的意思？"

姜河愣住，哑了好半天。他们对"Goat"的字面意义做过头脑风暴，甚至将这四个字母拆开，凑成四个单词的排列组合，尝试过非常多的思路。替罪羊其实是他们最早提出的那批猜想之一，但那些案件的真凶身份并无疑点，证据链和凶手口供都没问题，他们便对这个猜想没太重视。

顾问骞此时提起Goat，显然和他们刚才发现黄奇宏替罪一事相关。这么一联想，二者竟有惊人的相似之处。

姜河说："你觉得Goat和精神病患者替罪有关系？"

顾问骞没回答，他不知道要怎么回答。看到黄奇宏那串密密麻麻的刑事记录时，他脑海里浮现出洋葱游戏。从销毁的游戏界面中看到"Goat"后，他让姜河进行了全市中学排查，结果发现很多学校都航行着洋葱号。

那些学校的名字一个个排列着出现在他眼前时，那感觉，和刚才看到黄奇宏的刑事记录时一模一样。太像了，像得他无法忽视其中可能的关联，那种在海中瞥见冰山一角，知道水面下有庞然巨物，却只可窥其阴影的森然感。

顾问骞对危险的直觉非常准，他总能第一时间从一棵树上发现烂苹果。也许声纹像某种特殊磁场，让他和世界建立了肉眼观看之外的感知方式，就像蝙蝠能用超声波预判危险，又或许是别的原因，他不想深究，他已习惯做一只野兽。

顾问骞忍下心中的战栗，沉声道："查一下黄奇宏的既往刑事案件里，有没有出现过'Goat'的字样。还有，查一下马冬军，他有没有精神病史，在哪里治疗的。"

姜河的面色凝固了很久，严肃道："好。"

"你自己查，别让里面的人接触。"

姜河想到会议室那些正在埋头苦干的队员，脸色一下煞白，郑重点头。他这会儿终于明白顾问骞为什么阻止他将红日专项调查组扩容了，如果这涉及Goat，性质将完全不一样，得跟欧局汇报后再做安排，把无关人员择出去，严格保密。Goat的危险程度跟普通案件不是一个级别的。

他们早把脑袋悬在裤腰上了，他递到欧局抽屉里的遗书都能开展览了，但这远不及顾问骞所领会到的这个组织的恐怖。

当年最恐怖的，是技侦从那支青灰色迷你手电筒的材质里发现了一段遗传密码——这支手电筒，是活着的。那是一种不明古生菌的染色体，在某些极地温泉中或火山旁才有。

直到顾问骞折损五个队员，只身逃亡回来，技侦才在之前的手电筒材质取样中解码出了五组人类的基因片段。片段非常短小，间隔插在那段古生菌的独特基因序列中。STR分型检测发现，这五组人类基因片段，分别属于那五个殉职的重案组警员。

顾问骞当时就疯了。从他获得这支青灰色迷你手电筒时，这五组人类基因片段就已经插在手电筒的古生菌染色体中了，对方那时就在隐秘宣告：你终将带着这五个队员来送死。一切都是Goat下的套。顾问骞完全被玩弄于股掌之中，自以为是地进攻，一步步走向对方设计好的圈套，他才是害死那五个队员的凶手。

姜河始终不敢回忆那天见到的顾问骞，以及当时感受到的恐怖。Goat的残忍令人发指，其强大也远超想象。

"顾队，你回来吧。"姜河认真道。

顾问骞一言不发，他现在脑子里非常乱。Goat、替罪羊、精神病患者、遗传密码……他轻触着口袋中的青灰色手电筒，双眼因充血而泛红。海中浓郁的血腥味，熟悉之人的残肢断臂，疯狂拥来进食的海鱼……那些画面随着喉口的甜腥涌了上来，让他几乎要干呕。

脑中混乱涌动的画面最终停在一支粉色的迷你手电筒上。那支手电筒和他的除了颜色不同，其他完全一致，这是他三年来见到的唯一一支其他来源的同类手电筒——它属于司罕。他记得自己当时不动声色地问起来源时，对方随口答了一句"人命换的"。

司罕的手电筒里，藏着谁的基因片段？

顾问骞涣散充血的双眼有了焦点，他沙哑道："我要回红日。"

顾问骞和周焦回到红日，已经是第二天了。

司罕没问这两人怎么去了这么久，也没问顾问骞这一晚上怎么长出这么多胡楂，是不是带小孩在警局熬夜了，只从樊秋水手里接过两碗热腾腾的早餐面，递给这一大一小，看他俩一通狼吞虎咽，跟难民似的。

司罕笑眯眯地关怀了一句："你是不是因为警局不管饭所以离职的？"

顾问骞没理会他的调侃，问起昨天的情况，得知司罕和樊秋水还没找到机会进入黑门后的地下室。徐奔应该是发现了什么，开始防备了。

司罕等着他更新消息，见他只顾吃，迟迟不开口，便主动问："事情了解得怎么样？"

"一个秘密换一个秘密。"顾问骞头也不抬道。

司罕一时噎住。这人可真能见缝插针，他没去地下室，手上没有能交换的信息，但这不是在合作吗？算这么清楚？该不会是早料到一下午时间他干不出什么事，在这儿等着呢？

司罕皮笑肉不笑道："行，顾大警官，先攒着行吗？到时候告诉你个大的。"

顾问骞喝完最后一口汤，放下碗，不动声色地瞥了眼司罕放手电筒的口袋，不紧不慢地擦了下嘴。"你昨天上午还欠了一个，两个了，事情结束一起结算，一个都不能少。"

"……"

司罕"哈"了一声，道："顾警官这么热衷于这个小游戏，童年生活不太丰富吧,交换秘密是过家家行为。斤斤计较于交换守则,是过家家中的'顶级'行为。"

"只有我热衷?"顾问骞看向他,丝毫不介意他讽刺自己幼稚,"你对我不好奇吗?"

司罕在顾问骞直白的目光中败下阵来,要说明里暗里的套话行为,他做得肯定比顾问骞多,这是在指责他双标呢,倒是顾问骞还光明正大点。

一旁的周焦吃完面,凑了过来,似乎对两人交换秘密的话题感兴趣,却被顾问骞按着脑袋推了回去:"面吃干净,别浪费。"

头差点被按到碗里,周焦抬眼瞪住顾问骞,一阵激烈的对视后,他垂下眼睛,老实地用筷子挑起了剩下的几根面条。

顾问骞简要地把俞晓红的案子跟司罕说了一下,隐去了 Goat 相关的事。司罕只评价了一句:"和黄奇宏相关的司法精神鉴定也得查,这么多起案件,都没检出他口供有问题,这个组织的触角伸得很长啊。"

顾问骞眯起眼睛道:"你好像一点都不惊讶,一个精神病患者一直在自愿替罪,这是正常的?"

司罕笑笑道:"没有什么是必然不正常的,你不都说了嘛,存在买卖交易的可能,有钱能使鬼推磨,精神病患者不比鬼聪明吗?

"就个人意愿来说,这不一定是症状所致,哪怕有些精神分裂症患者存在犯罪妄想,或者极端偏执,妄想干出一番大事,也多少知道坐牢的坏处、欺骗司法的风险。他们并不是没有常识,也没那么好控制。这是多因一果的选择,你觉得他或他的家人收到那笔替罪的钱,卖出的是他的什么东西呢?只是一条人命吗?

"一个和社会脱节,没有社会关系,和周遭世界格格不入,被亲人朋友排斥的精神病患者,如果真的存在一个组织,愿意接纳他,给他派任务,肯定他的价值,让他以他的症状和精神病患者的身份获取劳动报酬,实现个人价值,让他给被他拖累的家庭赚到钱,扬眉吐气,他怎么不会被吸引?

"如果是我去诱导,我会在介绍时把这种交易的报酬说成工资薪酬,你提到的'职业替罪'四个字就很有神韵。任何高阶犯罪组织，最终能让底下人卖力干活产生忠诚感的，都是组织文化。"

顾问骞听得蹙眉，司罕轻飘飘地吐出最后一句："我们做预后到现在，总共碰到过几个在好好工作的患者？大部分精神病患者出院后的就职情况都非常惨淡，鲜有公司会录用他们，他们能胜任的工种也确实很少，这个组织说白了就是在给他们派发他们能胜任的高薪高风险工作，他们以及某些不清醒的家属会心动并不奇怪。"

他话锋一转："当然，这只是从个人意愿的角度讲，那些非自愿的买卖就只是单纯的人口贩卖而已。"

顾问骞沉默不语，司罕的回答倒是解了他部分疑惑，但他听得不太舒服。他意识到这个社会边缘群体的生存状况涉及太多灰色地带，他当警察多年，见过太多这样的人，他们本来就站在悬崖边上，被轻轻一推，就掉下去了。如果真是如此，那这个精神病替罪组织的规模必然比他想的还大得多，运作相当成熟，和 Goat 的相似性又多了一分。

两人一时间无话，只剩下周焦吃面的动静。

久未收走的碗上，一只飞虫掉在碗底的汤汁里，它挣扎着，汤汁未动分毫。这挣扎与一滴汤汁无关，与碗无关，与看着碗的司罕无关，它的以命相搏撼动不了任何东西。它的死亡也一样，这份死马上要随着碗一起被收走，被水冲走，如同从未出现过。

司罕轻缓道："人的名字会影响他的一生，名字中的潜在象征意义会在成长早期就印刻在他人格发展的进程中。黄奇宏，他的名字叫奇宏，他自然会想获得奇与宏的一生，也认为自己就该如此。"

顾问骞道："是吗？那你呢，你的名字让你想获得怎样的一生？"

司罕一愣，回过神后露出戏谑的笑意："顾警官，你对我的好奇是不是太多了？"

顾问骞不语，坦然相望。

司罕移开视线，淡淡道："我不知道给我取名的人是怎么想的，我没有见过她。"

顾问骞一愣，没再多言，眼垂了下去，盯着碗中不再动的飞虫。

"那你呢，顾警官？"

得到的只是沉默，司罕本来也没期待这个一向赖皮的警官会真的告诉他私事。

良久，久到司罕以为话题早结束了，却听到了回答。

"不知道，我也没再见过她。"

之后，他们每天依旧以项目审核为由来红日报到，但都没再找到机会进入黑门后的地下室，那个叫红日的女孩也没再出来过。徐奔在电子锁上加了一把钥匙锁，明晃晃地警示着。

祝离从自首的第二天起，就没再来红日，大家纷纷问起这个大嗓门的核心成员去哪儿了。她从前每天都来，从未缺席过。显然，她们没能从徐奔那里获得满意的答案。

红日是个凝聚力极高的团体，无论动机好坏，这群人已经深深地缠结在一起，牵一发而动全身，她们能明显感觉出团体之首徐奔最近状态不对。尤其是他努力维持着若无其事的样子，这种若无其事反而加深了众人的忐忑，再加上祝离的无故缺席，这个团体一下失去了两个主心骨，不安和焦灼弥漫开来。极高的凝聚力是把双刃剑，众人一心时有多稳固，出现异变时就有多易碎，红日此刻就处在微妙的摇摇欲坠和粉饰太平里。

随着祝离久不现身，红日之前离开过的六个患者，在樊秋水的引导下，被大家重新讨论了起来，信息在私下如病毒一般传播着，分化出了各种不同的解释。《红日》照旧每日响起两次，跳操的步伐更齐整有力了，歌声显出一种悲壮，大家越是不安，跳得越是认真，肢体延展到位，仿佛想用这个磐石般固定的规律性事件，排遣掉心中变化的疑窦。

司罕、顾问骞和周焦遭到了明显的排斥，患者们把突如其来的变故归因给了他们，认为是这三个外人来了之后红日才出问题的。构建共同的敌人，本来也是一个团体提高凝聚力的方式，她们现在需要一个敌对对象来转移主要矛盾，这个倾向不知道有没有受徐奔的态度影响。

故此，从患者渠道收集信息一事只能交给樊秋水了，他是红日的第三位主心骨，相对隐形，患者们依赖他。最多再加个司罕，这人见人说人话见鬼说鬼话的本事厉害，即使遭到排斥，也总能厚着脸皮混进去，毕竟都是患者，鲜有人能抵抗司罕的关心。

周焦则跟个尾巴似的黏在司罕身后，走哪儿跟哪儿。小空喜欢跟周焦玩，在孙海华上班没来红日的时候，他都跟着俞晓红和周焦。俞晓红越发沉默，她总在祝离之前经常"演讲"的地方驻足很久，其他人来问铁三角的一角去哪儿了，她都闭口不言，神色晦暗，只有看着小空时会露出笑容。

顾问骞在红日辗转几日，没获取新证据，局里也没动静，他进不去黑门房间，便只能等姜河查清那六个离开患者的事，批下搜查令，把这里翻个底朝天。红日整体说不清的紧张氛围传递给了他，他知道这是暴风雨前的宁静。

倒是有一点值得注意，顾问骞发现徐奔和一个不明人士在一楼某个红门房间里进行了短暂接触。红日的构造太复杂，要找到特定房间并不容易，这间房的位置就很容易被忽视。顾问骞路过时，红色的房门虚掩着，从缝隙里只能看到徐奔，他在和对面的人说话，脸上是无法形容的痴迷表情。看他微仰着头的姿势，对方应该比他高，是个男人？

徐奔很快就出了房间，脸上是愉悦至极的表情，看着不太正常，呼吸有缺氧的征兆，他重复地喃喃道："我见到了我的神。"

顾问骞立刻进到房间里，只看到开着的窗，什么人都没看到，窗外也没人。那个人跑得太快了，要不是这房间里贫乏得什么多媒体设备都没有，他都要怀疑原本就没人，徐奔是在跟影像聊天了。

那个人是谁？为什么不走正门和徐奔见面？见到了神是什么意思？

这之后，徐奔又开始频繁活动在患者之间，与先前谨慎消极的态度截然不同，他似乎放开了不少，甚至变得有些放肆。他不再把司罕和顾问骞放在眼里，居然当着他们的面和患者调情。

樊秋水的脸色黑成了炭，司罕总觉得这人烧着菜能直接把大铁锅砸到徐奔头上去，来个一命换一命。

"他受什么刺激了？"

顾问骞只能想到那天那个不明人士。"可能觉得自己能跑掉了。"

司罕摇头道:"我倒觉得像是自暴自弃,徐奔这样算是直接跟安乐的项目 say bye[1] 了,患者和医生不能存在双重关系,他这都摆到明面上来了,不是作死吗?"

"自暴自弃……"顾问骞咀嚼了一下这四个字。

"末日前的狂欢?知道活不久了的人,就不需要谨慎分配食物了。"

在徐奔越发离谱的状态中,顾问骞终于接到了姜河的电话——祝离提供的监控视频被技侦修复好了。

"俞晓红确实被碾压了两次,一次是真凶的车,一次是黄奇宏的车。"

姜河看着屏幕上反复播放的监控录像,表情严肃。第一次看到时,他和技侦的人一阵恶寒。情况和顾问骞推测的基本一致。

因为是手机录制的监控画面,分辨率不高,技侦尽可能将其还原得清晰了些,大概能看出那个真凶在发动车子前,确实停了一阵,车内的人是目视前方的,他看到了俞晓红,是故意撞人。撞人之后,他似乎是开出了一段才反应过来,下车后先是警惕地环视四周,确认没人看见,才快步去查看被他碾过的俞晓红,俞晓红那时已经不动了。

他从裤袋里拿出手套戴上,蹲下身摆弄了一阵,似是在对她做身体检查,然后起身,懊恼地踹了下车子,拿出手机打了个电话。这通电话总共打了两分钟,其间,应该是经电话那头的人授意,他去看了后轮胎上的血迹,对着轮胎和车子拍了照,对现场的胎印也拍了照,把照片发送过去。

这通电话似乎是在教他处理现场。

而后他打了第二通电话,这通只打了一分钟,状态和上一通也不一样,他有些颐指气使,频频看向斜前方唯一录到了撞人过程的监控录像,似乎有争吵,但他没花费多大力气就说服了对方。这通应该就是打给祝离让她帮忙删监控录像的电话。

之后,这人抽出几张纸巾,盖在后轮胎的血迹处,粘住,防止在地

---

[1] 说再见。——编者注

上留下更多胎印。回到车上后，他避开其他摄像头，在车库绕了小半圈，找了个车位停下。

张久看到这段时，汗毛竖起来了，气愤地咒骂，当时他们的一辆警车就停在这个车位的旁边，居然没有人发现！

车熄火后，真凶就一直坐在车里，把俞晓红晾在远处的地上。她一直处于昏迷状态，偶尔抽动几下。四十分钟后，黄奇宏的车进来了，车型和颜色都与真凶的车一模一样。真凶下车，把黄奇宏引导到案发地，彼时俞晓红已经昏迷四十五分钟了，真凶第一次碾过时没什么血，到这会儿地上的血已经蔓延开了。

黄奇宏下了车，僵直地看着躺在地上流血的孕妇。真凶和他说了什么，朝前比画着。黄奇宏没反应。真凶怒了，对着他一顿拳打脚踢和辱骂。黄奇宏被打倒在地，依旧没反应，直愣愣地看着俞晓红。

真凶很紧张，连连看向周围，大概是怕再拖下去该有人经过了，他又骂了几句，把黄奇宏推到副驾驶座，自己坐上驾驶座，戴上手套，开着黄奇宏的车，冲向俞晓红，进行二次碾压。

看到这里，张久明白了为什么黄奇宏在法庭上大放厥词，能那么生动地描述自己撞人碾压的过程。因为他当时确实坐在车上，他亲眼看到了，也真实经历了，尽管他在车上时表情惊恐僵硬，在法庭上却兴奋不已。

在快要碾过俞晓红时，车子的方向骤然偏了，视频不太清楚，但能看到是副驾驶座上的人突然去抢方向盘，车打弯，最后只从俞晓红的小腿上碾了过去。真凶在车上把黄奇宏暴打了一顿，黄奇宏没还手，真凶下车，回到自己的车上。而黄奇宏回到驾驶座，驱车出了地下车库，他出入的时间被完美记录。

看到这里，姜河也明白了，这真凶原本应该是冲着把俞晓红碾死去的，第二次如果真的还是从身上碾过去，俞晓红多半活不了，但黄奇宏在关键时刻怂了，变相救了俞晓红一条命，真凶自然怒了。留下一个见过他的伤者比留下一个死人麻烦得多，但他不得不放黄奇宏离开去制造时间证据。

又过了二十分钟，真凶回到俞晓红身旁拨打电话，看时间，这次是在报警。报完警，他又打电话联系了急诊部，让对方派了担架车下来。他摇身一变，成了救助伤者的医生，和担架车一起回了医院。这是他不得已之下想到的收拾烂摊子的方法。

姜河把视频发给了顾问骞，蹙眉道："他打的第一通电话，对方是在教他善后，整场替罪计划应该都是对方在短短两分钟内制订的。这个帮凶极有经验，反侦查知识丰富，还知道制造混淆胎检的车胎挫印，很可能不是第一次做这种事了，黄奇宏应该也是对方联系过来的，这已经起码有两个帮凶了。

"我们查到黄奇宏的车是十年前买的，十年前他刚出院，无业，和家里人关系也不紧密，他哪儿来的钱买车？而他第一次入狱就是在十年前，车子交货后的一个月内，之后他就开始不断地入狱出狱……他的车可能本身就是一件被赠予的工具。"

"这个医生打第一通电话时，对方让他拍了车子和轮胎，"姜河顿了顿，深呼吸道，"有没有可能，对方只是联系了当时离得最近的一个车型相似的替罪者过来善后，他还有无数这样的备选？"

顾问骞沉默片刻，道："有。"

姜河想想脑子就要爆炸了。一切都在印证着真的存在一个精神病替罪组织，规模还不小，组织有序，行动力极高，能在一通两分钟的电话内安排完一切，并且真的做到了，这是怎样恐怖的实力。

顾问骞问："医院那边查了吗？"

姜河抹了把脸道："查了，我们拿到照片了，俞晓红当时伤势严重，进手术室前根本没联系上家人，那医生是擅自给她截肢的，但因为情况危急，俞晓红的家人后来表示了理解。不过为了防止医闹，尽可能免责，手术前护士是拍了照的，照片里有她那条截肢前的右小腿，技侦人员反复比对检验，确认上面有两条不同的轮胎印记。那医生是出于什么动机给她截肢，有没有必要截肢，还要找法医和医生团队去确认。"

"好，辛苦了。"顾问骞的语气很镇静，"你之后要查的是，这个医生是怎么认识电话那头的人的。他应该是个买家，打一通电话，对方就能立刻办事交易，他们必然在之前已经建立信任了。商品和卖家有了，买家是怎么联系、购买、登记的，整个流程都去扒出来，顺藤摸瓜。"

姜河凝重道："我明白，顾队。从红日离开的那六个患者的家属的流水，我们也查到了，其中五户人家都有不明收入，都是十万元整，剩下的一户拿的是现金。但他们嘴都很硬，不肯说钱是哪儿来的，也有人胡编乱造。核对需要一些时间，重案组人手都不够了，我把张久留下来干活，交通管理科还打电话来骂我抢人，也不看看他们办的狗屁案子给我添了多少事。"话到后面变成了抱怨，他现在每天都幻想重案组人人都练了影分身[1]，字里行间还是在暗示顾问骞归队，这么大的事他真的有点遭不住，刚当一年队长，他的发际线硬生生往后移了两厘米。

顾问骞也不知道听没听出深意，注意力都在前面的话上："那基本可以确定这些家属参与患者买卖了，红日的搜查令能批了吗？"

"得证明这六个患者的买卖是和红日直接相关的，现在还没这方面的证据，还得继续审。"

顾问骞沉吟片刻，道："红日的问题很多，从患者隐私被偷录这个角度也能入手，只要患者愿意做证，拿到个别录像带，也能批了。"

"这个我问了祝离，但她不承认被偷录了，她在保护红日。"

顾问骞蹙眉道："我再想想办法，还查到其他什么了？"

"有个挺奇怪的事，祝离说当时俞晓红的孩子并没有死。"

顾问骞一愣："什么？"

"听起来很不可思议是吧，被车碾了两次，早产。她说那孩子还是命大地活下来了，但祝离讲这段的时候精神状况特别不好，不确定真实性有多少。我们也问了当时参与手术的护士，护士都说孩子经剖宫产出来时就是死的，只有她一个人坚持说是活的。"

顾问骞突然想起了司罕在坦白局问祝离的问题：有没有失去过孩子。祝离给自己的症状取了栀水母、银杏、海龟、牛膝这样的名字，这些弃子、杀子、堕胎、无子的象征性极高的意象。

---

[1] 漫画《火影忍者》中的一种分身术。——编者注

顾问骞问:"如果是活的,那孩子呢?"
"消失了,她说那孩子凭空消失了。"

祝离是在第五天回到红日的,所有人都很激动。她没有解释这五天为什么没来,大家也没去深究,唯恐给她压力,又把她吓跑了。人回来就好,红日的不安消散了大半,摇摇欲坠的团体又有了稳固的倾向。

所有人都围着祝离表示关心时,只有一个人没上前。

俞晓红如今已经不在腿上盖毯子了,单薄的裤子,单薄的腿。没了色彩浓郁又厚重的毯子加持,人也显得单薄了许多,似乎风一吹就能从轮椅上飘走。但她的眼神是有重量的,千钧之重,看着会让人怀疑这具身体承载不了她的眼神。她用目光牢牢锁定着那位归来的面容憔悴的红日元老,铁三角中的一角,她的挚友。

祝离推开包围圈,走到俞晓红的面前,每一步都走得很艰难。她的手仍在震颤,腿也依旧跛着,几步路,她好像走了一辈子。她到俞晓红面前站定,嘴唇都是抖的,然后在众人惊愕的目光中,扑通一声跪下了,跪在俞晓红面前。

"对不起。"

俞晓红没反应,头微仰着,目光向下看着她,面上尽显凉薄。

祝离的情绪绷不住了,她本就是个撒癔症的人,重复念着"对不起",跟魔怔了似的。迟迟得不到回应,她开始磕头,往俞晓红的轮椅上磕,频率之快,力道之重,让人不禁怀疑这是不是她新患上的躯体形式障碍。

俞晓红的轮椅被她磕得往后退,她便去抓稳轮椅,继续磕,磕得满头血。

围观的患者一个个惊叫着上前把人拉开,祝离却挣扎着去抱轮椅,要继续磕,场面一阵混乱,众人拉扯间,祝离不小心抱住了俞晓红的腿,那条仅剩的左腿。

所有人顿时安静了。没有人敢碰俞晓红的左腿,都怕刺激她。

祝离也呆了一下,迅速把那条腿放开,张皇不已,胃里突然一阵翻滚，她想呕吐，她不可遏制地想起了六年前在手术台上碰过的，俞晓红那条截肢的右小腿。

俞晓红没什么反应，淡然地收回左腿，冷脸看着她。"你这样做有什么意义？你现在再痛，能有我截肢痛吗？有我丧子痛吗？"

祝离哭出了声，道："晓红，我真的对不起……我对不起你。"

"你是什么时候认出我的？"俞晓红问。

祝离不说话，泪流得人似一个水娃，她因为雌激素不调，脸上一直有高原红，此刻因疲惫和过激的情绪更红了，泪痕崎岖地嵌在失去色差的黄褐斑上，让她显得苍老又可怜。

"第一天，你来红日的第一天。"

俞晓红深吸口气，语气也有些颤抖："那你为什么要和我做朋友？为什么要献殷勤？为了赎罪吗？"

祝离似乎被这话刺激了，干脆坐到了地上，抹了把脸，道："那你呢，你不也早就知道是我了吗？为什么不揭穿我，还让我靠近？我给过你多少次机会，我把剪刀递给你，针筒递给你，把背给你！你为什么不捅我？我多少次就站在楼梯口，告诉你这里没摄像头，你为什么不推我？！"

俞晓红一时无言，她确实很早就猜到，祝离就是那张字条上说的害她的人。祝离从没在她面前隐瞒过在那家三甲医院做过护士，离职时间和她出车祸的时间又吻合，祝离几乎把真相拍到她脸上了，要猜到并不难，她没揭穿，只是为了获取更多信息和证据，她要知道这个人到底对她做了些什么。

这半年来，她们各自心怀鬼胎，隔着一层没捅破的窗户纸在做好友。

周围的人都有些手足无措，不知道她们在说什么，怎么就吵了起来。这两个人不是关系最好的闺密吗？孙海华今天没来，这铁三角的另两角就先内讧了，大家想介入，又根本不知从哪儿入手，面面相觑叹着气，有人已经跑上去找徐奔了。

俞晓红久未回应，祝离的气焰又弱了下去："我当时要是不帮他删除监控，我也会死的，他不会放过我的，对不起，真的对不起。"

她用震颤的手把袖子推上去，推了几次才成功，露出臂弯处几道浅色的疤，看着像是扎出一个个孔后留下的。多年过去，疤痕还这么深，看着十分瘆人。这些都是她前夫留下的。

俞晓红恍惚了很久，几度抬手，又放了下去。她突然感到汹涌的疲惫，她到底在斗什么，和谁斗，意义在哪儿？就算抓住了真凶，她还能怎么样，噩梦就会停息吗？不过是从一张脸理所当然地换成另一张脸，她还是要这样带着残疾活一生，她已经被毁掉了。

为了活下去，她适应了六年，可痛苦是无法适应的，她还要制造更多痛苦吗？

为什么世上可怜人这么多，为什么可怜人还要被逼着迫害可怜人？

腕上的小玻璃瓶不知何时在炎热的天气里被焐热了，贴着皮肤，像幼儿的体温。俞晓红沉默良久，开口时嗓子都哑了，像是把一口埋了六年的浊气吐了出来："你还有别的事瞒着我吗？"

祝离的哭声一僵，她想到了那个孩子，胃部又是一阵蠕动，面色变得苍白了几分。她看了看俞晓红的表情，却怎么都说不出口，只能摇头道："没了，我只帮他删除了监控，我没想害你，真的，我跟你一样恨不得他死。"

俞晓红的眼眶红了，她想把祝离从地上扶起来，但祝离不肯起来，抱着俞晓红的膝盖说胡话。两人最终都哭了，把周围不明所以的患者也感染了，大家似是这几天压抑久了，顿时哭声一片，小空呆滞地夹在这群女人之间，在眼泪中闻到了孙海华的气味。

徐奔下来，看到的就是这幅场景，叹了口气上前安抚。祝离看到徐奔，情绪爆发得更厉害了，跟醉酒的人似的，哭声间又出现了往日的嬉笑怒骂，红日在这一刻好像又完整了，不去看身后的悬崖，不去管脚下的累卵。

"俞晓红原谅她了？"站在远处看了全程的顾问骞道。

"早就原谅了。"司罕打了个哈欠，又站没站相了，"俞晓红为什么自残？她在安乐住了五年多，腿都不见好，来到红日短短半年就不痛了，她在这半年内消解掉了整整六年都无法消解的心理症结，这段友情提供了多大的帮助啊。她其实知道，也正因为知道，才会对乐乐产生愧疚和背叛感，抗拒这种来源的治愈，用自残恢复疼痛是为了提醒自己记住仇恨。她潜意识里其实早就放下了，人的关系就是这么神奇，能麻痹一些东西，能让痛苦和仇恨变得懒惰。"

顾问骞不置可否，他知道俞晓红是什么时候报的警。

司罕观察着身边人的表情，莞尔道："即使一开始动机不纯，相处就全是假的吗？人最天真的，不正是以为一切都会按计划进行。

"是吧顾警官，我们经过这阵子的相处，你是不是也不像一开始那么讨厌我了？"

顾问骞侧目看向他，迎上一对带笑的眼睛，看起来狡黠又真诚，这双他曾极度反感的，好像藏了千万个捣蛋的诡计，眨一下眼就能倒出一堆，弄得鸡飞狗跳让他措手不及的笑面虎眼。

"我没有讨厌过你。"

司罕一愣，还来不及扩大笑意，就听这人硬邦邦道："我是看你不顺眼。"

"有什么区别？"

"我会看一条乱闯红灯的狗不顺眼，但不会讨厌它。"顾警官如是说。

"……"

司罕无言了好一会儿，道："那你还是讨厌我吧。"

顾问骞偏过头，眼角浮上了微不可见的笑意。

大家的情绪到后面有些收不住，徐奔干脆决定下午聚餐，在红日搞室内烧烤，化解连日来的紧绷情绪。所有人都操办起来，买伙食的买伙食，布置的布置，连那三个不被待见的外人也参与其中，顾问骞贡献了一箱可乐，司罕贡献了一箱娃哈哈，周焦贡献了一个节目。

对，小孩要表演节目，周焦和小空一起。

小空欢乐地拉着他转圈圈，食指向上戳他的脸教他"smile"[1]。周焦耷拉着嘴，目光越发阴恻恻的，那两个大人根本不管他，乐得看他被折

---

[1] 笑。——编者注

磨，司罕还语重心长地说了一句："爱笑的小孩运气不会差，你运气太差了，正好去学学。"

周焦沉默了很久，学着小空，用食指戳起自己的脸，对着司罕离开的背影 smile。

下午孙海华也过来了，她听说祝离回来了，特地请了假过来的，跑得气喘吁吁，生怕祝离又不见了。铁三角一见面，刚休息了会儿的俞晓红和祝离眼眶又红了，三人聚在一起絮叨了很久。

樊秋水被患者们到处使唤，处理食材，搬运器材，她们还要在场地上挂个联欢会的横幅，让他来题字。樊秋水的字写得很漂亮，是能挂出去展览的水平，大家让他自己想写什么字，应景点的，他题了五个字——最后的晚餐。

等横幅挂上去了，大家才看到这五个字，都觉得不好，太晦气了，但又没时间改了，火都烧起来了，该吃了。

徐奔搬酒进来时，看到那五个字，生气了。这还是患者们第一次看到徐奔生气，大家手忙脚乱地把那横幅撤掉，丢在了墙角，隐约露出了"最后"两个字，没人去看，又都留在印象中，像是房间里的大象。

酒是最便宜的罐装酒，是徐奔开车十分钟去最近的小商店买的。开酒的声音很好听，刺啦一声，许多人一起开时，像某种恢宏的奏乐。即使是从不喝酒的患者，在今天也喝了一口，人或许冥冥中都有预感，在最快乐的氛围中会想象最可怕的陨落，大抵精神病患者都会认同《欢乐颂》是首悲怆的乐曲。

她们举杯许愿。

"我们的病都会好吗？"

"坦白局能一直开下去吗？"

"一直活在彼此的秘密中吧。"

"敬红日。"

喝得最上头时，不知谁带头，大家又群魔乱舞地唱跳起了红日的活动操。

"命运就算颠沛流离，命运就算曲折离奇……"

顾问骞站在黑门前，记得上一次这扇门打开，那个叫红日的女孩就直挺挺地站在门后，她此刻会不会也在呢？这扇加了双重锁的黑门，已经无法从里面自己打开了，五天来，她都没出来过，地下室有食物吗？她为什么在可以自由活动时都宁愿选择待在地下，那里有什么？

此刻所有人都在聚餐，这里空无一人。顾问骞的手轻轻搭上腰间，似乎要抽出什么。突然，一阵令人耳朵发麻的哭声响彻红日，是婴儿的哭声，有着极为奇特的规律，两长一短，凄厉地重复着。

顾问骞目光一凝，警觉地四下查看。哪儿来的婴儿？红日有婴儿？！

这阵啼哭诡异而不自然。人在哭泣时，呼吸是不规律的，没有孩子的哭声会这么刻板地重复两长一短的节奏，一成不变，仿佛照着第一节均匀复制出了所有声段。他很快找到了声音来源，是音箱，这阵奇特的婴儿哭声是从音箱里传出来的，挂在走廊顶部的几个小音箱同时作用，让这哭声形成了响亮的环绕音，直往人脑子里钻。

顾问骞蹙眉道："录音室？"他即刻往红日里唯一能播音的房间狂奔而去。

十分钟前。

司罕靠在墙边，嘬着娃哈哈乐呵呵地看患者们闹。顾问骞不知道又跑去哪儿了，周焦和小空被夹在女人们中间，脸都绿了。

樊秋水心不在焉地四下张望着，有焦灼之色。司罕问他："怎么了？"

"孙海华不见了。"

司罕一顿，这才发现铁三角还真的缺了一角，但大家都玩疯了，也没在意，觉得她可能是上厕所去了。

樊秋水蹙眉道："徐奔也不见了。"

司罕看了一圈，还真是，这个人群焦点也不知何时消失了。

"你在担心什么？"

樊秋水的面色愈加难看："徐奔最近的状态不正常，孙海华又难得才来一次，我怕他做出什么事来。他一直最喜欢孙海华，但孙海华拒绝得很明确，总是避着他，他尤其喜欢这种过程，把不听话的人一点点拖下去，使其沉沦,被同化成他那样的怪物,和他一起留在地狱里,这才是他最大的高潮。"

司罕思索片刻,道:"我和你一起找,他平时喜欢去哪里做这种事?"

"哪里都有可能,红日的每个曲折的房间都是他的庇护所。"樊秋水露出不加掩饰的厌恶,所以他鲜少逛红日,怕一转弯就看到恶心的东西。从第一次"狗拿耗子"把人救下来反而被那患者埋怨后,他就不再乱晃了,但那些画面还在不断地闯入他的视野,他甚至怀疑徐奔是故意的,需要观众来见证那畸形的高潮。

两人朝外走去,司罕问:"孙海华不常来红日,是不是也有这方面的原因?"

樊秋水答:"肯定有,我都不明白她为什么非要来红日,住得远,工作又忙,要带孩子,还要避开徐奔这个禽兽,她就近找家医院看病不好吗?"

司罕沉默。他也曾经思索过,孙海华的症状很严重,间歇性失语最大的问题是极其损害社会功能,影响她的工作,影响人际关系,是对生活破坏性很大的症状。她又是个要拼命工作养孩子的人,为什么不选择更高效专业的医院治疗,而要来红日这个名不见经传的小互助中心?

申城的总院和分院都没有她的病史记录,说明她从未去诊治过,他甚至怀疑她说去普通医院挂过神经外科都不一定是真的。间歇性失语很可能跟神经系统损害有关,去做体检是必要的,她有比红日所有人更迫切的康复动机,又有比红日所有人更困难的互助条件,她来这里图什么?只是讳疾忌医?

两人刚找了几个房间,突然听到一阵令人头皮发麻的婴儿啼哭声从头顶落下,劣质的音箱把这哭声呈现得扭曲而瘆人。樊秋水稍愣了一下,立刻面色难看地转身朝着录音室跑,司罕都来不及叫住他问,只得也跟着他跑。

两人抵达录音室时,门是锁着的,被樊秋水直接暴力地踹开了。

里面的场景让人愕然,徐奔半倚着台子,皮带半解,面上满是惊恐地瞪着孙海华。而孙海华面色惨白,衣衫不整地半坐在地上,嘴大张着,在凄厉地喊叫。她的嘴张得那样大,喊得那样用力,那样撕心裂肺,可没人听到她真实的叫声。因为从孙海华的嘴里发出来的，是婴儿的哭声，就是那串奇特的两长一短的婴儿哭声，通过录音台上误开的设备，传遍了整个红日。

樊秋水先是愣了片刻，回过神后立刻冲进去把吓到了的徐奔一脚踹开。徐奔滚到了墙边。

司罕快步上前，脱下外衣披在孙海华的身上，然后退开了些。她现在对异性的靠近是排斥的，而且那婴儿哭声持续不停，最好不要打断，他只是站到她面前，让她能看到他，知道安全了。同时，他用设备通知祝离上来。

看着这样的孙海华，司罕隐约明白了，她的嗓子能发声，她的躯体症状根本不是间歇性失语，而是间歇性爆发婴儿啼哭。因此她在症状发作期间不得不闭口不言，伪装成失语。她没去治疗，是为了隐瞒真实症状？为什么要隐瞒？

被踹到墙角的徐奔，尽管浑身都痛，精神也还处在惊恐中，但他甚至来不及调整姿势，就将目光紧紧地锁住还在诡异哭叫的孙海华，眼睛逐渐泛红，最后竟毫无顾忌地将手伸到了裤子里。

樊秋水泛起了强烈的恶心。这是怎样一幅变态的画面？孙海华在崩溃哭叫，徐奔在她诡异瘆人的叫声中手淫，面目都兴奋得扭曲了，无比专注地凝视着她，孙海华崭新的诡异症状完全取悦了徐奔。

十几分钟前，徐奔以换音乐为由把孙海华骗到了录音室，她发病之前是商场播音员，熟悉设备。孙海华有点警惕，但他说是为了安抚俞晓红和祝离，给她们准备惊喜。孙海华还是进来了，所有人都喝了不少，只有她滴酒未沾，谨慎得仿佛生怕酒后会暴露出什么。

进去后徐奔就锁上了门，孙海华对徐奔突然毫不伪装的状态感到惊讶不已，但她连惊讶都很安静，小嘴张圆，里面是让人想一探究竟的黝黑隧道。

徐奔没有立刻做什么，他对孙海华一直是喜爱的，她就像他亲手制作的木雕里最满意的一个。正因为喜爱，他迟迟没下手完成最后一步：烫蜡。用上等的蜂蜡擦涂，提升木头的光泽度和湿度交换能力，让木质的天然纹理得以留存，成为历久弥新的工艺品。但在成形的那一刻，它也作为一根真正的木头死去了。

他尤其喜欢烫蜡的过程，一点一点，将活物变成一颗琥珀。越是喜欢的木雕，越怕烫蜡不够隆重，死亡的过程不够享受。他便心痒难耐地看着，等一个时机。

此刻，喝了酒的徐奔眼前有色彩在飞，孙海华变成了一只可爱的古印加木雕，就是现在了，他的心脏怦怦跳动，时机到了，他要给他最爱的木雕烫蜡。

"小华，你现在就很好，不需要改变什么，不需要会说话，人类的话语本来就是不幸的源头，不会说话，是上天给的天赋啊。

"放轻松，这里没人会指责你，外面剥夺你的还不够多吗？不要再惩罚自己，以你最真实的样子感受快乐不好吗？

"我只是向你索要一个小小的契约，我给了你新家园，你该给我什么？我们是依偎在一起的难民啊，没人比我更懂你的痛苦了。"

他把他可爱的小木雕逼退到了桌旁，使她无路可退，他露出满意的笑容："你为重回人间做的每一丝努力，对人间来说都一文不值。留在这儿吧，只有我是疼你的，连你的疮疤一起疼。"

孙海华挣扎得很厉害，但她无法开口，这无声的挣扎对徐奔构不成任何威胁，甚至很合他意，这才更符合他对死亡过程的审美，他真是喜欢她啊，这种无声的绝望让他激动到战栗。

他正要将她剥开，头顶突然落下一阵让人耳鸣的婴儿啼哭声。徐奔瞬间跳了起来，心脏都要吓得停跳了。他发现是孙海华在叫，本来小巧可爱的嘴，此刻成了幽深的小黑洞，狰狞地发出了令人胆寒的诡异声音。

怎么回事？孙海华不是失语吗？他还没反应过来，门就被踢开了，人和光一起冲了进来，徐奔被一脚踹到了墙角。

这脚很用力，他浑身骨头都在痛，可他却顾不上这些，直勾勾地盯着孙海华。这瘆人的声音是她的新症状吗？看她痛苦崩溃的模样，那幽暗的、张得巨大的嘴，仿佛圣母马利亚在吟唱，那婴儿的啼哭声有多可怕，症状有多诡异，在徐奔的眼里就有多迷人，他的脑中竟奏起了《安魂曲》,神怒之日的篇章。徐奔起反应了,他恨极了自己这种为痛苦高潮的特质,但他控制不了,他把手伸到裤子里,握住了那个短小、残缺、丑陋的,需要用痛苦灌溉的东西。

神啊,赐予他安宁吧。

顾问骞赶到录音室,眼前的场景只让他顿了一瞬。他瞥了眼墙角狼狈纵欲的人,快步走到司罕身旁。"怎么回事?"

司罕把自己的猜测大致讲了一下。顾问骞看着因为力竭而哭声渐弱的孙海华,道:"她在伪装失语?"

司罕道:"应该是不得已的,她在症状发作期间不想发出这种动静,只能闭嘴当哑巴了。"

顾问骞思索片刻,忽然问:"孙海华之前是在哪家商场做播音员?"

樊秋水走过来道:"滨海西路的泰乐商场,她发病之后就被调去仓库了。"

顾问骞沉默片刻,道:"那她的症状我可能是知道的。"

滨海西路的这家商场,有一阵子在播音时,总会突然爆发出诡异的婴儿哭声,那个声音非常奇特规律,一开始顾客们以为是走失婴儿播报,但又没有具体信息,随着次数增多,这声音又过分规律诡异,顾客们都放弃了这个想法,觉得是灵异事件,还报了警。

那家商场被人扒出历史,那里在民国时期是个育婴堂,接收乱世中各地被父母遗弃而流离失所的孩子,"二战"后这里成了童尸乱葬岗。有传言说后来在这里建造的商场夜里会出现孩童的身影,无人的儿童乐园总会莫名其妙一片狼藉。十年前那家商场在申城是很有名的都市传说发生地,每晚结束营业后,都会循环播放一首歌《宝贝对不起》,说是借此安抚死者,但它很快倒闭了。新建的商场就是孙海华工作的泰乐,那时传说已经远去,直到三年前新商场被人报警说播音时有婴儿哭声,传言才又被人提起。

顾问骞没参与这件事,这种民事事件都是基层民警处理的,但因为传言多,他也听了几耳朵,其实什么事都没有,是商场播音员有疾病,播音时不自觉发出来婴儿哭声,后来怎么处理的他不知道,可能把那播音员开除了吧。但他现在知道了,是转岗了,转去仓库了,那个播音员应该就是孙海华。

司罕和樊秋水听完,一时没说话。孙海华的叫声越来越轻了,她没力气叫了,这样声嘶力竭地喊叫是极其耗费体力的,可能会导致脑缺氧。她的嘴还是顽固地张着,让那规律的两长一短的啼哭声即使再微弱也还在持续着。

门口进来了一个人,是祝离。她似乎是跑上来的,气喘吁吁,面色惨白,浑身都随呼吸一起剧烈颤动,那条跛着的腿似乎更跛了,那只震颤的手似乎更震颤了。她一进来,哪里都没看,目光如鹰般锁住了发出诡异声音的人,孙海华。

祝离走了过来,短短几步,走得无比艰难。司罕立马给她让路,现在孙海华极需要信任的女性来安抚。

他还没迈开步子,身旁突然刮过一阵凌厉的风,祝离居然冲了过去,拖着那孱弱不堪的身体,一把揪住了孙海华,目光爆发出了他从未见过的怒意和震撼,问:"你……你怎么会知道这个哭声?"

婴儿啼哭声骤然止住了,像它毫无预警地爆发一般,毫无预警地停息了。孙海华涣散的眼神聚焦,落在祝离的脸上,目光逐渐清澈,恐惧缓缓填满瞳孔。这种恐惧,甚至比徐奔要侵犯她时还要剧烈,她想逃跑,却不知祝离哪儿来的力气,死死抓着她,让她一步都动不了,像只待宰羔羊般稳稳落在屠夫手里。

祝离从孙海华的眼神中确认了什么,凶狠地瞪着她,声嘶力竭道:"是你,是你!那个孩子在哪里?你把他藏在了哪里?!"

04
她是个罪人

故事要重新说过。

六年前，市三院地下三层停车库里发生了一起恶性交通肇事案。幸得一个下班的医生路过及时救助，受害者虽然失去了孩子和右小腿，但保住了性命，这个医生受到了褒赞。

医生名叫李怀儒，是祝离的丈夫。

当她接到那个电话，浑浑噩噩地避开人进入医院监控室时，她的脑子都还是蒙的。她始终记不清一切是怎么发生的，她在人生的前三十三年，从未做过违法乱纪之事，但在那时，意识好像短暂地飞走了，只有情绪保留了下来，在回忆中被反复提炼、放大——冷静，她那时无比冷静，贯穿那十分钟作案过程的，只有一个念头：她不能被他拖下地狱。

她至今不知道当时是怎么想到录下视频的。这不是对李怀儒作案的留证，而是对她自己作案的留证。

她早就在地狱中了。

李怀儒比她小一岁，是八年制本博连读的医学生。入职之前祝离就认识他了，李怀儒因为科研项目需要，在校时曾来市三院实习过半年，对截肢的临床患者进行神经型机械义肢的测试，研究大脑和机械义肢之间的感官传导和控制。那时他才二十四岁，祝离和他同科室，经常和他交接班。

祝离那时就觉得李怀儒是她见过的最聪明的人,有望在三十岁前升上副主任医师。护士是能判断一个医生厉不厉害的,他们和医生交往最密切,在患者和医生之间处理着无数指令。

祝离见过很多被吹上天的专家却在患者事宜上指令冗杂,执行迟缓,让护士徒增无数工作。而和李怀儒搭档值班时,她感到轻松。彼时才二十四岁的青年有着远超年龄的成熟,无论是过硬的技术,还是人文关怀,都不像个新人,在市三院规培两年的医生,都未必有他处事高效。

但这不是说他什么事都能办成,医生是与失败为伍的职业,对生命的无力是时常会有的。可李怀儒似乎无论面对什么极端情况,情绪都很稳定。她见过他刚跟了一台患者被宣布死亡的手术,主刀医师出来后一直沉默,他却转身就能去病房逗一个失去左臂的孩子笑。

那是他第一次跟手术,这样的素质太适合做医生了。彼时对他还有好感的祝离只这样觉得。

李怀儒对她挺好的。他对所有人都挺好的,但他是第一个发现她在偷偷学习的人。祝离是羞耻的,她读的是医学生的专业书,里面有大量的英文原版书,她根本啃不动,班门弄斧地堆着。

她难堪地想解释,但没有辩解的口才。她极度内向,灵魂和身体都孤僻,家里人形容她像一只没声的无头苍蝇,头被她自个儿拧下来了,也能活,活不久,到处蹿。但无头苍蝇还会嗡哇乱振,她连声都没有。后来长大了,她觉得这个形容挺对,她一直活在临死之时。

远离家乡来到大城市是为了改变形象,她在电视剧里看到过,人换了环境,在无人认识的地方,能以任何性格重新开始生活。灰姑娘穿上水晶鞋就变公主了吗?不是的,是因为去了皇宫,去了不会让人怀疑她真实身份的地方,她可以尽情地扮演,没有扫把会突然落在她的裙摆上。

但五年过去,她没有变化,甚至更自闭了。她发现了一个绝望的真相,扫把是她自己,换什么裙子,去什么地方都没用。她的人生就和名字一样,祝离,永远在祝愿和离别,而无立身之处。她父亲取名时,就是希望女娃离开，来个儿子。

　　李怀儒停留在她恨不得去死的尴尬里，什么都没说，而是拿过她的书，分类、折页、画线，按照难度排序，告诉她这样读会轻松点，还帮她修正了书单，又拓展了几本书。

　　祝离更觉得羞耻了。她不会感激，只会怨恨。明明可以当没看到，却非要来拆穿她。知识分子总把优越感当涵养使。

　　但她脱口而出的，却是自己都始料未及的机关枪一般的倾诉。她说她不知道读来做什么，就是想再读点书，不是说读书改变命运吗？虽然这辈子是没什么希望了。

　　她像麦穗脱粒一样，大把抖落她熟透了的怨念。她不想把氛围弄得更尴尬，把自己弄得更难堪，但她无法控制，她好像天生就知道怎么糟蹋自己。

　　李怀儒是真有涵养，听完了她一整个小时神经质的抱怨，却没表现出任何不耐烦。连她父母都从未有过这般耐心，愿意接住她所有的话。哪儿有人天生不爱讲话？不过是没人听就不讲了，渐渐地，世界上就多了个无关紧要的哑巴。

　　在那一个小时里，她有一种超然的高峰体验，她曾在哪本盗版经书上看到过"宇宙母亲"这个词，当时不理解，此刻却莫名想起了。这个人全神贯注地接纳了她。

　　后来每当她想起这个下午，这一个小时，所有的痛苦就好像有了出处，又能忍了。想来，她的地狱就是从这一个小时开始的。

　　李怀儒认真听完她的抱怨，思索后，反馈道："你要不要去考麻醉护理？市三院有麻醉护士的岗位，可能会适合你。"

　　麻醉护理，一个新兴的麻醉和护理的交叉学科。随着医院对麻醉事宜的需求增多，麻醉师又始终供不应求，麻醉护士应运而生，负责管理维护麻醉器具和药品，辅助麻醉师进行手术麻醉工作，记录、监测、报告，处理PACU[1]的拔管苏醒，是护理考研的方向之一。

---

[1] 麻醉苏醒室。——编者注

国内只有部分三甲医院配备了麻醉护士岗位，市三院是其中之一。李怀儒觉得，这个岗位既能满足她对学习深造的需求，从职业生涯考虑也有相当大的发展空间。

就这么一个随口的建议，改变了祝离的命运，她真的去考了麻醉护理。

不是为自己，是为李怀儒。她当下甚至想把这个建议刻在墓志铭上，她的人生没有陆地，这个人给了方向，她就头破血流地走到底，摘下终点的旗帜，作为虔诚之礼献给他。也为了她的沦陷。她要展现给李怀儒一个因为他的两句话而改变人生的女人，不图什么，只是成为他优越感的一丝点缀。

短短几天，祝离像是变了个人，她变得无比开朗，前所未有地热爱说话，她的表达欲在那一个小时里被充分肯定了——连带着她的存在。

她才发现人的改变是瞬间的，仿佛前面的不变，也是对这一刻的谋划。像是上天突然给了她剧本，只要接住，照着角色演就行了，就能从一只临死的、没声的无头苍蝇，变成有目标的、积极阳光的、有旖旎盼头的女青年。

人一旦确认模板开始扮演，人生就顺理成章起来。

李怀儒结束神经型机械义肢的调研后返校，祝离想送他一条骨科领带。当时骨科私下盛行一种风气，给心仪的骨科医生送骨科领带，领带上的图案是颅骨、膝关节、脊柱、手腕等代表医生专研领域的部位。祝离要送的那条，图案是机械义肢。

但她没见到李怀儒的面。在她值班期间，李怀儒已经离开了。他们搭档了三个月，她只是一个他不需要告别的同事。

那天夜里，她在医院大门口站了很久，冷风吹到她感觉冻。同事经过，问她为什么在笑。没人听到她内心的瓢泼大雨中，那微小的鼓动的欲望。

再见到李怀儒，是在他博士毕业后入职市三院的时候，他主动申请进行两年规培再考主治医师。规培期间，他和祝离又碰上了，彼时的祝离已经是麻醉护士。李怀儒见到她后说的第一句话是："当时走得太急了，我等了你一会儿，看你在忙就没告别。你这两年过得好吗？"

祝离憋了两年的劲立刻松了。她以为他早忘了她，为重新自我介绍打了好几遍腹稿。

那条骨科领带，祝离还是送出去了，在迟到了两年后。她没想到，日后，这条领带成了绑她的凶器。

两人在一起，是在一个寻常的午后。

他们在为康复患者的病房布置绿植，祝离闲聊般问起他喜欢的类型。两年前，她还是只没声的无头苍蝇时，听护士们打趣问过，据说李怀儒喜欢阳光型的女生。

她现在浑然就是个阳光的话痨，演技已经纯熟，她彻底活成了角色，从前那个孤僻而不善言辞的女人仿佛从未存在过。她对这个形象足够自信了，才问出这个问题。

两年间，她被护士长安排过几场相亲，相亲对象中有医生，她坐在那人对面微笑时，心里想的是，一样是医生，为什么不可以是李怀儒？

从热爱说话开始，她发现人的欲望会随着话语量的扩张而增长，越是爱说话的人，想得到的，以为可以得到的，就会越多。

可李怀儒却道："谁说我喜欢阳光的？"

他在患者的房间放了一盆绿萝，说话时，在给绿萝的叶浇水。"我不喜欢阳光的，我喜欢背阴植物。"

就在那一刻，祝离觉得自己就是那盆绿萝，是那盆背阴植物。

她的"阳光"，在李怀儒这样的一句话里被析出真相，这让她强烈地悸动。李怀儒是知道她的本质的，她就是盆背阴植物，如此贴切。而他喜欢背阴植物。

表白的话就在那一刻脱口而出了。她怎会如此大胆？她没想这么快的。就像两年前被发现读医学生的专业书时，脱口而出的抱怨那样，冲动，不合时宜，麦穗脱粒。

李怀儒愣了片刻，而后笑了，很轻的一声，像是听到了什么极其离谱、好笑到让人忍俊不禁的话。

他不常笑，所以那一声笑，在祝离的记忆中一直格外清晰。他是对着绿萝笑的。

笑完，他转过头来，说了句"好啊"。轻易得祝离至今都觉得像个梦。

后来，很后来，在她被那条领带勒得一年四季都穿长袖高领衣服后，祝离才琢磨清了李怀儒当时那声笑的意思，他笑的是："啊，有人上赶着来送死，成全她吗？"

很长一段时间里，她却在那声笑里疯长了自尊，快乐极了。她一直把李怀儒娶她这件事看成扶贫。

三十岁，李怀儒升了副主任医师。他们结婚。

婚后，她才真正认识了李怀儒。她感到震撼，怎么会有人这么会装？

他可以晚上打她，白天爱她，可以温文尔雅地把针头送进她的身体，随后又哭着亲她，擦掉眼泪后一副什么事都没发生过的样子。他跟她说今晚加班，潜台词是晚上可以好好睡觉，他没空揍她。

她的演技，跟李怀儒相比完全不值一提。

李怀儒给她注射葡萄糖，说她太蠢了，大脑运转需要葡萄糖，想读书得多补充点。他说要把她扎成一个水娃。她也真的觉得自己身体里除了水，没别的了，被他一扎，就要漏光了。

她对注射产生了恐惧，而她的工作就是注射。明明是给病人注射，有时却在她身上产生了药物反应。有一次她甚至走神，把给患者的药换成了葡萄糖，被记了大过。她怀疑李怀儒这个手段是为她量身定制的。

她常年穿长袖，因为体内过量的葡萄糖，她得了静脉炎，手臂上、躯干上，都是针孔和注射后的肿块和红斑，她怕被人误会吸毒。她经常心律失常，发热腹胀。在检查出低钾血症后，祝离反抗了一次。李怀儒生气了，生气的不是她的反抗，而是她去体检。

"我是医生，你的身体是我的，我最了解，你为什么要去体检？"

李怀儒暴怒时是会笑的。那一次让祝离彻底失了反抗心。他给她打空气针。

她被绑在椅子上，抽一管空气，打进血管，再抽，再打。

少量的空气进入血管，会被身体吸收，但大量的空气进入血管，经过血液循环，会造成器官栓塞。祝离最清楚这一点，注射时排清针管内的气体是护士的必修课。

两人都清楚再打下去会发生什么，而李怀儒就这么打了下去，他让她猜先栓塞的会是哪个器官，如果是脑栓塞，脑梗死了，她就有理由解释她的蠢了。

祝离胡乱应着李怀儒的逼问，她每说出一个器官，就仿佛产生了相应的躯体感受，不知道是真实的痛多，还是因恐惧而幻想出来的痛多。它们交织在一起，那是祝离第一次出现意识解离症状，也是她之后那种罹患他人病症的躯体形式障碍的雏形。

那次先栓塞的是心肌。急性心肌梗死情况紧急，李怀儒却没把她就近送到三院，因为怕她身上的针孔、红斑和伤痕被同事发现。

他给她喂了硝酸甘油，吸了氧，绕路送她去了更远的医院。在她经过冠脉造影苏醒后，李怀儒正坐在床边削苹果，见她醒了，便笑着摸她的头道："记着，你现在欠我一条命。"

祝离说不出话来，恐惧终于战胜了虚幻的爱意，她后悔了。

她本以为李怀儒只是逼迫她告饶玩，像打葡萄糖时一样，但她错了，李怀儒是来真的，他当时是真想杀了她。她意识到了这个人比她想的还要恐怖。

祝离被这剂空气针打没了气，认命了，又变回了没声的无头苍蝇，在家里有多无声，在外面的声音就多大，像一种补偿，她越发话多，越发开朗了，同事们问她这么开心是不是喜讯将至，要有孩子了。

孩子？他们不会有孩子。婚前体检结果显示，祝离不孕不育。李怀儒还是娶她了，李怀儒对她是真爱。她抱着这样的信念忍受生活，她这样的人，一辈子遇到一个"真爱"的概率太低了，是要付出代价的，她这么告诉自己，恐怖就是代价。

祝离疑惑过李怀儒为什么会是这样的，她见过他的父母，都是知识分子，李怀儒出生于医学世家，父母和善开明，家庭环境优越，朋友都是有涵养的高知，他在成长过程中也没遭受过虐待。李怀儒为什么会是这样的？

就算是天生的，基因总是遗传父母的吧，他父母都好好的，怎么到他这里就成这样了？魔鬼也需要土壤培育，李怀儒根本没有这样的土壤。

她这么问时，李怀儒笑了很久，揶揄而冷漠的语气："基因突变了吧。

"知道 WHIM 综合征吗？

"人体有 32 亿对碱基序列，其中有一个字母出错了，就是这一个字母的变异，让 WHIM 综合征患者容易被人乳头瘤病毒感染，演变成癌症。"

李怀儒摊开祝离的手，抚摸她手上的针孔，顺着静脉往上摸。

"这么微小的一个基因变异，就能造成一个人的毁灭。基因是遗传父母的？你知道在遗传的过程中可能发生多少突变吗？是那一个字母的几倍，几十倍，几百倍。不要去考虑什么土壤，土壤本身就经不住细看。"

祝离想起了婚检后李怀儒对她说的话。他说："我就是喜欢你不孕不育，我并不想让我的基因流传下去。"

她当时还以为这是他安慰她的说辞，现在想来是真的。她才明白过来，李怀儒要的从来都不是什么积极阳光健康的女青年，他要的就是一只没声的无头的临死的苍蝇。

祝离在家更安静了，她扮演回了那只苍蝇。

李怀儒说她其实是在救世人，那些病人好好地从他的诊室离开了，要归功于祝离在家里让他发泄了。她是菩萨，是耶稣啊，耶稣就是要替人受难的。

冠冕堂皇的话一句接一句，他好像知道无论说什么，无论说的话多离谱，只要给这个女人一个解释，她就能熬下去。他知道这些软弱的人的本质，她们是靠惯性活着的生物，给她们制定惯性就可以了。

祝离真的接受了这种惯性，她和魔鬼共存，和魔鬼讨论魔鬼为什么是魔鬼。她把这段关系想象成美女和野兽，她要当拯救野兽的美女。

她当时脑子里大概真的全是水。不是他在给她理由，是她在给自己理由。

两人的婚姻土崩瓦解是在六年前,他们婚后的第三年,那段时间李怀儒突然变得暴躁。

他是个惯会伪装自己的人,心态非常稳定,人前人后都会保持温和,只有在施虐时会释放一点点的躁郁。那种明面上的暴躁就显得异常,但祝离也顾不上探究魔鬼为什么基因突变了,又是哪一个碱基字母在作祟,她忙于评麻醉护士长的职称。最多再过两年,李怀儒一定能升主任医师了,她不能差得太远,不能给他更多借口打葡萄糖。最近李怀儒的施虐更频繁了,祝离是真的怕。

她不过是在收拾房间时,碰了他桌上的一支黄褐色的迷你手电筒,因为没见他拿出来过,好奇看了看,就被李怀儒打了一次空气针。

祝离开始躲他,为了专心评职称,不常回家了,她不能把时间浪费在挨打上,把精力浪费在克服李怀儒对她智力的贬低上。评上职称就会有越来越多的人注视她,她身上的异常,那些红斑和针眼迟早要被发现,她苦心经营了这么久的角色,不能毁于一旦。

李怀儒回家见不到人,就在电话里骂她,威胁她,甚至把她的教材撕了,将纸张叠成小人,四肢和头都与躯干分离,塞在她的工位上。她拿出来时,同事们吓了一跳,问她得罪了谁。祝离呆滞了很久。李怀儒从来不会把他那一套带到医院,可见这次是真的忍无可忍了,她意识到李怀儒是打算毁了她。

她第一次提了离婚,李怀儒回给她的是一声笑,和之前她表白时,他对着绿萝笑的那声一模一样。祝离忍受了这么长时间的恐怖暴力,都没有那一声笑带给她的伤害大。

李怀儒说再提一次离婚,他就让她变成那张五马分尸的纸。她是信的,她都相信李怀儒能把她挫骨扬灰,一点痕迹都不留下。没有人找得到她,也没有人会去找她。

感到恐怖的同时,她却松了口气,婚没离成。她也厌恶那样懦弱的自己。

那一天,李怀儒打来那个电话时,祝离其实并不讶异,她觉得迟早有这一天。婚后三年间,每当电话铃响时,她都怀疑是警方打来的,通知她丈夫犯罪了，让她过去。这事真的发生了，祝离反而感到踏实，悬而未决的恐怖最是恐怖，她早就想象了无数次丈夫入狱后，她要怎么作为一个罪犯的妻子被人审视。

她浑浑噩噩地从监控室出来后，却看到李怀儒推着伤者上来了。她在监控录像里见过这个女人，这个女人被李怀儒开车碾了两次。

平车很快从她眼前滑过，不知怎的，她产生了视错觉，总觉得那辆平车像只盘子，平车上奄奄一息的女人像个点心。她看见女人的脸变成了自己的脸。

祝离在那瞬间共感了这个女人，被相似的命运感慑住。她们都是被魔鬼选中的点心，是同一根不幸的茎上开出的两朵并蒂莲。她就是她啊。

俞晓红是从急诊室推过来的，情况复杂，她羊水已经破了，指数低于30mm，羊水减少到这个量，产科医生推测在车祸前就已经破了，被碾压时没有足够的羊水保护，不确定胎儿是否受到了其他损伤，胎盘也有下移的趋势，必须尽快剖宫产。而她在车祸中受的腿伤，经李怀儒判断是毁损性骨折、多处软组织挫伤和血管破裂，必须立刻截肢，否则局部的组织坏死会扩大蔓延，引起严重的并发症，危及生命。

当下来不及做详细的MDT[1]，李怀儒和妇产科医生很快下了判断，紧急叫麻醉师上去，直接做两个手术。先剖宫产，再截肢，截肢是李怀儒主刀。

祝离被叫进了手术室。麻醉师下午同时段有四个手术安排，俞晓红是临时加塞，他时间上匀不开，祝离这个麻醉护士要负责前期抽药，开通静脉通路，术中协助麻醉诱导和气管插管。给完药，麻醉师就得赶去下个手术室，术中和术后的生命体征监测由祝离来做。

她很熟练了，和麻醉师配合已有六年，这次也是麻醉师举荐祝离去评麻醉护士长的。但这次她却不敢进手术室，她不知道李怀儒要做什么，他让她删了监控录像，自己却把受害者救了上来，绝对不可能是什么怀着歉意的好心之举。

---

[1] 多学科会诊。——编者注

孩子剖出来，脐带绕颈，没有哭声，助产护士用了很多方法刺激他哭，都没有反应，孩子的面色发绀，显然在母体内就缺氧了，本就是早产儿，器官发育不完全，还不知道有没有因为撞击造成脏器损伤，再拖下去就危险了，肺泡再张不开，无法呼吸，就会窒息。

主刀医生正紧张地处理着俞晓红因胎盘下移而剖宫产后的大出血，眼看助产护士要放弃了，祝离忽然上前一步夺过了孩子，用手指拼命掐他的脚趾。新生儿的骨骼脆弱，祝离这劲，怕是能硬生生掐断趾骨。助产护士要阻止，祝离却躲开了，疯魔似的，抱着孩子死命掐。

好一会儿，孩子哭了，声音一开始很微弱，而后变得大声，变得撕心裂肺，仿佛在替手术台上的母亲哭。

但这孩子的哭声有些奇特，非常规律，两长一短。

助产护士没听过这样均匀的哭声，可能跟刚刚的呼吸道阻塞有关。她先是松了口气，上去接过孩子，想着得处理孩子脚上的掐伤，尽快送进保温箱插管，却又被祝离躲开了。祝离的眼神和身体姿态都极其防备。

助产护士一愣。这种神情，她见过几次，一些母亲在诞下孩子后，会无意识地呈现这种状态，那是本能的动物性，护犊，不准别人碰孩子。可这个下意识的状态，怎么会出现在祝离这个麻醉护士的脸上？一瞬间，助产护士甚至觉得，站在眼前的不是祝离，而是躺在手术台上的女人。

丈夫造了太多孽，自己又亲手删了监控，祝离不能再让这个孩子死在眼前。但在抢下孩子的那一刻，她分不清她是谁，她对俞晓红的共感达到了巅峰，那是无力的俞晓红，通过她的身体，在救活自己的儿子。

祝离警惕地避开助产护士，看着怀中哭声洪亮的孩子脚上，那道鲜红出血的掐痕。这里会留个疤，这个疤会随着这孩子长大而一起长大，是这孩子后天的胎记。

祝离的脚上也有这样一个疤。她出生时，也缺氧窒息过，父亲要放弃她，是当时刚生育完的母亲抢下她，死命掐她的脚，才把她掐哭了，她的脚趾因此凹陷了一块。随着她长大，疤痕变淡了一些，也变大了很多，很丑陋，李怀儒会在那个疤上打针，说她难看。

祝离却很喜欢那个丑陋的疤。在出生的那一刻，她也曾被短暂地爱过。对她来说，这道疤才是胎记。

此刻，看着孩子的伤口，祝离好像完成了她终其一生都不可能完成的使命——哺育。她的生命从那一刻起，流向了这个孩子。她延续下去了。

孩子是早产儿，又有缺氧情况，得放进保温箱。祝离魔怔似的不撒手，助产护士没办法，李怀儒便让祝离自己把孩子带去保温间，让她快去快回，盯下一场截肢手术的麻醉。

祝离去的时候，魂不守舍。李怀儒让她去，是让她找个借口去补充麻醉剂，手术中拿的剂量都有严格记录，她补充的部分不能被人发现。

手术室人多，李怀儒只偷偷说了一句"多备一点"，她就明白了，他要让俞晓红死在手术台上，以麻醉过量的形式。

俞晓红的情况紧急，术前来不及做麻醉评估，她只匆忙了解了病史和伤情，全套麻醉评估只能边进行手术，边通过体征监测来做。

目前不清楚俞晓红出车祸后，有没有出现脏器损伤等麻醉禁忌证，是不是过得了麻醉关，以及之前是否存在没发现的呼吸系统和心肺功能疾病，不可以做全麻。术前主任代签的风险同意书里，就列了麻醉死亡风险。

来不及做麻醉评估是一道口子，麻醉过量可以伪装成麻醉禁忌证并发症，反正做体征监测和评估的人是祝离，麻醉药品管理也是祝离负责。

这是多人参与的手术中，能把李怀儒择出去的方法，他不能在众目睽睽之下对术中患者做什么，但俞晓红必须死，他把人救上来，就没想让她活着出手术室，开口指认他。他显然计划好了，从把人救起，到即刻手术，代签风险同意书，打的就是一个在匆忙中投机的算盘。最多祝离被批一句监测不力，无法评麻醉护士长。她就算丢了工作也不可惜，李怀儒必然是这么想的。

祝离想明白时，只觉得心肝俱裂，先前最多是做帮凶删了监控录像，现在是要她去杀人。

但李怀儒让她删监控录像时的威胁还盘旋在耳边，他说他是不会一个人去监狱的，他哪里舍得她，他们到哪儿都要在一起，她跑不掉的，真要进去，他就先把她弄死，让她在下面等他。

天旋地转中，祝离产生了一个荒谬而可怕的念头：多年前那个下午，李怀儒建议她去考麻醉护理，是不是就为了这一天？他迟早会用到她。

她在极度崩溃下问出了口，却只得到了李怀儒不耐烦的轻声催促。"什么建议你考麻醉护理？你快点，不要被人发现。"

祝离愣住了，死死盯住李怀儒，在原地僵了很久。

他忘记了。

他不记得是他让她去考的麻醉护理。

他不记得那个下午。

走在路上，祝离甚至想笑。

她的苦难就是从那个下午开始的，她的沦陷，她的献祭，她乏善可陈的人生中第一个降临的角色，她为了那短暂的一个下午，投进去了不知多少沉没成本，与魔鬼共舞。可李怀儒原来压根没记上。

这比预谋更让祝离崩溃。这个真相把她这几年付之一炬，她突然不知道自己为什么活着。爱情没了，又做了帮凶，麻醉护士长也评不成了，她还剩什么？

怀中的孩子动了一下，她的左心房被轻轻踢了一脚。祝离低头，看着这个只有两千克重的孩子，她看到了孩子脚上的伤。俞晓红死了，这个孩子是不是就没有妈了，她是不是可以拥有这个孩子？

回过神时，她发现自己正站在麻醉科药品室门前，和新生儿的保温间是两个方向。怀里的孩子又哭了起来，两长一短的哭声，奇特又高昂，好像在批判她，又好像在鼓励她。

到这一刻祝离发现，与魔鬼共舞久了，她自己可能也是魔鬼了。

祝离把孩子放在门口，自己进去，把门关上。至少不能在这个孩子面前做这种事。

拿麻醉剂时，她的手是抖的，拿一管，掉一管。等到终于拿齐，她想起了那张长得像盘子的平床,以及上面的长得像点心的女人。她一下子扔掉了手上的东西。李怀儒每次给她打针,是不是也像她现在这样,拿一管,拆一管?

她此刻像极了李怀儒,要去给和她一样的女人打针。她为什么要去迫害另一个自己?当她求救的时候,无人响应,没人比她更清楚绝望的滋味,但现在,她可以选择救另一个她。

祝离清醒过来,不再行动。到这时,她才发现门口的婴儿哭声不知何时停了。她立刻开门出去,那孩子不见了。祝离找遍了整个医院,都没有找到那个孩子,他好像凭空蒸发了。

她没有带回麻醉剂。李怀儒没有生气,似乎对此有所预料,反而安慰她不要慌,孩子丢了就丢了。祝离不明白他的意思,她觉得自己完蛋了,她居然把一个新生儿在医院弄丢了。

俞晓红的手术成功了,她失去了一条小腿和一个孩子,她被告知,孩子因为车祸受了重伤,剖出来时就是个死胎。

祝离是蒙的,她不明白为什么所有人都口径一致了,那天在手术室的四个医生和四个护士,都默认了这个说法,仿佛亲眼见过一个死胎。

李怀儒说,医院的停车库已经发生了交通肇事案,要是再在院内发生新生儿失踪案,医院的名誉会打折扣,甚至会被追究法律责任,到时候所有参与手术的医生和护士都要遭殃,没人想担这个责。本来俞晓红伤得这么重,那孩子死了才正常,是祝离多此一举把孩子救活的,孩子也根本活不久。

祝离觉得李怀儒疯了,这怎么可能行得通?医院的监控拍到了她抱着孩子,院长会知道的,院长会查的。

李怀儒说这就是院长的意思,让她去把所有拍到孩子的监控录像都删掉。

祝离不知道他是什么时候跟院长说的,是怎么说通的,这太荒唐了。更荒唐的是,她当时太害怕了,真的去把所有拍到孩子的监控录像都删除了。

这个孩子,从社会意义上,真的消失了。

几天后，警方抓到了逃逸的肇事者，带来给俞晓红指认。祝离心惊肉跳地赶去看，看到的却是一个陌生的面孔。这个人是来自首的。

祝离恍惚极了。拍下李怀儒作案过程的监控录像被她删了，新的凶手自己出现了，能证明孩子存活的监控录像被她删了，所有人都做证说孩子剖出来时就已经死亡了。好像一切本来就是这个样子的，她的丈夫没有肇事，那孩子本来就是死的，祝离经历的所有事都是幻觉，她听到的两长一短的哭声，她抱在怀中的重量，她掐出血的那个脚伤，孩子轻轻踢她的那一下，全是幻觉。

只有她当时失神录下的那段监控录像，能证明事情真的发生过，但当只有她一个人活在真实里时，真实就变成虚幻了。

李怀儒因为及时救人的行为，让俞晓红活了下来，被网友褒奖，收到了锦旗。祝离继续评麻醉护士长的职称，那天手术室的其他几人匆忙而平淡地过着日子。

他们中竟没有人为一个女人失去的小腿和失去的孩子付出代价，全都活得好好的。

她这才发现，比打针还恐怖的事情，是太平。

祝离的精神状态每况愈下，她没敢去见苏醒后的俞晓红。她的身体里出现了一个黑洞，拼命吸纳着所有人的苦痛，她开始共感她见过的所有患者，患上他们的疾病，把自己折腾得苦不堪言。

她把对俞晓红的愧疚，投射到了所有患者身上。

她可以做李怀儒口中的耶稣了，模仿耶稣的耶稣。

到她病到无法再在医院工作后，她离职了。

离职那天，她穿上了李怀儒以前给她买的裙子，化了妆，约了李怀儒回家吃饭。餐桌上一道菜都没有，只有一份离婚协议书。李怀儒没当回事，有些不耐烦地提醒她是不是忘了，提离婚，他会让她死。

祝离道："我今天去报警了，什么都还没说，和警方约了明天早上说，你现在和我去登记离婚，我明天什么都不会说，如果我明早没有去，他们会找来家里，找到你。"

李怀儒正眼看向了她。他已经很久没有正眼看她了。

"离婚之后,我不会再去警局,不会威胁到你,你了解我,这世界上我最害怕你,我对你做的任何承诺,都是为了保命,都是真的,你已经把我捏成了一只吓破胆的畜生,解开镣铐,我会逃跑,不会咬你。"

李怀儒沉默地看了她很久,像在看一个新认识的人。半晌,他轻轻笑了笑道:"不是你想做我的背阴植物的吗?"

他的表情,似乎是真的对这个事情不明白,有疑问。孩子般天真又残忍的疑问。

到这时了,祝离发现她还是会痛,这就是李怀儒啊,没有常人的情感,也没有常人对情感的领悟。他从来没明白过祝离,没明白过这段关系,她在他眼里就是个自己送到嘴边的点心,活该被他嚼烂,到头来还埋怨她不守约定。

李怀儒没有感情。她试图拯救他的那几年,现在想来,真是笑话。

他们去登记离婚了。

祝离没有去报警,她不知道李怀儒有没有信她蹩脚的说法。她也不在乎他信不信,祝离没想过能躲过李怀儒的报复,她做好了李怀儒随时来杀她的准备。她以前活着的唯一用处,是被李怀儒折磨,现在她对他没用了,甚至还会威胁到他了,他不会放过自己的。

离婚,她只是想赤条条地去死,不被套在任何关系里,不寄生于任何人。她前半生就是太渴望奇迹了。奇迹是一个女人最大的陷阱。

一天两天,一月两月,一年两年,李怀儒没有来找她。她至今不知道为什么李怀儒放过她了。

祝离离开医院后,在外面流浪了一阵,遇到每个被抱在怀里、推在车里的婴儿,都要仔细去看,她在任何犄角旮旯停留,甚至会翻垃圾桶,看有没有一个脚上有疤的孩子。

她想也许那孩子早就死了,她要找他,也得去死路上找。

有一天,她路过一家新开的精神互助中心,模样很不着调,门口贴着招聘广告。她发现成立互助中心的是个熟人,市三院的前任院长。俞晓红一事,因为肇事者的特殊原因,在网上引起了热议,医院声誉受到影响,院长还是受到了波及,引咎辞职。

祝离想，他罢任后来这里，开了这么个落魄的精神互助中心，是不是和她一样，也是为了赎内心的罪？他也参与甚至主导了抹掉俞晓红孩子存在的事，这也许不是他第一次这么做。

祝离揭下招聘广告，进去了，院长没认出她来。市三院那么大，院长哪里会记得她一个小护士？

这个地方叫红日，很适合他们两个坐牢，祝离想，至少还能做个伴。

孙海华的孩子在她怀孕六个月的时候胎停育了。引产后，她的肚子还是大的，她总觉得那孩子还在肚子里，还在生长。那天，她本来是打算去死的。她出现了产后抑郁，前夫嘲讽她："别人那是产后抑郁，你产了吗？"

她慢慢地爬楼梯，挺着肚子，走一个台阶，摸一下肚子，好像在教肚里的孩子感受楼梯。这将是"它"最后对世界的感受了。

她会在楼梯的尽头跳下去。要给这家医院添麻烦了，她想。她也想找个僻静无人的地方去死，可走不动了。

不知道爬到哪一层了，浑浑噩噩中，孙海华听到一阵奇特的婴儿哭声，两长一短，缥缥缈缈的。她不确定那是不是幻听，是不是她死去的孩子在拉她。

孙海华顺着那阵哭声走去，哭声的源头真是一个孩子，一个刚出生的孩子。她把孩子抱走了。神奇的是，抱走孩子后，孙海华的肚子瘪了下去。怀中的孩子，像是她生出来的一样。

她给他取了胎停育的那个孩子的名字。

红日，录音室。

听完孙海华因"失语症"而断断续续的言语，祝离愣了片刻，而后急不可耐地问："那孩子是小空吗？"

孙海华默认了。

祝离的表情瞬息万变。原本以为消失了的孩子不仅没消失，还好好地长大了，现在就在她眼皮底下，还吃过她烧的饭。祝离想大哭一场，又有一箩筐的疑问:"当时他刚出生,才两千克的早产儿,器官都没全发育好,没放进保温箱,是怎么活下来的?他的脏器有损伤吗?他那时还缺氧呢!"

祝离的时间仿佛停在了六年前,孩子的所有指标都历历在目。乍一说那孩子是小空,她即使接受了,脑子里浮现的,依然是当初那个纸一样脆的、浑身发绀的小婴儿。

孙海华说,她原本为她自己的孩子预约了一家私人医院,孩子胎停育后,那边也一直都没注销,她索性把小空带过去了,做了全面检查,放在那里养足月,后来上户口,也都是用的她原来那个死胎的身份。

祝离听得仔细,听孙海华是怎么把从鬼门关拉回来的孩子拉扯大的。她曾觉得她不会再相信奇迹了,奇迹是陷阱,但此刻,她又愿意相信了。

绷紧的弦一松,怒意就压不住了,祝离质问道:"你知道那是谁的孩子吗?你凭什么抱走,你自己没了孩子,你没想过你让这孩子的妈也没了孩子吗?!"

孙海华闻言,却没有露出祝离料想中的愧疚神色,连先前惊惧闪躲的状态都不见了,言语都顺了许多,似乎这个问题她已经思考过千万遍,表情都是漠然的。

"如果当时我没抱走孩子,你觉得他能平安快乐地长大吗?俞晓红一副疯了的怨妇样,她有能力照顾好孩子吗?小空能长成现在这样,是因为有我这个母亲。"她一贯恬静的面容显出一分尖锐。

祝离却怒笑了一声,瞪着她道:"你要是真这么觉得,怎么还会患上那种毛病?!你自己心里都过不去!别自欺欺人了!"

孙海华只维持了一瞬的高傲,就被这几句话打回原形。

先大哭的人是孙海华。她哭起来,还是两长一短的婴儿哭声,她已经不会正常地哭了。

祝离最初听到这哭声时,就都明白了,过不去,她们谁都没过去。她最清楚孙海华的强撑,她们都是来红日里坐牢的人。她们真正共享的秘密,是一份不可说的愧疚。

孙海华原本以为，孩子"失而复得"，她能好好活下去了。即使小空因为先天问题，和其他孩子不太一样，她也是满足的，那天是小空把她从死路上拉回来的。可就当她以为自己已经忘了小空是怎么来的，日子过得平淡顺遂时，有一天，她在商场做播报时，口中突然发出了这样的声音。

那时她才醒悟，自己对当初偷走了别人的孩子其实一直耿耿于怀，那段拯救了她的哭声，同样把她拴在了地狱。

她是个播音员，罪疚感用最残忍的方式剥夺了她的工作能力。但她第一次听到自己的嘴里发出这种声音时，没有慌张，反而是坦然的。只有她自己知道，无数次，当她捏着那支话筒时，总有股离奇的冲动，想大声宣告点什么。

病症替她喊了出来——她是个罪人，偷了一条"人命"。

但她不后悔。如果这是拥有小空的代价，她愿意如此。

她不敢让别人听到这种哭声，怕被怀疑到孩子头上，毕竟这哭声太独特了，万一有人听过呢。她也不敢去就医，怕深查，这种哭声的源头经不起查，每当发作时，她便闭口不言，伪装成间歇性失语症发作。

她甚至有意保持着这样的状态。她有种奇怪的感觉，好像只要她一直身患这疾病，就可以一直堂堂正正地拥有小空。她在支付代价，她在偿还"偷"，偿还到某一天，能赎清这份罪。在她的潜意识里，这是一种等价交换。

最初偷走孩子的那段时间，她关注过，市三院并没有曝出来谁家的孩子失踪了，她还心存侥幸，小空可能是被人扔掉的孩子。

在搜索消息时，她看到了当时网上热议的孕妇被精神病患者车碾，胎死截肢的新闻。不知怎的，她心头一跳，查了下日期，这个孕妇出车祸的那天，就是她偷走孩子的那天。孕妇当时是八个月身孕，孩子没死的话也是个早产儿。小空有先天缺陷，去私人医院检查时，医生说可能是孕期环境造成的，孩子在母体内就缺氧了，受过挤压，还问她怀孕时有没有严重磕碰过，这和那个孕妇被车碾的情况也对应上了。

孙海华越想越觉得很多细节吻合，但报道说那个孕妇的孩子死了。

孙海华自己都觉得荒唐，可怀疑的种子还是埋下了，可能因为她心里有鬼，便草木皆兵。

俞晓红的案子第一次开庭，孙海华去看了，她见到了坐在轮椅上的女人，只一眼，她就知道小空是俞晓红的孩子。三个月过去，孩子的五官长开了，和俞晓红太像了。庭后，她想过去找俞晓红，她想问，是不是把孩子扔了，对公众说孩子死了。她想讨一个名正言顺的身份，俞晓红不要的孩子，她要。但当她穿过人群，走到离俞晓红十米之处后，她的脚步无法再前进了。

这个距离下，她看清楚了俞晓红的眼睛。那不是眼睛，那是一对豁缝——长在脸上的豁缝，空洞，漆黑，深不见底。那样的眼神她很熟悉，自杀前，她在镜子里看到的就是那样的眼神。

孙海华立刻明白，不是俞晓红扔掉的孩子。她此刻不算活着，但凡有一根救命稻草，她都会抓住，她不可能扔掉孩子。

孙海华逃跑了，跑得远远的。意识到这点后，她再也不敢见俞晓红了。她终于明白，为什么小空丢了却没人找，是因为没人知道孩子丢了。他们都以为孩子死了，包括孩子的母亲。

这中间到底发生了什么？明明活着的孩子，被抱到了手术室外面，医院却告知家属孩子死了。她没有再去想，她对真相不好奇，也不敢好奇，就像她不敢多看俞晓红的那一对豁缝一样。

孙海华知道那时她若是告诉俞晓红那孩子还活着，俞晓红的眼神就会改变了，俞晓红就会得救了，可那样她就失去小空了。对不起，她不能说，她要把这个秘密带到棺材里。

为什么发生了这样匪夷所思的事？她后来想过一个解释，也许是冥冥中安排好的。这个孩子，是老天送她的礼物。这样想着，孙海华便心安理得地生活了下去，故意地，或者无意地，和小空一起度过的平淡日子让她渐渐忘了这孩子的由来。

直到那天，她哭出了遥远而熟悉的声音。那之后，孙海华不再躲避内心的愧疚，也避不开，她开始去思考当时匪夷所思的真相。

她一直关注着俞晓红的案子。案子判得很晚，但除了第一次开庭，俞晓红再没有出庭过。她辗转得知，俞晓红去精神病院了，哪个医院她不知道。她在申城所有的精神病院门口徘徊过，都没见到过俞晓红。

有时候她站在门口，会觉得这也是老天的指引，要她去看病，所以通过俞晓红把她带到了精神病院门前，但她从未进去过。

半年前的一天，孙海华带着小空去学校，猝不及防地遇到了俞晓红，她正控制着轮椅在街上走，突兀又显眼。

她什么时候出院的？她病好了吗？她为什么自己一个人在街上？无数问题蜂拥而至，又都顷刻消散。

她是迎面走过的，如果汗毛可见，那时孙海华的身体应该像只应激的猫，浑身的毛都是竖起的，她紧张极了，手足无措，脑子一片空白，只机械地按照惯性朝前走。小空和俞晓红擦肩而过了，他们没有认出对方，俞晓红根本没看小空。

孙海华说不清自己是什么心情，有一种巨大的幸存感，也有一种钝痛。这种钝痛是因为俞晓红。她没认出来。命运把孩子送回她面前了，她都没认出来。她不知道自己错过了什么。

把小空送去学校后，孙海华返回街上，很快找到了行动迟缓的俞晓红。她就这么看着，不自觉一路跟着，跟到了一个外观诡异的精神互助中心。

远远地，她看到俞晓红在笑，这是她第一次见到俞晓红的笑容，豁缝短暂地消失了，眼睛回来了，眼睛里是有光的。把她逗笑的是一个跛着脚的女人，大大咧咧地不知道在说些什么，手舞足蹈的，很费劲的样子，讲两句就大喘气。

明明身体一个比一个差，她们看起来却很快乐。

跛脚的女人推着俞晓红，从黑色的门进去了。

孙海华仰头，看了互助中心的名字很久。几天后，她辗转托人拿到了介绍信，踏入了红日，是从白色的门进去的。

孙海华把小空又带到了俞晓红的面前，所有她想象过可能发生的桥段都没有发生，这对母子即使面对面交谈了，也没有认出彼此。小空很害怕俞晓红的断肢,这让孙海华有种隐秘的快乐,好像她把孩子偷走,没让他在恐惧中长大,是对的。

再后来,红日来了两个安乐的人,其中爱笑的那个医生,随口提醒了她,说小空害怕俞晓红的断肢,是因为她害怕,她的情绪流到了小空身上。她在阻止小空接近俞晓红。孙海华被一语惊醒。她为什么来红日,她到底想不想让小空认回俞晓红?她其实自己都没想好到底要如何,她就像个在悬崖边试探的人,把人带来了,却不考虑后续,得过且过。

想当面赎罪也好,想试探小空的归属也好,她讲不清来红日的动机。也许她进红日跟小空关系不大,只是那天被这两个女人的笑容感染了,只是病久了,真的想治愈了,又或许只是那天的阳光太好了,让她真的看到了红日。

祝离听着孙海华在断续的婴儿哭声中的讲述,越发沉默。末了,她只问了一句不相干的:"你丈夫呢?"

在孙海华的故事中,丈夫和孩子父亲这个角色是缺失的。

孙海华的哭声顿住了,也只回了一句:"我怀孕的时候他出轨了,孩子没了就离婚了。"

听了这短短的一句话,祝离却觉得,她好像已经过完了孙海华的一生,这概括的也是她的人生,是俞晓红的人生。

良久,祝离上前,轻轻地抱住了孙海华。孙海华哭出了第一个人声。

没人再说话,司罕和顾问骞始终沉默着,樊秋水背对她们,不知道在想什么。徐奔不知道是何时离开的。

下楼的时候,红日的聚餐已经消停了,因为那阵诡异的婴儿哭声,没人再有心情吃喝,她们互相问着发生了什么,没人给她们答案。

祝离下楼后,第一件事是冲到小空面前,鲁莽又费力地脱了他右脚的鞋袜,在脚趾的中间看到一个明显的凹陷疤。祝离对着那个疤又哭又笑,一把抱住小空,鼻涕眼泪蹭了一大把。

小空感到不适,但没推开她。他不知道这个经常给他烧饭吃的阿姨又怎么了,她经常情绪大起大落的,小空也习惯了,抬起手,小大人那样拍了拍她,像是一个拥抱。祝离哭得更凶了。

俞晓红不明所以，看向孙海华，却见对方在笑，眼睛也是红的。

俞晓红只得把目光投向司罕，司罕也没回答她的疑问，只轻笑了一下："幻觉或许是直觉的一种过度体现，精神病患者，有时候也可能是预言家呢。"

等祝离冷静下来，和俞晓红交代了所有事，俞晓红的表情一直没有变化，好像在听其他人的故事。她一直觉得乐乐没死，乐乐真的没死。听完她蒙了好一会儿，第一眼不是去看小空，而是去看自己手腕上一直戴着的那个小玻璃瓶。她的眼神混沌极了，声音也是，有种雾蒙蒙的不真实感："孩子没死，那这是什么？"

俞晓红举起那个装有白色晶体粉末的玻璃瓶，又问了一遍："这是什么？"她是亲眼看着那个死胎火化的啊！这些粉末就是死胎燃烧后的残留物，这么多年来她一直随身佩戴，即使发病时坚定地认为乐乐没死，都没摘下来过。

所有人都一愣。顾问骞接过瓶子，打开闻了一下，问她："你当时看清楚火化物了？"

俞晓红没有立刻回答，本来笃定的答案，在这句问话下，变得不确定起来。

当年醒来后，得知孩子没了，她在最初痛不欲生的几天过去后，提出要去看那孩子，但被阻止了。引产的胎儿会作为医疗废物被处理，医院是不建议女性观看的，俞晓红的父母也不同意她去看，她那时的精神状态太不好了，看了会更崩溃。

俞晓红坚持要看，她无法只通过短短一句"孩子没了"就割舍怀了八个月的骨肉。她必须亲眼去看看从她身体里落下来的东西，不管它现在是什么。她闹了很久，最后是帮她截肢的那个主刀医师破例带她去看的，为此她感激了很久，李医生对她一直很耐心关怀。

去焚烧场的时候，死胎正在被处理，作为医疗器官在热解气化炉里进行焚烧，她只能远远站着看。李医生指给她，这会儿被丢进去的是她引产的死胎，俞晓红只能看到一个红彤彤的东西被丢了进去，她还来不及喊，就已经烧完了。

热解气化炉经过1100℃的高温焚烧，焚烧物的80%都汽化了，只留下20%的残留物——一些白色的晶体，是和其他医疗废物燃烧后混在一起的底渣。俞晓红从轮椅上跌下来，疯魔似的往焚烧炉爬，工作人员拗不过，才在处理底渣前，让她舀走一小勺留念——回去后被她装在一个小玻璃瓶里。

顾问骞听完，问："医疗器官焚烧，都是和成吨的医疗废物混在一起进行的，你为什么会看到一个单独的'器官'焚烧？"

俞晓红摇头道："我不知道，是李医生带我去看的。"

顾问骞沉默片刻，道："那只有一个可能，他是故意让你看的。"

一旁的樊秋水蹙眉骂了一句："这人是变态吗？"

俞晓红的表情还像先前那般混沌，比起小空这个大活人，她的惯性思维里，乐乐还是在这个小玻璃瓶里。

"那这是什么？"她又问了一遍。

"一只死猫。"

申城公安局总局，审讯室。

这是李怀儒被传唤来之后开口说的第一句话。他对姜河的这个问题感兴趣了。

"死猫？"

李怀儒抬头看着姜河，眼神很随意："我碾死的猫。"

姜河沉默片刻，道："你带俞晓红过去，用你碾死的猫，当成她引产的死胎给她看，图什么？"

李怀儒不说话，移开了视线，表情似乎在说，解释了你也不会懂，所以懒得解释。

姜河却盯着他幽幽道："看着俞晓红把死猫当自己的孩子哭，你会兴奋？"

李怀儒的目光转了回来。

姜河冷笑道："李怀儒，不要以为你很特殊，你这样的人，在这个房间里，我审过十七八个了。"

他知道反社会人格患者的脑唤醒程度低，往往需要更大的刺激来获得普通人能轻易获得的快感。比如常人逛个夜店就能达到唤醒，反社会人格患者需要杀个人才能获得同等的快感。他们的脑内奖惩机制错乱，对冒险之事趋近，所以会做出一些偏离道德的异常行为来获得刺激。

像李怀儒骗俞晓红观看焚烧，把俞晓红的虔诚和悲痛，置换到他碾死猫的残忍上，从而获得一种戏谑的嘲讽、隐秘的快感。

李怀儒开口了，他的表情很淡漠："兴奋谈不上，就是打发时间。"

"那什么会让你兴奋？开车碾俞晓红，还是给祝离打空气针？"姜河追问道。

闻言，李怀儒居然轻轻笑了笑，道："是她报的警？针还是打少了，没吓破胆。"

"李怀儒！"姜河喝了一声，没再给他偏离问话的机会，回到正题，"六年前你为什么要撞俞晓红？你看到她了，是故意撞过去的。"

"忘了，"李怀儒毫不在意地道，"你会记得你为什么踩死了一只蚂蚁？"

姜河沉默地看着他，没有回应这句明显的挑衅，半晌，忽然问："黄奇宏在你眼里是不是也是只蚂蚁？"

听到这个名字，李怀儒没说话。姜河把几张照片扔在他面前，是监狱里的黄奇宏，和李怀儒记忆中的一样，木讷，神经质，胆小，可笑。

"你知道他当时为什么反悔，没有听你的话去碾俞晓红吗？他甚至还出手阻止了你。他就是干这个的，你花钱买了他，他却违抗了你，生气吗？"

李怀儒的目光不变，似乎并不在意，但敲在照片上的手指却出卖了他的心思。

"黄奇宏的母亲流过产，黄奇宏之前有过一个哥哥，是个死胎，他听母亲描述过满地是血的流产现场。黄奇宏的母亲一直觉得黄奇宏得精神病是因为投错了胎，占了他哥哥的位置，这种说法让他始终有一种双生感，觉得自己和那个素未谋面的哥哥是一体的，所以当看到倒在血泊中大着肚子的俞晓红时,他没忍心。"

听完,李怀儒眼都没眨一下,嘴角有些许嘲讽。

"觉得可笑?就为了这么个虚无缥缈的理由。"姜河哼笑一声,目光逐渐冷淡,"你这样的人,大概永远想不明白,在自然界,蚂蚁才是最可怕的杀手。你这种胆小又肮脏的蠕虫,只敢挑落单的下手,但当它们集合起来,群体攻击时,你连渣都不会剩。"

李怀儒不语,他此刻坐在这里,好像已经印证了姜河的话。他就是被那群蚂蚁送进来的。但他不置可否,他还清楚记得车碾过俞晓红身体的摩擦感,他只对这个感兴趣,所有报复和惩罚,都抵不过那一刻。

可惜的是,他没能从头到尾地感受。

那一天,他在医院刚和祝离吵完架,他越来越不耐烦,这个女人越来越不听话。他烦躁地离开办公区坐上车时,手指在轻微抽搐,他压抑太久了。最近因为那些频繁的实验,他越来越无法自控,严重的暴力冲动控制障碍因持续的克制和压抑产生了应激,他此刻疯狂地想施虐,可祝离偏偏不回家,他渴望得精神都扭曲了。

就在这时,他看到车前出现了一只野猫,摔倒在地,是一只怀了孕的野猫。李怀儒专注地看了很久,他舔了舔唇,像是久旱逢甘霖,他毫不犹豫地开车撞了过去,碾压那只野猫。车速不快,他偏好凌迟多过腰斩。

还在医学院时,他就不喜欢解剖死物,他喜欢活的,睁着无辜的眼,不知死活地自己凑上来的活物。那样的眼神才让人有"食欲",有多天真,被屠时就有多痛苦。

他在学校喂养了许多猫,每天挑一只肥的,活剖。那些猫都蠢得很,给吃的就过来,自己送上来被摸,求着他剖。人也一样,女生们夸他心善时,没人知道他蹲在猫堆里,正挑着今晚的猎物。祝离也一样,自己送上来被剖的,他哪儿有不收的道理?

他有时候会不明白世界造物的机制,自然选择怎么会把这些不知死活的蠢货留下来?猫从选择被人类驯养开始,就没有自主活着的价值了,不如给他"加餐"。

但很快他又想明白了,他这样的人,也许就是造物主放出来清理冗余的。他始终相信,任何基因突变从自然角度来看都有意义,只是有些意义,像逆转录病毒一样,要等到合适的时机,有了合适的积累,才会突显出来。他已经算是提早获得神启的人了。

车碾过去,兴奋的李怀儒才意识到不对,这只怀孕的野猫太大了。

下车后,他看到那是个人,不是猫。第一反应不是慌张——为什么看到的猫变成了人,而是可惜他没有把这东西作为人碾过去。他忍耐了这么久没对人下手,终于下手,却被幻觉误了事。

之后他打电话求救,等来了黄奇宏。但这只羊太胆小了,让他第二次碾人的体验也不佳。

之后他看新闻,发现黄奇宏用了他的说法,说撞人是因为把她看成了一只猫。这段经历他在电话里讲过,控诉他们的实验后遗症,黄奇宏多半是听到了,这只脑子有病的羊可能真把那当成自己的经历了,也算是歪打正着。

李怀儒正神游着,突然看到面前审他的警察,拿出了一支熟悉的黄褐色迷你手电筒。

"你不记得俞晓红的事了,那这支从你家里搜出来的手电筒呢,还记得是哪儿来的吗?"姜河悠悠地问。

姜河克制着自己,语气尽量不显得急迫,但内心是激动的。这是三年来,除了顾问骞获得的那一支以外,他见到的唯一一支新的同类型手电筒,颜色还不同,这不只说明他们离已经没有线索的 Goat 终于更近了一步,也证明了顾问骞的猜测——这个买卖精神病患者用来替罪的组织,真的和 Goat 相关。这是个无比重大的线索。

从被传唤来时起就一直神情闲散八风不动的李怀儒,在看到这支迷你手电筒后,第一次露出了凝重之色,连坐姿都呈现出了防备。但任姜河怎么问,李怀儒都没再说一句话,他显然是认为这个手电筒牵扯到的事,比他自己的定罪量刑还重要得多。

姜河审了一天一夜,没有结果,但李怀儒犯的事已经够定罪了,羁押侯审。

通知顾问骞后,对方只交代了一件事,让姜河这次派武警警卫队看守,死盯李怀儒。这也是在保护他,防止马冬军不明不白死在看守所里的情况再出现。他们现在无比清楚,涉及 Goat,再怎么防范都不为过。

李怀儒进去后,红日的搜查令有了口子。

专项调查组始终没找到那六个失踪的女性精神病患者与红日有关的直接证据,而红日的患者们又都团结一致地否认徐奔私录一事,红日的搜查令迟迟批不下来。

红日的性质属于弱势群体的民间组织,上面也怕草率处理会落人口实。但李怀儒一案,徐奔是当年市三院咎离职的院长,可以作为涉案人员传讯,在这件事里做文章去批搜查令。

可顾问骞并没有感到轻松。姜河打来电话,说查清楚了,马冬军确实有精神病史,长达十年的躁郁症,首次入院治疗是在他儿子马晓明过世后一年,去的医院,是安乐,十年来都是安乐。

姜河说出"安乐"这两个字,电话里的两人同时沉默了,安乐,又是安乐。

马冬军的案子开庭前,人就在看守所离奇死亡了,如果开庭了,他是不是也会拿出精神病史来要求减刑?

姜河的心跳加速了,他觉得自己像在烧一根引线,不知道会烧到哪儿,不知道什么时候会突然爆炸,炸出个什么惊天怪物来。

洋葱游戏是 Goat 所为。马冬军有精神病史,他并不是开发洋葱游戏的人。也就是说真的存在一个精神病替罪组织。这些都进一步指向了那个可能:Goat 就是精神病替罪组织。

所以黄奇宏是一只 Goat,他被李怀儒买来替罪;马冬军可能也是一只 Goat,他为洋葱游戏的真凶替罪,那他是被谁买来的?

徐奔被传讯的那天,穿得齐整贵气,和在红日里那个表面和蔼清苦的志愿者形象截然不同。他是自己开车来的,开的是辆超跑,停在警局门前分外显眼。

顾问骞和司罕没跟着去,他们去了监狱,见黄奇宏。姜河说十几天来，与黄奇宏完全无法沟通，但凡问替罪相关的事，他什么都不说。

顾问骞说要带司罕去的时候，姜河是反对的，总局又不是找不到犯罪心理和精神科的在职顾问，已经请过三个去了，为什么要个编外人员参与？但他没敢问出口，顾队似乎对这个吊儿郎当的精神科医生有着特殊信任，那三个犯罪心理顾问确实也都无功而返了，只能死马当活马医了。

没成功，司罕也没能让黄奇宏开口。

全程黄奇宏的状态都像是解离的，他没有看司罕一眼，好像外界无论发生什么，都与他无关。

问了几个小时后，司罕放弃了，只对他说了一句："这里的监狱条件不错，你可以在里面研习技艺，玉雕、缝纫、绘画，学好了，出来会有工作，也许那时病也好了。"

黄奇宏看了司罕一眼，这是他入狱后，头一回正眼看人。

司罕说完那句就离开了，一旁开门的狱警一头雾水，他就听到了这最后一句，不明白这个新来的精神科顾问为什么要说这样的话。

上面说黄奇宏涉的是大案，问不出来谁都没好果子吃，光是看守保护都叫了一个武警警卫队，在监狱里都要这么看守，这阵仗他入职以来从没见过，之前来的三个顾问都眉头紧锁的，这个看着倒是轻松得很，该不会是在偷懒？似乎是察觉到了这个狱警的困惑，司罕还答了一句："他这个状态，看着像不像失业了？"

狱警愣在那儿，更迷惑了，这都哪儿跟哪儿？

司罕也没想等他回答，大步迈了出去。

黄奇宏的替罪行为已经被揭穿了，他再也无法靠这个生活，替罪组织显然会抛弃他，从某种角度来说，他确实是失业了。对他来说，重要的可能不是入狱，不是没完没了的审讯，不是雇主可能来杀他灭口，而是他失去了一个精神病患者能胜任的高薪高风险工作。

"职业替罪"，对那些买他的人来说，"替罪"是重点，但对他来说，对他们来说，"职业"才是重点。但这也许不是坏事，他在监狱里能做的工作，远比外面要多。

司罕走了几步,忽然停下,转向从刚才起就一直不说话,却能让人感受到其目光的顾问骞。"怎么,看我没撬动患者,觉得不适应?"

顾问骞不说话,也没移开视线,他对司罕好像一贯如此,冒犯也那么心安理得。

"顾警官可真看得起我,"司罕笑了笑,"我又不是神仙,哪儿能对每个患者都奏效?失败的案例多了去了,这还不算失败的,我曾经把患者惹毛到拿刀砍我呢。"

顾问骞没被逗到,而是一本正经地点头道:"知道,那个人还是我拦下来的。"

他举起右掌,上面有一道很淡的疤痕,是他在安乐做安保时留下的。"谢谢你给我添的疤。"

司罕乐了,抓住他的手仔细看了看,那道疤在掌中偏下的位置,切割了手相里的生命线,已经很淡了,好像快消失了,让人很想再补一刀上去,留住那道疤。

司罕放开顾问骞的手,往前走,没迈两步,后面传来顾问骞的声音:"不是患者。"

"嗯?"司罕回头。

"那是罪犯,不是患者。你总把他们叫患者。"

"这样不好,"顾问骞走到司罕跟前,面无表情道,"你离他们远一点。"

司罕愣在原地,迟迟没有跟上顾问骞离开的步伐。新鲜了,头一回,有人叫他一个精神科医生,远离精神病。

回去的路上,顾问骞接到姜河的电话,说徐奔脱逃了,被押送去看守所时,在警局门口跑的,上了他自己的超跑。

"怎么回事?你们没铐他?"

姜河气道:"铐了,那孙子把手骨弄断了,一声不吭,面不改色。直到他把人撞开逃跑的时候,我们才发现他已经一只手脱白了。"

"定位他的车了吗?走的什么路线?"

"是辆宾利,交通管理科去排查监控了。他跑得让人猝不及防,那车速，我们追了几个弯就没影了。小虎回局里开宝马了，但这会儿也难追了，只能靠排查拦截。"姜河骂了一声，催促着驾驶座上的警察开快点，"我说他怎么莫名其妙开超跑来接受审讯，这么招摇，合着早打算好了要跑，那他主动招供做什么？不招供的话，关他二十四个小时，也就放回去了。"

姜河一肚子气，他上任以来还没碰到过这种耻辱，人在他眼皮子底下跑了，还是在总局门口，这要是被人知道，警局指不定被骂成什么样呢，他这回少说也得挨个停职处分。

他本以为今天的审讯有场硬仗要打，结果却出奇地顺利，徐奔供认不讳。他承认私录坦白局录像，用来威胁女性患者发生关系，红日失踪的六个患者是他搞失踪的，当年医院隐瞒俞晓红孩子失踪的事是他授意的。

问他失踪的那六个患者在哪里，他都做了什么，他不回答；问他是不是跟患者的家属做了买卖，把那六个患者买走了，他不回答；问他是不是跟李怀儒很熟，知不知道替罪的事，他不回答。徐奔供认完之后就成了哑巴，问什么细节都不说。只有最后，记录员核对口供，提到红日的患者，问他："你对她们做了什么？"

徐奔开口了，说："烫蜡。"他的表情甚至有些痴迷。

徐奔的罪行涉及人口贩卖，是要直接押送看守所的，红日的搜查令也在当天批下来了，就在这还算顺利的当口，出了这样的事，姜河真想给自己一巴掌。

欧局一直在呼吁给警局换高性能车的事，一直没能落实，申城的警车依然以大众、丰田为主。国内交通管制严，开超跑逃逸的案例也少，可一旦碰上就很麻烦，总局里的日常用车，性能最好的，也就是辆奥迪A6了，至于宝马，那是基本不开的，就供在局里。碰上今天这样的事，还得去库里调车，这么点时间差就够那辆宾利跑出几条街了。

姜河繁杂的思绪被顾问骞冷漠的声音拉回："让交管科那边把路线传给我。"

姜河下意识想说传给你有什么用，你又追不上，还不如让交警去拦截,话没出口,一愣,不对,顾问骞还真可能追得上,用他那辆破悍马。姜河立刻头皮发麻,背都坐直了,咽了口唾沫道:"顾队,你别冲动啊。"

"报路线。"

姜河没办法,还是按照交管科查到的路线报了最新的预测路线。顾问骞是从南监狱回来的,此刻可能比小虎离那辆宾利近。

顾问骞"嗯"了一声,道:"你们配合交管科做拦截,他一只手脱臼了,不一定能开多快。"

姜河两眼一黑,又劝了两句,但那边已经没声了,电话没挂断,他都能听到顾问骞踩油门的动静,以及那句轻声的:"坐稳了。"

姜河一顿,立刻清了清嗓子,道:"司罕,你在旁边?"

"在。"说出这句话的时候,司罕是想吐的,顾问骞突然加速了,而且加得很离谱,他整个头都贴在椅背上了,身体有些难受,不自觉地抓牢了扶柄。这个"在"字,还是他尽量控制着声音说出来的。

姜河像是松了口气,语气却无比严肃:"那你听好了,如果你还想要命,顾队开得太快的话,你一定要阻止他。"

司罕蛮想笑的,他怎么阻止?学黄奇宏去抢方向盘吗?他现在一动都不敢动,顾问骞跟疯了似的,听到姜河的话,依然不为所动,把车子当飞机开,一路都是喇叭声,他把警灯拿出来拍在车顶了,完全不顾限速。

司罕瞥了眼驾驶座上的人,干笑一句,道:"顾警官,你是不是想岔了,你这是悍马,不是宝马,你撑死也追不上的。我们要相信科学,奇迹不会发生。"说到后面他声音都有些抖,再加速下去,他怕真没命了,悍马这么大的车身,到这速度,万一一个打漂,随时会爆胎,而且这也就是在车流多的地方,再往前,车流少了,这疯子估计还得加速。

顾问骞没理他,倒是电话里的姜河叹了口气,道:"他那不是一般的悍马。"一般的悍马实际能开到时速150千米算是顶天了,顾问骞这辆军用老版的,因为有装甲,更笨重,最高也就只能到时速135千米,还被他折腾出一身伤,可能比特警的剑齿虎还要慢。

但顾问骞前后几次找人改车,改进了四速自动变速箱,在外网交易网上蹲了几年买到一个二手 V12 引擎，最大输出功率能到 800 马力[1]，车身配的是单片锻造的铬制 10J×28 轮毂和 325/35R28 轮胎。为了适应高速，还配了运动悬挂，离地间隙调低了一百毫米，理论上时速能达到 280 千米，但是没人敢开到过这个速度，这在悍马警车改造里也是没有前例的，用于改造的钱完全可以去买辆新的。

谁也不明白顾问骞为什么对这辆破车这么执着，明明穷得叮当响，钱却全花在这车的改造和油钱上了。

司罕听完大惊，转头道："你真败家。"

顾问骞道："又不吃你家大米。"

司罕还想说什么，骤然憋回去了，顾问骞又加速了，这段路车流少了，他看到徐奔的车了。看到那辆宾利，也就明白交通管理科怎么排查得这么快了，徐奔压根不把限速放在眼里，一路超速，格外显眼，徐奔这是铁了心要跑。

两边已经传来了警笛声，但很快听不见了。顾问骞把警车甩开了，死追徐奔，司罕面色难看，已经改用双手拽着扶柄了。

姜河在电话里也急躁起来："顾队，你冷静点，你那车撑死也就能开到时速 240 千米，他真豁出去了要逃，你追不上，前面高速站已经在码人了。"

"他单手，这路况，时速上不了 250 千米，"顾问骞的声音听着分外冷静，"他不上高速，他在往郊区开。"

姜河一愣，赶紧低头看交管科更新的路线，再三确认没有要去郊区的预示。徐奔要逃出申城，必须过前面那个高速站，那是唯一的通路，交管指挥的大部分警车都码在那儿。他蹙眉问："你怎么知道？"

顾问骞没回答，只是默默踩着油门。司罕的耳朵开始不适，这么庞大稳健的车身也出现了一些抖动，颠得他有些恶心。那单调的显示着双螺旋模型的屏幕显示出了当前时速，超过 220 千米了，顾问骞还在加速。在前方的岔路口，徐奔的车真的没有上高速，而是拐进了通往郊区

---

[1] 原计量功率的单位。1 米制马力等于 0.735 千瓦。——编者注

的道，高速站码的警车都白码了，得重新调车，现在只有顾问骞的一辆悍马追着。

姜河面色凝重，这个关头作为警务人员，他不能阻止顾问骞去追，但他还是开口了："顾队，你是不是知道他要去哪儿？你别追了，小虎马上跟到了，你现在靠边停车，你不能再加速了！"

顾问骞没理会他，倒是司罕开口了："姜警官，你为什么要阻止他？他是警察，在追逃犯，开得再快，哪怕真的会出事，你也没有立场阻止，你为什么这么紧张？"

电话那头一顿，没说话，好半天才压低声音给了个理由："你还在车上。"

司罕没接茬，问道："他是不是以前开快出过事？"

电话那头再没出声。司罕蛮想点个头，表示自己知道了，但他实在动不了。他此刻浑身僵硬，也就剩嘴能动，时速超过230千米了，窗外的景色模糊了，什么都是一闪而过，他都不知道顾问骞是怎么看清两旁的车的，这得是什么动态视力？这时随便撞来只鸟，车都得完，他心都要跳到嗓子眼了。

但徐奔也在加速，他显然看到后面死追的悍马了。马上进入郊区路段了，车流量更少，两辆车咬得更紧了。

姜河看到交管科汇报的顾问骞的车速时，冷汗都下来了，但他不敢出声了，怕干扰顾问骞的注意力。这种时候，驾驶员分一点心都可能酿成大祸。

倒是司罕叫了出来，时速超过240千米时，车身抖动变得明显，车冒了点白烟，司罕叫道："顾问骞，你开这么快是不是想死，你想出事故？"

没得到回应，司罕忍着战栗，继续快速道："你是不是想自杀？又觉得这是懦夫行为，所以交给车，你想让这辆车把你杀了，你把这辆车当成了谁？车是谁的指代物！"

这段话把还在通话中的姜河给震到了，他良久没回过神，还是顾问骞带着怒意的声音把他叫回来的。

"闭嘴！"

司罕是闭嘴了，但车还在加速。顾问骞已经追到徐奔的车屁股了，这时候肯定是叫不停这疯子了，司罕绝望地闭上眼，默默祈祷老天把他那点可怜的运气分给顾问骞，车别出事。

就在车速逐渐接近 250 千米时，屏幕上的双螺旋结构突然转动起来，随即响起了一个温和沉静的成熟女声："顾问骞，减速。"

是这破悍马的车载 AI 系统。这个声音出现后，顾问骞破天荒地真的减速了，他已经追到徐奔了，两辆车齐头并进了，他却突然放弃了。那辆宾利瞬间从身边驶远，在视野中变得越来越小。

车逐渐减速的过程中，司罕是震惊的，他盯住那个转动的蓝绿色双螺旋结构，他记得这个车载 AI，叫安琪，安琪是谁？

司罕就坐在旁边，更知道顾问骞有多疯，姜河和他说什么都没用，可这个车载 AI 居然一句话就能让顾问骞减速，放弃快到手的罪犯，他就像突然被套上了紧箍咒，眼里出现了片刻的僵硬，很快妥协下来。

安琪是谁？录入这个声音的，是顾问骞的女朋友？他还真喜欢御姐啊。

刚经历了惊心动魄的追车，心率还没降下来，司罕就饶有兴致地盯起了这个车载系统，但它之后都没再开口过，好像刚才那句，真的只是个过速的车载警报。他坐了这么久顾问骞的车，却是在前不久才知道存在这样一个车载 AI，顾问骞平常为什么不用？它智能化的程度到底多高？刚刚那句"顾问骞"，他怎么好像听出了情绪？

姜河看着交管科发来的信息，顾问骞的车速降到了时速 150 千米，继续追着徐奔的方向去了，开到这里，姜河也知道徐奔要去哪儿了，他要回红日。姜河明白顾问骞为什么这么急了。冒着当逃犯的风险也要回去，徐奔很可能是要去销毁留在红日的什么证据。他为什么来接受审讯前不处理干净？

姜河又想到红日的地下室还关着一个女孩，徐奔也可能是回去带那女孩走的，更有可能是胁迫女孩当人质。如果真是这样，他们必须赶在徐奔之前到达红日。

姜河立刻联系了最近的区派出所，紧急朝红日出警。

05
红日

顾问骞到的时候，红日门口只有一辆宾利，徐奔先到了，派出所的片警还没到。他下了车就往红日疾冲，还是从白色的门进的。司罕紧追其后，但有点跟不上他的脚步，还是从红色的门进的。

一点没犹豫，顾问骞直奔通往地下室的黑门，到那儿时，果然发现门上的钥匙锁断了，电子锁开着。他拉开门正要下去，被司罕喊住了。司罕大步跑上来，先顾问骞一步下了阶梯，从口袋里掏出一支粉色的迷你手电筒，打开，照亮底下那个漆黑、不见底的楼梯。

"你不是怕黑，我走前面。"司罕喘着气，回头道。

顾问骞愣了一下，从追车以来一直严肃的面容出现了片刻迟钝，他甚至反应了一会儿。他不过是在坦白局上随口说了一句，自己都忘了，这人居然记得。照这人的性子，记得也该是为了调侃，可司罕的神情又很寻常，好像真的只是记起了一件需要注意的事而已。

顾问骞沉默了一会儿，上前拿走了司罕手里的粉色手电筒，走在了他前面。"早就不怕了。"

楼梯很长，顾问骞拔了颗纽扣扔下去，听了听声音，大概有十几米深。迷你手电筒聚光功能再优越，也不是战术照明灯，只能看清两米内的情况，他始终走在司罕前面一米。

下到楼梯的尽头，是一扇门，只有很厚的门框，没有门板，配有设备，司罕立马认出来："雾化消毒门。"

顾问骞让司罕退后，他掩着口鼻先进去，确认是常规的智能雾化消毒门，司罕才跟着进去。他们迈了两步就停了，眼前又是一扇门，这次是无菌门，已经被拉开了一小半，显然有人刚进去了。

司罕咕哝道："里面难道是个无菌室？"

两人迈进去后，司罕的话卡住了，他一瞬间都觉得自己走反了，沿楼梯往上走才是"进入"。

这是一个空旷的场所。司罕原本以为黑门下面是个地下室、密室之类的，但他天真了，这不是密室，这是个地下广场，漆黑，庞大，让人眼花缭乱。这个地下广场的面积可能有十几个红日那么大，摆放着许多器械，有超低温冰箱、液氮罐、移液器、离心机、PCR仪……还有很多叫不出名字的器械，东边的墙上是一大片超级计算机，占满整个墙壁，这是何等夸张的设备。地上的器械摆放非常凌乱，像是刚被洗劫过，所有器械都已经停工了，整个场所的电闸是拉掉的，没开灯，非常暗。

他们之所以能看清这里的情况，是靠分布在这个地下广场的几十个玻璃培养缸。这些培养缸里亮着颜色不同的灯，装着许多生物标本和器官，液体还在运动。电源好像是自供的，培养缸的大小各异，最大的缸有两个人那么高，里面是一只泡涨了的羊——他们姑且把它当成羊，最小的只能称作培养皿，只有巴掌大，里面是一些菌群。

这些培养缸分别打着红色和白色的光，在漆黑一片的地下广场里，像是一簇簇鬼火。培养缸里的生物标本，像在鬼火中灼烧，仿佛是这些死去的、残破的器官在照亮整个空间，看起来分外阴森。

顾问骞警惕地朝前走了起来，脚步逐渐加快，这里太大了，司罕紧跟着，路上踢到了几袋酵母，粉末沾到了衣角上。培养缸的红光和白光不时扫过疾走中的两人的脸，亮一下，没入黑暗，亮一下，没入黑暗。

两人开始越走越快，这里的氛围太压抑了，红光，白光，黑底，这三个配色让人不由得和上面的红日联系起来，这里就像个更大更原始的红日,拥有同样错综复杂的通路。

那个名叫红日的女孩,就生活在这样庞大的地下广场。她经过每个地方时,是不是都能感受到头上传来的活人的气息?那首《红日》能不能传到这幽深的地底?

司罕甚至一边跑一边产生了这样的感觉:地下广场的电闸拉了,为什么这些培养缸的灯亮着?是亮给他们看的。为什么要亮给他们看?就像红日里那些红白黑的门,是造给人看的,是徐奔要给他们看的。

红白黑,是徐奔所有的情绪。红色的愤怒、黑色的恐惧、白色的哀伤,他拥有这么多负面情绪,唯独没有快乐。红日的每一条曲折如沟壑的通道,都是他内心的深渊,是他循环的痛苦。一个人为什么要把自己日常生活的地方建造成这样?红日就是徐奔的象征,他们此刻仿佛永远都跑不完的地下广场,就是徐奔的精神世界。

走了好一会儿,顾问骞突然停了下来,司罕跟着停下,问他怎么了。顾问骞站定脚,往头顶看。"这个位置,是废弃游乐场的大门。"

顾不上诧异他精准得离谱的方向感,司罕一顿,回头看,他们已经跑出了好远,红日仅仅是废弃游乐场的一个鬼屋,而这个地下广场的空间,竟有一个游乐场那么大,红日渺小得仿佛只是一个通往地下广场的入口。

司罕蹙眉,脑中忽然一闪而过了什么,他看着四周的摆设道:"这是个大型的生物实验室。"

顾问骞立刻打电话给姜河:"你查一下,当初买下废弃游乐场这片地的人是谁,是不是徐奔。"

他们显然想到了同一件事。徐奔曾说过红日成立的历史,废弃游乐场本是被一个买家买下的,要造一个生物工程的工厂,但被周边的居民以环境噪声污染为由联名抵制,国土资源局便一直没批下项目用地预审书,工厂没造成,两边在拉锯,徐奔就趁着双方拉锯期,把红日这个游乐场鬼屋利用起来,办互助组。

但现在的场面说明一件事,这个工厂可能还是建造了,不在明面上,而是避开政府和居民的目光,以红日这个不起眼的公益场所做掩护，在它的地下开发，买家从一个大型工厂的老板，摇身一变，成了公益互助中心的组织者，红日只是这个地下工厂的入口。

如果这是真的，那也说通了，六年前市三院车祸一事其实影响没那么大，徐奔这个院长却主动从市三院引咎离职，来这里做互助中心，不是出于愧疚，他就是开拓了新业务，来运营工厂的。

两人一时都没说话，疾走导致的喘息声在过分安静的地下格外明显。他们的呼吸起伏，似乎与培养缸里液体的运动有种呼应。如果这是真的，那红日的几十个患者，都可能在不自知的情况下，为这个地下非法工厂打了掩护。

姜河的电话回得很快，接起来就听到三个字："是徐奔。"

猜测被印证了，两人都蹙起眉，气氛更凝重了。顾问骞朝四处望去，寻找徐奔的身影，但一无所获。他脱逃回到这大本营，是想做什么？

突然，空旷的地下广场响起一声刺耳的电磁干扰声，是从广播里传出的，许多个广播形成了环绕音，让人头皮发麻。紧接着是一声轰鸣，司罕没防备，双手紧紧捂住耳朵，依然觉得耳内刺痛，差点没站稳，是顾问骞扶住他的。

声音只持续了几秒就消失了，司罕有些眩晕，出现了耳鸣，听力都下降了。顾问骞的声音逐渐从模糊变得清晰。

"是震爆弹。"顾问骞面色凝重。这是一种非致命性警用武器，用巨大的声音让人短暂失去听力，从而失去行动力，用来震慑歹徒和控制人群骚乱。

司罕忍着眩晕导致的恶心，还有精力调侃一句："我现在知道'吃鸡'[1]的震爆弹只是游戏级别了。"

顾问骞道："这也不是真的震爆弹，是录音，这是录下来的震爆弹的声音，威力不足真的震爆弹的三成，不然你以为你现在还能听到我说话？"

---

[1] 指《和平精英》或《绝地求生》等战术竞技型射击类沙盒游戏。——编者注

"录音?"

顾问骞看向广场四周,光线很差,他并不能确定具体的广播位置,里面传出的环绕音还在继续,窸窸窣窣的,现在好像是几个人在跑步的动静,还有喘息声。

司罕也明白过来,地下广场的所有广播正在放一段录音,刚刚的震爆弹,是录音中的一个片段。

徐奔放的?他为什么要放?这是什么录音?

姜河的电话打了进来。刚刚因为震爆弹,忙乱中电话被挂掉了。

"怎么回事,震爆弹?"接起来就是姜河严肃的问话。

"人没事,是录音。"

姜河还想再说什么,广播里却突然传出了人声,似乎是几个人在疾跑中大喊。

"现在怎么办,跳不跳?前面就到底了。"

这是一个断续的青年男声,是喊出来的,似乎是被之前的震爆弹影响了,要扯着嗓子喊才能听到自己的声音。司罕没来得及意会,在听到这句话时,他看到顾问骞的脸瞬间煞白,表情是难以置信的。

广播里依然是持续的喘息和跑动声,跑动声中有鞋子踏在钢板上的动静,还有一些风声,混着哗哗的摇曳声。司罕也是听了会儿才听出来,那个哗哗的摇曳声,是水声,庞大的水声,起伏跌宕,但有规律,和风一起……广播里的录音是在海上录的?

"我……我怎么听到了老东的声音?"姜河在电话里道。向来讲话凌厉不客气的姜河,问出这话时却有不易察觉的颤抖。

没有人回应他,顾问骞僵直得像具尸体。

广播里传出了又一个人声,是另一个男性,他急促地喊了一句:"顾队!跳不跳?"

几秒后,一个沉稳而熟悉的声音响起:"跳!"

扑通几下先后入水的声音格外清晰,摇曳的海声更大了,录音设备在水中发出嗡鸣声,非常混乱,一会儿是水下的宁静,一会儿是出水后人声、水声和扑腾声的交杂。逐渐听不清里面的人在讲什么了,落水后的人好似陷入了某种巨大的恐慌，有什么东西过来了，紧接着是第一声撕心裂肺的惨叫，惨叫很快没了，人似是被拖到了水中，只剩剧烈起伏的水的动静，那极其短促的一声惨叫，让人只凭声音便在脑海中勾勒出了一幅难以言喻的恐怖画面。

短促的惨叫声又接连响起了三次，来自不同的人，而后是两声枪响。那枪声不慌不忙，好似在等着什么，有种戏弄的味道。而在那枪响之前，司罕捕捉到了混乱中，被水声掩盖的一声咆哮。司罕从来不知道这个人还能发出这样悲痛欲绝的声音，他在喊"东子"，喊声稍纵即逝，被水声淹没了。

太混乱了，只是听着，司罕都觉得头痛，刚才震爆弹的威力似乎延迟到这一刻才开始发作。司罕的头很痛，他甚至有点不敢去看顾问骞此时的表情，好像不看，就不存在一样。这个人正在被凌迟啊。

这段录音，是顾问骞既往的经历。应该是那种，只是轻轻点一下，都能将他挫骨扬灰的经历。

姜河也没再出过声。

广播里的录音结束于最后那两声枪响。昏暗的地下广场恢复了静谧，这静谧却仿佛有回音，越是静谧，刚才兵荒马乱的声音后效越是绵长，这份静谧都变得尖锐嘈杂起来。很快，广播里又传出一阵电磁干扰声，而后是一阵令人耳鸣的巨响，接着是跑动喘息的人声。

重播了。司罕愕然。广播重播了刚才那段录音，一遍又一遍。这摆明了是在折磨顾问骞。

顾问骞终于从僵直的状态中恢复过来，双眼骤然赤红，面目变得极其可怖，司罕能感受到他身上的气息收敛了，状态如鹰隼一般，环顾着四周，蓄势待发，他好像能嗅到猎物就在近处一样。

司罕也跟着环顾了起来，既然放录音是为了折磨顾问骞，那这个人必然正躲在近处，仔细欣赏着顾问骞最细微的痛苦反应。

这是他们下来后，离徐奔最近的一刻。

但这里光线太暗了，颜色鲜亮的培养缸把视野弄得混乱，司罕和先前一样什么都没找到。不过顾问骞的动态视力和他差别甚大，果然，几秒后,那人的目光停住了,盯着西南方向昏暗漆黑的空旷处。司罕顺着这目光看过去,果然在阴影中看到了一个人的轮廓,是徐奔。

徐奔发现自己被看到了,也不躲,似乎在气定神闲地等着,挑衅一般,配合着广播里传出的一句句对话和惨叫,对顾问骞形成一种扑面的嘲讽和鞭笞。

顾问骞身体前倾,已经要冲过去了,司罕能感受到他怒极,这个人好像越是愤怒,越是冷静。但这种冷静就像核裂变。司罕第一次学到链式反应时,就觉得它有种失控的冷静,每个原子核的裂变引起另外好几个原子核的裂变,有条不紊地失控着,爆发的能量却是恐怖的。像踩油门的顾问骞,像此刻的顾问骞。

但顾问骞没有如他预料的那般朝徐奔弹射出去,而是转过了身,一把抓住司罕,把他塞到了最近的桌子底下。

"不要出来。"话语认真,有种威胁的意味,好像司罕要是敢出去,会先死在他手上。

广播里又进行到了"跳不跳",那样危急的关头,那个"跳"字,依然说得冷静,掷地有声,和这四个字一样。

顾问骞把手机扔给了司罕,还在通话中,对面是姜河。

"两分钟内,必须赶到。"话是对姜河说的,声音有些沙哑。司罕又听出了威胁之意,好像两分钟内姜河不赶到,就不要怪他做出什么无法收拾的事来。

交代完,顾问骞朝着徐奔走去了,越走越快,直至跑了起来。

司罕对着手机问:"你们到哪儿了?他现在一个人过去找徐奔了。"

姜河这次一反常态地没有劝顾问骞什么,甚至没有跳脚,只对司罕严肃道:"你别管他,你躲好,我们已经到游乐场门口了,在我们下来之前你都别动。"

电话里传出了开车门声和训练有素的脚步声。如果顾问骞对所在位置判断得没错,那他们此刻就在司罕这个位置的头顶地面上。

"我要去拦住他吗?"司罕问。

"说了你别管。"姜河的声音有点暴躁,"你老实待着。"

"徐奔有枪。"

司罕从此刻躲着的位置，能清楚看到，徐奔在顾问骞朝他走去的时候，就拿出了枪，摆弄了一下，似乎在明晃晃地勾引顾问骞主动去送死。顾问骞非但没停，还更快地朝他直直奔去，跟疯子一样，用肉身嘲讽他的枪口。

姜河只顿了一瞬，咬牙切齿道："那你就更不能出去。"

姜河调整了语气，听得出是在疾跑，声音认真而严厉："司罕，你听着，你不可以在这里出事，你哪怕出来了死在任何地方，都不可以是在这里，不可以是在顾问骞的面前，现在能毁掉他的不是枪，是你，懂吗？"姜河的话，配合着广播里那几人撕心裂肺的惨叫，愈加振聋发聩。

他怎么会不懂。

身为一个警务人员，姜河这话已经偏离正轨了，但此时他也顾不上了。司罕这个人他就没看透，他不知道用什么样的方式才能刺激到这个浑不论的，只能尽可能直白。

没得到回答，姜河急道："你相信我，他不会出事，徐奔不是专业的枪手，奈何不了他，他的外号叫顾一百。"

"顾一百？"

姜河一边向身后的警务队用手势布局，一边转移着司罕的注意力，让他别轻举妄动："听过二十一英尺（约六点四米）法则吗？"

二十一英尺法则，是警务训练中对人的反应区间的总结。一个健康的成年男性，可以在一点五秒内迅速移动至二十一英尺远的地方，这一点五秒，是一个严格受训的警员，用手枪准确击中一个人的反应时间。如果持刀歹徒与持枪警察的距离小于二十一英尺，持枪警察不能保证在被歹徒刺伤之前，完成拔枪、上膛等动作。在二十一英尺以内，刀比枪有效，一个训练有素的刀客，可以在这个距离内快速消灭一个持枪者。

早年就有专家提出，二十一英尺的距离也不足以保证安全，距离达到五十英尺（约十五米）甚至一百英尺（约三十米），也不能保证不被持刀者杀伤，这就是为什么持短兵者有时能压制持枪者。反过来，如果持枪的是歹徒，面对持刀的警察，歹徒未必受过良好的枪械训练，警察的机会更大。

顾问骞就是践行这项法则的佼佼者。他在武警学校时就是冷兵器爱好者，训练时的最高纪录是在一百英尺的初始距离下，单刀缴械持枪的警员。

姜河始终记得那年刚入学的自己，看到顾问骞那场实战演习，像见了神，差点没自闭退学。顾问骞第一次出手就打破了警校的传奇纪录，那个纪录，据说是几十年前一个得天独厚的特种兵留下的，那人当时就被称为突破人体极限的奇迹，顾问骞随手就破掉了这个纪录，他那时就思忖，这个突然转来的学长，到底是个什么怪物。

顾问骞不是和大家一样考入学的，他是某天被送进来的，进来就是高年级，谁也不知道他的来头，谣言和编派不断，但饱受质疑排挤的转学生，用那场实战让所有人闭了嘴。

姜河至今都觉得，顾问骞被大家送外号顾一百，只是因为实战规定的最长距离只有一百英尺，再加距离，他或许也能办到。

司罕看到顾问骞似乎印证着姜河的话，在徐奔开枪前，几个疾跑和跳跃，居然就从三十米开外冲到徐奔面前了。徐奔只来得及开了两枪，那两枪和广播里的枪声呼应上了，但顾问骞的移动速度太快，那两枪看着甚至像是故意打偏的，枪口来不及瞄准移动中的顾问骞，人也来不及警戒。

徐奔很快意识到，在这个距离下，枪对顾问骞没用，而对方手里那把在培养缸的光下一闪而过的蜘蛛折刀，已经晃到他的眼睛了。徐奔很果断地收了枪，朝地上一滚，以一个格斗姿势制造攻击方向的偏移，留出反应时间，避开从正前方来的袭击，然后借着后滚的动势逃跑。

斜后方有一扇不显眼的白色小门，他钻了进去，用门墙阻隔了顾问骞凶猛的追击。顾问骞反应很快，没有被奔跑的惯性牵绊，瞬间转换了方向，也追进了斜后方的小门，两人消失在司罕的视野中。

这一切发生得很快，空旷的地下广场只剩下广播里的动静，枪响过后，熟悉的轰鸣声响起，录音又开始从头播放。

司罕从桌下钻了出来。听到电话那头传来桌子移动的声音,姜河立刻急道:"你在干什么!你待着别出去!"

"我给你留了记号。"

姜河心肝脾肺都要炸了:"你别去给他添乱!他不会有事!"

"我不是担心他,我是担心徐奔。"司罕说完就挂了电话。

就顾问骞刚刚那凶狠样,谁杀谁还说不准呢,先前在悍马上的生死时速,已经让司罕领会了这个人的疯狂。顾问骞疯起来什么都不会管,但他是个警察,若是因私杀了人,就没有回头路了。司罕也跑进了两人消失的那扇白色小门。

一分钟后,姜河赶到时,一眼就看到了司罕留在地上的记号。那是一个箭头,他不知何时打碎了几个培养皿,倒出了里面的发光菌群,摆出了一个箭头,指向那扇不显眼的小门。

比起广场上的大型发光培养缸,那些菌群发着微弱的光,合在一起也不太起眼。但这个箭头指明的方向,提供给警方的价值,却让它有一种萤火可比星光的架势——安静、微弱、执着。

被挂掉电话,几次都打不通,姜河气得差点摔手机。一个比一个不听指挥,都他妈乱来!他飞速带人闯进了红日,在门口遇到了似乎等候多时的樊秋水。樊秋水二话不说,直接带他们走过红日里复杂的地形,来到地下室的黑门前,那里正站着周焦。

顾问骞追着徐奔进了小门后,发现里面是类似档案室的地方,小房间非常多,位置错综复杂,和红日很像。徐奔借着地形优势逃遁,和顾问骞拉开了距离。顾问骞唯恐这里还有另外的出口,追得很紧。

没一会儿,徐奔跑进了一个稍大的空间,里面装饰得像是一个小型教堂,在中央供奉的位置上,有一对巨大的手形白玉雕塑。那对手形白玉雕塑,相互靠拢,向上微合,是捧着什么的姿态,有种神圣感。

这双白玉手托着的,并不是一般教堂里供奉的神明雕像,而是一艘船,模型船。船身大约两米长,造型简单,有些简陋,木头做的,有损坏变形的部分,色泽劣质,有些地方是腐烂的,像一艘被打捞起来的陈年破船,随便起个浪就能散架,和底下托着它的白玉手的上好质地形成鲜明反差——这双白玉手"供奉"着一艘破烂船。

顾问骞看到那艘船时，瞳孔骤缩，广播里的惨叫声强行将他的记忆扯出来鞭笞。他死都忘不了这艘船。他不再追了。徐奔正拼命奔向这艘船，好像那里就是逃生出口。

"嘭"的一声枪响，近在咫尺。

徐奔还未反应过来是哪里的枪声，就看到供奉台上的模型船震动了一下，顷刻间散架，从白玉手上破裂开来，流沙一般撒到了地上。那双白玉手此刻真的像是托了些垃圾，托了一场空。

徐奔猛地回头，只见顾问骞举着枪，在距离他十多米远的门口站着。他不敢再动，那枪口已经转向了他，黑洞洞的口子，刚开了枪，还冒着些硝烟。他清楚，他举枪的速度，绝对快不过顾问骞开这一枪。

显然，刚刚打模型船的那一枪，是在威胁他。但徐奔并不紧张，甚至还笑了一下："你现在不是警察，没有持枪证，你打不了我。"徐奔这话表明了，他果然知道顾问骞的身份。他是什么时候知道的？在自己和司罕来红日之前就知道吗？

"赌吗？"顾问骞表情不变，"赌你会不会变成那艘破船。"

徐奔一顿，随即大笑，挑衅之意尽显。他阴阳怪气道："你不敢的，那时候给你机会你都没开枪，不是吗？你当时只要打死一个，就能救另外四个了，是你选择送他们都去死的，像你这种人，脑子里只有规矩，你不敢的。"

司罕赶到的时候，听到的就是这句话。先前跑到一半听到枪声，他还急了，以为开打了，就是那枪声让他找到了这里。司罕不由得把脚步放轻了，他不敢上前，不敢发出大的动静，生怕一个喘息都会刺激顾问骞。

顾问骞右手笔直地举着枪，随时会开枪，又或者，他在脑子里已经开枪一万次了。从司罕的位置只能看清顾问骞一半的脸，这一半是不朽的阿喀琉斯，而在黑暗中的另一半，是他正浸在冥河里，被烧去的凡人之躯。再看一眼，司罕又觉得反了，自己看到的那一半，才在冥河里。

徐奔在刺激顾问骞开枪。他要毁了顾问骞。

而顾问骞的神情,让司罕觉得自己回到了悍马的副驾驶座上。

核裂变能停止吗?能,插入控制棒,吸收中子,切断链式反应即可。但司罕不是硼,不是镉,他做不了这个控制棒。他在这个瞬间甚至有些后悔,后悔没把悍马上的车载系统录下来,放给此刻的顾问骞听。能阻止顾问骞的,只有那个叫安琪的系统。

广播里的录音又重复到惨叫声了,和徐奔的笑声交相融合,刺激得人头皮发麻。

即使知道没用,司罕还是开口了,他轻轻地唤了一句:"顾问骞。"话音刚落,枪声响起,顾问骞开了两枪,徐奔闷哼倒地。那两枪像是在回敬广播录音里的两枪,四声枪响重合的时候,仿佛有回声。这两枪,跨过时光,在这一刻还了回去。

顾问骞朝倒地的徐奔走去。到了这一刻,徐奔才流露出恐惧,拖着身体想往后爬,但被一脚踩住了。顾问骞的脚踩在他中枪的地方,徐奔的惨叫响彻地底,比广播录音里的叫声还大。

司罕在原地呆滞了很久,才缓步跟上前。顾问骞开枪的时机,是在听到自己喊了他之后,那一瞬间,司罕都觉得那两枪是朝自己开的,徐奔的中枪声是从自己身体里发出来的。

"你跟 Goat 是什么关系?你为什么会有那段录音?"顾问骞踩着徐奔,枪口对着他的一根手指,好像他不回答,就要开枪崩掉一根手指。

徐奔面露痛苦,冷汗直冒,他已经不敢笃定顾问骞不会这么做了,这是个疯的。但他依然强撑着,没开口。下一秒,腿上被踩着的伤口传来剧痛,徐奔痛得叫不出声来,耳边是那人似乎失去耐心的声音:"为什么那段过程会被录下来?"

最初意识到那段录音是什么时,顾问骞诧异的不是那反反复复出现在梦里,无比熟悉的经历本身,而是这段经历为什么被录下来了,他们是怎么被窃听的?若不是今天听到了,他到死都不会知道,那时他们居然在被全程录音。所以他们以死相搏,命悬一线的那段逃亡,是在被人观赏吗?冒出这样的念头时,顾问骞几乎肝胆俱裂。

徐奔还是没开口,他偷偷地抬手,想用手中的枪自杀,但被顾问骞发现，直接拧断了胳膊。徐奔又一次惨叫，面色煞白。

"老实交代，你是怎么知道这段过程的，你当时在现场？"顾问骞的语气阴森至极。

徐奔整个人大汗淋漓，已经痛得快抽搐了，但听到这句，居然强撑着笑了出来，扬起脸点头，凑近顾问骞，抽着气道："不只我知道，所有人都知道，顾问骞，你挺上镜的。"

这话如雷霆之击，所以是他猜的那样吗？Goat 把他们的经历录下来做成了片子，抑或当时就在实时观赏？什么时候开始录的？只有他们逃亡那段，还是他们一开始就踏入这些人的频道了？各种荒唐的念头如地鼠一样钻出来，顾问骞不断气血上涌，万念最后都归于一个斩钉截铁的认知——做得出来，Goat 确实做得出来。

顾问骞的表情取悦了徐奔，徐奔抽着气笑道："你不知道吧，你现在站在人群里，就是个活靶子啊。"

又是一击。

原来他的长相早就被 Goat 公开了，所有成员都知道他长什么样。顾问骞这两年自以为在伪装身份追查 Goat，却只是个招摇的笑话，是把自己插在旗上高高举起，喊着敌人来射杀自己。

司罕站在边上，一言不发，只是盯着顾问骞，怕他又动手。听徐奔一句又一句地扎进阿喀琉斯之踵，司罕算是明白了，这人逃回来，根本不是为了摧毁或带走什么东西，就是为了引顾问骞来，折磨他，这会儿还在刺激他，似乎非要顾问骞亲手杀了自己才算完。

看到现在，司罕觉得徐奔和顾问骞没那么大的仇，他这样做必然是被授意的，被谁授意了？

Goat。是 Goat 要折磨顾问骞。

广播里的录音开始新一遍的重播了，气氛险恶，徐奔似乎已经给自己找好死地了，他朝着供奉台上的白玉手看去，像是打算把留在人间的最后一眼，给他的神。

顾问骞却放开了徐奔，缓缓站起身。司罕这才发现，顾问骞浑身都是湿的，大汗淋漓，像从海里捞上来的。

起身后，顾问骞没再管徐奔，也没处理情绪，而是先做了个无关的举动。他举起枪，拆了弹夹，取出里面的一颗子弹，然后拿起司罕的手，塞进他的掌心。

"9毫米橡皮弹，打不死人。"

司罕怔住了。他这才低头观察起来，发现徐奔身上没有血迹，也没有中弹的痕迹，顾问骞的两枪橡皮弹，打在徐奔的两只脚腕上，是用来限制行动的，只是痛了点，除了为防止其自杀搞脱臼的手臂，徐奔身上甚至没有可见的伤口。

顾问骞这把枪就是虚张声势的，他第一枪是故意把那艘模型船打崩的。而徐奔被唬住了。

司罕盯了这颗橡皮弹很久，仿佛看到了什么新大陆。顾问骞可以不解释的，或者可以更晚解释。但他在这一刻就解释了。司罕想问他，是不是在悍马上，即使没有安琪的提醒，他也会减速。但司罕什么都没问，只是轻轻把这颗橡皮弹攥在手心，放进了口袋里。

外面响起脚步声，姜河带着人下来了，一起来的还有樊秋水和周焦。

姜河看到地上的徐奔时，面色骤变，几步上前，仔细查看过徐奔的身体情况后，才松了口气，如临大敌的表情退去了。

徐奔的枪被缴了，警员对他搜身，防止有其他武器，却搜出来一支黄褐色的迷你手电筒。这立刻吸引了姜河等几人的注意，但姜河没表现出来什么，让警员提交了所有搜出来的证物后，就让人把徐奔带走了。

待警员离开后，姜河才急忙从口袋里拿出之前从李怀儒那里搜来的那支迷你手电筒，和徐奔这支颜色一模一样。他们找了这么久的手电筒，在短短几天内居然接连出现了两支，这太不寻常了，令人在亢奋的同时，又不免胆寒。他们确实在接近Goat。教堂里供奉的那艘破船，以及徐奔的手电筒，都在明示着，他们找到Goat的窝点了。

顾问骞看着那支手电筒，没言语，他还没把司罕也有一支不同颜色的手电筒的事告诉姜河。

姜河远离了人群，轻声道："加上你那支，总共三支了，但是有两种颜色，这你怎么看？"

顾问骞沉默片刻，道："颜色可能代表等级。"

"等级？"姜河愣了一下，"你是觉得还存在其他颜色的手电筒吗？"

姜河咂摸了一下，他拿到李怀儒那支后，只猜测过颜色可能是用于分类，认为不同颜色的手电筒代表组织中的不同工种，但毕竟只有顾问骞去过Goat的老巢，对他们的组织模式更了解。

"是合理猜测，"姜河点头道，"如果颜色代表他们在组织中的地位，从目前收到的三支来看，黄褐色的有两支，比青灰色的多，从概率上来说，青灰色的等级可能更高一点。李怀儒和徐奔确实不像Goat的高层，他们是被放弃的那一类。但这只是推测，得收集更多手电筒才行。"

顾问骞"嗯"了一声，暗暗瞟向了远处正在和周焦说话的司罕。他那支粉色的和自己这支青灰色的，哪支等级更高呢？

樊秋水在辅助警员分辨地下广场的物资。他在红日工作了几年，从来不知道地下有个这么庞大的空间。徐奔被警局传唤前，就遣散了患者，把红日关掉了，但樊秋水长了个心眼，没离开，就躲在红日里，果然等到了徐奔去而复返，后面还跟着顾问骞和司罕，三人都很匆忙的样子。

他不知道发生了什么，正要跟过去，却在门口发现了探头探脑的周焦，这小孩显然也是在红日蹲守，看到三人进来后跟进来的。但他们没下去，周焦拦住了他，说最好在门口等着，一会儿给人带路。

"给谁带路？"

周焦把平板递给樊秋水，上面是个大型的实时路况系统，他把几条移动交会的路线指给樊秋水，道："徐奔应该是逃了，现在交警在追捕他，警察应该很快会到这里。"

樊秋水明白了，顾问骞和司罕显然是先追到了，周焦让他在门口等着给后来的警察带路，节省时间。毕竟要在红日这个弯弯绕绕的空间直接找到黑门，也不容易，而仅靠他们两个人追着下去，其实意义不大。

他再次认真看了眼这个不到他胸口的倒三角眼小孩。这小孩仅凭一个交通路况系统就猜到了情况。他是怎么获取警车定位的？这个路况系统是公开的吗？他真的只有十七岁？冷静睿智得可怕。想想自己十七岁的时候，还是个刚刚重获新生的菜鸟。

没过多久，两人果然等到了姜河，带路之后，姜河本来要把他俩拦在黑门之外，但周焦说了一句话，就让姜河对他们放行了，他说："你们可能会用到我。"

姜河沉默了两秒，考虑到下面的情况确实可能会有需要网侦的地方。樊秋水也见缝插针地来了一句："我是这里的员工，熟悉地形。"

等下去后，樊秋水就发现话说满了，别说熟悉了，地下广场他见都没见过。但地下广场的复杂布局和红日有种奇特的血缘感，像一脉上的两朵并蒂莲，只是地下广场更大，绽放得更繁盛，樊秋水还是靠着对相似通路的直觉、司罕摆的那个菌群箭头，以及枪声，成功在档案室找到了这个小教堂。

此时他跟着警员搜查辨认，在档案室的一个隔间里，发现了找了许久的录像带，满满一柜子。这些是徐奔私录坦白局的关键证据，果然被藏在地下。

警员找到了地下广场的电闸，把灯全打开了，广场里凌乱复杂的各种设备清晰地映入眼里，警员们都稍有怔愣。他们这是缴获了一个大型地下工厂，他们还记得刚下来时看到这么多培养缸的震撼。

顾问骞厉声道："查，查这几天在红日停留的大型货车、垃圾车，以及分批次出入的小货车。他把东西转移过了，这些是填进来给我们看的，这个培养缸那么大，不可能是用来装一只羊的。"

姜河顺着顾问骞的目光看去，中央那个足有两人高的培养缸里面那只泡涨的羊，就像一个发育不良的胚胎被移植进了过大的母体，很不协调。

如果不是用来装羊的，那是用来装什么的？姜河的面色也严肃起来。"所有房间、暗格都搜仔细，看有没有人被关在这儿，有必要的话，直接用红外热像仪。"

从红日消失的那六个女性患者，以及生活在地下的那个女孩红日，都还没找到，这个地下广场这么大，地形复杂，难免让人怀疑是个藏人的地方。

不一会儿,单兵手台里响起警员的呼叫,说在教堂后面,找到了一个上锁的小房间,周焦刚刚把门锁破解了。几人立刻赶过去,司罕和周焦已经进屋子了。顾问骞刚踏进去,就给了姜河一个眼神,姜河立刻遣散了附近的警员。

这是个女生的房间。随处可见女生的用品、摆设,所有物品都是单个的。是个单人间,住户的年纪应该还小。他们不约而同想到了那个叫红日的女孩。看来她真的住在地下。空间不大,几人很快就确定了屋子里没人。名叫红日的女孩在哪里?早就被徐奔带走了?

姜河原本觉得那女孩是被关起来的,但根据顾问骞的描述,女孩能自由出入地下工厂,他又打消了女孩被关住的想法,而此时看到这个房间,他又不确定起来。

房间大约五十平方米,装潢很简约,甚至还是石墙,墙面都没粉刷,像是仓促间开辟出来的一个用来住人的小空间。房间还算干净,有人打扫过,但没有窗户,四面都是高墙,狭小空间给人强烈的闭塞感,让人难以想象一个十七八岁的女孩会自愿一直住在这里。

周焦仰头看天花板,明明很高,跟教堂一样高的顶,但是越高越压抑,好像一个塔尖,里面的人怎么都爬不出去。房间的右上顶,挂着一幅画,画上是一轮鲜艳的红日。住在这里是看不见太阳的,那幅画挂在那里,似乎是房主给自己造了个虚假的红日。

她到底是什么身份?能自由出入地下工厂,却住在这么破的房间里,还不能被放出去。

几人往里走,很快发现桌上的电脑是开着的。顾问骞点开屏幕后,所有人都一愣。电脑屏幕上赫然是他们熟悉的那个洋葱——洋葱游戏!

红日也在玩洋葱游戏!

屏幕上的紫黑色洋葱上写着"立华二中洋葱号",可当时马冬军被捕,司罕破解了密钥,立华二中的洋葱测试系统早就自动销毁了,为何现在还在红日的电脑上?

顾问骞蹙眉道:"红日的身份查得怎么样了?"

姜河摇头道："信息太少，不能确定'红日'是不是本名。找出了三十几个基本信息吻合的人，还在筛。摄像头截图的部分太模糊了，无法做面孔识别，我怀疑她第一次见你时是故意站在门后那个位置，知道摄像头拍不清她。"

"查立华二中。"顾问骞道。

姜河也已经反应过来，立刻打电话，把对红日身份的调查范围缩小到立华二中。

几分钟后，文件传来，电话在同一时刻响起，红日确实是立华二中的学生，红日就是她的本名，她和周焦同龄同届，周焦两年前就辍学了，红日则是五个月前辍学的。文件里有红日的学生档案，那张照片上的女生，赫然就是这个住在地下的女孩。

"五个月前，正是洋葱游戏兴起的那段时间。"一直没说话的司罕开口道。

顾问骞看向周焦道："所以你觉得她眼熟，你们是同学，你见过她。"

周焦的倒三角眼停在红日的那张学生照上，肯定地摇头道："不是，我没有在学校见过她，我没去上过学。"

那你是在哪里见的？总不会是在梦里吧。姜河想吐槽一句，他觉得周焦可能是记错了，毕竟同在一个学校，哪怕周焦没去上过学，离得近，路上遇到也有可能。

"所以红日是玩了洋葱游戏，抑郁辍学了，然后被拐到了这里？也说不通啊，那她为什么能自由出入这里？"姜河快速翻着红日的个人资料，"她的家庭关系网里没有徐奔，他们不是亲属关系，也看不出父母辈的交际，他们是怎么认识的？"

说到这里，姜河突然顿住了，他收到了一条最新的信息。姜河抬头看向顾问骞，在对方并没有回避倾向的目光下，蹙眉道："红日，本来是被列在仲永计划里的，但因为辍学，被取消资格了。"

顾问骞愣了一下，敛起神色，没表示什么，也没跟另外两个人解释仲永计划。

沉默间，司罕忽然轻拍了一下周焦。"看看红日的洋葱游戏报告。"

周焦立刻坐下，操作电脑，而后道："没有报告，她没玩洋葱游戏。"

姜河道："没玩？那她开着洋葱游戏做什么？会不会是玩到中途退出了，所以没报告，和那个叫阮玉桑的女生一样，被公布了信息？"

周焦摇头道："她没玩，她都没登录。"

众人琢磨间，突然听到司罕道："你查一下她的后台，还有没有其他学校的洋葱游戏。"

所有人都一愣，看向司罕。这话是什么意思？顾问骞反应过来，面色沉了一分。周焦快速地切入了后台。

令人惊愕的画面出现了，红日的电脑上，不只有立华二中的洋葱号，还有牧羊一中洋葱号、阳光中学洋葱号、申城外国语中学洋葱号、立华女中洋葱号……足足二十个学校的洋葱号。这些洋葱号，此前都已经在全市排查下被销毁了，此刻又都回魂般出现在红日的电脑上。

姜河不由得吸了口冷气。

司罕盯着那些叠起来的网页窗口，紫色洋葱浮浮沉沉，同时摇摆着，像一串咒语。他幽幽道："红日不是玩家，她就是制造了洋葱游戏的人。"

一时间没人说话，只剩周焦破解算法的键盘敲击声。马冬军离奇死亡后断掉的线索，在红日的案子里接上了，嫌疑人还是个被关在地下的女高中生，这让人一时难以串联起来。司罕印象中那个亵玩人性、幼稚恶劣的洋葱游戏设计者，和红日的形象逐渐重合。

姜河只觉得脑袋嗡嗡作响，问："凭这些网页就能断定吗？她会不会只是登录了这么多学校的洋葱游戏？"

反驳姜河的是周焦，他一言不发，把所有洋葱测试的底层程序掀开了，解剖一样摊在屏幕上，这里就是洋葱测试的服务器原址。

顾问骞道："这个地下广场那一大面墙上的超级计算机，就是洋葱游戏背后那个庞大的加密服务器？"

之前警方的系统应该就是在跟这个服务器打网络战。

周焦道："那是高估洋葱游戏了，高性能计算机群更有可能是基因测序用的，挂一个洋葱游戏只是顺便，相当于从一头猪身上拔一根毛，完全不在话下。"

姜河看了眼这孩子，发现他一提到IT相关的事情，嘴就利索得很，看起来也不自闭了，但这狠毒的小模样，还真无法和他那温和谦逊的父亲联系起来。

姜河有点想骂娘，今天接收到的信息量太大，追查红日的案子时，居然破了断线的洋葱游戏案，惊喜来得让人不太舒服。这不是巧合，是因为他们找到了Goat的地盘，证明了所有事确实是Goat做的。所以购买了马冬军这只羊的人，就是红日吗？

姜河蹙眉道："她为什么要设计这样一个教唆学生自杀的游戏？她知道马晓明的事？还是只是借了马冬军的壳？"

没人回答。

只有司罕答非所问地对顾问骞道："我之前就在琢磨，红日互助中心为什么叫红日，红日又为什么要告诉你，她叫红日。

"这个女孩能自由出入这个非法隐藏的地下工厂，还拥有自己的房间，权限自然不低，她不是被关在这儿的，她也不是普通患者，红日的患者并不知道地下有什么，她们都是工具人，只有一无所知的人，才能扮演好工具，她不是。在徐奔被传讯前，她就已经离开了这里，显然，徐奔是被抛弃的，她不是。这个地下广场的入口，那个精神互助中心，和她同名，她实际生活的地方却是这里。她远比徐奔花了更多时间在红日真正的核心。

"红日这个名字，真的是徐奔起的吗？"

司罕望向闭塞房顶的那轮画中红日。"会不会其实，这里的主人，不是徐奔，而是红日？"他们此刻所处的地方，不是徐奔痛苦的精神世界的投射，而是红日的。是她把这个地方建造成了这样。

几人被司罕的说法震了一下，都没说话。

司罕接着道："徐奔，只是她抛出来的一条狗，就像红日互助中心，只是这个地下工厂抛出来的一只眼。这里的一切，也都是她愿意展示给我们看的，所以电脑是开着的。她大可以在离开前删除洋葱游戏，但她没有。"

小小的石墙房里，沉默在发酵。

姜河沉吟片刻，道："Goat是个极其成熟的恐怖组织，他们为什么要给一个患病的女高中生这么大的权限？现在只能确定洋葱游戏是在这里被制造的，到底是不是她制造的，还没有定论。徐奔无论论经验还是论资历，都比她靠谱，没道理断定徐奔就是她的手下，你这只是凭空猜测。"

"患病的女高中生。"司罕念了一遍，笑了一下，"姜警官说得对，我确实是凭空猜测……为什么会这么猜，或许是因为我没见过她。"

他看向面前的三人道："你们都见过她，亲眼或是通过监控，对她有先入为主的印象。一个患病的女高中生，一个生活在幽暗地下的无助者，一个可能和周焦一样的未成年天才。"

他讲到最后一句时，顾问骞瞥了他一眼。

司罕道："我没有这些印象，只听过对她的描述。徐奔说她是个重症患者，最好别接触，会被污染。我虽然不明白'会被污染'是什么意思，但徐奔惧怕她。顾问骞对她的描述则是：她认为身上的水流光了，很渴，她的身体是一艘船，叫诺亚方舟。她的精神世界，是宁可流光身体里所有的水，去供养一艘方舟航行的啊。她给我的印象，起码在精神上，是个庞大的存在，我们或许只是她那艘船上的一个小窗口。"

没人再说话。姜河沉默良久，道："我会把你的说法作为其中一个方向去查。"

这回轮到司罕诧异了，这个姜警官怎么变得好说话了？之前总是对他横眉冷对的，这一下还让人怪不习惯的，他连忙客气了一句："尽力就行。"

姜河："……"怎么跟他领导说话似的。

顾问骞冷不丁地对司罕道："你知道仲永计划。"他们没解释过仲永计划是网罗天才少年的，但司罕刚刚却直接点出了红日和周焦的相似处。

司罕弯了弯眼睛，坦然道："你们要不去看看仲永计划的伦理审批里，心理健康教育的司法鉴定委员组成员都有谁……啧,它这么快就通过啦。"

顾问骞刚蹙起眉头,就听司罕又补了一句:"哦,我投的是反对票,但我只能投一票,没啥用。"

顾问骞的眉头舒展了。

"我想起来了。"一直没吭声,忙着把红日的电脑翻个底朝天的周焦,突然开口了。

"想起什么?"

"我是在哪里见过这个女生。"

"哪里?"

"在一幅画里。"

姜河问:"画?"

这个答案让他有些诧异,他还以为是这两人都曾被列在仲永计划里,有过什么交集。

顾问骞问:"什么画?"

周焦的倒三角眼显出一种专注:"一幅由 AI 绘制的画。"他拿出自己的平板,开始找了起来,很快,在相册里翻出一张图片,递给几人看。

姜河不由得倒吸一口冷气,这是什么东西?这张图片太大,为了看清细节,他们上下左右,足足翻了十几秒,才看完了这一整幅令人吃惊的画。

这幅画众人并不陌生,是米开朗琪罗画在西斯廷天主堂祭台后方整面墙壁上的《最后审判》。它太著名了,图片广为流传,哪怕不信教不赏画的人,也都多多少少知道点背景,看过这画。这幅画是米开朗琪罗受教皇之托被迫画成的,承载着艺术剥削和精神与信仰的危机之痛。他把痛苦体现在了画中,选择了"最后审判"这一主题,描绘了基督重生归来后,要审判生者和死者的场景,被他免罪之人能获得永生,而被他判罪之人则永入地狱。

画中有四百多个人物,构图磅礴,细节形象,每个人物都有迥异的神情,米开朗琪罗描绘了一幅末日中人类集体崩溃的悲剧景象。画面有四个层次:最上层是天国的无翼天使,他们簇拥着基督受难时的十字架和耻辱柱,号角宣告着审判开始;画面中央是神态威严的基督,以及他的门徒和殉道圣者们;画面下部是善恶两部分人正受到基督的裁决,左侧的人物升往天国,右侧则是被打入地狱的亡魂;右下角的水面上是地狱的引渡船,地狱中是被大蛇和魔鬼缠绕的罪人。

周焦所展示的 AI 绘制的画,几乎是临摹了一幅一样的《最后审判》,不同的是,一开始米开朗琪罗画的是全裸的人物,但在他去世后,教皇就命人给所有裸体人物画上了腰布和衣饰,而这个 AI 把衣饰又去除了,所有人物恢复了全裸的形象,赤条条地面对基督和审判。

这并不是让他们惊愕的地方,令他们惊愕的是,这幅画中所有的人物,都是同一张脸——红日的脸,她的面孔出现在天使的脸上、基督的脸上、圣母马利亚的脸上、善者的脸上、罪人的脸上、魔鬼的脸上……她的神情随着不同的人物状态变化,形象细致,毫无不协调感,恐惧、震怒、怯懦……这四百多个人物,竟全是红日所扮。

姜河看着都觉得生理不适,再去看手机资料上那张恬静的学生照,他只感到一阵头皮发麻。司罕和顾问骞也都沉默着,面对这样一幅画,没人讲得出话来。

周焦语气平静道:"这是一个受过艺术熏陶的 AI 画的,它出过不少作品,被作为艺术 AI 培育。但它所有的画作都是被指定了主题的,当训练者让它自由创作,不再给主题后,这个 AI 沉寂了很久,没有动静,于一年后,突然交出了这样一幅画,交完它又归于沉寂,不再画画。没人知道画中这张女性的脸是谁,看画的人都以为是这个 AI 自己创造的一张脸,训练者自己也是这么说的,我也是刚刚才想起来,红日的脸和画中的脸一模一样。"

周焦的解释非但没有解决几人的疑惑,还让疑惑加深了,这个 AI 是见过红日吗?为什么要这样画?

顾问骞问:"这幅画你是在哪里看到的?什么时候看到的?"

周焦双目微垂,顿了一会儿才道:"三年前,在一个私密的人工智能论坛上。那个论坛已经被封掉了。"

顾问骞的目光从画上移到了周焦的脸上,沉默片刻后道:"你想跟着我们？"

几人不明白他为什么在这时突然说这个。周焦点了点头。

"那有一点要注意，不要对我说谎。"

司罕和姜河一愣，目光都跟雷达似的把周焦上下扫了个遍。周焦说谎了？哪一句？周焦依然没什么表情，和顾问骞对视着，而后移开目光，半晌才微不可见地点了点头。

樊秋水进来了，看到几人都围在一起，愣了一下道："你们还没弄完？外面都搜出一堆东西了。"

"你过来。"顾问骞道。

樊秋水走过去，也看到了那幅画，他的反应倒不大，只是蹙眉道："怎么都画成了一张脸，这盗版也太离谱了……让女性也拥有阳具，是后现代画风？"樊秋水小时候是练国画的，虽然技艺荒废多年，对国内外名作的赏析还是记得些。

"你认识她吗？"

樊秋水一愣，一时没分清是不是玩笑："画出来的人，我怎么会认识？"

顾问骞道："她就是在红日地下的那个女生，你真的一次都没见过她？"

樊秋水吃惊地又看了看画，摇头道："没见过，要不是你说，我都不知道地下有人，只有小空找我问过一次，说住在黑门后的姐姐在哪里，我只当他是童言无忌，在讲鬼故事。"

姜河蹙眉，红日藏得很深，樊秋水这样的老员工都从来没见过她。

顾问骞却不再说话，陷入了沉思，姜河以为他还在为那幅画烦心，想说点什么，却听一旁的司罕悠悠道："那你们不觉得奇怪吗？樊秋水在这里几年，都没见过她一次，顾问骞来的第一天，就见到了红日，她是主动被他看到的。"

姜河一愣，才反应过来这件事。顾问骞没什么表情，显然他也在想这件事。

司罕道："如果她没主动现身，我们还没那么快查到这个地下工厂吧?她为什么要冒着被发现的风险,让顾问骞看见?"

姜河越听眉头皱得越深,问:"你这话是什么意思?"司罕笑道:"你别紧张,就事论事而已,我肯定不是在怀疑你那好队长,但他是怎么被盯上的,总得注意一下吧。"

姜河面色变得难看,不再说话。

顾问骞道:"我第一次和她面对面,她说的话也很奇怪。她说,她不是在看我,她是在照镜子。"

"照镜子?"司罕眯起眼睛。

"嗯。"

樊秋水见所有人都在沉思,便独自在屋子里逛了起来。这是他的职业病,总想收拾病房,他进来后刚看了一眼,就觉得这房间像个病房。

他走到床边,想整理一下床铺,在靠近墙边时,却突然停住了。

"你们过来看,这里刻了一行小字。"

其他四人被樊秋水的话吸引,都走到了床边,凑近看了好一会儿,才在床沿发现了那一行袖珍的字,像是用指甲刻的,墙是石墙,指甲随便划两道就能留下印子,那行字虽然不显眼,但细看是能看清楚的。

红日:夏娃二号。

姜河问:"夏娃二号?是什么?"

樊秋水道:"像个代称。"

"这个'红日'指的是人,还是那个互助中心?"如果指的是人,这行字的意思是那个叫红日的女生是夏娃二号?

"会不会是 Goat 的成员称号?"

没人能回答姜河,疑问一个接着一个。为什么这行字被留在这里,谁留的,红日?夏娃二号是什么?为什么是二号,是还有夏娃一号吗?姜河觉得头痛,今天虽然查到了 Goat 的一个窝点,但获得的信息却让谜团变得更深了,Goat 越发扑朔迷离。

司罕看了一会儿,却站起身,重新拿起周焦的平板电脑。他指着画上中央的一点,缓缓道:"《最后审判》里,基督和圣母马利亚的左下方这两个人,左手拿梯子的男人,被普遍认为是亚当,而他身后那个披着头巾的女人,被认为是夏娃。"此刻画中的夏娃,面容宁静,望着画外,正是红日的脸。

对地下广场的搜查持续了三天,又找到了几个有过女性居住痕迹的小屋。但和红日那间房随性的样子截然不同,这些小屋更规范化,像是从同一个模子刻出来的。

但没在里面找到人。根据从屋子里采集到的毛发的检测结果,可以确定,那六个从红日互助中心相继消失的女性患者,曾经就住在这些规范化的小屋里。里面的东西明显被清理过,看不出到底把人关着做什么,现在又把她们转移到了哪里。

姜河比较急,尽管人已经失踪几年了,但立案是在这次的红日事件里。很快就要到她们失踪四年,宣告死亡的时效期了,得在那之前找到人。而且也不确定她们是否还活着,从地下广场被转移的时间是多久以前,如果是近期,就还在紧急救援的黄金时间范围内,超过这个时间范围,她们死亡的概率会变大。

"那几个小屋里没有鲁米诺反应,没有明显的被虐待痕迹,徐奔把她们关在这里到底是要做什么?"姜河来回翻看这六个女性患者的资料,试图找到破局的共同点,"应该说,Goat要用她们做什么?"

司罕道:"这是个大型生物实验室,这些女性患者应该是实验体。"

"做什么实验?"姜河不是没想过这个可能。

顾问骞看着广场中央的培养缸里那只泡涨的羊,开口道:"她们可能是孕母。"

姜河顿了一下,只选择女性作为实验体,这个可能性很大,但他质疑道:"这六个女性都是精神病患者,徐奔为什么要挑她们做孕母?他创立红日互助中心,必然和诱拐人口的目的有关,他为什么不创立一个健康人群的女性互助组?只是因为易得性吗?"

司罕的眼神在红白光下显得晦暗:"如果,存在这样一个实验,需要用到精神病患者的生育功能呢?"

姜河一愣，思考了半响，蹙眉道："红日互助中心筛选对象时有年龄偏好，找的都是三十岁到四十岁的女性，真如你所说，要用到精神病患者的生育功能，他为什么不挑更年轻、更具备生育优势的女性患者呢？"

司罕沉默片刻，道："你按照他们的思路去想，高龄产妇，孕期环境不良，容易导致胚胎发育异常，精神病患者，具备精神病的遗传性，或遗传易感因子。两者叠加，这个实验想要的可能是缺陷儿，精神上的缺陷儿。"

两个警察都愣了。姜河张了张嘴，半天才憋出一句："你是说，Goat在大批制造先天性精神缺陷儿？他们为什么不直接网罗已经存在的——比如小空，就在眼皮底下——而要绕这么大个圈子，从胚胎去制造，为什么？"

司罕耸肩道："谁知道呢，我又不是Goat肚子里的蛔虫。"

姜河被这句话堵了回来，心里不太是滋味，好像临门一脚被人踹回了老家，这只笑面虎总有这种管杀不管埋的本事。他转头去看顾问骞，见顾问骞没有反驳的意思，这是认可司罕的推测了？

久不出声的顾问骞开口道："去排查其他生物工厂，特别是隐蔽非法的。Goat真要这么做，避不开大型基地，她们可能被转移到了那里。"

停顿了一下，他又补了一句："尤其关注一下造在海边的生物工厂。"

06
活着的手电筒

结束对地下广场的搜查后,姜河把调查重点转向了徐奔等三人,要撬开他们的嘴。

徐奔把所有的罪都认了,但对那六个女性患者的去向始终沉默。他面对审讯采取消极对抗态度,不透露任何多余的信息,和 Goat 相关的更是一点都问不出来,他好像已经把自己当成一个死人了。

姜河将他收在重刑监狱,有一个小型武装队来看管他,但这不是长久之计。徐奔、李怀儒、黄奇宏,这些和 Goat 相关的人都要这样重点看管,严防再出现马冬军那样的离奇死亡。用于看管的人力根本不够,他只能扛着上面的压力,能拖一天是一天。

技侦对徐奔和李怀儒的那两支黄褐色手电筒的材质分别进行了取样检测,果然也各发现了一段不明古生菌的染色体,并从其独特的基因序列中,解码出了几组间隔插入的人类基因片段。

徐奔的手电筒里的基因片段,来自他的母亲,据调查,徐奔的母亲于十三年前病逝了。她是突然病逝的,就在徐奔任职的市三院。而李怀儒的手电筒里的基因片段,经检测是属于祝离的。这是目前唯一一个基因片段出现在 Goat 的手电筒里,但还活着的人。

姜河紧张地要去把祝离保护起来,唯恐这和顾问骞那时一样,也是一个预告，祝离马上会被 Goat 杀掉。

顾问骞阻止了他。李怀儒六年前就和 Goat 存在交易了，他们起码在六年前就已经联系上了，他获得手电筒的时间，应该还要更早。祝离要出事，早就出事了，不会等到现在。顾问骞获得手电筒，到那五个兄弟去世，没有超过半年。

姜河研究起了这几支手电筒里的基因片段所属者和当事人的关系。顾问骞的手电筒里是同生共死的兄弟的基因片段，徐奔的手电筒里是母亲的基因片段，李怀儒的手电筒里是妻子的基因片段，共同点是亲近之人？

"Goat 为什么要插基因片段在成员的手电筒里？要说是为了威胁成员听话，可人已经死了，有什么用，总不会单纯是为了嘲讽吧。"

"可能是代价。"顾问骞道。

姜河一顿，道："代价？"

"进入 Goat 的代价。"

青灰色的迷你手电筒在顾问骞手中转动，质地真的很好，盯久了，甚至有种恍惚感，以为这手电筒真是活的。材料好像被灌入了灵魂，灵魂就是那些古生菌，古生菌是壳，供养着里面寄生的基因片段，当手电筒打开时，亮起的光，是成千上万个碱基的影子。

"这支手电筒，是 Goat 的准入证，"顾问骞道，"就像身份证一样。使它具有个体识别性的，是其中的基因片段，每个成员的手电筒里，都有不同的身份证明，这种证明，可能是他们进入 Goat 需要支付的代价，以及决心。"

"你凭什么获得这支手电筒，你用什么来换，让我看到你的决心。"

平静的语气，姜河却听得心如刀割，他张了张嘴，道："用自己亲近之人的生命作为代价？"

顾问骞道："不一定要死，祝离一直承受着李怀儒的暴力，生不如死，这种折磨亲近之人的痛苦，也是一种代价。Goat 要的应该是成员献祭的痛苦、残忍的决心，这种献祭像一种仪式，灌入手电筒后，进入 Goat 的资格就成立了，更形象地说，它是 Goat 的一种'成人礼'。

他们把我骗过去，诱导我害死东子几人，就是他们想送我的一场'成人礼'。"

姜河听得青筋直冒，有点受不了顾问骞过于平静的语气，他难以想象这是顾问骞在两年里辗转想了多少个夜晚得出的推论。太残忍了，Goat 的恶趣味，他们这哪里是送成人礼，根本就是极致的嘲讽。他现在只要想到顾问骞刚得到手电筒时的亢奋，就觉得心脏钝痛。

顾问骞的猜测并不是凭空的。他当年在那艘大船上，被威胁做出杀掉一个队友救另外四个的选择时，对方的潜台词是，他只要做了，就能得到他想要的，包括真正进入 Goat。那时他只当那是意在分裂他和队友们的游戏。很久之后，等从手电筒里解码出了那几段基因，他日思夜想，才明白。那个游戏就是为了制造一只 Goat，一只被痛苦和愧疚赶向他们的 Goat。他就是那只被选中的 Goat。

顾问骞整理思绪："也不一定是真的亲近之人，李怀儒爱祝离吗？他或许只是需要一个祝离作为代价，进入 Goat，所以故意制造出了一个'软肋'，和她结婚，不是她也会是别人。有的人，杀了人之后，会无尽地痛苦，有的人，却能享受持续的折磨，这也是每个成员身份证明的差异。"说到这里，他沉默了片刻，道，"徐奔母亲的死，可以去查查。"

姜河一愣，反应过来后骂道："这个畜生，该不会真的为了进入 Goat 弑母了吧？"他越想越觉得有可能，资料显示，徐奔的母亲是在徐奔所属的市三院病逝的，可以动手脚的空间太大了。

顾问骞道："这些只是我的推测，真实情况得继续查，我们离 Goat 更近了。"

他咽下了没说的话：要查这事，还有个关键人物，司罕。他的那支手电筒是怎么获得的，里面又是谁的基因？他知道 Goat 多少事情？

"我们？哪儿来的'们'，是你吧。"办公室门口突然响起一个低沉浑厚的声音。

两人猛地看去，立刻手脚不自在起来，是欧襄狄，申城公安局总局的局长，刑专平台里仅有的四个对 Goat 知情的人中，权限最高的那个。

"欧局，您回来了。"姜河起身，站得笔直。

他对他们局长一向有点怵。欧襄狄五十多岁了，身材偏矮，不魁梧，但精锐之气尽显，年轻时也是武警大队出来的，即使上了年纪，腰杆也直得跟枪似的，压迫感强，只是站在那里，就让人不由得紧张，一双鹰眼似能看穿所有魑魅魍魉。姜河总是习惯性地低头和他说话。

这位总局局长也是个传奇人物。他起初只是个身材瘦弱的文艺兵，机缘巧合下，误入一次多兵种野外驻训，救了扮演人质的一位军事指挥官，得到了赏识，被转入侦察连，一路升职，坐到了今天的位置。局里的历史陈列馆里，他的事迹写了一整面墙，他深受警员钦佩。

"再不回来，你把什么野猫野狗都往局里带，要这里变垃圾场吗？"欧襄狄自然地坐到了姜河的位置上。

闻言，姜河身体一僵，连忙去瞟顾问骞，只见对方低着头，没有任何反应。这"野猫野狗"明显是在说顾问骞，姜河眼观鼻鼻观心，暗想欧襄狄什么都好，就一点让人头疼——他对顾问骞的态度。

两年前顾队执意离职，他发了好大的火，拿扫把赶，拿咖啡泼，都是他真做出来的事。姜河经常觉得，欧局凶悍无情得像个铁血假人，但面对顾问骞的时候，人性就出来了，脾气暴，幼稚，有点老顽童的样子。偏偏顾问骞不吃这套，任欧局怎么折腾，都梗着脖子一根筋，以不变应万变，把欧局气得够呛。

以前顾问骞还是顾队的时候，姜河就经常提心吊胆的，生怕欧局一个气急，把顾问骞给一枪崩了。整个总局里会跟欧局叫板的，也就顾问骞一个。他俩从某种角度来说，还挺像的，姜河作为经常被殃及的池鱼，形容一下他俩的对峙，就是"用魔法打败魔法"。

姜河咳了一声，道："顾队……喀，顾问骞在这次侦破红日案件的过程中给了我们很大帮助，是来局里录相关口供的。"

欧襄狄端起桌上的茶，漱了个口，笑了一声，道："什么时候你的办公室变成审讯室了，录口供都要在这儿录，赶明儿不会蹲大牢你也亲自看着吧？"

姜河窘了一下，道："我这就带他离开。"

两人刚走到门口，就又被叫住了："你走，他留下。"

姜河愣了一下，回头看了眼顾问骞，立刻明智地把他的前队长卖了，麻溜地撤离自己的办公室，还好心地给两人关上了门。给欧局留点面子，别一会儿骂人的动静太响，局里又开始议论欧局的精神状态。

办公室只剩下欧襄狄和顾问骞，一个坐着品茶，一个站得笔挺，低着头，跟做错了事在罚站似的。

"欧局。"沉默了十多分钟后，先开口的是顾问骞。

欧襄狄缓缓放下茶杯，眼也不抬："欧局？担不起，您才是局，说走就走，要回就回，警局大门跟你家门似的。赶明儿门口那字你换了吧，'申城公安局总局'改成'申城顾家'吧。"

顾问骞一声不吭，头更低了些。这小老头的阴阳怪气他早习惯了。

没得到回应，欧襄狄也不恼，只悠悠地说了句不相干的："IPSC的培训又要开始了。"

顾问骞一愣。IPSC，国际实用射击联盟，开展射击竞技赛的，国内外的参赛选手都要进行系统培训，获得IPSC颁发的安全射手证明。国内因为枪支管控，无法进行实弹竞技，只能进行气枪比赛，普通人只能参加气枪培训，但现役军警能凭有效证件和介绍信参加IPSC的实弹培训，在中国协会授权的靶场进行，偶尔会有泰国和老挝的教练过来。

欧襄狄从姜河的桌上找出一张表格，丢在顾问骞面前。上面的培训人员推荐栏，现在是空的，还没填。

姜河没跟他说这个事，可能是不知道怎么开口。

顾问骞的视线黏在那表格的空白处，目光锐利，却不发一言。

欧襄狄冷笑一声，道："你想去，你以什么身份去？"

回答他的依然是沉默。

欧襄狄忍住朝面前这个木头疙瘩砸东西的冲动："你枪都朝人家开了，现在装个屁的蒜。"

顾问骞不吭声，他的持枪证被收了，所以用的是橡皮弹，欧襄狄自然清楚这样做不算违规，但就是喜欢拿话刺他。

"徐奔的枪查了？"欧襄狄问。

"查了，格洛克G19，子弹是9毫米巴拉贝鲁姆，不是那把。"

欧襄狄突然哼笑一声，目光意味不明。"一个跑腿的，都能用上格洛克。"

欧襄狄在他面前向来不避讳什么，国内警方大部分都在用92式和07式，性能远不如格洛克，国内购入的格洛克G17，只在边疆军部和特勤局等重要单位使用，警方能摸到格洛克的机会很少。有时候民警缴获了格洛克，都能乐半天，觉得手感好。欧襄狄为警方的武器配备花了大心思，依然批不下多少性能好的，一个犯罪团伙，倒是能集体用上好枪，换谁不生气。

顾问骞道："徐奔那把是紧凑型，他的手偏大，比一般的亚洲男性大点，G19像是给女士用的。我怀疑那把枪不是他的，是红日的。"

"红日？"欧襄狄回忆了一下，他刚回来，案情只听了个大概，"那个在地下的女高中生？你们怀疑案件主谋是她？"

"还在查。"

"有缴获其他的吗？"

顾问骞摇头。他知道欧襄狄这么问是想知道什么，抬手从脖颈处拽出一根链子，链子上系着一枚子弹，是.40S&W。就是这种子弹，在他的左肩上造成了两处枪伤，一处是贯穿伤，另一处子弹留在了体内。他挂在脖子上的这枚子弹，就是从他肩膀里剜出来的，但凡再偏离几毫米，他都活不到现在，.40S&W弹的威力很大。

那两枪都是同一个人开的，就是徐奔放的录音里，最后的那两枪。

顾问骞没见到开枪的人，离得太远了，在大船里，他和东子几人被耍得团团转时，也只是听到了声音，没看到人。那人的声音也很古怪，顾问骞的脑中无法形成他的声纹，像是许多人工声纹合成的，线条混乱，信息庞杂，但似乎又有隐形的规律。顾问骞那时有种没来由的感觉，觉得再多听一点，就能从那凌乱的声纹中解码出什么，但这感觉根本毫无根据，他从没这样做过。

他唯一能确定的是，那个开枪者是Goat的高位者。而关于这个人的唯一线索，是这枚.40S&W弹。.40S&W弹在警匪交战中不常见，它对射击的技术要求比较高，正在逐渐被市场淘汰。事后欧襄狄找技侦做了研究,把那人的用枪范围缩小到格洛克22和勃朗宁Pro 40,顾问骞更偏向前者,那人打偏了,后坐力抗性不行。

.40S&W弹是由10毫米Auto弹改造而来的,FBI[1]想要一款制止性能强大的手枪弹药,但.45ACP弹威力太大,驾驭不了,于是缩小弹壳减装药,开发出了性能基本与之持平的.40S&W弹,9毫米口径手枪变更枪管弹夹就能用,方便。但.40S&W弹成本高,后坐力大,易失控,需要更多训练才能驾驭,耗材更多,对射手的技术要求也更高,费枪又费人,随着9毫米手枪的射击精度和速度赶上来,.40S&W弹的市场萎缩得很快,国外警局可能还有旧枪在用,国内捣毁的犯罪团伙里都看不到这种弹药。

也幸亏.40S&W弹易失控,所以才射偏了,否则顾问骞不可能避开那两发子弹的致命攻击。

被救回来后,这枚从他体内剜出来的子弹,就一直被他挂在脖子上。这不只是线索,也是提醒他曾经干的蠢事,他要一辈子把那两处枪伤"戴"在身上。

缴获徐奔的枪时,他第一时间关注了枪型和子弹,对不上,这让原本将.40S&W弹作为Goat的使用标签的猜测被推翻,但又导向了另一个可能——这枚.40S&W弹具有特殊指向性,可能是那个Goat的高位者的个人兴趣。欧襄狄之所以提起IPSC,也是这个原因,这个培训,顾问骞是必须去的。

.40S&W弹药在实战中被淘汰了,但在IPSC的赛场上依然是宠儿,射击比赛的规则会计算选手所使用弹药的性能因数,用.40S&W弹能获得更高的分数。这也是国内唯一会大量购入使用.40S&W弹的地方,那个对他开枪的Goat高层要用.40S&W弹,必得经过大量训练,耗弹多,不可能没有一个稳定的供货来源。IPSC的训练场是首要怀疑对象,这个人就在里面训练也说不定。但顾问骞现在没有军警证明了,他倒是可以用普通民众的身份去,但只能训练气枪射击,碰不到实弹,所以欧襄

---

[1] 美国联邦调查局。——编者注

狄会拿身份刺他。

将手中的子弹塞回衣领里,顾问骞道:"这次的培训是个机会,他们最近露出的马脚越来越多了。"

闻言,欧襄狄冷笑了一声,道:"马脚越来越多了?你是指你出院后卷入的这两起案子吗?"

顾问骞不吭声。

欧襄狄的语气骤然严肃:"你怎么不想想,为什么你待在安乐的两年里,他们毫无动静,你一出来,就立马碰上了两次事?你自己当了两年的缩头乌龟,他们难不成也空等两年什么事都不干吗?"

站着的人被镇住了。

"顾问骞,你拎不清。"欧襄狄目光如鹰。"你有没有想过,如果是 Goat 在跟着你呢?你遇到的这两起案子,根本不是意外,是他们找上了你。"

顾问骞僵住,脸一下失了血色。他脑海里浮现出徐奔疯魔似的笑——你不知道吧,你现在站在人群里,就是个活靶子啊。继而又出现了红日的脸、司罕的话,为什么红日唯独见了他?他不是没想过,只是抗拒接受,他脑中拔着河,一面告诉自己不可能,一面又已然理性地肯定,为什么跟着,是游戏还没结束吗?被放走的靶子,要被玩弄到底吗?

欧襄狄道:"你现在这处境,让那医生和孩子跟着,是想把他们也害死吗?"

顾问骞脑中的混乱在这句话里顷刻炸为乌有了。

欧襄狄欣赏着面前这个难得露出孩童般无助神色的男人。他从口袋里拿出一个证件,丢在面前的桌上,冷酷道:"我给你最后一次机会,拿回你的权力,去保护你该保护的人。"那是顾问骞的警察证,两年前他亲手退给欧襄狄的。

顾问骞盯了那张警察证很久,没有动,片刻后,他恢复了平静,平视着欧襄狄,目光冷漠,嘴角却露出一丝笑意:"我已经没有想要保护的人了。"语罢,他点了下头,转身就走。

欧襄狄的火噌地上来了,他抓起桌上的烟灰缸扔过去,重重砸在顾问骞的左肩,被砸的人却仿佛什么都没感受到,毫无停顿地继续朝门口走。

"那你他妈有本事别再找她!"欧襄狄吼道。

脚步停了一瞬,顾问骞很快走了出去,还礼貌地关上了门。

欧襄狄气得踢了一脚桌子,他深呼吸了半天,才忍住没追出去一枪崩了那狗东西。冷静了十几分钟,欧襄狄才重新坐下,面色难看地盯着桌上那张警察证,良久,他从兜里掏出了一张照片。

那照片泛黄,已然有些年头了,左边被折起了一小块。照片里是一群穿着军装的少年,后面是部队的背景。照片里左数第二个男生,显然就是欧襄狄年轻时,个子矮小,在一群强壮的军人中,身形凹下去了一截。而站在他左边的男生,和他年龄相仿,身材健硕挺拔,表情冷峻,仔细看,眉眼和顾问骞竟有七分相似。

欧襄狄盯着照片中这个人,良久,缓缓打开了左边的折页,被折起来的部分里,是一个穿着白大褂的女人,站在这群军人的最左边,身侧是那个和顾问骞长相相似的男人。她容貌清丽,笑眼弯弯,两人年龄相仿,长相般配,光是看照片,就仿佛注定是要在一起的人。

欧襄狄曾经是那样羡慕,甚至嫉妒地看着这两个人,基因的优势,无可比拟。他从来不信这些,但这两个人的存在,几乎将他的信念打垮了。人不信神,是因为没见过神。而他见到了。

直到那个雨夜,他找上门来,那是欧襄狄第一次在这个神一般冷酷的男人眼里看到了求助。他的语气依然冷漠,情绪始终淡然,仿佛托付的是一条狗,而不是他的儿子。他拜托欧襄狄找到那个孩子,不能让孩子跟着母亲,孩子的母亲是个疯子。他托完孤就彻底消失了,什么都没解释。没人知道当年天资绝伦的特种突击手去哪儿了,一起消失的,还有那个女人。

欧襄狄不清楚他们之间发生了什么,竟会让一个波澜不惊、强悍如斯的人,说出她是疯子的论断。他最终也没能找到那个孩子。顾问骞出现在他面前时,已经十八岁了,他不知道那十八年里,这孩子去哪儿了,但见面时,他感到极其难受。

顾问骞不像个人。

欧襄狄年轻时，曾经出过一次机密任务，和国科院的研究团队一起，从某个原始岛屿救回了一个被野兽养大的孩子。那孩子根本无法适应社会，他的习性完全是野兽的习性。他用四肢行走，无法言语，只会嘶吼，对人类警惕，嗅觉发达，啖食生肉。

他被带回来后，没活多久就去世了，研究人员有的说是他体内菌群和这里的环境差异太大，内生态环境被破坏而死，另一些人则认为是他的心理环境被破坏了，应激而死。他不接受他们给他的人的身份，欧襄狄见过那孩子硬生生撕扯掉了一个研究员的胳膊，啃噬殆尽，哪怕面对向他举起的众多枪口，也毫无惧意，嘶吼着冲上来，直面枪口。

他第一眼看到十八岁的顾问骞，就想起了那个被野兽养大的孩子。不是说具体行为——顾问骞显然是受过教育的社会人——而是一种直观的感觉。特种兵执行任务时就是靠直觉规避危险的，那是对经验的凝练，欧襄狄很信任自己的直觉。顾问骞的身上没有人性，他看人的眼神，比他父亲还要冷漠。

欧襄狄不知道他这十八年是怎么成长的，那个女人是怎么养他的，他又为什么在消失十八年后突然出现了，那个女人在哪儿？

起初欧襄狄并没有理会这个孩子，直觉让他远离顾问骞，这并不是一个当兵的好料子，没有兵会在战场上把后背露给他的。欧襄狄也一直记得那个被野兽养大的孩子之死，他不想强迫顾问骞进行社会化，安然活着便好了，也算是对未完成故交嘱托的补偿。

转变出现在那一年的特种兵遴选，考核最后一关是感觉剥夺，将通过前几关的士兵，分别单独关在恒温、密闭、隔音的小黑屋里，让他们与环境刺激高度隔绝，坚持最久的人才能通过考核。

欧襄狄是代表武警大队过来选苗子的，也参与了考核。他自己当年在感觉剥夺项目中坚持了十二天，是以第二名的名次出线的，他觉得前面所有严酷的奔袭考核，都没有感觉剥夺可怕。什么都看不见，什么都听不见，没有嗅觉，没有温差，没有任何人回应他发疯般的求饶。他不知道外面发生了什么，到后面甚至开始怀疑这个空间是虚假的，自己已经死了。

在那个小黑屋里，时间是不存在的，他试过读秒数时间，但不超过十个小时，焦躁就把数字啃碎了，一次次从头来过，只会徒增窒息感。他只能不停地吞吃小黑屋里准备好的干粮和水，吃到撑和吐，用身体的不适来挽回痛觉，用呕吐物的臭味来证明嗅觉，但是嗅觉和味觉很快就适应了，他闻不出任何东西了，吃不出任何味道了，他开始自残。

在感觉被剥夺的情况下，他的注意力、记忆力、思维能力、语言能力都出现了障碍，他还出现了幻觉，第十二天被放出来时，他才发现身上已经有多处自残导致的伤口了。

欧襄狄做了整整一个月的心理治疗，阴影都没能完全消退，他觉得身上有一部分灵魂，永远地被关在那个小黑屋里了。但这是一个特种兵必需的心理素质，许多高危任务，就是得在密不透风的沼泽、深海、密室、山洞里潜伏，需要能时刻保持警惕、思绪清晰、身体待命的抗压素质，航天领域也有这样的训练。

他是出来后才知道，以第一名的名次出线的，是他的那位冷酷队友，顾问骞的父亲。这不意外，令他意外的是，那人坚持了二十三天，欧襄狄觉得那家伙简直不是人。二十三天，几乎是他的两倍，这哪里是人能办到的？感觉剥夺是会死人的。那一次让欧襄狄彻底断了与这个战友争高下的心，他们不在一个层级，但不是他落后，是那人太超前了。

他去挑苗子的那场考核，感觉剥夺项目中坚持最久的一个人，坚持了十天，已经不错了。感觉剥夺越到后面，越是每一秒都难熬。主考官却对着他摇头，说一届不如一届，多少年都没再出个他们这样的了。欧襄狄不置可否，他倒希望别再出了。事实已经无数次证明，能力过高、异于常人者，都没有好下场，用兵可以没有特别拔尖的，团队配合和苦练足以弥补差距，但有一个特别拔尖的，却可能会导致全团覆灭。

考核结束半个月后，他挑挑拣拣选出了两个苗子，准备返程了，却突然被告知有紧急情况，还有个小黑屋里有人，一直没放出来，从考核开始到现在，已经三十天了。

所有人都惊了，唯恐那人已经死在里面了，感觉剥夺三十天，非疯即死。

欧襄狄跟去看的时候，傻住了，从小黑屋里走出来的人，是顾问骞。对，他是自己走出来的，除了身上臭点，衣服皱点，嘴唇白点，基本看不出精神受创的痕迹，身上也没有自残导致的伤口，意识清晰，还认出了欧襄狄来，朝他点了点头。

主考官惊了。这是主考官见到过的第一个能自己从感觉剥夺室里走出来的人，而且是待了三十天，三十天啊！要面对的不只是感觉剥夺，每个小黑屋里的食物和水也只准备了二十五天的，因为从没人坚持超过二十三天。这说明顾问骞可能在小黑屋里已经断食断水五天了，就这样，他都没疯，这是个什么东西？如果不是今天被人发现了，他还要坚持多久？而且他也根本不是军营里的兵，是怎么混到考核里来的？

查了一通，是监考员误把人关进去的，以为是考生，但姓名簿上没这个人，所以撤人时没点到他的名，也没注意到有遗漏，是今天重新清理小黑屋时才发现的。

顾问骞的说辞和监考员一致，他是误打误撞进了特种兵考核区。欧襄狄却眉头紧蹙，心中警铃大作，只有他最清楚这不是意外，特种兵考核又不是过家家，怎么可能这么容易误入，这小孩必然是从哪里打听到了他年轻时的经历：误入了一次野外驻训，救了一名指挥官，然后被迁了营。

顾问骞是在用同样的招数，投其所好，提醒欧襄狄迁人。他并不满足于只是好好活着，他要欧襄狄重视起他来，给他委派职务。这小子太聪明了，胆子也大，目空一切。

空有蛮力的野兽不可怕，但要是还有智慧，这就让人脊背发凉了。

欧襄狄抹去了之前觉得顾问骞像那个被野兽养大的孩子的印象，心理学家的实验证明，将一只野兽关到感觉剥夺的空间里，几天过去，这只野兽的健康就会受到影响，最终死亡。但顾问骞没死，不仅没死，他还活得好好的，他不是野兽，他是怪物。

欧襄狄把顾问骞带走了，带进了武警学校，开始正式培养他。特种兵主考官还跟他抢了一阵子，想留下顾问骞，他的身体素质考核也完全达标了，多久没出这样一个特种兵的好苗子了。欧襄狄却强硬回绝，硬把顾问骞带走了，和主考官结了梁子。

他没和主考官说，带走顾问骞，是为了军营好，他带走的不是一个苗子，而是一个炸弹，他是要以自己为镣铐，去看管他。

顾问骞从小黑屋出来后，心理治疗只做了一下午就放出来了，医生的意思是他很健康，不需要干预。但这才是诡异的，经历了三十天的感觉剥夺，心理异常才是正常的，但顾问骞没有出现任何应激反应，医生觉得这个孩子很危险。

欧襄狄和顾问骞单独谈了一次，问顾问骞在小黑屋里是怎么度过的。他特地去查了监控，确认顾问骞三十天前进去后中途真的没出来过，他始终无法相信一个十八岁的少年能做到这种地步，顾问骞的父亲都做不到。

但聊天的过程，让欧襄狄更觉得匪夷所思了。问顾问骞没焦躁吗，他说焦躁了。问没想自残吗，他说想过的。问没出现幻觉吗，他说出现了。

欧襄狄经历过的所有症状，顾问骞都出现了相似的反应，但他没疯，还坚持了两三倍的时间。这是为什么？

顾问骞思索片刻，给了个答案："可能因为我怕黑。"

欧襄狄愣了，怕黑？那不是更应该会疯吗？小黑屋封锁视觉，是完全无光的，人在里面只能看到无尽的黑暗。

欧襄狄没得到解释，好像这句话，就已经是全部的解释了。他到最后也没想明白，只是恍惚意识到，还存在这样的人。一个怕黑的人，对抗黑暗的方式，是彻底适应黑暗。

欧襄狄顿了顿，问他："你出现的幻觉里有什么？"

"一个人。"

"是谁？"

顾问骞没回答，欧襄狄以为他讲不出具体的，便让他画出来，顾问骞真的把人画出来了，是一个女人，穿着白大褂。

欧襄狄屏住呼吸，手不自觉捏紧了口袋，那里面常年放着一张照片，照片左边被他折起来了，折掉了一个女人，和顾问骞所画的女人特征一模一样，尤其是那对弯弯的眉眼。是她带走了刚出生的顾问骞，是她被那个冷酷的神一般的队友称作疯子，顾问骞为什么要称她为"一个人"，而不是"母亲"？

顾问骞这十八年，到底是怎么活过来的？

欧襄狄忽然就不敢问了，他不敢问在顾问骞的幻觉里，这个女人在做什么。这是他的业障，是他没及时完成队友的嘱托，唯一一个嘱托，去找到这个孩子，结果让他落在了她手里。他在那一刻，惶恐于去背负这错过的十八年。

那天如果他问了，顾问骞也许会将一切告诉他，但他害怕了，没问，他错过了唯一一次这孩子会跟他讲实话的机会。在那之后，顾问骞再没提起过自己的任何事情。

他说过，顾问骞很聪明，聪明的怪物都是敏锐的，他们能分辨对方想接收或拒绝接收什么信息。顾问骞的聪明让欧襄狄极其烦躁。

之后他无数次想，其实说到底，那时候的顾问骞，不过是个十八岁的少年，一只才刚刚成年踏入社会的怪物，没什么可怕的，他怎么就没敢问呢？活该他当万年老二，面对老子和面对儿子，都一样厌包。

把顾问骞带去武警学校后，欧襄狄明晃晃给出了优待，开了辆敞亮的直通车，引发了其他学生的嫉恨。他是故意这么做的，怪物要上的第一课，是如何妥善面对社会中的恶意，如果他只会张嘴乱咬，欧襄狄会毫不犹豫地抛弃他。

但顾问骞没有，他对人似乎没有攻击欲，只是轻而易举地破了他父亲当年留下的持刀缴械持枪者的距离纪录，用实力让人闭了嘴。

顾问骞似乎并不知道他的生父是谁，也不在乎，他不知道创造了那个纪录的无名前辈和他是什么关系，他找到欧襄狄，应该是那个女人授意的，欧襄狄也没去多嘴告诉他。

欧襄狄其实蛮希望这个孩子能脱离其异于常人的生父生母的影响，他平生最讨厌的一句话就是"龙生龙，凤生凤，老鼠的儿子会打洞"，按照这话的标准，他就是老鼠的儿子，但他不会打洞，他倒是能把龙咬死，同理，他也不相信，两个"变态"的儿子，就必然是变态。

他好像做到了。

顾问骞的社会化很成功。曾经的他就像个没有社会开关的人，既没有探究的愿望，也无从打开与社会的交际，但当欧襄狄给他安上那个开关后，他接纳得很快，尽管是用一种笨拙的、付出了很多代价的方式，但顾问骞总归爬进了人类社会。

这十多年来，他是看着顾问骞的人性一点一点长起来的。欧襄狄再一次确认，顾问骞不是被野兽养大的孩子。那个孩子死于社会化，而顾问骞活下来了，活得很好，这是一次真实的回归，人群才是顾问骞的故乡。

欧襄狄越来越相信他所执着的论调，顾问骞和父母不同，不会突然消失，不会变成疯子，哪怕两年前离开警队，也一直在他眼皮底下活动，并且十年如一日地自我规训，恪守本分，把教条穿在身上。

有时欧襄狄会恍惚觉得，这孩子聪明得很，也许很早就有意愿，但靠自己做不到，于是找到了能帮他做到的环境，做警察，是为了驯服自己，他给自己找了个好笼子。

可刚刚顾问骞临走时的那个笑，让他一瞬间又回到了与这孩子初见之时。

欧襄狄的拇指轻触过照片里那张冷峻的脸，良久，他把左边的部分又折了起来，将照片放回口袋。

从红日出来的时候，已经晚上十点了，王朵把进来时撕掉的封条递给司罕和顾问骞，三人分别给红日的三扇大门重新贴上封条。司罕贴红色的门，顾问骞贴白色的门，王朵贴黑色的门。亲手贴上封条后，这个地方的一切似乎真的结束了。红色的、白色的、黑色的情绪，都随着封条一起，被封印在了这个游乐场的鬼屋里，不伦不类的招牌也显得没脾气了。

他们今天是来给红日做最后取样的。查封红日之后，他们本以为这个互助中心就要这么散了，但是王朵带来了好消息，他们姑且称之为好消息——红日互助中心将被正式迁到安乐，基层援助项目通过了。

安乐在附近的定点社区划了一块区域给她们，以后，红日患者的复健活动都由社区部接手，会有专业的康复医师和社工团体定期为她们做团体心理治疗，项目负责人是王朵，这也将是她在安乐实习的结业项目。

这算是安乐在精神障碍防治社区化上迈出的一小步，它的后续意义是巨大的，安乐开始计划在全市普及社区精神互助中心的项目了，如果能成功实施，可以算是国内心理健康建设的一次飞跃。

王朵抱着一堆有她小半个人高的资料，叮嘱司罕不要再溜进红日玩，警方只批准了这一次取样，再进去就是违法了，不要指望她会去捞这个无良师父，又叮嘱了他好好工作，不要总是卷入奇怪的事件，耽误预后追踪项目的进度，再这么磨磨蹭蹭下去，到时候被炒鱿鱼，别指望她会给他开后门查资料。

小姑娘身高只到司罕的肩膀，气势却不小，扎着精神的高马尾，鼻梁上一副金框眼镜把人衬得干练又腹黑[1]，偏偏说话办事像唐僧一样，把碎碎念大法修到了满级，但神奇的是，她即使在最密集的话语里，也让人感受不到半分关心，不像在与人对话，更像一条兀自不停吐泡泡的鱼。不愧是天生没有共情力的 Siri 王朵。

在叮嘱到衣食住行时，司罕终于没忍住，笑眯眯地打断了这机械唐僧小徒弟："论文写完了吗？这么闲，这么能说，学院的讲座不如你上，别喊我了。"

王朵及时闭了嘴，随即抽出一只手，扶了下眼镜，继续发功："学院周年庆讲座是两个月后的月底，晚上七点到九点，你必须准备好演讲稿，提前给我审过，不要再临场发挥，误人子弟，上次差点被政教处赶出去，希望你吸取教训。"

司罕轻哼一声："那是他们不识货，我说的哪句话不是金句干货？不比那群呆头鹅死读书有用？"

"别把学生都当成你这样的变态。"

司罕眼睛一亮："朵朵，你骂人了呢，有进步。"

---

[1] 网络用语，指表面和善而内心凶狠的人。——编者注

王朵面无表情道："'变态'不是骂人，在精神病学上它只是个医学术语，区别于'常态'，你不可能不知道，还有，第364遍，别叫我朵朵。"她有时候都觉得这个无良师父是在刻意激怒她，要她生出情绪来。

司罕"啧"了一声："你记那遍数干吗，有这功夫不如花在恋爱上，去谈个恋爱吧，朵朵，你的共情力就会有质的飞跃。最不济，碰上渣男分手了也能激出点恨来，恨好啊，情绪之王，恨有了，就什么都有了。"

"第365遍，别叫我朵朵，"王朵道，"不对吧，我记得你以前说的是，爱是情绪之王，爱有了，就什么都有了。"

司罕"哈"了一声："我的话你也信？都告诉你别那么天真了。"

王朵的眼睛成了一条线，她透过镜片，仰着头死盯住司罕，似乎想用视线谋杀这个信口开河的无良师父，很像愤怒的小鸟里那只红色胖鸟。

顾问骞在一旁看着这对师徒，觉得位置反了，王朵才像个管教人的师父，司罕倒像个顽劣的徒弟。以前他在安乐时，这一幕没少见，司罕总像个恶霸小孩，催着王朵不得不长大，这对师徒的关系一直很好。这样的司罕是鲜活的，是还活着的。

顾问骞移开了目光，去看漆黑的夜色，余光却见司罕忽然抬手落在王朵的头上，轻轻拍了下："没有生气，就不要装生气。"

顾问骞闻言望去，就见那小姑娘顿了一下，眯起的眼睛迅速复原，面部神态回归贫瘠，没有一丝表情，眼神都是木讷的，和此前的愤怒小鸟判若两人，真的很像个一键格式化的机器人。

"回去吧，路上小心。"司罕挥了挥手。

王朵没有理会他，却侧身朝顾问骞鞠了一躬，大抵是托孤般的意思，像在说"麻烦你了，多担待我师父这个惹祸精"。

司罕不高兴了，嚷嚷道："哎，王朵朵，你别胳膊肘往外拐啊，我和他谁担待谁还说不准呢。"

王朵离开了，她还要回安乐归档红日的互助资料。等她走远，司罕收回目光，给身边人解释刚刚王朵的变化。

"这孩子的习惯，她喜欢装出她没有的或感受不到的情绪。她觉得行为能带动认知,只要多做表情,多模仿情绪,多给予对方想要的反应,就真的能感受并理解情绪,产生共情力,她是这么想的。哪怕只是欺骗性地回应,哄对方高兴,也是一种修炼,她装正常人有瘾。"

"那有用吗?"顾问骞问。

"有一点吧。"

顾问骞微不可见地点头道:"秋水也会。"

司罕一愣,看向身边人,只听他自然地说了下去,似乎完全没介意这是在和他看不顺眼的人谈心。

"秋水以前是个胆小的孩子,他现在是在模仿他的继父。"

"模仿继父?"

听到这里,司罕才明白过来,顾问骞应该是把樊秋水对他毫不掩饰的厌恶看在眼里,在替樊秋水解释。

顾问骞道:"他继父是个恶人,他觉得,只要扮演和他继父一样的恶人,就不会再被欺负了,或者被欺负时,就不会那么害怕了。这是很久以前的事,现在他可能是习惯了这种样子。"

司罕没立刻回应,似乎在想什么,目光微敛,走了几步,才道:"可能模仿本来就是人类早期获得安全感的方式吧,孩子通过模仿获得认同和力量感,获得和这个世界沟通的渠道,婴儿说出的第一句语言,就是源自模仿的力量。"

夜里很安静,两人逐渐节奏相同的脚步声,像是给了这段交流回音。

司罕挑眉,又笑了笑道:"不过他学恶人,大概只学到了皮毛吧。"

"嗯,别拆穿他。"

司罕又愣了,他总觉得今晚的顾问骞不太一样。顾问骞什么时候给过他好脸色?什么时候心平气和地和他聊过别人的家常?司罕简直想问一句"您不是被夺舍了吧",但又不想破坏氛围,久违的,和朋友谈心的氛围。此刻的风,夜里朴素的景,鞋子摩擦地面的触感,刚好落在鞋尖和头顶的月色,都很让人舒适,连沉默都是舒适的。

司罕记得上一次出现这种氛围,还是在食堂天台,和马晓明。如今这人早已被吹向不知何处了，或许每一粒骨灰都落在不同的地方，他的身体和思念遍布大地。司罕摸了下左耳的黑色耳钉。

两人沉默地走到了悍马旁，司罕忽然轻轻地冒出一句："你还活着，挺好的。"这话是无意识说出来的，司罕自己也愣了一下，对上顾问骞的目光，那目光无法形容，有诧异，有愕然，有忧思。

顾问骞深吸口气，移开视线，拉开车门坐了进去，面色变得极其冷峻。

车行进间，没人说话，车内的氛围有些紧张，司罕也说不清氛围怎么突然就变成这样了。他没有去改变这种氛围，而是又问起了樊秋水。

顾问骞没有回避，简单说了一些樊秋水的经历。他说得很简单，是几句话就能讲完的人生，而樊秋水要承受的，却是漫长的绝望。

"那他怎么逃出来的？"

"我砸开了他的窗，带他跑出来的。"

司罕望着窗外，目光悠远起来，笑了笑道："真好，我希望有一天，也有人能砸开我的窗，带我跑。"

车很快驶达目的地，司罕没有立刻下车，他有些意兴，又有些困顿，望着窗外自己家的小区，发了会儿呆，正准备起身——怕再赖下去就要被某个暴力警官踹下车了。但他没动成功，一条手臂从他身前伸过。那条手臂孔武有力，太熟悉，太有警示意味，让人将它和被它扣住塞到桌子底下的威胁联想到一起，司罕一时不敢有所动作。

那条手臂横过他身前，食指屈起，不轻不重地敲了一下他右侧的车窗，玻璃发出清脆的一声"啪"，而后那只手按下了升降钮，车窗在他面前平缓下降，风进来了，平稳的声音在他耳边响起："砸开了，你跑吧。"

手臂已经收回去了。司罕迟迟没有动作，靠着椅背，出神地望着降下的车窗外，那和隔着一层玻璃看没太大区别的世界。

风吹进来了。他听到的风声，是那一记玩笑般的敲窗声。轻轻一下，怎么都不是砸窗的动静，却有回响。

司罕看了好一会儿，回头道："你真的，蛮幼稚的。"

不知道是谁先开始笑的。司罕第一次看到这张阎王脸笑。

司罕拉开车门，准备下车了，叮嘱道："明天老时间来接我。"

"没有明天了。"

司罕顿了一下，回头问："什么意思？"

顾问骞没有看他，道："今天过来之前，我去安乐辞职了。"

车内的空气仿佛凝滞了一瞬。司罕没有立刻问为什么，而是回头看了眼降下的车窗，了悟地点头道："所以这是个临别礼物？"

顾问骞没有说话。

"为什么辞职，要回去做你的警察了？"

顾问骞可以点头，或是不回答，用他一贯拒绝人的姿态把这个问题糊弄过去。但不知为什么，他还是说了实话："不是。"

"啪"，打开的车门被重新关上了，司罕靠回了椅背上，关门声似乎和先前的敲窗声应和了，在反馈一个意象：他自己回到了窗里。

"那是为什么？"

"没有为什么。"

"工资低、干活苦、要跳槽、要移民、搭档太讨厌……这么多理由，你好歹挑一个敷衍我。"

顾问骞面不改色道："下车。"

司罕了悟道："总不能是因为我老蹭车？心疼油费啊，早说嘛，你这车现在也算是公用，我可以分担一部分油费。"

没得到回应。

"那一半油费？再多就无耻了啊，谁知道你自己一天天地往哪儿开。"

"司罕。"顾问骞鲜少叫他名字，所以但凡叫一次，都显得有些严肃，这一声，就把司罕后续的车轱辘话给断了。

车内一时再无人言语，沉默持续了将近一分钟，就在顾问骞打算再次赶人时，却听到那人说出了石破天惊的话。

"是因为你怕哪天再收到一支手电筒，里面检出我的基因片段吗？"

顾问骞猛地转头盯住了他，来不及收回目光中的惊愕。

司罕这句话，不只点明了他的心思，更是在没有任何铺垫的情况下，向他坦白了对迷你手电筒和 Goat 之间关联的知情程度，以及明示了自己知道他也有一支。可他从未向司罕展示过那支青灰色手电筒，司罕是怎么知道的？在此之前，他们从未有过任何相关交流，司罕使用自己那支粉色手电筒时向来不回避顾问骞，顾问骞也从没表现出过多余的关注。尽管都知道对方掌握着一些 Goat 的情报，但除了分析案情，两人都心照不宣地避开了相关话题，没互相打听过。司罕突然在这样的时刻，用这种出其不意的方式坦承，着实让顾问骞受了一下刺激。

司罕倒是一副完全不觉得自己说出了什么平地惊雷般的真相的平静样，继续分析道："你被 Goat 盯上了，怕我跟你一道，会被你牵连，所以埋伏了两年的线索也不要了，打算直接从安乐跑路。"

说到这里，他"哈"了一声，笑意爬上眼梢，又弯成了熟悉的弥勒眼。"倒是没想到，我这条小命，对你来说这么重要啊。受宠若惊，受宠若惊。"

顾问骞蹙眉，他最讨厌这人的这副笑模样，特别假。就像现在，看着好像笑得愉快得不得了，但相处久了，顾问骞知道司罕是在生气。

看到驾驶员皱成八字的眉，司罕摆摆手道："哦，你想问我怎么知道的是吧。顾警官，我好歹是个精神科医生，你不知道整天活在这种人的眼皮底下是很赤裸的事吗？你是不好猜，但也没那么难。你每次看到我那支手电筒，都会有极其微小的应激反应，一支小手电筒有什么好应激的？你肯定是有一支，不然你不会知道这支手电筒对持有者来说的恐怖。"

顾问骞没说话。

"倒不是你伪装得不好，有些潜意识反应，是植物性神经系统造成的，你控制不了。我知道一些特种兵会对交感系统做脱敏训练，你应该做过，我也当过他们的训练员，但像我这样见多了的，就不是纯靠感官去判断了，脱敏过的人，也有脱敏的后效。你能懂吧，被捕过一次的猎物，会更谨慎，那种谨慎，也是种可见的气味。"

司罕稍一顿，话锋一转，笑道："当然，这种气味也可能是你故意放出来的，从我俩搭档开始，你的试探就没少过，你大概也不在意我会不会看穿,或者是就等着我看穿,我不过是适时地给了你一个你想要的反馈。"

顾问骞盯着他,脸上看不出喜怒。

司罕继续道:"我猜,你的手电筒里,是你那几个殉职队员的基因片段吧,是红日地下的那段录音里的?所以你特别害怕旧事重演,谁跟着你谁就要死。你觉得我会走上他们的后路,不只是我,还有周焦。"

始终没出声的顾问骞,这会儿面色却恢复了平静。被说穿了也不算坏事,还省得自己费口舌了,正好破罐破摔地让他滚蛋。

司罕看明白了这层意思,笑眯眯地问:"那我好奇一下,我们深明大义、舍己为人的顾警官,是谋划好什么计策了吗?你要怎么单枪匹马,利用你这活靶子的身份去攻歼 Goat?"

顾问骞不语。

司罕点点头道:"哦,懂了,没有计策,就等着单枪匹马地去送人头呢,嘿,烈士啊。"

驾驶员表面八风不动,心里叹了一口气,真想给这人的嘴粘上。这人就是这样,心眼多得跟迷宫似的。他要骂你凭什么扔下他,凭什么不尊重他的意志,但不会直接骂,变着法地讽刺,词一套一套的,这里一针,那里一针,把人迂回地扎成一个马蜂窝,烦人得要命。

顾问骞没着道,表情不变地顺着他说了一句:"嗯,以后清明节,记得的话,顺便给我烧炷香。"

司罕脸上的笑敛了去,没再讲话。

车内的沉默又持续了一分钟,两人的呼吸都变得重了几分。

先开口的还是司罕,语气平静:"如果那天,你那几个队友没有陪你一起去海上,你觉得他们能活下来吗?"

顾问骞一顿,没说话,眉头又微蹙起来。

司罕道:"他们的基因片段是什么时候被放进手电筒的,你不知道吧,他们是什么时候被盯上的,你也不知道吧,那天哪怕是你自己去的,活着离开了,你觉得,远在天边的他们,能够活下来吗?"

顾问骞直截了当地给出了回答,这些他早已思考过千万遍:"所以从一开始,就不该……"

"没有一开始,我们已经开始了。"司罕冷静地打断了他。

驾驶员的手不自觉捏紧了方向盘。

司罕道:"你没想过吗?我们共事也几个月了,盯上你的人,说不定早把我记在小本本里了,我这人这么大咧咧明晃晃的,他们想取我一根毛发、几滴血,还不容易?可能不只是我的,还有周焦的,甚至樊秋水的。"

顾问骞的眼睛逐渐涌上血丝。

司罕道:"你在的时候,可能还顾及一下你,挑个良辰吉日再一起宰猪,你亲眼看着我们死,死在哪里,怎么死的,有没有转圜余地,你一清二楚。你不在,也无所谓,区别不过是在你浪迹天涯,我们彼此音信全无后的某一天,突然收到一支手电筒,里面是我们的基因片段,又得到附赠的几段我们被折磨的录像,等你回过头要找人,我们早已在黄泉路上排队了。这样也不错,谁也怨不着谁,下辈子见面,别再吵架了,你说是吧,顾警官。"

"姜河会派人保护你们的。"

司罕点点头,不以为意道:"嗯呢,你放心让其他人保护我们的话,就这么办吧。"

他转头,盯住顾问骞的眼睛道:"不过先说好,我可不会因为这些事就打乱工作,这么点工资,已经快揭不开锅了,还少了个搭档,我自个儿得奋发图强,该去的地方还是去,该见的人还是见,该查的东西还是查。不管是羊圈,还是蛇窟,我都会钻进去的,钻到最里面去。"说完这句,他再不看顾问骞,拉开了车门,下去了。

关门前,他笑盈盈地探了个头,对着驾驶座上的人道:"而且,你就那么自信,Goat 跟着的人,是你,而不是其他什么人,比如,我?"

"啪"的一下,车门关上了,司罕大摇大摆地走了。没走出几步,身后传来了把车门拍上的声音,挺重的,听得出关门的人情绪不佳。

身后的脚步声飞速逼近,下一秒,司罕就被拽着胳膊按在了车窗上,走出的几步瞬间清零,他的背靠着车沿,硌得慌。顾问骞用的力气不大，但禁锢他的姿势是对嫌疑人用的，身体的难受比不上心理的不适。

司罕没表现出被冒犯，还是一副笑面孔："顾警官，反悔了？反悔了你就好好说，我又不是不答应，想通了就好，你要是不跟着，谁来保护我们？保护人民的人身安全，不是你的职责嘛。"

顾问骞没顺着这人递的得逞式台阶下，垂眼盯着他那张讨人厌的笑面孔，像在审判手里的猎物，判了，才会给魔鬼或天使的面孔，告诉他将下地狱还是上天堂。司罕此刻手脚尽被锁，落在他手里，还真有点仰着脖子被放血的感觉。

半晌，似乎是有了决断，顾问骞道："之前欠的秘密，可以一起支付了吗？"

"嫌疑人"一愣，才从他跳跃的话语中回过神来。是有这么回事，他还欠了这人一屁股秘密债呢。

不等对方回答，顾问骞空出一只手，冷不丁举起一支粉色手电筒。司罕一惊，也不知道是什么时候被拿走的，可能是刚才他把他按在车窗上的时候，这警察怎么顺手牵羊这么溜？

"告诉我，这支手电筒你是从哪儿得来的，里面是谁的基因片段。"

司罕沉默片刻，想动手去拿，发现被按得死紧，只好老实开口道："里面的基因片段，来自对我很重要的一个人。

"我是为他而生的。"

夜里的风大了起来，吹得小区门口的香樟树胡乱摇摆，树影在街灯下婆娑摇曳，像场影子的秘仪。

司罕被松开了。两人一时都没说话，顾问骞也没再问。沉默间，司罕揉了揉手腕，挺直了腰板，他想再说点什么偿还秘密，脑袋却突然被不轻不重地拍了一下。

"生气的时候就生气，不要笑。"

顾问骞坐回车里，驱车离开了。司罕站了很久，直到那辆破烂又嚣张的红色悍马消失在视野里，也没走开。

第二天，顾问骞准时来了，他们都没再提辞职的事，昨晚的一切好像没发生过一样。红日的案件太复杂，需要做大量笔录，司罕和顾问骞去了警局三天，才配合完成了所有笔录。

笔录室里来问询的警察换了五个，都是负责不同项目的。

撇开 Goat 相关，仍有太多无法定论的事。那六个从红日失踪的女性患者的去向，地下生物工厂的审计工作，给徐奔非法营业提供便利的相关机构，红日互助中心的定性，患者们在徐奔以隐私要挟猥亵之事中对他的袒护，李怀儒的买凶替罪案，黄奇宏所属的精神病替罪组织，孙海华偷婴，祝离做帮凶……整个重案组几乎是在连轴转，有人连熬了几夜，胡子拉碴地开了个玩笑，说以后别挨个查案了，专找红日这样的互助小组进去，一捅一个贼窝，方便。

张久也来了一次笔录室，问司罕关于俞晓红的车祸所知道的情报，并让他作为曾经的同院医生，提供俞晓红作为证人的口供是否有效的司法精神鉴定意见。

问完，张久看着司罕很是感慨，两人握了握手。他当年匆匆结案时，哪里想得到今天？

一场犯罪的落幕，只是开始而已，受害者的痛苦是永恒的。

六年前的一场蓄意车祸，让俞晓红的痛苦延续至今，让两个互不相干的人——受理那起案件的警察与治疗受害者精神创伤的医生，在案子过去六年后，有了新的交集，这是个怎样的跨度？而它还将延续下去。

张久连叹了几声，吐出一句"犯罪遭雷劈啊"，就匆匆离开，继续工作去了。他现在基本上是泡在重案组了，忙得脚不沾地。他涉及了黄奇宏的案子，和 Goat 擦边了，尽管不知道涉密内容，但姜河还是很谨慎地去交通管理部把他调过来了，也没给个放行期，他现在成了重案组编外人员，什么活都干。张久算是看透了，姜河就是薅了头驴过去拉磨，他只能自我安慰就当是升迁了。

所有案子里，断得比较快的，是孙海华和祝离的案子，她俩的案子开庭也早。

在孙海华首先指控徐奔以隐私要挟对她进行猥亵后，陆续有几个女性患者也承认了。整个过程中,审讯工作最难做的,不是撬开徐奔和李怀儒的嘴,而是说服红日的女性患者们。姜河先后派了女警和一个队伍的心理顾问,给她们梳理案件。令人吃惊的是,即使把徐奔偷录的坦白局录像放给她们确认了,她们依然不认为这是违法的,依然在包庇徐奔。

帮她们厘清那不是爱,而是侵犯,是利用情感依赖的权力型侵犯,居然费了这么多精力,也没能都成功。

个别学术型的心理顾问,甚至申请将此作为一个调研项目,以红日的女性患者为研究对象,写一篇论文。他们认为这和斯德哥尔摩综合征有关联,是一种对加害者的心理依赖,她们把加害行为美化了。

另一些人反对这个说法,认为徐奔对她们来说并不是常规意义上的加害者,红日患者们的情况,更像一种集体性妄想。她们被社会赶去了小黑屋,失去了一个可证实的现实,进入了一个更原始的意识阶段。

众说纷纭。但靠着指控的那几个女性患者,还是把这罪给徐奔安上了。

李怀儒和祝离被安排见了一面,当面对质,但他们对坐了半小时,一句话都没说,警方没再勉强。

警方紧锣密鼓地办案时,不知是哪里走漏了风声,有记者找上门来了,要了解红日案件的进展。警方只能挤牙膏似的,解决掉一点,公布一点。

黄奇宏的案件成了媒体相对较关注的事件。主要是因为一篇文章在网络走红,一个记者报道了黄奇宏的十年替罪生涯。

警方隐匿了存在精神病替罪组织的线索,那篇报道只围绕黄奇宏个人,写得掷地有声,呼吁社会给出院后的精神病患者提供工作,不要把他们逼上绝路,制造罪案。报道里还请专家罗列了几种适合出院后的精神病患者从事的职业,文章作者认为,随着精神病患者群体人数的逐年增长,提供相关的特定工种,将是社会保障的进步。

这篇文章引发了广泛讨论,不只是因为黄奇宏的经历本身过于离奇,还因为有个别媒体指责了这篇文章,旗帜鲜明地反对给出院的精神病患者再贴上精神病的标签,认为应当抹去他们的患病历史,把他们当成正常人提供工作,而不是制造出"专属于出院后的精神病患者的工作"这样带有歧视性质的工种。

这种人文主义言论的拥趸也不少,引来了一些精神病领域专家的反对。有直接指着这些媒体的鼻子骂的:"人文主义个屁!先搞清楚精神病是个什么东西再来发言!有些精神病是终身的,复发是精神病患者的常态,在社会工作中应激是他们的处境,不了解他们适应能力和工作能力的上限,就来谈什么理想主义的'正常',是耍流氓行为,这种文艺分子的自我陶醉才是完全违背人道主义的!"

写那篇文章的记者搜集各方言论,又写了好几篇文章回应,认为必须站在时代背景下考虑问题。当天平本就不平衡时,不能空想出一种平衡来,现代社会该做的,就是大力给予弱势群体该有的帮扶,需要消除的是对弱势群体的偏见和对工种的偏见,而不是工种本身。既然歧视和冷遇已然存在,无法磨灭,那何不加以利用?起码能给予出院患者们生活的基本保障。

为此跳脚的言论也非常多——

凭什么患病了就能提供工作?那我也别努力了,去得个精神病好了。

怎么就关注精神病患者去了,残疾人和患重病的人怎么没有工种分配?还搞疾病歧视链?你得精神病你高贵?

应激怎么了?哪个正常人工作不应激,我工作以来应的激、吞的药,指不定比他们还多呢,凭什么他们能受优待?

犯罪就是犯罪,是人有问题,怪什么没工作,全天下没工作的人都会去犯罪?

几天下来,网络战打得鸡飞狗跳,话题越炒越热,司罕津津有味地刷着,还点赞了几条。刚要收起手机,突然有陌生人关注了他并发来私信:司罕医师你好,我是仲铭,看到你给我的一篇文章点赞了,深感荣幸,我有特别重要的事想要请教你,能不能请你跟我见一面?

司罕愣了半秒,仔细看清了这个人的名字——仲铭,再去翻了翻最初那篇大热文章查看作者。好嘛,这不就是那个报道了黄奇宏替罪生涯的记者吗?

司罕觉得奇了,他微博小号就十个僵尸粉,这个记者倒是个百万大V,是怎么知道他在一分钟前点赞了那篇文章的?他自己都不记得自己点赞过什么,看到好笑想骂的他也会赞一个,难不成这记者还在默默窥视他的账号?

司罕转了转脑筋,警方是不可能把他也参与了案子这个事实公布出来的,连顾问骞都不在案件负责人名单里,怎么可能会有他?仲铭不应该知道他和红日案件有关,那这人是怎么找来的?纯粹慕名而来?思索片刻,司罕直接忽略,没有回复。开玩笑,他现在忙得要死,哪里有时间见什么粉丝,做什么一对一公益指导?预后追踪的事情都排到明年年底了。

收起手机,司罕朝远处等着他的顾问骞走去。该去下一个患者家里了。

刚上车,还没坐稳,后座的两边车门打开了,一边坐进来一个人。左边是周焦,怀里抱着平板电脑,倒三角眼滴溜溜地看着他,一副小大人样;右边是樊秋水,背了个登山包,里面鼓鼓囊囊的不知道放了什么,跟搬家似的。车门一关,本还空落落的悍马,瞬间满了起来。

司罕:"?"

周焦不说话,朝后一靠,倒三角眼瞟了一下顾问骞,用凶巴巴的目光直抒胸臆。

司罕想起来,在红日地下广场的时候,顾问骞好像是许诺让这小孩跟着了。行吧,司罕转头看向另一边,那么这位呢?

樊秋水卸下登山包,规整地放好,拨弄了一下他那高高的红色盘发:"你看我干吗?你们把红日给弄没了,我又失业了,当然就赖上你们了,这个月工资徐奔都还没给我结呢。"

司罕:"⋯⋯"他把目光转向身边人,只见顾问骞老神在在,握着方向盘,头都没转一下,对此毫不惊讶。司罕眯起眼,这才咂摸过来。

难怪那天晚上顾问骞会突然跟他讲樊秋水的事，显然早知道樊秋水会跟上来了，而那时，顾问骞已经决定不再让他们跟着，所以像托孤一样，说了点故事，想把樊秋水托付给他。

想到这里，司罕的眼睛又弯了起来，牙齿不轻不重地磨了两下。想起来还是会生气呢，这么没有契约精神，自己是不是该跟他签个别的契约？那种他不能轻易赖账的契约。

顾问骞看起来老神在在，但司罕这么盯着，也能看出他有点尴尬。

"安全带。"顾问骞咳了一声，叮嘱道。

车上三人立刻响应了司机的话，三声锁扣声错落有致地响起。

司罕"哈"了一声，皮笑肉不笑道："我们这小团队，人气真是越来越旺了。"

"给钱吗？"樊秋水冷不丁问了一句。

司罕："……"

樊秋水从后视镜看过去，见这笑面虎医生毫无反应，满脸写着"没钱，勿扰"。

倒是顾问骞沉声道："工资平分。"

樊秋水点点头，转向了发话的人，狐疑道："顾警官……是有钱的吧？"

司罕又"哈"了一声，道："他能有什么钱，你屁股底下坐着的就是他的全部财产。"

车内一时再无话。

穷，这个该死的预后追踪小队，真的穷。

樊秋水又问："那你们，不是，我们这个小队，不会也随时都可能散了吧？"

车内又是无话，这个问题，没人能给出答案，连最初给司罕和顾问骞派发预后追踪工作的安乐也不能。

良久，樊秋水觉得这个问题肯定落空了，却听到那浑不论的医生道："不会。每天都有病人走进医院，也有病人走出医院，只要还有人走出来，这个项目就不会结束。"

顾问骞转头看了司罕一眼，这话说得太轻了，轻得像个骗局，也像一首催眠自己的牧歌。樊秋水考量了一下，决定放个问号在这里，但是允许自己被催眠。

红色悍马行驶起来，多了两个人，车似乎变得更稳当了一些。

樊秋水思前想后，还是把没想通的问题问了出来："徐奔在秘密运营这么大一个地下工厂，他起初为什么还积极地拉拢你们要找安乐的扶贫项目对接？这样不是有更大的暴露风险吗？"

司罕懒懒道："不，恰恰相反，他需要安乐给他源源不断地输送出院患者。"

樊秋水一顿，蹙眉道："因为他在做的实验？"

"嗯。"

樊秋水大概是暗骂了一句。司罕觉得挺有意思，刚认识时，还真没看出来，这个扮相古典、性格似匪的男人，是个路见不平的"英雄病患者"。

樊秋水又问了句："那我们这小队，每个人有什么代号吗？方便匿名办事的那种。"

司罕挑眉，有点想问樊秋水之前都从事了些什么不正经的工作，一回头，却见周焦的倒三角眼也看了过来，年轻的目光里似乎也有好奇。

"有啊。"司罕笑了笑。

樊秋水来了兴致："那顾警官叫什么？"

司罕瞥了眼两耳不闻窗外事，一门心思开车的顾问骞，道："他啊，叫落跑甜心。"

"吱嘎——"直行的大马路上，一辆硕大的红色悍马突然来了个急刹车，轮胎滑出小半米，几秒后，这车才又缓慢地行进起来，刚刚那下，宛如一个猛男的趔趄。

孙海华是在早晨去服刑的。

去的时候，天都还没亮。她身后是一个跛脚的女人、一个轮椅上的女人和一个嚼着棒棒糖的男孩。孙海华没有说多余的话，只是朝着小空笑了笑,她想再抱抱他,却只是轻轻将他往俞晓红身边推了一步。

这一步那么快速、轻易,却漫长得仿佛走完了她的一生。不知怎的,她又想起了自己第一次抱起这孩子的时候,那么小的身体,那么大的哭声,是怎么发出来的?她至今没想明白。

恍惚间,俞晓红按了按她的手。

孙海华的心定下来,对未知前路的恐惧消散了些。前夜,俞晓红坐着轮椅,大半夜独自找来她家时,也是这么按着她的手的,说等她出来了,依然做小空的妈妈,她没有把孩子还给谁。当时是哭了还是笑了,她记不得了,只记得回了一句,说自己从没后悔过。现在也是。

祝离上前抱了抱她,叮嘱了一些注意事项。这些话也是说给她自己听的。下周,祝离也要进去了。

孙海华是按照拐骗儿童罪判的,判了三年;祝离是按照帮助毁灭证据罪判的,判了一年。

小空在这一年里由俞晓红抚养,等祝离出来了,他就有两个妈妈了,他们再一起等孙海华。

这个孩子,是这三个女人合力保住的,一个生育,一个续命,一个养育。

这个孩子,长大也会变成男人,她们不知道,他会不会和那些辜负了她们的男人长成一样的人,但她们要他好好长大。

孙海华进去的时候,一轮红日升起来了。轮椅上的女人和跛脚的女人互相搀扶,嚼着糖的小孩望着远去的背影。不知哪里又传来了红日的跳操歌。

命运就算颠沛流离,命运就算曲折离奇,命运就算恐吓着你,做人没趣味。

别流泪心酸,更不应舍弃,我愿能一生永远陪伴你。

© 中南博集天卷文化传媒有限公司。本书版权受法律保护。未经权利人许可，任何人不得以任何方式使用本书包括正文、插图、封面、版式等任何部分内容，违者将受到法律制裁。

图书在版编目（CIP）数据

精神病预后档案：从遗弃中诞生 / 穆戈著 . -- 长沙：湖南文艺出版社，2024.4（2025.3 重印）
ISBN 978-7-5726-1462-0

Ⅰ. ①精… Ⅱ. ①穆… Ⅲ. ①长篇小说—中国—当代 Ⅳ. ①I247.5

中国国家版本馆 CIP 数据核字（2023）第 186936 号

上架建议：畅销·小说

JINGSHENBING YUHOU DANG'AN：CONG YIQI ZHONG DANSHENG
精神病预后档案：从遗弃中诞生

著　　者：穆　戈
出 版 人：陈新文
责任编辑：张子霏
监　　制：毛闽峰
图书策划：颜若寒
特约编辑：朱东冬
营销编辑：刘　珣　焦亚楠
封面设计：tarou
版式设计：李　洁
出　　版：湖南文艺出版社
　　　　　（长沙市雨花区东二环一段 508 号　邮编：410014）
网　　址：www.hnwy.net
印　　刷：北京天宇万达印刷有限公司
经　　销：新华书店
开　　本：875 mm × 1230 mm　1/32
字　　数：295 千字
印　　张：10.25
版　　次：2024 年 4 月第 1 版
印　　次：2025 年 3 月第 2 次印刷
书　　号：ISBN 978-7-5726-1462-0
定　　价：52.80 元

若有质量问题，请致电质量监督电话：010-59096394
团购电话：010-59320018